KB237230

만인보의 시학

저자 **맹문재**(孟文在)

1963년 충북 단양에서 태어나 고려대 국문과 및 같은 대학원을 졸업했다. 1999년 『현대시학』에 「적응을 위한 깊은 슬픔」을 발표하면서 평론활동을 시작했다. 시론 및 비평집으로 『한국 민중시 문학사』 『패스카드 시대의 휴머니즘 시』 『지식인 시의 대상애』 『현대시의 성숙과 지향』 『시학의 변주』 『여성시의 대문자』 『여성성의 시론』 『시와 정치』, 편저로 『박인환 전집』 『김명순 전집─시·희곡』 『김남주 산문전집』 등이 있다. 전국 노동자문학회 매체인 『삶글』을 비롯해 『부천작가』 『시작』 『삶과 문학』 등의 창간과 주간을 맡았다. 현재 안양대 국문과 교수로 있다.

푸른사상 비평선 3

만인보의 시학

1판 1쇄 발행 2011년 6월 29일 | 1판 2쇄 발행 2012년 7월 5일
1판 3쇄 발행 2019년 8월 30일

지은이 · 맹문재
펴낸이 · 한봉숙
펴낸곳 · 푸른사상사

주간 · 맹문재 | 편집 · 지순이 | 교정 · 김수란
등록 · 1999년 7월 8일 제2─2876호
주소 · 경기도 파주시 회동길 337─16
대표전화 · 031) 955─9111(2) | 팩시밀리 · 031) 955─9114
이메일 · prun21c@hanmail.net / prunsasang@naver.com
홈페이지 · http://www.prun21c.com
ⓒ 맹문재, 2011

ISBN 978─89─5640─832─3 93810
  값 20,000원

푸른사상
평론선
3

Poetics of Maninbo

만인보의 시학

맹문재

푸른사상
PRUNSASANG

『시학의 변주』를 낸 지 4년 만에 한 권의 평론집을 묶는다. 그동안 쓰고 싶은 글이 많았고 실제로 많이 썼다. 이번 평론집에서는 민중, 다문화가정, 분단, 농어촌, 노동, 광산촌, 진폐 재해자, 봉급생활자, 일상, 문학상 제도 등 지극히 사회적인 주제들을 담았다. 평론집의 성격을 집약시키는 차원에서 발표한 글들의 제목을 다소 수정했다.

평론집은 주제의 유사성을 기준으로 총 4부로 구성했다.

제1부에서는 신자유주의 시대에 시문학의 위기를 극복할 수 있는 방안으로써 일제 강점기에 제기된 포즈론을 재조명했다. 또한 아리스토텔레스의 『시학』을 토대로 시의 플롯(형식)과 모방(내용)의 관계와 의의를 살폈다. 그리고 임화와 박인환의 시세계를 대중화의 관점에서 조명했고, 다문화가정을 담은 작품들의 주체성을 발견했다.

제2부에서는 몽양 여운형의 역사적 삶과 역사 발전을 이끄는 민중들의 상황을 살폈다. 또한 분단 극복의 필요성을 제기했고, 미군 기지의 확장에 따라 가꾸어온 농토를 버리고 떠나야만 하는 대추리 농민들의 아픔을 담았다.

제3부에서는 노동시의 역사를 정리하면서 나름대로 전망을 제시했다. 또한 석탄합리화 정책으로 인해 생업을 잃은 광부들과 진폐 재해자

들의 아픔을 담았다. 아울러 대립적이고 투쟁적인 노동운동이 아니라 생산적인 블루오션 전략을 고민했다.

제4부에서는 일상의 시학을 담았다. 치열한 경쟁 사회에서 살아가는 봉급생활자들의 일상이며 적응하는 모습들을 살폈다. 그리고 문학상 제도의 의의와 문제점을 정리했다.

평론집의 제목으로는 고은 선생님의 '만인보'를 빌려 썼다. 『만인보』의 「서시」에 나오는 "사람은 사람 속에서만 사람이다"라는 구절이 특히 나를 이끌었다. 이 평론집에서 '만인'은 가난하고 힘없는 사람들을 의미한다.

평론집에 함께한 시인들께, 지금 이 글을 쓸 수 있는 자리를 마련해주신 윤충의·최동호·이경혜 선생님께, 이은봉 선배님의 소개로 인연이 된 한봉숙 대표님과 편집부 직원들께 감사함을 전한다. 살아가면서 점점 인연을 생각한다. 인연을 소중하게 품기 위해 더욱 공부할 일이다.

2011년 6월
맹문재

제1부

시인이 이 세계를 모방하는 존재라는 의미는 작품의 제재를 삶의 현실에서 찾고 있음을 나타낸다. 시문학의 기본 행동을 모방하는 데서 연유함을 확인시켜주는 것이다. 인간들은 상호 간에 교류활동을 할 수밖에 없는 운명이므로 행동하는 곧 사회적인 존재가 된다. 예술 작품에 등장하는 인물들의 성격이 흔히 선인이거나 악인이거나 그 중간자인 것은 사회적 존재로서의

'포즈'의 심화

1

신자유주의는 2000년대의 한국 사회를 지배하는 담론 혹은 이데올로 기이다. 인터넷, 폭력, 실업, 환경오염, 양극화, 물질주의, 일상, 다원화, 육체 등 시대를 지배하는 담론이 많지만 신자유주의가 그 어떠한 것보다 영향력을 끼치고 있는 것이다. 진정 신자유주의가 도시를 만들고 공장을 세우고 기존의 사상을 폐기하고 배추를 생산하고 토지 용도를 변경시키고 사람들을 이동시킨다.

신자유주의란 용어는 1997년 11월 21일 한국 정부가 국제통화기금(IMF)에 구제 금융을 요청한 이후 기업들이 구조 조정하는 과정에서 회자되었다. IMF는 구제 금융을 제공하는 조건으로 부실한 기업의 정리, 모든 은행의 자기자본 비율 8% 이상 유지, 외국인 주식투자 한도 폐지, 재벌 경영의 투명화, 기업의 적대적 인수 및 합병, 노동시장의 유연화 등을 요구했는데, 다급한 한국 정부는 수용할 수밖에 없었다. 그 결과 실직자와 구직자들이 거리에 넘쳐났고, 소득의 양극화가 심해졌으며, 물질 가치가 인간 가치를 장악하는 상황이 도래되었다. 사람들은 신자유주의가 제시하는 기준을 거절할 수 없어 명령하는 대로 출퇴근 시간을 지키고 작업량을 채우고 투자할 정보를 찾고 자신을 점검하고 있는 것이다.

시문학 또한 신자유주의가 지배하는 상황으로 말미암아 영향을 받고 있다. 2000년대에 들어 시의 위기에 대한 논의들이 많았는데, 그만큼 시의 영향력이 줄어들었음을 반증하는 것이다. 실제로 시의 시장이 죽었다고 말할 수 있을 정도로 시집 판매가 현격하게 감소되었다. 그 원인에 대해서 대부분의 논자들은 인터넷이나 전자매체의 등장을 들고 있는데, 물론 그와 같은 진단이 일리가 있다고 볼 수 있지만, 피상적인 인식이기에 좀 더 총체적인 파악이 필요하다. 실제로 문단에 등장하는 시인들의 수가 늘고 있고, 시집 출간도 결코 줄어들지 않고 있으며, 여전히 많은 독자들의 사랑을 받고 있는 시인들도 있기 때문이다. 따라서 외적인 면뿐만 아니라 시문학 자체에 대한 진단과 그것에 토대를 둔 전망의 제시가 필요한 것이다.

그 대안의 한 가지로 '포즈론'을 제시한다. '포즈론'은 일제 강점기에 이원조(1909~1953)가 제기한 창작방법론인데, 21세기의 지금 상황에서 계승할 가치가 있다고 생각하는 것이다. 일제 강점기와 신자유주의 시대인 지금과는 여러 면에서 차이가 나는 것이 사실이지만, 현재의 위기를 진단하고 진정한 문학을 회복하기 위한 한 방안으로써 충분히 적용할 만하다고 보는 것이다.

이원조는 1935년 카프의 해산으로 인해 프롤레타리아문학이 활동력을 상실한 데다가 전향 문제가 문단 내에서 대두되자 '포즈론'을 제기했다. 전향 문제를 작가 개인의 탓으로만 돌릴 수 없는 일이라고, 따라서 조선 문학의 진정성을 회복하기 위해서는 근본적인 대책을 마련해야 된다고 본 것이다. 조선인이라는 신분을 지키려는 작가들에게 1930년대의 식민지 상황은 대항할 수 없을 만큼 무겁고 무서운 것이었다. 지식인의 양심으로는 용납될 수 없었지만, 전향이 정당화되기도 하는 상황이었던 것이다. 그리하여 이원조는 조선 작가들이 취해야 할 도덕적인 자세로 '포즈론'을 제시했다.

> 그것은 다름 아니라 그 유명한 물리학자 「갈릴레오」가 종교재판정에서 「코펠릭스」의 지동설을 믿지 않겠다는 것을 서약했는데 그 당시에 광경은 어떠했느냐고 하면 만약 그 서약을 하지 않으면 곧 화형에 처하게 될 것이었다. 그러므로 「갈릴레오」는 믿지 않겠다고 서약하였다. 그러나 그 다음 순간에 가만히 입 안에서 「그러나 움직인다」고 하였다는 것이다. 이것은 한 개의 진리를 위한 사람의 「포—즈」이다. 그리고 이것은 「모랄」이다.[1]

이원조는 갈릴레오(1564~1642)의 포즈를 조선의 작가들도 취할 필요가 있다고 보았다. 종교재판정에서 자신의 학설을 번복한 갈릴레오를 비난하기보다 그를 이해하고 옹호했는데, 이는 한 인간을 단순히 포용한 것이 아니라 그렇게 할 수밖에 없는 상황을, 그리고 그 속에서 고통을 겪은 한 지식인을 품은 것이다.

지구가 우주의 중심이 아니라 태양의 둘레를 돌고 있다는 코페르니쿠스의 학설을 지지한 갈릴레오는 명성을 얻었지만, 종교재판을 받아야만 되었다. 당시는 신권이 지배하고 있었으므로 지구가 우주의 중심이라는 것이 진리로 받아들여지고 있었다. 따라서 갈릴레오의 지동설은 성서에 위배되는 것으로, 곧 사회 체제를 뒤흔드는 위험한 사상으로 간주되었다. 실제로 갈릴레오와 같은 학설을 주장했던 조르다노 브루노(1548~1600)는 화형을 당했다. 1633년 갈릴레오는 이단이라는 가장 무서운 죄목으로 기소되었다. 그는 착실한 기독교 신자였기 때문에 실험을 통해 얻은 진리가 신앙에 어긋나지 않음을 잘 알고 있었지만, 자신을

---

1) 이원조, 「현단계의 문학과 우리의 '포—즈'에 대한 성찰」, 『조선일보』, 1936. 7. 14.

변호할 수 없는 상황에서 재판을 받고 있었기에 위협을 느꼈다. 그리하여 과학자로서 진리라고 믿어온 사실을 포기하고 만 것이다.

이원조는 갈릴레오의 전향 그 자체보다 "그러나 움직인다"고 중얼거린 사실에 주목했다. 갈릴레오가 결코 '진리'를 포기하지 않았음을, 한 지식인으로서 '모랄'을 지켰음을 내세운 것이다. 그리고 갈릴레오의 행동을 조선 문인들이 취해야 할 자세로 제시했다. 전향을 강요하는 시대에 수많은 선조들이 보여준 절개의 정신을 이어받아 목숨을 스스로 내놓는 것이 필요한지, 아니면 미래를 기약하며 목숨을 부지하는 것이 필요한지 묻고, 후자를 선택한 것이다. 물론 그와 같은 태도가 당연하다거나 자랑할 만한 것이 아님을 잘 알고 있었다. 그렇지만 민중들과 연대해서 대항할 수 없는 상황이었기에 자기 자신을 자각하는 일이 우선 필요하다고 판단한 것이다.

2

1930년대의 조선 작가들은 프롤레타리아문학의 퇴조에 따른 공백기를 메울 수 있는 방안에 대해서 많은 고민들을 했다. "안막, 안함광, 김두용, 한효 등이 사회주의적 리얼리즘에 집착하여 이것으로써 활로를 찾으려 했고, 백철은 인간 묘사, 휴머니즘, 휴머니즘에 입각한 리얼리즘의 방법을 모색했고, 임화는 사회주의적 리얼리즘의 변형인 낭만주의를 주장하다가, 이를 자기비판하고 새로이 사실주의를 주장, 나아가 언어적 형상화 탐구로, 종래 민족주의파는 고전론으로, 이원조는 포오즈론으로 각각 모색 전개했는데, 이 가운데 김남천의 고발론이 창작 방법론으로서는 비교적 독창적이고 공감이 가는 것이라 할 수 있다."[2]

---

2) 김윤식, 『한국근대문예비평사연구』, 일지사, 1988, 269~270쪽.

김남천은 카프의 해산에 따른 문단 침체와 전향이 강요되는 상황에서 어떻게 하면 진정한 문학을 창작할 수 있는가를 고민하다가 이원조의 '포즈론'을 발견했다. '포즈론'이 작가의 윤리를 지킬 수 있는 방안임을 깨닫고 창작방법으로 구체화시킨 것이다. 민중들과의 연대적인 행동이 필요하지만 식민지 지식인으로서 살아갈 수밖에 없는 상황이었기에 작가가 자신의 양심을 지키는 자기 고발이 우선 필요하다고 본 것이다.

김남천의 고발론은 창작방법을 구체적으로 제시했다는 점에서 의의가 크다. 이전의 프롤레타리아문학에서 지향점으로 삼았던 사회주의 리얼리즘이 관념적이고 추상적인 것이어서 우리의 실정에 잘 맞지 않는다는 점을 파악하고 대체한 창작론이므로, 21세기의 시가 추구해야 할 방향으로 참고할 수 있는 것이다.

> 1980년 4월 그녀는 도주한 남편 대신 붙잡혀 사북탄광 광장에 세워졌다.
> 광장에는 수백의 남자와 그들의 아내, 낮술 냄새를 풍기는 사내도 여럿 있었다.
> 그들 중 누군가 여자의 젖꼭지를 잡아당겼다.
> 자궁에 담배를 집어넣는 남자도 있었고 연탄집게로 쑤셔대는 남자도 있었다.
> 술에 취한 어떤 사내는 여자의 거웃을 뽑기도 하였다.
> 하지만 그녀는 벌 받을 짓도 지은 죄도 없었다.
> 남편이 어용노조위원장일 뿐 그녀는 두 자식을 둔 어미일 뿐이었다.
>
> — 박영희, 「동정 없는 세상」 전문

1980년 4월에 발생한 사북 광산노동자들의 파업은 실로 충격적인 것이었다. 그 파업의 과격성도 놀라웠지만, 그동안 착취당해온 광산 노동자들의 열악한 삶을 비로소 알게 되었기 때문이다. 도급제로 착취당하는 노동을 하면서 최저 생계비에도 못 미치는 임금을 받았고, 중상 아니면 사망하는 빈번한 산업재해가 일어났지만 안전장치가 제대로 마련되지 않았으며, 목욕탕조차 갖추어져 있지 않을 정도로 생활 환경이 열악했다. 또한 진폐·규폐 문제가 노동자들의 삶을 불안하게 만들었고, 노동자들의 일거수일투족을 감시하는 암행독찰대며 깡패들로 이루어진 어용노조가 노동자들의 인권을 억눌렀다. 그리하여 행동의 과격성에도 불구하고 사북 광산노동자들의 파업은 1980년대 노동운동의 진원지라는 평가를 받는 것이다.

그렇지만 사북파업에서는 또 다른 충격적인 상황이 빠졌음을 위의 시는 고발하고 있다. 시인의 이와 같은 모습은 자신이 광산 노동자의 한 사람이었기에 더욱 진정성이 있다. 그동안 노동운동의 명분이 강조되는 상황이어서 자기 고발이 용납되기 어려웠던 것이 사실이다. 그렇지만 그 어떤 노동운동의 차원이라고 할지라도 '아내'를 도주한 남편 대신 붙잡아 "사북탄광 광장에 세"울 수는 없다. "남편이 어용노조위원장일 뿐 그녀는 두 자식을 둔 어미일 뿐이"다. 따라서 "그녀는 벌 받을 짓도 지은 죄도 없"다. 그런데도 불구하고 사북파업은 한 인간의 존엄성을 무참하게 짓밟았다.

구체적인 상황을 무시하거나 생략한 채 명분만을 추구하는 시는 관념화되고 추상화될 뿐만 아니라 주체성을 상실할 수밖에 없다. 김남천의 고발론은 이 점을 간파했다. 참된 작가적 윤리란 언제나 사회 및 대중들의 삶과 관련되어 형성되는 것을, 자기 성찰을 하면서도 개인적인 차원으로 떨어지지 않는 것을 발견한 것이다. "작가에 있어서의 주체성은 국가·사회·민족 등 인류에 관한 사상과 신념의 문제가 여하한 것인가 하는 국면으로 제출되는 것이 아니라, 이러한 문제가 얼마나 작가 자신의 문제로서 호흡되고 어느 만큼이나 심정의 문제인가로 제기된다. 고쳐 말하면 작가에겐 세계관이 주체를 통과한 것이어야 하며 그것은 언제나 일신상의 모랄과 관계되는 것이"[3]어야 한다. 따라서 주체적

---

3) 김윤식, 앞의 책, 274쪽.

이지 않은 시를 써놓고 독자들에게 읽기를 강요하는 것은 무리이다. 독자들이 시를 읽지 않는다고 탓하거나 원망할 수는 없다. 진정한 문학을 위한 '포즈'는 구호를 외쳐서 민중성을 획득하는 것이 아니라 자신의 한계를 먼저 인식하는 것이다. 그렇게 했을 때 극복을 지향하는 연대의 토대를 마련할 수 있는 것이다.

그렇다면 자기 고발론으로 오늘의 시가 처한 위기를 극복할 수 있을까? 그렇다고 확언할 수는 없다. 사실 김남천의 고발론 자체에도 한계점이 내포되어 있다. 다시 말해 현재의 상황에 부정적인 입장을, 패배주의 입장을 전제하고 있어 소시민적인 특성을 띠고 있는 것이다. 따라서 김남천의 고발론이 지니고 있는 한계를 극복하는 지향이, 자기 고발과 결합되는 전망의 제시가 필요하다고 볼 수 있다.

3

삼등 병실 티브이에서
「87년 6월」이란 다큐멘터리를 보았습니다

거기서 다시
한 아름다운 청년의 죽음을 보았고
최루탄 자욱하던 거리에 흩어지던 학생들과
일제히 울리던 차량들 경적소리 들었으며
자신들의 도시락을 모아 담 너머 명동성당
시위대에 전해주던 여고생들의 사랑 보았으며
깨끗이 씻은 도시락에 잘 먹었다는 메모가 있었다는
아름다운 후일담 들으며 희망 보았으며
전경들 가슴에 장미꽃 꽂아주던 시민들과
축제처럼 흩날려 내리던 휴지 뭉치들의 감동 보았으며
돌 던지던 넥타이부대와 아줌마들의 열정 보았고
광화문에서 시청 앞 광장 거쳐 서울역 앞까지

거리에 가득하던 시민들의 하나됨과
이 땅 민주주의의 빛나던 승리
거기서 오랫동안 다시 보았습니다

마음은 하나도 슬프지 않았는데도
보는 도중 내내, 끊임없이, 하염없이
눈물 흘러나왔습니다

눈물이, 부끄럽지 않았습니다

그건 '첫경험' 같은 것이었습니다

— 엄원태, 「부끄럽지 않은 눈물」 전문

시인은 "「87년 6월」이란 다큐멘터리를 보"면서 "이 땅 민주주의의 빛나던 승리"의 날을 기억하고 있다. 기억 속에서 "한 아름다운 청년의 죽음을 보았고/최루탄 자욱하던 거리에 흩어지던 학생들과/일제히 울리던 차량들 경적소리 들었으며/자신들의 도시락을 모아 담 너머 명동성당/시위대에 전해주던 여고생들의 사랑 보았으며/(중략)/광화문에서 시청 앞 광장 거쳐 서울역 앞까지/거리에 가득하던 시민들의 하나됨"을 본 것이다. 그리하여 시인은 "마음은 하나도 슬프지 않았는데도/보는 도중 내내, 끊임없이, 하염없이/눈물 흘"렸다. 시인의 기억은 이처럼 어떤 선동이나 구호가 아니라 자기 인식이다. 한 시대의 인간가치를 구체적으로 고민했음을 증명하는 것이다.

시인의 기억은 신자유주의 시대가 지배하는 21세기의 상황에 필요하다. 신자유주의 시대를 살아가는 사람들은 사회로부터는 물론이고 자기 자신으로부터도 소외되고 있는데, 기억을 통해 자신을 성찰하고 자아를 회복시키는 일이 필요한 것이다. 신자유주의는 자신의 이익 증대를 위해 양보, 이해, 희생, 사랑, 공동체 등의 인간 가치를 여지없이 무너뜨린다. 그리고 인간을 철저히 수단적인 존재로 전락시킨다. 따라서 사용가치가 교환가치로 바뀐 신자유주의 시대에 기억이란 시간 낭비에 불과한 것이 아니라 수단화된 인간을 회복시키는 힘이다. 회상적인 것이어서 생산성을 제고하는 데 기여하지 못하는 것이 아니라 파편화된 인간을 유적(類的) 존재로 복원시키는 것이다.

시인에게 기억은 상상력과 더불어 중요한 창작적 요소이다. 시인 역시 유한한 존재이기에 시간적 공간적 제약을 받을 수밖에 없지만, 기억을 통해 그 한계를 가능한 한 극복하는 것이다. 시인은 기억을 통해 자아와 능동적인 관계를 갖는다. 기억으로써 자신의 결핍을 메우고 욕망을 표출하고 이 세계의 변화를 시도한다. 시인의 기억은 고도로 집중되고 선택된 세계인식이다. 본래의 인상, 감각, 정서를 새롭게 의미화시켜 보편성을 띤다. 그리하여 기억은 개인성을 바탕으로 삼고 있지만 보편적이고, 초월성을 띠고 있지만 지극히 사회적이다. 자신을 나르시시즘의 차원으로 가두지 않고 사회적인 존재로 확장시키는 것이다.[4] 1987년 6월의 민주화운동에 대한 기억을 '첫경험'으로 비유하고 있는 위의 작품이 그 좋은 본보기이다.

> 도금공장에서 도금 일하는
> 친형이 암에 걸렸어도
> 신음 한번 하지 않고 임종하여
> 나는 그나마 덜 가슴 아팠다
> 암이 뇌에서 고통을 느끼는 기관을
> 훼손한 것 같다고 의사가 진단했다
>
> 도금공장에는 방글라데시에서 온
> 청년도 도금 일한다고 했는데

---

4) 맹문재, 「기억과 시」, 『현대시학』, 2006년 5월호, 316~320쪽.

친형이 근무한 만큼 근무한 뒤에는
암으로 죽을 수도 있겠지만
병고에 소리치다가 임종한다면
그의 동생은 무척 가슴 아프겠지

나이든 친형은 함께 사는 가족들에게
화장해 달라고 유언을 했지만
방글라데시 청년은 아직은 팔팔하고
가족들이 멀리 있어
사후를 미리 부탁하진 못하겠다

본 적 없는 방글라데시 청년이
죽은 친형이 되고
오래 보았던 친형이
살아 있는 방글라데시 청년이 되는 날에
나도 그의 동생도 호곡하게 될 것이다

— 하종오, 「사후」 전문

　기억을 통한 자기 고발의 포즈가 위기에 처한 오늘의 서정시를 극복할 수 있는 한 방안이 되지만, 여전히 보충될 부분이 있다. 시란 이데올로기의 산물이기 때문이다. "문학을 객관적이고 기술적(記述的)이 범주로 보아서는 안 되는 것과 마찬가지로, 문학을 사람들이 마음 내키는 대로 문학이라고 부르는 것처럼 말할 수는 없는 것이다. 왜냐하면 그러한 종류의 가치판단들에는 변덕스러운 것이 들어 있지 않기 때문이다. 그 가치판단들은 엠파이어스테이트 빌딩처럼 명백하게 흔들리지 않는 심층적인 신념의 구조들 속에 뿌리박고 있다. 문학은 곤충들이 존재하는 것과 같은 의미에서 존재하는 것이 아니고 그리고 문학을 구성하는 가치판단들이 역사적으로 변하기 쉬운 사실뿐만 아니라, 이 가치판단 자체도 사회의 이데올로기들과 밀접히 관계하고 있는 것이다. 결국 가치판단은 단순히 개인적인 취향만을 가리키는 것이 아니라 어떤 사회집단들이 다른 사회집단들에 대하여 영향을 끼치고 또 그 영향을 유지하는 전제들을 가리킨다."[5]

따라서 신자유주의가 팽창하는 21세기의 상황 속에서 시의 위기를 극복하려면 현실에 대해 보다 적극적인 인식을 갖고 민중성을 회복하는 것이 요구된다. 사람들의 삶의 실제가 이전에 비해 엄연하게 달라졌고, 그에 따라 사람들의 가치관이며 행동 또한 변화되었으므로 그 반영이 필요한 것이다. 외국인 노동자들, 특히 '방글라데시'와 같은 아시아 국가 노동자들의 삶을 구체적으로 담고 있는 위의 작품이 좋은 본보기이다.

21세기의 시는 한국의 노동시장으로 찾아와 노예적 삶을 영위하고 있는 외국인 노동자의 삶을 외면해서는 안 된다. "친형이 근무한 만큼 근무한 뒤에는/암으로 죽을 수도 있"는 이른바 3D업종에 종사하는 그들의 열악한 노동 환경과, "가족들이 멀리 있어/사후를 미리 부탁하진 못하"는 정신적 고통을 함께 담아야 한다. 그들의 상당수는 불법 체류자이기 때문에 인권을 보호받지 못하고 있다. 따라서 언제 한국에서 추방당할지 모른다는 불안감에 시달리고 있다. 결국 그들은 목숨을 걸고 일하지만 이방인처럼 취급당하고 있는 것이다.

어느덧 한국도 경제적 식민의 논리를 약소국가들에게 적용하는 나라가 되었다. 경제적으로 열등한 나라들에 우월감을 내보이고 있고, 경제적 식민화를 욕망하고 있는 것이다. 이와 같은 논리를 추구하는 것이 바로 신자유주의의 입장이다. 지극히 이익관계의 태도로 약자의 인간 가치를 왜곡시키고 또 배제하는 것이다. 한국의 노동자들은 정치 민주화 운동과 노동운동을 통해 어느 정도 인권을 보장받고 있지만, 외국인

---

5) Terry Eagleton, Literary Theory : An Introduction, Oxford, England : Basil Blackwell, 1983, p.16.

노동자들은 아직도 열악하기만 하다.

신자유주의 시대는 노동시장의 유연화 정책에 따라 외국인 노동력이 물밀듯이 들어와 노동시장이 재편되고 있다. 국가 간의 노동시장이 급속도로 개방되어 세계 시장의 흐름에 국내 시장이 잠식되고 있는 것이다. 그리하여 만약 외국의 시장이 침체되면 국내 시장의 침체 역시 도미노 현상처럼 일어난다. 그리고 그 침체는 중소기업의 도산까지 가져와 결국 그곳에서 일하는 노동자들의 실업이 발생된다. 한국인 노동자나 외국인 노동자나 예외 없이 공동의 운명에 놓인 것이다.

2000년대의 한국 시단은 참여문학과 순수문학이라는 기존의 이분법적 구분이 상당히 와해된 상황이다. 신자유주의 체제를 내세운 거대 자본이 사회 전역을 지배하게 되면서 시문학 또한 변화된 것이다. 신자유주의의 지배로 인해 역사나 국가, 민족, 민중, 계급, 해방 등과 같은 거시적 가치들은 축소 내지 폐기되었고, 그 대신 일상, 개인, 욕망, 탈개념 등과 같은 미시적 가치들이 대두되었다. 문학이 고유하게 견지해온 성찰 같은 가치는 더 이상 지배적인 요소가 되지 못하고 있다. 따라서 자기 고발의 포즈를 통해 역사 인식을 새롭게 갖는 일은 매우 필요하다.

그렇다고 문학을 정치적인 것만으로 보아서는 안 된다. 문학이 정치성을 띠는 것은 당연하지만 정치적 관점으로만 국한시켜 보았을 때 상황이 어려워지면 곧 문학의 위기라고 말하게 된다. 문학은 결코 정치적인 것만이 아니기에 정치적인 패배가 반드시 문학의 패배를 의미하는 것은 아니다. 이런 점에서 시의 위기가 운운되고 있는 이 시기에 '포즈론'은 진정한 문학의 회복을 위한 고민의 한 방안으로써 수용할 필요가 있는 것이다.

시와 현실

1

  아리스토텔레스가 『시학』에서 가장 관심을 둔 것은 플롯으로 보인다. 그와 같은 면은 시 장르의 전체는 물론 그 종류나 각각의 기능에 대해서 예술적인 성취를 얻으려면 플롯을 어떻게 구성해야 되는지 관심을 가져야 된다고 제1장의 첫머리부터 언급하고 있는 데서 알 수 있다. 뿐만 아니라 비극의 경우를 들어 플롯을 구성하는 일이 "가장 우선적이고 중요한 것"[1]이라고 말한 것을 비롯해 거의 모든 장(章)에서 강조하고 있는 데서도 확인된다. 그리하여 "시인은 운율을 만들기보다 플롯을 만드는 사람이 되어야 한다"[2]는 다소 극단적인 주장까지 하고 있다. 진정 플롯은 작품의 근간으로서 그것을 어떻게 구성하느냐의 문제는 중요하다.

---

1) "This is both the first and the most important thing about the art of tragedy" (Gerald F. Else, *Aristotle's Poetics the Argument*, Harvard University Press, 1967, p.282)

2) "The poet(maker) should be a maker of his plots rather than his verses", Ibid. p.315.

원인과 결과가 분명하게 시작되고 마무리되는 관점을 가져야 하고, 어느 한 부분을 다른 곳으로 옮기거나 제거하면 전체가 흐트러질 정도로 통일성을 가져야 하는 것이다.

그런데 아리스토텔레스는 플롯을 하나의 고립된 형식으로 이해하지 않았다는 점을 주목해야 한다. 작품을 형상화하기 위해 각각의 사건들을 유기적으로 배열하거나 서술하는 형식인 플롯을 오히려 내용과 상호 연관을 갖는다고 인식한 것이다. 사실 시문학이 언어와 형식의 예술이기는 하지만 그것이 내용을 지배하는 것은 아니다. 형식과 내용은 상하의 관계나 순위의 관계가 아니라 마치 물동이와 물의 관계처럼 상호 구성하는 요소로서 기능하는 것이다.

그리하여 아리스토텔레스는 플롯과 아울러 모방을 내세웠다. 서사시나 비극이나 희극의 창작뿐만 아니라 합창곡이나 플루트나 리라의 연주에 필요한 작곡 등 모든 예술을 모방의 형식이라고 보고, 예술가를 "행동하는 인간들을 모방"[3]하는 존재로 정의했다. 예술가란 인간들의 행동을 모방하는 존재이며 예술 작품이란 그 산물로 간주한 것이다. 그 예로 고대 희랍어인 행동하는(drontas) 것을 기원으로 두고 있는 드라마(drama)를 들고 있다. 드라마를 움직이는 사람들을 모방한 산물로 여기고 있는 것이다. 이와 같은 차원에서 보면 모방은 동적인 성격을 띤다.

아리스토텔레스가 얘기했듯이 모방은 플롯과 함께 시작품의 토대가 된다. 모방은 인간의 본성적인 행동이다. 인간은 동물과 다르게 특별히 모방을 잘하고 그것을 통해 지식을 얻는다. 또한 모방된 산물들로부터 그 요소를 유추할 수 있고 그것으로써 즐거움을 얻는다. 이런 점에서 시인이란 이 세계를 모방하는 존재라고 볼 수 있다.

---

3) "The imitators imitate men in action", Ibid, p.68.

2

　시인이 이 세계를 모방하는 존재라는 의미는 작품의 제재를 삶의 현실에서 찾고 있음을 나타낸다. 시문학의 기원이 인간들의 행동을 모방하는 데서 연유함을 확인시켜주는 것이다. 인간들은 상호 간에 교류활동을 할 수밖에 없는 운명이므로 행동하는 존재, 곧 사회적인 존재가 된다. 예술 작품에 등장하는 인물들의 성격이 흔히 선인이거나 악인이거나 그 중간자인 것은 사회적 존재로서의 특성이 반영된 것으로 볼 수 있다. 시인은 행동하는 인간들의 성격을 모방하고 그 성격을 낳은 환경을 반영해내는 것이다.

　시인이 사회적 존재로서 다양한 규범으로부터 영향받을 수밖에 없기에 시작품 역시 그와 같은 처지가 된다. 사회의 윤리나 도덕과 밀접한 상관관계를 갖는 것이다. 그런데 사회 규범은 인간 세계를 존속하기 위한 구성원들 간의 약속이므로 절대적인 가치가 아니라 시대나 사회에 따라 다르게 적용된다. 어떤 사람에게는 개인의 욕망을 억압하는 제도나 관습일 수도 있는 것이다. 대체로 인간의 "금기체계는 성과 양식의 적절한 분배라는 원칙"[4]을 토대로 형성되고 있다. 종족보존을 위해 성을 어떻게 분배하며 생명보존을 위해 양식을 어떻게 분배할 것인가의 문제가 금기체계의 기반인 것이다. 그렇지만 인구와 양식의 문제가 항상 변하므로 금기체계의 적정성 또한 논란이 될 수밖에 없다. 그리하여 금기체계를 수정하거나 폐지하려는 힘과 그것을 지키거나 강요하려는 힘 사이에 협약에서부터 전쟁이나 혁명에 이르기까지 다양한 결과가 생기는 것이다.

　시인은 자신이 살아가는 사회와 그 속에서 살아가는 사람들을 모방하

---

4) 김현, 『현대 한국 문학의 이론/사회와 윤리』(김현문학전집2), 문학과지성사, 1991, 166쪽.

는 임무를 띠고 있다. 그러므로 아리스토텔레스가 『시학』의 제17장에서 말했듯이 시인은 작중인물의 행동과 함께할 필요가 있다. 시인이 표현해내려고 하는 작중인물의 감정을 가질 때 그것을 제대로 그려낼 수 있는 것이다. 그 한 예로 분노는 시인이 그것을 실제로 느낄 때 보다 여실하게 표현해낼 수 있다. 그런 점에서 시인에게는 모방하고자 하는 대상들이 지니고 있는 감정에 쉽게 동화할 수 있는 천재성이나 기질이 필요한 것이다.

시인이 모방하려는 대상과 동화하는 힘은 독자들과 함께하는 데 기여한다. 대상이 지니고 있는 슬픔이나 놀람이나 격정이나 기쁨 등을 시인 역시 지닐 때 더 여실하게 표현할 수 있으므로 독자들과 공감대를 형성하는 데 유리한 것이다. 다시 말해 기존의 사회 규범에 대한 수정이나 변혁을 요구하는 연대의식의 확대에 기여하는 것이다. 사회 규범은 절대적인 가치가 아니지만 수정되기를 거부한다. 뿐만 아니라 수정을 요구하는 구성원을 위험한 존재로 간주하고 개조하려 들거나 배제하거나 심지어 추방한다. 따라서 시인이 독자들과 연대의식을 형성하는 것은 사회 규범에 대항하는 힘을 기르는 것이 된다.

이와 같은 차원에서 시인에게는 행동하는 인간들을 모방하기 위한 용기와 행동이 필요하다. 적극적으로 이 세계를 반영하려는 의지와 실천력이 요구되는 것이다. 시인에게 반영이란 우물이나 벽에 걸린 거울에 자신의 얼굴을 비추는 것 같은 수동적이고 소극적인 행위를 넘어선다. 삶을 영위하는 환경이란 우물이나 거울처럼 정지되어 있거나 단순한 것이 아니라 끊임없이 변하고 복잡하고 다양하다. 따라서 그와 같은 현실 세계에서 살아가는 자신뿐만 아니라 구성원들을 구체적으로 파악하기 위해서는 적극적으로 다가서야 하는 것이다.

시인은 자신이 속한 사회의 분배가 제대로 이루어지고 있는지를 정직하게 살펴야 한다. 만약 분배가 적정하게 이루어지고 있지 않다면 그

원인과 대안을 진지하게 고민해야 된다. 그렇지만 그것은 경영인이나 법조인이나 정치가나 물리학자의 접근과는 다르다. 효과나 법리나 권력이나 법칙의 관점이 아니라 인간 자체를 중심으로 삼는 것이다. 따라서 시인은 구체적이면서도 총체적인 세계관을 가져야 한다. 이것이 곧 시인의 양심이다. 시인의 양심이란 객관적인 개념이 아니라 자신이 속한 사회를 관찰하는 과정에서 생기는 진실이다. "진실은 깨어 있는 의식과 더불어 하나하나의 삶을 실현해감으로써 구체화"[5]되는 것이다. 독자들은 시인의 그 양심을 통해 시대 상황이며 사회 구조를 읽는다. 뿐만 아니라 역사의 흐름을 이해하고 바람직한 인간 가치를 인식한다.

3

시작품이 시인의 정직한 양심의 산물이라는 점에서 형식적인 면뿐만 아니라 내용적인 면도 중요함을 알 수 있다. 언어적인 면뿐만 아니라 정신적인 면도 시의 주축이 되는 것이다. 따라서 작품의 내용은 형식에 담기는 단순한 제재가 아니라 형식과 통합을 이루는 요소라고 볼 수 있다. 뿐만 아니라 내용과 형식이 통합을 이루어야 비로소 시의 조건을 갖추어 의미의 창출을 가져올 수 있는 것이다.

한국의 근대시가 이전 시대의 시조 형식을 극복하고 자유시 형식을 정착시킬 수 있었던 것도 형식적인 차원만이 아니라 내용적인 면을 담보했기 때문이다. 봉건체제의 모순을 극복하는 동시에 서구의 선진 문물을 받아들여 근대국가를 이룩하려는 시대적인 요망을 적극적으로 수용했기에 가능했던 것이다. 그와 같은 흐름은 일제 강점기에도 지속되

---

5) 최동호, 「시와 진실」, 『시를 어떻게 만날 것인가』(유종호 · 최동호 편), 작가, 2005, 274쪽.

어 시인들은 민족의 독립과 프롤레타리아 계급으로 지칭되는 조선 민중들의 궁핍한 상황을 적극적으로 담아냈다. 특히 임화를 위시한 카프 계열의 시인들은 분명한 계급의식을 가지고 그 목적성을 드러내었다. 일제 강점기라는 시대적인 제약으로 말미암아 시인들의 시도가 달성되기는 어려웠지만, 조선 민중들의 참상을 고발하고 일제에 대항하려고 한 의지는 큰 것이었다. 한국의 현대시가 현실 문제를 적극적으로 반영하는 전통을 확립하는 데 토대가 된 것이다. 그리하여 강대국들의 복잡한 이해관계에 의해 혼란을 겪을 수밖에 없었던 해방기나 동족상잔의 비극으로 얼룩진 한국전쟁기에도 작품들은 나름대로 현실을 반영할 수 있었다.

한국 현대시는 4·19혁명을 기점으로 현실 인식의 차원에서 상당한 진전을 이룬다. 무엇보다도 시인들은 민중이 역사의 주체라는 사실을 자각한 것이다. 그리하여 부패하고 모순된 사회를 고발하며 민중들을 위한 민주주의의 실현을 적극적으로 추구했다. 김수영은 "역사는 아무리/더러운 역사라도 좋다"(「거대한 뿌리」)라고 역사의 주체로서 민중을 신뢰했고, 신동엽은 "껍데기는 가라"(「껍데기는 가라」)라고 민중을 억압하는 대상들을 향해 물러날 것을 당당하게 외쳤다. 시인들은 자신이 처한 환경에 순응하지 않고 적응할 만한 사회로 만들기 위해 온몸으로 밀고 나간 것이다.

또한 시인들은 1962년대부터 추진된 소위 '경제개발 5개년 계획'의 정책에 따라 산업화와 도시화가 본격화되면서 제기된 경제적 분배의 문제에도 적극성을 띠었다. 정부의 경제정책은 한편으로는 수출 증대와 산업 성장을 가져왔지만, 다른 한편으로는 상대적 박탈감, 비인간적인 대우, 도시와 농촌 간의 불균형 등 많은 문제들을 가져왔다. 그리하여 1970년 11월 13일 평화시장의 재단사였던 전태일이 "근로기준법을 준수하라"라고 외치며 분신한 사건에서 보듯이 민중들의 저항은 절실하고도

절박했다. 지식인 시인들은 그와 같은 상황을 외면하지 않고 정치 민주
화의 요구와 아울러 비인간적인 대우를 받는 민중들의 상황을 고발하
고 나섰다. 신경림은 "답답하고 고달프게 사는 것이 원통하다"(「농무」)
라고 가난하고 소외된 농민들의 실정을 고발했고, 김지하는 "민주주의
여 만세"(「타는 목마름으로」)라고 민중들의 주권을 회복하는 민주주의
를 갈망했다.

시인들의 현실 인식은 산업화와 도시화가 보다 본격화되고 보편화된
1980년대에 들어 한층 더 확대되었다. 김남주 같은 진보적인 지식인 시
인들뿐만 아니라 박노해, 백무산 같은 노동자 출신 시인들이 직접 나서
서 열악한 임금, 장시간 노동, 비인격적인 차별대우, 산업재해 등에 시
달리는 노동자 계급의 상황을 구체적으로 알렸다. 뿐만 아니라 노동조
합의 활동에도 적극적으로 가담했으며, 정치적인 문제들과도 연계시켜
나갔다. 그 결과 노동자들의 문제를 이전 시대에서는 볼 수 없을 정도로
사회적이고 시대적인 문제로 이끌어내었다.

우리 세 식구의 밥줄을 쥐고 있는 사장님은
나의 하늘이다

프레스에 찍힌 손을 부여안고
병원으로 갔을 때
손을 붙일 수도 병신을 만들 수도 있는 의사 선생님은
나의 하늘이다

두 달째 임금이 막히고
노조를 결성하다 경찰서에 끌려가
세상에 죄 한번 짓지 않은 우리를
감옥소에 집어넌다[6]는 경찰관님은

---

6) '집어넣는다'는 뜻의 구어로 보임.

항시 두려운 하늘이다

죄인을 만들 수도 살릴 수도 있는 판검사님은
무서운 하늘이다

관청에 앉아서 흥하게도 망하게도 할 수 있는
관리들은
겁나는 하늘이다

높은 사람, 힘있는 사람, 돈 많은 사람은
모두 하늘처럼 뵌다
아니, 우리의 생을 관장하는
검은 하늘이시다

나는 어디에서
누구에게 하늘이 되나
대대로 바닥으로만 살아온 힘없는 내가
그 사람에게만은
이제 막 아장걸음마 시작하는
미치게 예쁜 우리 아가에게만은
흔들리는 작은 하늘이것지

아 우리도 하늘이 되고 싶다
짓누르는 먹구름 하늘이 아닌
서로를 받쳐주는
우리 모두 서로가 서로에게 푸른 하늘이 되는
그런 세상이고 싶다

— 박노해, 「하늘」 전문

　사장, 의사, 경찰, 판검사, 관리 등 소위 권세와 전문 지식과 돈 많은 사람들을 "하늘"로, 그렇지 못한 사람들을 "우리"로 지칭하면서 이분법적 대립을 의도한 위의 작품은 단순하고 소박하게 보인다. 하지만 바로 그와 같은 점이 시인이 면밀하게 의도한 것이기에 주목할 필요가 있다. 노동자 계급의 목소리를 구체적이면서도 절실하게 전함으로써 1980년 대까지 한국 사회에서 인정받지 못했던 노동자들의 존재를 강하게 각인시키고 있는 것이다.

박노해는 그동안 지식인이 주도적으로 이끌던 민중시를 노동자가 창작의 주체가 되는 계기를 마련해준 시인이다. 자신의 본명인 '박기평' 대신 노동해방을 뜻하는 필명인 '노해'를 사용할 정도로 고도의 계급의식을 가지고 노동자들의 세계를 추구한 것이다. 그러므로 그의 작품들에 나오는 등장인물이나 상황 등은 실제의 상황을 단순하게 복제한 것이 아니라 의도적으로 선택하고 부가해서 창조한 것들이다. 그리하여 그의 작품들은 구체적이면서도 보편성을 획득한다. 형식적인 차원에서 통일성을 구현하는 데 미숙함을 보였고, 자본주의의 역사를 통찰하지 못해 노동자들의 세계가 곧 도래할 것처럼 전망한 오류를 보였지만, 기존의 시문학 규범을 뛰어넘는 성과를 거둔 것이다. 그 결과 소수의 전문가가 아니라 누구나 시를 쓸 수 있고, 시작품이 텍스트에만 머무르지 않고 사회 변혁의 매개체로 사용될 수 있음을 보여주었다. 결국 시작품이 형식적인 면보다 내용적인 면에 의해 독자들과 연대할 수 있음을 확인시켜준 것이다.

4

오늘날의 시인들은 또 다른 모습으로 현실을 반영하고 있다. 그것은 국내외의 환경이 이전 시대와는 상당히 다르게 변했기 때문이다. 그동안 군부 출신이 대통령이 되어 오던 관례가 '문민정부'의 출현으로 막을 내렸고, 그 후 야당으로 정권이 교체되어 '국민의 정부'나 '참여정부'의 성립에서 볼 수 있듯이 진보적인 정치 환경이 조성되었다. 그러면서도 1997년의 외환위기로 말미암아 국가 전체가 경제적으로 큰 위기를 겪었다. 국제통화기금의 지원과 국민들의 의지로 다행히 회생할 수 있었지만, 이전과는 다르게 신자유주의의 지배를 받고 있는 것이다. 그리하여 수출이 증가해도 투자와 소비가 늘지 않아 경제의 불안감이 지속되고 있고, 노동자들 간의 임금 격차가 커지고 있으며, 비정규직이 급증하고, 구조조정으로 해고 노동자들이 늘어나고 있다. 그럼에도 불구하고 사회보장제도는 미흡하고 노동조합 역시 뚜렷한 대안을 내지 못하고 있는 형편이다. 동구 사회주의의 몰락 이후 휩쓰는 신자유주의의 파고가 워낙 높기 때문에 제대로 헤쳐 나가지 못하고 있는 것이다.

신자유주의는 국가의 시장 개입을 가능한 한 인정하지 않고 있으며 시장의 자유와 규제 완화, 개인의 재산권 등을 중시한다. 국제적으로도 자유 무역과 시장의 개방을 주장해 세계화와 같은 산물을 낳고 있다. 민간의 역할이 국가보다 중시되고 있고 노동시장의 유연화가 확대되고 있으며 효율성이 강조되고 있다. 그리하여 선진국과 후진국 간의 빈부 격차가 확대되는 것은 물론 사회보장제도나 분배 가치에도 큰 영향을 미치고 있다. 결국 거대한 신자유주의의 지배에 의해 경제적 분배가 제대로 이루어지지 않아 실업과 고용 불안이 심화되고 있는 것이다.

오늘날 문학이 위기에 처해 있다는 우려의 목소리를 도처에서 듣는데, 이 역시 신자유주의의 흐름과 관계가 깊다. 흔히 문학의 위기에 대한 원인을 영상매체나 전자매체의 확장으로 들고 있다. 영상매체의 확대가 문자매체의 위축을 불러와 독자들이 줄어들고 있다는 것이다. 그와 같은 진단이 그르다고는 볼 수 없지만, 문학의 주체성이 상실되는 면으로 파악하는 것이 보다 타당하다고 생각된다. 문학이 이 세계를 정직하게 인식하지 못하고 신자유주의의 속성을 따르고 있기 때문에 스스로 존재가치를 상실하고 있는 것이다. 신자유주의는 자본의 잣대로 모든 가치를 매긴다. 인격이나 성실성이나 예의나 이데올로기 등의 가치를 오직 경제적 효율성의 차원에서 평가할 뿐이다. 따라서 문학이 휴머니즘을 추구하는 본연의 가치를 저버리고 자본의 가치를 추구하는 한 독자들로부터 소외될 수밖에 없는 것이다.

　사람들은 자신의 의식주는 물론이고 자아실현이나 취미 생활에까지 신자유주의가 요구하는 대로 따르고 있다. 신자유주의가 요구하는 차를 타고 출근하고, 신자유주의가 지시하는 업무를 신속하게 처리하고, 신자유주의의 눈치를 보며 퇴근한다. 뿐만 아니라 신자유주의가 추구하는 각종 가치와 규범 등에 철저히 종속되어 있다. 따라서 행동하는 인간들을 모방하는 것을 임무로 삼고 있는 시인들의 중요성은 매우 크다. 비인간적인 조건들을 파악하고 개선안을 제시할 정도로 상황들을 직시하고 간파해낼 필요가 있기 때문이다.

　　　사회면 기사를 보다가 그가 노동자일 때
　　　흉악한 범죄자가 무슨 기업 무슨 공업 노동자일 때
　　　내가 긴장하는 것은 당연하다
　　　그가 일하는 공장에 노동조합이 없거나
　　　조합이 있어도 몸을 판 매음조합이거나
　　　그도 아니면 짓눌려 살다가 얼이 나간 저능조합이거나
　　　권리 행사를 원천 봉쇄한 악질기업일 때
　　　법이 억압과 탄압을 보장 방관 묵인할 때

　　　부당함에 대항해 싸울 권리를 박탈할 때
　　　박탈당한 자는 부당한 자가 된다
　　　그래서 소외 계층을 돌봐야 한단다
　　　권리는 빼앗고 동정의 손길이 있어야 하므로
　　　인간성 교육을 하잔다
　　　부당함을 당해도 참아라 인내하라 할 말밖에

또 있으면 말해보라
자본은 힘과 지식과 시간만을 빼앗는 게 아니다

— 백무산, 「부당한 인간」 전문

　신자유주의 시대의 "자본"은 사람들의 "힘과 지식과 시간만을 빼앗는 게 아니"라 그 이상의 인간 가치를 훼손시킨다. 가령 "부당함을 당해도 참"는 것이 삶의 지혜라고 교육시킨다. 신자유주의 시대 이전에는 신분이나 사회 권력이 사람들을 복종시켰지만, 이제는 "자본"이 복종시킨다. 그러므로 경제적 약자는 근대사회 이전의 노예처럼 자신의 주체성을 포기하고 살아가야 한다. 자아실현의 욕구는 차치하고서라도 자신의 생존은 물론이고 안전을 위해 신자유주의의 요구에 절대적으로 복종할 수밖에 없는 것이다.

　신자유주의 시대의 자본은 자기 이익을 철저히 추구한다. 그것에 방해되는 어떠한 대상도 그냥 두지 않는다. 사람들의 인격이나 세계관 등에 상관하지 않고 대가를 치르도록 조치한다. 사람들이 내세우는 사랑이며 인정이며 의리며 양심 등의 가치도 효율성에서 밀려난다. 또한 신자유주의 시대의 자본은 자신의 이익을 추구하기 위해 사람들을 경쟁시키거나 분열시킨다. 사람들은 자본의 그 속성을 알고 있으면서도 이미 세계가 그의 지도에 맞추어져 있기 때문에 제대로 대항하지 못한다. 자본이 요구하는 기준과 계획과 방식 등에 종속된 채 따르고 있는 것이다.

　이와 같은 상황에서 시인의 현실 인식은 매우 중요하다. 신자유주의가 지배하는 면들을 구체적이면서도 정직하게 반영해내는 것이 곧 인간의 가치를 회복시키는 데 기여하기 때문이다. 극단적인 경우를 제외하고 시인 역시 자신이 속한 시대나 사회를 벗어날 수 없다. 그의 감정이나 상상력 역시 사회의 자장에 속한다고 볼 수 있다. 따라서 시인은 이 세계를 정직하게 인식하고 반영해내야 한다. 자본이 자기의 이익 추구를 위해 수단과 방법을 가리지 않고 인간을 소외시키고 착취하는 상황을 직시하고 맞서야 하는 것이다. 시인이 이 세계의 문제를 완전하게 해결할 수는 없지만 최대한 인간 가치의 위대함을 노래해야 하는데, 그러기 위해서는 자신을 둘러싸고 있는 사회 현실을 관찰하는 차원을 넘어 간파하는 의식을 가져야 한다. 곧 시인은 행동하는 존재가 되어야 하는 것이다.

임화의 대중화

1

김윤식이 임화에 대한 본격적인 고찰에서 "한 나라의 문화사 속에, 플러스적이든 마이너스적이든 극복되어야 할 대상으로 뚜렷이 파수병처럼 지켜서 있는 정신적 지주"[1]라고 평가한 것은 주목된다. 그만큼 임화는 재평가 혹은 심도 있는 재고찰이 요구되는 대상인 것이다. 김윤식은 같은 글에서 임화가 문인으로서 살아갔던 시대는 짙은 문제성을 던진다고 전제하면서 그의 삶과 문학세계를 "(1) 1920년대 문학의 제2기 동경유학생이었고, (2) 민족주의 문학과 계급주의 문학이 날카롭게 대립되었을 때 시인으로, 이론가로 출발했다는 점, (3) KAPF 조직의 제3 선전 이후 서기장으로 책임자의 입장에 있었으며, (4) 1930년대 투옥, KAPF 해체와 전향축을 형성하면서도 매우 모호한 태도로 순문학에 자신을 호도하면서 또 고전 탐구, 문학사 연구, 문고 경영에 임했다는 것,

---

1) 김윤식, 『한국근대문예비평사연구』, 일지사, 1988, 540쪽.

(5) 관심의 표명과 행동에서 연극, 영화 운동에도 특이한 존재로 군림하고 있었다는 점, 그리고, 무엇보다도 암흑기를 거쳐 을유 해방 직후 소용돌이 속에, (6) 어느 사회 단체나 정치 단체보다 앞서 「문화건설중앙협의회」를 조직 주도하였고, (7) 「문학」이란 기관지를 실질적으로 주재, 민족 문학 건설을 내세웠다는 것, (8) 문학과 정치가 가장 밀착된 혼란기에 그가 온몸으로 살고, 그의 정치 노선인 북쪽을 택해 월북했다는 것, (9) 그리하여 6·25의 동족상잔 속에, 서울에 종군하여 「너 어느 곳에 있느냐」를 썼고, 마침내 「미제스파이」라는 명목으로 사형 당했다는 것 등"[2]과 연관해 조명했다.

이와 같은 정리는 이후의 연구에 큰 토대가 된 것이 사실이지만, 플러스적이거나 마이너스적이라는 양가적인 조건을 내세운 것은 재고할 필요가 있다. 연구의 대상으로 선택한 이상 긍정적인 이해가 필요하기 때문이기도 하지만, 적극적인 이해 또한 필요한 것이다. 따라서 "서구 지향성의 진폭 내지 사정거리 속에서 임화는 끝내 탈출 내지 극복하지 못했다"[3]는 결론은 극복될 필요가 있다. 실증적인 자료를 토대로 삼고 객관적인 거리를 유지하며 고찰했다고 할지라도 임화의 심리적 변모를 증명하는 방식으로 쓰인 이상 한계를 가질 수밖에 없는 것이다. 임화 연구는 개인적인 심리 차원을 고찰하기보다 그와 같은 변모가 일어날 수밖에 없는 시대적 혹은 역사적인 상황을 이해하고 해석할 필요가 있다. 다시 말해 일제 강점기라는 도저히 용납될 수 없는 상황 속에서, 그리고 해방공간기라는 극도로 혼란한 상황 속에서 한 지식인으로 살아갔던 임화의 삶은 개인적인 차원을 넘는 의의를 지니는 것이다. 따라서 임화에 대해 적극적인 입장을 견지하는 것은 편견이나 선입견이

---

2) 위의 책, 541~542쪽.
3) 위의 책, 549쪽.

아니다. 그의 삶과 작품과 그리고 우리 시대를 적극적으로 인식하는 것이다.

임화 연구는 단순한 결합이나 나열이나 종합이 아니라 부분에 대한 예각적인 고찰이 필요하다. 구체적인 방법론으로써 기존의 평가를 재해석하거나 틈새를 메워야 하는 것이다. 임화는 시인으로서, 비평가로서, 문학사 방법론을 모색한 연구가로서, 지식인으로서, 정치인으로서, 영화인으로서, 경영인으로서, 시대인으로서 등등 매우 다양한 삶을 영위했다. 따라서 그의 삶과 작품에 대한 조명 역시 다양한 관점이 요구되는데, 이 글에서는 대중화의 문제를 살펴보고자 한다. 그의 작품세계에서 대중화는 삶의 나침반처럼 작용한 명제였다고 보는 것이다.

2

카프 내에서 대중화의 문제가 제기된 것은 프롤레타리아 문학이 대중들에게 수용되는 데 한계가 있었기 때문이다. 그리하여 프롤레타리아 문학의 창작에 관한 근본적인 개선안을 마련하기 위하여 대중화론이 모색된 것이다. 대중화론은 카프를 이끄는 팔봉 김기진에 의해 제기되었는데, 그는 프롤레타리아 문학이 대중들에게 수용되기 위해서는 내용적인 면뿐만 아니라 형식적인 차원에서도 흥미를 가질 수 있는 면을 개발해야 된다고 주장했다. 그리고 그와 같은 면에서 임화의 「우리 오빠와 화로」 같은 시를 본보기로 제시했다.

사랑하는 우리 오빠 어저께 그만 그렇게 위하시던 오빠의 거북무늬 질화로가
깨어졌어요
언제나 오빠가 우리들의 '피오닐' 조그만 기수라 부르는 영남(永男)이가
지구에 해가 비친 하루의 모―든 시간을 담배의 독기 속에다
어린 몸을 잠그고 사온 그 거북무늬 화로가 깨어졌어요

그리하야 지금은 화젓가락만이 불쌍한 우리 영남이하구 지하구처럼
똑 우리 사랑하는 오빠를 잃은 남매와 같이 외롭게 벽에 가 나란히 걸렸어요

오빠……
저는요 저는요 잘 알았어요
왜— 그날 오빠가 우리 두 동생을 떠나 그리로 들어가실 그날 밤에
연거푸 말은 궐련(卷煙)을 세 개씩이나 피우시고 계셨는지
저는요 잘 알었어요 오빠

언제나 철없는 제가 오빠가 공장에서 돌아와서 고단한 저녁을 잡수실 때 오
빠 몸에서 신문지 냄새가 난다고 하면
오빠는 파란 얼굴에 피곤한 웃음을 웃으시며
……네 몸에선 누에 똥내가 나지 않니— 하시던 세상에 위대하고 용감한 우
리 오빠가 왜 그날만
말 한마디 없이 담배 연기로 방 속을 메워버리시는 우리 우리 용감한 오빠의
마음을 저는 잘 알았어요
천정을 향하야 기어올라가던 외줄기 담배 연기 속에서— 오빠의 강철 가슴속
에 박힌 위대한 결정과 성스러운 각오를 저는 분명히 보았어요
그리하야 제가 영남이의 버선 하나도 채 못 기웠을 동안에
문지방을 때리는 쇳소리 마루를 밟는 거치른 구두 소리와 함께— 가버리지
않으셨어요

그러면서도 사랑하는 우리 위대한 오빠는 불쌍한 저의 남매의 근심을 담배
연기에 싸 두고 가지 않으셨어요
오빠! 그래서 저도 영남이도
오빠와 또 가장 위대한 용감한 오빠 친구들의 이야기가 세상을 뒤집을 때
저는 제사기(製絲機)를 떠나서 백 장에 일전짜리 봉통(封筒)에 손톱을 뚫어트
리고
영남이도 담배 냄새 구렁을 내쫓겨 봉통 꽁무니를 뭅니다
지금— 만국지도 같은 누더기 밑에서 코를 고을고 있습니다

오빠— 그러나 염려는 마세요
저는 용감한 이 나라 청년인 우리 오빠와 핏줄을 같이한 계집애이고

영남이도 오빠도 늘 칭찬하던 쇠 같은 거북무늬 화로를 사온 오빠의 동생이
아니어요
그러고 참 오빠 아까 그 젊은 나머지 오빠의 친구들이 왔다 갔습니다
눈물나는 우리 오빠 동무의 소식을 전해주고 갔어요
사랑스런 용감한 청년들이었습니다
세상에 가장 위대한 청년들이었습니다
화로는 깨어져도 화젓갈은 깃대처럼 남지 않았어요
우리 오빠는 가셨어도 귀여운 '피오닐' 영남이가 있고
그러고 모―든 어린 '피오닐'의 따듯한 누이 품 제 가슴이 아직도 더웁습
니다

그리고 오빠……
저뿐이 사랑하는 오빠를 잃고 영남이뿐이 굳세인 형님을 보낸 것이겠습니까
섧지도 않고 외롭지도 않습니다
세상에 고마운 청년 오빠의 무수한 위대한 친구가 있고 오빠와 형님을 잃을
수 없는 계집아이와 동생
저희들의 귀한 동무가 있습니다

그리하야 이 다음 일은 지금 섭섭한 분한 사건을 안고 있는 우리 동무 손에서
싸워질 것입니다

오빠 오늘 밤을 새워 이만 장을 붙이면 사흘 뒤엔 새 솜옷이 오빠의 떨리는
몸에 입혀질 것입니다

이렇게 세상의 누이동생과 아우는 건강히 오늘 날마다를 싸움에서 보냅니다

영남이는 여태 잡니다 밤이 늦었어요

―「우리 오빠와 화로」 전문

1929년 2월호 『조선지광』에 실린 위의 작품은 한 노동자 가족의 궁핍
한 생활과 계급투쟁 의식을 그리고 있다. 부모가 없는 3남매 중에서 맏
이인 "오빠"는 "신문지 냄새가" 나는 공장(인쇄소인 듯)에 나가고, 그

아래 누이는 "누에 똥내"가 나는 공장(제사공장인 듯)에 나가며, 막내 어린 남동생 "영남"이는 "담배의 독기"가 넘치는 공장(연초공장인 듯)에 다닌다. 부모가 없는 상황으로 설정되어 있는 것은 나라 잃은 식민지 백성을 상징하는 면으로 볼 수 있다. 또한 화자가 여인으로 설정되어 있는 데다가 "우리"라는 복수대명사로 호소하고 있어 독자들과 공감대를 형성하는 데에 유리하다.[4]

그런데 이와 같은 형식은 시인의 감정이 센티멘털하게 표출된 것이 아니라는 사실을 주목할 필요가 있다. 오히려 시인이 주도면밀하게 구성한 결과물인 것이다. 다시 말해 현실을 냉철하게 인식하고 그 극복을 위한 수단으로써 독자들에게 감정적으로 호소하고 있는 것이다. 임화는 이와 같은 단편서사시가 프롤레타리아 문학의 대중화에 기여하는 형식으로 여겼던 것이다.

임화의 단편서사시란 서사적 골격을 지닌 일종의 이야기시를 일컫는다. 이는 기존의 서정시 양식으로는 급변하는 현실을 제대로 담아내어 독자들에게 전달할 수 없다는 자각에서, 그리고 일정한 목적의식의 전달에만 중점을 두는 선동식 서술로는 독자들의 감동을 얻기 어렵다는 자각에서 나온 것이다. 특히 대중을 주요 독자로 삼았을 때 그들의 세계인식 수준을 고려해야 하므로 구체적인 사실과 쉬운 어휘 그리고 정서에 호소하는 방식을 취했던 것이다.

시인은 이와 같은 의도를 달성하기 위해 아주 면밀하게 구성하고 있다. 작품의 도입부에서 "거북무늬 질화로가 깨어졌"다는 진술은 일제치하에 시달리고 있는 민족 상황과 그에 따라 가족의 평화가 깨어져 있는 정황을 암시하고 있다. 그러면서도 "화로는 깨어져도 화젓가락은 깃(旗)

대처럼 남"아 있다는 사실에서 그 극복에 대한 희망을 강하게 제시하고 있다. "우리"는 "용감한 이 나라 청년인 오빠와 핏줄을 같이"했다는 뿌리의식과 "나머지 오빠의 친구들"과 함께 싸워나가겠다는 연대의식을 보여주고 있는 것이다.

임화는 다른 단편서사시들을 통해서도 이와 같은 지향을 추구하고 있다. 「네거리의 순이」에서 화자인 "오빠"가 공장 노동자인 여동생에게 "근로하는 모—든 여자의 연인인 용감한 청년을 찾으러"가자고 제의한 것이나, 「어머니」에서 화자인 "오빠"가 노동운동하던 여동생의 애인 순봉이의 죽음을 어머니에게 알리면서 "불쌍한 옥순이하구 내가/혼자 남은 순봉의 어머니의 아들과 딸이 되어" 계속 투쟁하겠다고 한 것, 그리고 「우산 받은 『요꼬하마』의 부두」에서 함께 노동하던 연인을 남겨두고 조선으로 돌아오면서 "사랑의 주린 유년공(幼年工)"을 돌보아줄 것을 부탁하고 있는 것 등에서 여실히 볼 수 있다. 또한 「병감에서 죽은 녀석」, 「양말 속의 편지」, 「다 없어졌는가」 등에서도 마찬가지이다.

물론 임화는 자신의 단편서사시를 프롤레타리아문학의 대중화에 본보기로 삼으려는 팔봉의 주장에 대해 비난했다. 팔봉의 대중화론은 대중주의에 편승하는 것이기 때문에 오히려 민중혁명을 달성하는 데 방해가 된다고 보았던 것이다. 뿐만 아니라 자신의 감상주의 역시 소시민적 흥분에 불과하다고 자기비판을 했다. 그렇지만 임화는 단편서사시의 창작에서 손을 떼지 않았다. 그와 같은 면은 「봄이 오는구나」 「오늘밤 아버지는 퍼렁 이불을 덮고」 「나는 못 믿겠노라」 등에서 보듯이 1935년까지 지속되었다. 그만큼 임화는 대중화를 고민하면서 단편서사시를 창작했던 것이다.

3

해방 후 임화는 대중화의 전술을 조직 활동을 통해 그리고 실천적 행동을 통해 추구했다. 조선이 새로운 제국들의 식민지로 처해질 위험에 있는 역사적 격변기에서 진정한 자주 독립과 민족 국가의 건설을 위한 대응전략이었다고 볼 수 있다.

임화는 김남천, 이원조 등과 함께 일본 천황이 항복을 발표한 지 불과 하루만인 1945년 8월 16일 '조선문학건설본부'를 발족시켰다. 일제 강점기 동안 친일문학 단체로 활동했던 '조선문인보국회'가 차지하고 있던 종로의 한청(韓靑)빌딩에 조선문학건설본부의 간판을 내걸었던 것이다. 아울러 '조선미술건설본부' '조선영화건설본부' '조선음악건설본부' 등 각 분야의 문화단체를 빠른 시일에 포섭해 '조선문화건설중앙협의회'를 발족시켰다. 그리고 조선문학건설본부에 맞서 결성된 '조선프롤레타리아문학동맹'을 흡수해 '조선문학가동맹'을 발족시켰다.

임화의 이와 같은 행동에서 주목할 점은 문호의 개방이었다. 조선문학가동맹의 자격 조건을 '문인보국회'에 가담한 간부만을 제외하고 모두 부여했던 것이다. 임화의 이와 같은 행동은 문단 전체를 장악하려는 의도이기도 했지만, 조직운동을 통해 대중화를 실현하려는 것이었다. 또한 박헌영이 '8월 테제'에서 강조한 대중성을 실현하기 위한 것이었다. 해방 후 정백, 이영 등 소위 장안파가 남한에서 공산당을 결성하지만 박헌영 계열에 통합되고 만다. 장안파는 일제 말기에 전향하거나 투쟁을 포기한 자들이었지만 박헌영 계열은 비전향주의자들이었기 때문에, 두 계열이 통합을 이루는 과정에서 박헌영 계열이 주도할 수 있었다. 8월 테제란 박헌영이 '공산당재건준비위원회'에서 발표한 정치노선으로 그 후 약간의 보완을 거쳐 남한 공산주의 운동의 활동지침이 되었다. 임화는 그 8월 테제를 실행하기 위해 문호를 개방하고 광범위하게 문인들을 포섭한 것이다.[5] 그 결과 조선문학가동맹의 차원에서 "문학의 대중화와 문학운동의 도시편중주의를 시정할 것과 특히 38도선이 철폐되기까지 북부조선에 특수한 사정에 비추어 총국을 설치할 수 있을 것."[6]이라는 결정을 내렸다.

임화의 대중화 전략에는 카프문학에서 내세웠던 '계급' 대신 '민족'을 내세웠던 점도 주목할 필요가 있다. 임화는 조선문학건설본부를 발족시키면서 민족문학을 새롭게 건설해야 될 조선의 문학으로 제시했는데, 이는 상당히 변화된 대중화 전략이었다. "「문건」은 문학조직 건설에 있어 정치상의 통전원칙을 받아들여 동일 조직 내로 중간층을 포섭해내려 했으며 조직 구성원의 사상적 통일을 내세우지 않았으나, 「프로문맹」은 중간층 획득의 의의를 충분히 인정한 반면 자신들은 「문건」처럼 문학기술자 대중조직이 아닌 전위당 조직과 맞먹는 전위조직을 건설하려 하므로 동일조직 내에 중간층을 포섭하는 것은 반대했고, 조직 구성원의 사상적 통일을 강조하였다. 그리고 각각의 조직을 중심으로 한 대중 활동에 있어서도 「문건」이 다분히 계몽에 초점을 맞추었다면 「프로문맹」의 경우 전위와 대중의 결합을 추구하였다."[7]는 사실에서 볼 수 있듯이, 인민적 기초를 둔 조선문학건설본부(문건)와 카프시대와 동일하게 계급성을 바탕으로 한 조선프롤레타리아문학동맹(프로문맹)과는 토대가 달랐지만, 임화는 민족문학의 건설이라는 공통점을 제시하며 통일시킨 것이다. 해방기의 상황에서 조선 문학의 발전에 가장 장애가 되는 것은 일본 제국주의의 잔재가 남아 있는 것이라고 파악하고 그것의 제거를 제일의 목표로 삼으면서 민족문학의 건설을 내

---

5) 자세한 내용은 신형기, 『해방직후의 문학운동론』(화다, 1988, 21~133쪽) 참조.

6) 조선문학가동맹 엮음, 『건설기의 조선문학―제1회 전국문학자 대회 자료집 및 인명록』, 온누리, 1988, 169쪽.

7) 오현주 엮음, 『해방기의 시문학』, 열사람, 1988, 337쪽.

세운 것이다.

　민족이라는 개념은 계급에 비해서 상대적으로 광범위한 것이다. 임화는 민족의 추구가 보다 대중성을 확보하는 데 유리하다고 보았는데, 조선문학가동맹의 문호를 개방한 상황과 맥을 같이하는 것이었다. 그 결과 카프문학 계열의 작가들 외에도 이태준, 김기림, 정지용, 김광균, 신석정, 이병기 등 수많은 작가들을 포섭할 수 있었다. 결국 임화는 해방공간의 문단을 장악하고 그것을 토대로 대중화를 추구해 나갔던 것이다.

　　밤중이면
　　짐승들 요란히 울고
　　낮이래야 이따금 기러기
　　그 위를 건너가는
　　산마루

　　우리 모두
　　한 자루 낫을 갈아
　　허리에 차고
　　정정한 소리
　　나무를 베어 불을 지르면

　　타오르는 불길
　　걷잡을 수 없어
　　읍(邑)으로 읍(邑)으로
　　고함치며 몰려가던 밤

　　더운 피 흘리며 죽은
　　동무의 소름 끼치는 비명
　　잠결에도 귀에 쟁쟁하여

아아 원수보다도
잔인한 마음을 가지고
농군의 두터운 가슴
골짝마다 있고
번개처럼 빛나는
인민항쟁대(人民抗爭隊)의 눈이
남조선 높은 산
봉우리 봉우리에 있구나

— 「높은 산 봉우리마다」 전문

임화가 1946년 가을에 창작해 이듬해에 간행한 시집 『찬가』(백양당)에 수록한 작품인데, 해방기에 발표한 마지막 작품이기도 하다. 임화는 해방기에 15편의 시를 발표했는데, 위의 작품이 가장 차분한 목소리로 대중화를 추구하고 있다. "낫을 갈아" "타오르는 불길" "고함치며" "더운 피 흘리며 죽은/동무의 소름 끼치는 비명" "아아 원수보다도/잔인한 마음을 가지고" "번개처럼 빛나는/인민항쟁대(人民抗爭隊)의 눈" 등의 표현에서 보듯이 여전히 공격성을 띠고 있지만, 다른 작품들에 비해서는 내성적인 것이다.

가령 「길」에서는 "지금은 없는 전사 김치정 동무에게"라는 부제에서 보듯이 해방을 이루는 데 희생된 동지를 기리며 새로운 전투가 필요하다고 호소하고 있고, 「발자욱」에서는 "붉은 군대를 환영하기 위하여"라는 부제에서 보듯이 해방군으로 조선에 들어온 소련군을 환영하고 있다. 「헌시」에서는 "조선청년단체총동맹 결성대회에"라는 부제에서 보듯이 청년단체의 결성식에 참여해 낭송했고, 「초혼」에서는 "1946년 1월 19일 새벽 서울 삼청동 조선학병동맹회관 전투에서 사몰(死沒)한 세 용사의 영령 앞에 드리노라"는 부제에서 보듯이 학병동맹사건에 희생된 세 청년을 애도했다. 그와 같은 조시는 "1946년 5월 6일 망우리 묘지에 가장(暇葬) 한 전몰 3용사의 묘제를 위하여 조선학병동맹의 위촉으로 일문(一文)을 초(草)했노라"라는 부제를 단 「제사」도 있다. 「나의 눈은 핏발이 서서 감을 수가 없다」에서는 "메이데이를 위하여"라는 부제에서 보듯이 메이데이 행사에 참여했고, 「손을 들자」에서는 "어린이날을 위하여 삼화 피복공장 방 소년에게"라는 부제에서 보듯이 노동자의 투쟁을 노래했다. 그리고 「계관시인」은 "옥중의 유진오 군에게"라는 부제에서 보듯이 해방기에 최전위에서 활약한 유진오 시인을 위로하고 있고, 「우리들의 전구(戰區)」는 "용감한 기관구 경비대의 영웅들에게 바치는 노래"라는 부제에서 보듯이 철도 노동자들을 위해 노래하고 있다. 임화가 이와 같은 행사시를 쓴 것은 사회적 참여가 요구되는 격변의 시기에 적극적으로 창작 활동을 했기 때문이다. 임화는 단순하게 예술성을 추구한 것이 아니라 진정한 대중화를 실현하기 위한 무기로써 시를 창작한 것이다.

4

임화는 1908년 10월 13일 서울에서 출생했다. 본명은 인식(仁植)이다. 1921년 보성중학교에 입학했는데 이상과 동기였고, 김기림이 한 해 선배였다. 어머니를 잃고 집안이 파산됨으로 인해 중학교를 중퇴한 후 문학을 탐색을 하다가 1926년 이기영, 한설야 등과 함께 카프에 가입했다. 영화나 연극 등에도 관심을 두었고, 1929년 일련의 단편서사시를 발표하면서 김기진과 프롤레타리아 문학의 대중화에 대한 논쟁을 벌였다. 그리고 일본으로 건너가 1930년 카프 동경지부 일원이었던 김남천, 안막 등과 더불어 예술운동을 하고, 첫째 부인 이귀례(이북만의 누이동생)를 만난다. 1931년 귀국해 카프의 중앙위원이 되는데, 카프 제1차 사건에 연루되어 검거되나 기소되지는 않고 석방된다. 1935년 카프 제2차 사건이 일어나는데 임화는 지하련(본명은 이현욱)과 재혼한 후 폐병을 치료하기 위해 처가인 마산에서 지내어 기소되지 않는다. 1938년 시집 『현해탄』(동광당 서점)을 발간하고, 학예사라는 출판사를 대리 경영한다. 1939년 『인문평론』에 관여하고, 1940년 문학평론집 『문학의 논리』(학예사)를 발간한다. 1934년 일제의 조선영화문화연구소에 촉탁으로 있으면서 『조선 영화 연감』『조선 영화 발달사』를 편집한다. 1945년 8월 조선문학건설본부를 결성하고, 1946년 2월 프롤레타리아문학동맹과 합동하여 조선문학가동맹을 결성한다. 1946년 9월의 철도파업 이후 공산당 탄압과 박헌영에 대한 수배령이 내려지자 1947년 겨울 월북한 것으로 보이는데, 조·소문화협회 중앙위원회 부위원장을 역임한다. 1953년 8월 북한에서 미제 스파이 혐의로 사형된다.[8]

임화는 1920년대 중반부터 해방기까지 극도로 험난했던 역사를 온몸으로 겪은 시인이었다. 그는 시인이었을 뿐만 아니라 문학이론가였고 비평가였으며, 1934년 제2차 방향전환을 주도한 후에는 카프를 이끈 서기장이었다. 임화는 일제 강점기 동안 멸시당하고 억압받는 조선 민중들의 삶을 직시했고, 해방기에는 진정한 민족 국가 건설을 위한 운동을 치열하게 했다. 일제와 제국주의의 강압 아래 신음하고 있는 조선 민중이 처한 현실을 외면하지 않고 적극적으로 반영하고 나선 것이다. 그러므로 임화의 작품세계는 마르크스주의의 종속적 추수가 아니라 민족해방이라는 궁극적인 목표를 지향한 것으로 평가할 수 있다. 임화는 그 임무를 수행하기 위해 다소 감정적인 호소를 앞세웠지만 대중화를 적극적으로 추구했던 것이다.

---

8) 『임화선집1』(도서출판 세계, 1988, 244~245쪽)에 실린 작가 연보를 참고했다.

박인환의 대중화

1

2008년 여름에는 김수영 시인의 타계 40주기를 추모하느라 문예지들과 신문들이 바빴다. 『창작과 비평』은 시인의 미발표작 15편과 일기를 공개했고, 『문학동네』는 시인의 부인인 김현경 여사와의 대담을 실었다. '민음사'는 그가 타계한 이후에 출생한 시인들의 작품을 묶고 시낭송을 가졌으며, 추모사업 준비위원회는 학술 세미나를 가졌다. 신문들도 추모하는 기사와 김현경 여사와의 대담을 실었다. 다음은 6월 3일자 『조선일보』에 실린 김현경 여사의 인터뷰 중 일부분이다.

김수영이 '친구이자 라이벌'이었던 시인 박인환을 질투했다는 일부 주장에 대해 김씨는 "질투한 것이 아니라 경멸했다"고 말했다. "멋만 부릴 줄 알지 시를 쓸 줄 모른다고 무시했어요.[1]

---

1) http://news.chosun.com/site/data/html_dir/2008/05/30/2008053001018.html

　"시를 쓸 줄 모른다"는 말은 김수영이 실제로 꺼낸 것일 수 있다. 그렇지만 이 말은 사석에서나 할 수 있는 것이지 공개적으로 쓸 수 있는 것은 아니다. 따라서 한 시대를 풍미하면서 함께 작품 활동을 한 고인에 대해 좀더 예의를 갖출 필요가 있다. 그런데 이와 같은 말은 김 여사가 처음 꺼낸 것이 아니라 김수영이 이미 했던 것이다. "나는 인환을 가장 경멸한 사람의 한 사람이었다. 그처럼 재주가 없고 그처럼 시인으로서의 소양이 없고 그처럼 경박하고 그처럼 값싼 유행의 숭배자가 없었기 때문이다."[2]

　농담으로 여겨져야 할 이와 같은 말이 박인환의 작품세계를 평가하는 데에 큰 영향을 끼쳤고 지금도 마찬가지이다. 그만큼 김수영은 한국 시단의 거장으로서 세력을 가지고 있다. 그리하여 그를 따르는 후학들은 박인환을 시를 쓸 줄 모르는 시인으로 간주하고 그의 시세계를 무시해오고 있는 것이다.

　진정 박인환은 시를 쓸 줄 모르는 시인인가? 이 문제에 앞서 과연 어떤 근거로 박인환과 김수영을 비교하고 있는가? 또한 비교하는 의도는 무엇인가? 그 어느 것도 명확하지 않다. 그런데도 불구하고 비교해서 박인환의 작품 세계를 폄하하고 있다. 박인환과 김수영은 조건 없이 비교할 수 있는 대상이 아니다. 4·19혁명을 겪지 못한 박인환과 겪은 김수영 사이에는 엄청난 차이가 존재한다. 주지하다시피 김수영은 4·19혁명을 계기로 기존의 시세계를 전면적으로 전환해 큰 성취를 거두었는데 비해 박인환은 그와 같은 기회를 갖지 못했다. 따라서 두 시인의 시세계를 놓고 우열을 가리는 일은 성립될 수 없다. 그런데도 계속 비교되고 있기에 두 시인의 면모를 객관적으로 정리해본다.

---

2) 김수영, 「박인환」, 『김수영 전집 **2** 산문』, 민음사, 1995, 63쪽.

〈박인환과 김수영의 면모〉

사항	박인환	김수영
출생일	1926. 8. 15	1921. 11. 27
출생지	강원도 인제군. 서울서 성장	서울시 종로구
학력	경기중학교 중퇴. 명신중학교 졸업. 평양의학전문학교 중퇴.	선린상업학교 졸업. 동경 성북 고등예비학교 중퇴. 연희전문학교 중퇴.
등단 상황	1946년 『국제신보』에 「거리」 발표[3]	1945년 『예술부락』에 「묘정의 노래」 발표
동인 활동	『신시론』(1948년), 『새로운 도시와 시민들의 합창』(1949년)	『새로운 도시와 시민들의 합창』(1949년)
시작품 수	81편(1956년 타계까지 71편)	276편(1956년 박인환 타계까지는 50편)
사망일	1956년 3월 20일(31세)	1968년 6월 16일(48세)

이상의 면모를 보면 박인환이 김수영에 비해 시를 쓸 줄 모른다는 식으로 폄하를 받을 이유가 전혀 없다. 박인환은 1956년 31세로 요절할 때까지 총 71편의 시를 발표했는데 비해 김수영은 50편을 발표했다. 박인환이 보다 활발하게 창작 활동을 했음을 알 수 있는 것이다. 발표한 매체 상황을 비교해보면 더 정확하게 알 수 있을 텐데 『김수영 전집』에 정리되어 있지 않으므로 아쉽다. 박인환은 김수영에 비해 다섯 살이나 적은 나이인 데다가 한 해 늦게 문단에 나왔는데도 불구하고 더 많은 작품을 썼다. 낡지 않은 시어로써 작품을 쓰려고 부단히

---

3) 필자가 확인해본 바에 의하면 등단 연도와 등단 매체는 분명하지 않다. 맹문재 엮음, 『박인환 전집』(실천문학사, 2008, 652~653쪽) 참조.

노력했다.[4] 하다못해 한국 사회에서 암적인 폭력으로 존재하는 학력에 있어서도 열등하지 않다.

이렇듯 박인환은 김수영에 비해 처지지 않는다. 그런데도 폄하되고 있는 것은 김수영의 편견을 받아들인 사람들이 선입견을 가지고 박인환의 작품을 대하고 있기 때문이다. 거듭 말하지만 박인환과 김수영은 조건 없이 비교할 수 있는 대상이 아니다. 김수영은 박인환보다 17년이나 더 생존했고, 더욱이 앞에서도 언급했듯이 4·19혁명을 겪은 뒤 작품 성취를 이루었기 때문에 그렇지 못한 박인환과 절대적인 조건으로 비교할 수는 없다. 물론 박인환이 타계하기까지 발표한 작품을 놓고 비교할 수는 있지만, 이 글의 목적이 아니므로 다음으로 미루기로 한다. 결론적으로 말해서 박인환은 동시대의 그 어떤 시인보다도 열정적으로 시를 썼다고 평가할 수 있다. 시를 쓸 줄 알았던 것이다.

2

한국 시문학사에서 박인환의 시세계는 모더니즘으로 규정되고 있다. 정답처럼 여겨지고 있는 이 평가는 박인환이 실제 모더니즘 운동을 했고, 또 그것을 토대로 작품을 쓴 것이 사실이므로 근거가 없는 것은 아니다.

그렇지만 박인환의 시세계를 모더니즘으로 국한시킨 것은 그의 시 본령을 제한 내지 왜곡시키는 결과를 가져왔다. 현실 참여 인식이 없는 명동의 댄디보이쯤 되는 시인으로, 전통을 내세우는 순수문학의 입장에서도 관심을 가질 만한 존재가 못 되는 시인으로, 여겨지게 된 것이다. 따라서 김수영을 모더니즘 시인으로 국한시키지 않고 리얼리즘 시인으로

4) 맹문재, 「시어의 시학— 박인환의 시」(『시학의 변주』, 서정시학, 2007, 306~315쪽) 참조.

도 조명함으로써, 다시 말해 시세계의 범주를 넓힘으로써, 뛰어난 시를 쓴 시인으로 평가받을 수 있는 여지를 마련한 점과 대조적이다.

박인환의 시세계는 한국전쟁을 전후로 해서 매우 다른 양상을 보여준다. 한국전쟁이 일어나기 전인 해방 공간기에는 진정한 민족 해방과 민족 국가 건설에 관심을 가졌다면, 한국전쟁 이후에는 전쟁으로 인한 상실감과 허무감을 노래했다. 박인환은 1946년 등단부터 한국전쟁이 일어나기까지 시 12편, 한국전쟁 동안 시 7편, 한국전쟁 이후 시 54편 등을 발표했다. 한국전쟁 이후에 발표한 작품 수가 압도적으로 많으므로 박인환의 지배적인 시세계로 삼을 수 있는 것이다.

3

박인환이 한국전쟁이 일어나기 이전에 보인 활동은 ① 1948년 김경린, 김경희, 김병욱, 임호권과 함께 『신시론』 발간, ② 1949년 김경린, 김수영, 임호권, 양병식과 함께 합동시집 『새로운 도시와 시민들의 합창』 발간, ③ 1949년 김경린, 이한직, 조향, 김차영, 이상로, 김규동, 이봉래 등과 함께 '후반기(後半紀)' 동인 결성 등이다. 박인환이 모더니즘 운동을 열성적으로 한 면을 보여주고 있는데, 박인환의 사후 26주기를 맞이하여 함께 활동했던 시인들이 엮은 추모 문집에서도 여실히 확인된다.

"김형, 우리 멋있는 현대시 운동을 하여 봅시다. 다시 말해서 모더니즘운동 말입니다."
급기야는 이러한 제안도 서슴없이 토운(tone)을 높여 가며 재촉하다시피 하는 인환이었다.[5]

그는 다른 선배 모더니스트들, 이를테면 김기림, 이상, 김광균 등처럼 단순한 개인 활동 아닌 에콜 운동의 기수로서 장차 우리 시사에 특징 있는 존재가

될 것이다.[6]

  1940년대 후반부터 1950년대를 눈부시게 장식한 모더니즘 시인 박인환은 기
  성 질서에 대한 대담한 반역과 기성 창조에의 끊임없는 도전을 시도함으로써,
  새로운 창조를 이룩한 가장 용감하고, 유능한 시인의 한 사람이란 것은 누구나
  부정할 수 없을 것이다.[7]

  인환의 집 방에서 동인회의 명칭이 거론되었는데, 인환이 '후반기'가 어떠냐
  고 내놓았는데, '20세기 후반'이라는 뜻이었다. 모두 찬성했으며, 편집은 한 사
  람씩 돌아가면서 하기로 결정을 본 다음, 창간호 편집은 인환이 맡기로 했다.[8]

위와 같은 진술은 한국전쟁이 일어나기 전까지 박인환이 모더니즘 운
동을 주도해 나갔음을, 모더니즘 운동을 통해 해방공간의 신세대 시인
들 중에서 단연 두각을 나타냈음을 알 수 있다. 박인환은 음풍농월을 앞
세우고 시단의 주류라고 자처하는 인습적인 서정주의 문학과 감상성에
젖어 있는 문학을 현대적인 미학으로 극복하고자 했다.

그렇지만 박인환의 모더니즘 운동은 한국전쟁을 계기로 해서 더 이상
진행되지 못했다. 그와 같은 면은 "인환만은 완강히 해체론에 반대하고
나섰다. 다방에서 나오면서 "나 혼자서라도 해나가겠다."고 '후반기' 사
수론으로 버티자, 온달다방 처마 밑 한길 가에서 봉래가 인환의 멱살을
잡는 소동까지 일어났었다. 모두 뜯어 말려서 간신히 봉래의 다혈질을
가라앉히긴 했으나, 씁쓸한 뒷맛을 남긴 채, 그 시각 이후 '후반기'는 없
어져버린 것이다."[9]라는 증언에서 확인된다.

---

5) 김경린, 「인환과 나와 그리고 현대시 운동」, 『세월이 가면』, 근역서재, 1982, 20쪽.
6) 김차영, 「박인환의 높은 시미학의 위치」, 위의 책, 78쪽.
7) 이봉래, 「박인환과 댄디즘」, 위의 책, 108~109쪽.
8) 조향, 「인환과 '후반기'」, 위의 책, 117쪽.
9) 조향, 위의 글, 121쪽.

그렇다고 박인환이 창작하는 자세에서 모더니즘을 포기한 것은 아니다. 박인환의 시작품을 두고 모더니즘 작품이냐 아니냐의 논란은 모더니즘의 기원을 혹은 모더니즘의 본래적 특성을 이해하면 문제가 되지 않는다. 왜냐하면 박인환의 모더니즘은 다다이즘, 초현실주의, 표현주의, 미래주의 등의 아방가르드적 유파에서 보인 서구의 모더니즘이 기존의 사회 체제나 종교나 윤리 등에 회의를 품고 있다가 제1차 세계대전으로 말미암아 발생된 것과 배경은 다르지만 근본적인 세계인식은 상통하기 때문이다. 박인환의 모더니즘은 기존의 질서에 대한 회의와 현대 문명에 대한 불안을 바탕으로 한 전통의 단절, 주관적 경험, 문학의 독자성 등을 추구한 서구 모더니즘의 정신을 계승하여 종래의 주정적 감상주의 문학 또는 전통의 답습에 빠진 순수문학을 주지적인 인식으로 비판한 것이다. 따라서 기존의 문학 형식이나 관습을 극복하려고 나선 박인환의 모더니즘 인식은 서구의 모더니즘 정신과 유사한 면이 있다. 그러므로 박인환의 모더니즘이 서구의 모더니즘에 비해 철학적 깊이가 얕다거나 문학적 성취가 작다고 평가할 문제는 아니다. 어디까지나 박인환의 모더니즘은 서구와는 다른 시대와 사회를 반영했을 뿐이다. 그 상황을 좀더 살펴보기로 하자.

1) 「인천항」(신조선, 1947. 4)

2) 「남풍」(신천지, 1947. 7)

3) 「사랑의 Parabola」(새한민보, 1947. 10)

4) 「나의 생애에 흐르는 시간들」(세계일보, 1948. 1. 1)

5) 「인도네시아 인민에게 주는 시」(신천지, 1948. 5)

6) 「지하실」(민성, 1948. 3)

7) 「고리키의 달밤」(신시론, 1948. 4)

8) 「언덕」(자유신문, 1948. 11. 25)

9) 「전원시 」(부인, 1948. 12. 15)

10) 「열차」(개벽, 1949. 3)

11) 「정신의 행방을 찾아」(민성, 1949. 3)

12) 「1950년의 만가」(경향신문, 1950. 5. 16)

위에서 보듯이 박인환은 한국전쟁 이전에 총 12편의 시를 발표했다.[10] 작품들 중에서 「인천항」, 「남풍」, 「인도네시아 인민에게 주는 시」, 「고리키의 달밤」, 「정신의 행방을 찾아」는 지극히 현실 참여적인 모습을 보여주고 있다.[11] 「인천항」은 "조선의 해항 인천의 부두가/중일전쟁 때 일본이 지배했던/상해의 밤을 소리 없이 닮아간다"라는 결구에서 보듯이 또다시 식민지가 될지 모르는 위험에 처한 조국의 상황을 우려하고 있다. 「남풍」은 "아세아 모든 위도/잠든 사람이여/귀를 기울여라"라는 결구에서 보듯이 말레이시아, 캄보디아, 베트남 등 위축되어 있는 아시아의 민중들을 일깨우고 있다. 「인도네시아 인민에게 주는 시」는 "반항하는 인도네시아 인민이여/최후의 한 사람까지 싸워라"라는 구절에서 보듯이 식민지 국가의 해방을 추구하고 있다. 「고리키의 달밤」은 표현이 다소 낯설지만 노동자 계급의 혁명을 추구한 레닌의 사상을 노래하고 있다. 「정신의 행방을 찾아」는 중앙아시아의 투르키스탄을 우리 조상들의 근대정신이 발흥된 곳으로 보고 평화의 회복을 기원하고 있다.

이밖에 「사랑의 Parabola」, 「나의 생애에 흐르는 시간들」, 「언덕」, 「전원시초」, 「1950년의 만가」 등은 서정시이다. 「사랑의 Parabola」는 사랑의 포물선을 그린 한 편의 서정시이다. 「나의 생애에 흐르는 시간들」은 "가난을 등지고 노래도 잃은/안개 속으로 들어간 사람아"라고 부르고 있는데, 서정성이 주조를 이룬다. 「언덕」은 어린 날 연을 날리던 일을 회상

10) 「거리」(국제신보, 1946. 12)는 등단작 여부에 대한 확인이 필요하므로 제외했다.

11) 작품론은 맹문재, 「박인환의 전기 시작품에 나타난 동아시아 인식 고찰」(『한국문학이론과 비평』 제38집, 2008, 243~267쪽) 참조.

하고 있는 동시이므로 논의에서 제외할 수 있다. 「전원시초」는 개인 시집인 『선시집』에서 「전원」으로 제목을 바꾼 작품인데, 어린 시절을 회상하고 있는 한 편의 서정시이다. 「1950년의 만가」는 "아름다운 연대를 회상하면서/나는 하나의 모멸의 개념처럼 죽어간다"고 노래한 모습에서 보듯이 지나간 날들을 회상하고 있다.

한편 「지하실」과 「열차」는 모더니즘의 성격을 띠고 있다. 「지하실」은 "황갈색 계단을 내려와/모인 사람은/도시의 지평에서 싸우고 있다"에서 보듯이 새로운 세계인식과 표현력을 보여준다. 「열차」는 1930년대에 활동한 영국의 시인으로 새로운 시를 이끈 스팬더(Stephen Spender)에 영향 받은 작품으로 보이는데, "가난한 사람들의 슬픈 관습과/봉건의 터널 특권의 장막을 뚫"는 열차의 모습을 낯설게 표현하고 있다.

이상에서 보듯이 박인환이 한국전쟁 이전에 발표한 12편의 작품 중에서 모더니즘의 형식미를 갖추고 있는 작품은 「지하실」, 「열차」 정도이고 나머지는 지극히 서정적이거나 현실 참여적이다. 특히 열정적으로 모더니즘 운동을 한 산물인 합동시집 『새로운 도시와 시민들의 합창』에 「남풍」, 「인천항」, 「인도네시아 인민에게 주는 시」 등 현실 참여적인 작품을 수록한 점은 주목된다.

박인환은 왜 이와 같은 시를 쓴 것일까? 『신시론』을 연구한 엄동섭의 견해에 따르면, 김경린이 현대 문명에 경도되어 언어의 구상성을 지향한 반면 김경희, 김병욱, 박인환, 임호권 등은 민족이 당면한 현실을 중시하여 언어의 현실성을 추구하려는 면이 강했다. 따라서 동인들 사이에서 사상이 불일치해 김경린과 김병욱은 논쟁을 벌였고, 그 결과 김병욱은 김경희와 함께 탈퇴해 『새로운 도시와 시민들의 합창』에 가담하지 않았다.[12]

---

12) 엄동섭, 『신시론 동인연구』(태영출판사, 2007, 23~24쪽) 참조.

　　그와 같은 상황에서 박인환이 왜 동반 탈퇴를 하지 않았는지는 명확
하게 알 수 없으나, 작품 활동을 할 수 있는 뚜렷한 대안을 현실적으로
마련할 수 없었기 때문으로 보인다. 그렇지만 박인환은 그 나름대로 모
더니즘에 대한 철학을 가지고 있었다. 다시 말해 기존의 질서에 대한 비
판성을 추구한 1920~30년대 서구 모더니즘의 세계관을 자신의 모더니
즘으로 수용하고 있었던 것이다. 21세기를 살고 있는 현재의 우리가 상
식적으로 이해하고 있는 모더니즘은 기존의 사회 질서에 대한 비판성을
상실한 20세기 후반의 것이지만, 본래의 모더니즘은 비판정신이 강한
것이었다. 따라서 현재의 모더니즘 성격을 1940년대 후반에 활동한 박
인환의 작품 세계에 적용하는 것은 오류를 범하는 일이다. 박인환이 한
국전쟁 이전에 추구한 시세계는 모더니즘 인식으로써 민족 해방을 지향
한 것이었다.

　　　　4

　　박인환의 모더니즘 인식은 한국전쟁이 일어난 이후에도 지속되어 적
극적으로 현실을 담아내었다. 해방기에는 진정한 민족국가를 어떻게 건
설할 것인가에 관심을 가졌다면, 한국전쟁 이후에는 전쟁이 가져온 폭
력성을 고발한 것이다. 박인환은 『선시집』 후기에서 "내가 이 세상에 태
어나고 성장해온 그 어떠한 시대보다 혼란하였으며 정신적으로 고통을
준 것이었다."라고 토로하고 있듯이 한국전쟁에 큰 충격을 받았다. 따라
서 한국전쟁 이후에 발표한 그의 작품들은 전쟁으로 인한 상처들의 표
상이라고 볼 수 있다.

　　　저 묘지에서 우는 사람은 누구입니까.

　　　저 파괴된 건물에서 나오는 사람은 누구입니까.

검은 바다에서 연기처럼 꺼진 것은 무엇입니까.

인간의 내부에서 사멸된 것은 무엇입니까.

1년이 끝나고 그다음에 시작되는 것은 무엇입니까.

전쟁이 뺏어간 나의 친우는 어디서 만날 수 있습니까.

슬픔 대신에 나에게 죽음을 주시오.

인간을 대신하여 세상을 풍설로 뒤덮어주시오.

건물과 창백한 묘지 있던 자리에

꽃이 피지 않도록.

하루의 1년의 전쟁의 처참한 추억은
검은 신이여
그것은 당신의 주제일 것입니다.

— 「검은 신(神)이여」 전문

이뿐만 아니라 "학교도 군청도 내 집도/무수한 포탄의 작렬과 함께/세상엔 없다."(「고향에 가서」)라거나, "고지 탈환전/제트기 박격포 수류탄/'어머니' 마지막 그가 부를 때/하늘에서 비가 내리기 시작했다."(「한 줄기 눈물도 없이」), "새벽에 돌아가는 길 나는 내 친우가/전사한 통지를 받았다."(「무도회」), "한국에서 전사한 중위의 어머니는/이제 처음 보는 한국 사람이라고 내 손을 잡고/시애틀 시가를 구경시킨다."(「어느 날」), "엄마는 전쟁이 끝나면 너를 호강시킨다고 하나/언제 전쟁이 끝날 것이며/나의 어린 딸이여 너는 언제까지나/행복할 것인가."(「어린 딸에게」), "전쟁 때문에 나의 재산과 친우가 떠났다./인간의 이지를 위한 서적 그것은 잿더미가 되고/지난날의 영광도 날아가 버렸다.”(「잠을 이루지 못하는 밤」) 등 박인환은 한국전쟁의 상처를 여실하게 그렸다.

전쟁은 허위의 명분을 가지고 그만한 폭력을 수반한다. 인간의 삶을 위협하는 일체의 힘 중에서 전쟁은 가장 잔인하고 야만적이고 광범위한 폭력인 것이다. 박인환은 한국전쟁이 가져온 그 폭력성을 상실감과 허무함을 노래하면서 고발했다. 함께 삶을 영위하던 일가친척이며 친구며 이웃이 전쟁으로 인해 무너진 상황 앞에서 좌절하지 않고 직시한 것이다.

한국전쟁은 기존의 시 형식으로는 담아낼 수 없는 엄청난 사건이었다. 모든 이성과 논리가 살상 무기 앞에서 여지없이 무너지고 오직 삶과 죽음의 기로만이 놓여 있는 상황이었다. 박인환은 역사가 국민을 유기한 그 폐허의 시대에 주저앉은 채 눈물을 흘리지 않고 모더니즘 인식으로 휴머니즘을 추구했다.

> 한 잔의 술을 마시고
> 우리는 버지니아 울프의 생애와
> 목마를 타고 떠난 숙녀의 옷자락을 이야기한다
> 목마는 주인을 버리고 그저 방울 소리만 울리며
> 가을 속으로 떠났다 술병에서 별이 떨어진다
> 상심한 별은 내 가슴에 가벼웁게 부서진다
> 그러한 잠시 내가 알던 소녀는
> 정원의 초목 옆에서 자라고
> 문학이 죽고 인생이 죽고
> 사랑의 진리마저 애증의 그림자를 버릴 때
> 목마를 탄 사랑의 사람은 보이지 않는다
> 세월은 가고 오는 것
> 한때는 고립을 피하여 시들어가고
> 이제 우리는 작별하여야 한다

술병이 바람에 쓰러지는 소리를 들으며

늙은 여류 작가의 눈을 바라다보아야 한다

……등대에……

불이 보이지 않아도

그저 간직한 페시미즘의 미래를 위하여

우리는 처량한 목마 소리를 기억하여야 한다

모든 것이 떠나든 죽든

그저 가슴에 남은 희미한 의식을 붙잡고

우리는 버지니아 울프의 서러운 이야기를 들어야 한다

두 개의 바위틈을 지나 청춘을 찾은 뱀과 같이

눈을 뜨고 한 잔의 술을 마셔야 한다

인생은 외롭지도 않고

그저 잡지의 표지처럼 통속하거늘

한탄할 그 무엇이 무서워서 우리는 떠나는 것일까

목마는 하늘에 있고

방울 소리는 귓전에 철렁거리는데

가을바람 소리는

내 쓰러진 술병 속에서 목메어 우는데

— 「목마와 숙녀」 전문

제2차 세계대전으로 말미암아 생을 마감한 버지니아 울프(Virginia Woolf)나 한국전쟁으로 인해 목마를 탈 수밖에 없는 숙녀를 이야기하며 한 잔의 술을 마시는 시인의 모습은 경박하거나 센티멘털한 것이 아니다. 오히려 전쟁의 아픔에 함몰되지 않고 최대한으로 상황을 직시하는 모습으로 볼 수 있다. 한국전쟁의 결과 삶의 조건은 허물어져 사람들은 상실감과 허무함을 가질 수밖에 없었다. 그렇지만 시인은 "두 개의 바위틈을 지나 청춘을 찾은 뱀과 같이/눈을 뜨고 한 잔의 술을 마"시며 자신을 지키려고 했다. 그러므로 다소 감상적인 작품의 분위기보다는 그와 같은 상황을 가져온 시대의 아픔이며 시인의 몸부림을 읽어야 한다. 결국 시인의 시세계를 현실 인식이 없는 모더니즘이라고 폄하할 것이 아니라 그의 아픔과 의지를 이해하는 것이 필요하다. 시인의 시작품이 대중들과 큰 공감대를 이룬 면을 인정하고 그 연대 가치를 발견하는 일이 필요한 것이다.[13]

　진정 박인환을 모더니즘 시인으로 국한시켜서는 안 된다. 리얼리즘만을 추구했다고 주장할 필요도 없다. "박인환도 따지고 보면 일종의 서정 시인임에 틀림없다. (중략) 회복할 수 없이 된 파멸과 절망을 그는 무엇보다 서러워하는—착하게, 아름답게 남들과 나란히 살고 싶은 인간이었다."[14] 박인환은 모더니즘과 리얼리즘으로 분리하거나 가둘 수 없는 그 이상의 시세계를 성취했다. 동시대의 시인들 중에서 가장 열성적으로 대중들의 상실감과 그 극복 의지를 담아냈다고 평가할 수 있는 것이다.

---

13) 자세한 내용은 맹문재, 「목마를 타고 떠난 숙녀를 품다」(『박인환 깊이 읽기』, 서정시학, 2006, 243~255쪽) 참조.
14) 김규동, 「한 줄기 눈물도 없이」, 『박인환 깊이 읽기』(맹문재 편), 서정시학, 2006, 126~127쪽.

다문화가정의 주체성

1

2010년 5월 20일자 『한겨레신문』에는 7월 24일 처음으로 실시되는 '다문화가정 상담사' 시험에 관한 광고가 실려 있다. 다문화가정 상담사란 다양한 나라에서 들어온 결혼 이주자와 자녀들의 언어, 교육, 경제적인 어려움을 파악하여 그들이 가정이나 사회에 잘 적응하여 우리 사회의 구성원이 될 수 있도록 이끌어주는 전문가를 말한다. 그리하여 다문화가정 상담사는 정부 지원센터나 시민 지원센터의 수요에 맞춰 체계적인 지원 체제를 구축하고 운영을 돕는 역할을 수행한다고 소개하고 있다. 자격증 취득 후의 진로는 다문화 지원기관 및 관련 부서에서부터 각종 민간단체에 이르기까지 전망이 밝다고 밝히고 있는데, 그 가능성의 여부를 떠나 우리나라 다문화가정의 현황을 단적으로 보여주는 셈이다.

출입국 외국인 정책본부에 따르면 2009년 12월 31일 기준으로 우리나라에 거주하는 결혼 이민자 수는 125,087명이다. 성별로 보면 남성이

15,876명, 여성이 109,211명으로 여성이 절대적으로 많다. 국적별로 보면 중국인이 33,426명, 한국계 중국인이 32,566명, 베트남인이 30,173명으로 압도적이며 다음으로 필리핀, 일본, 캄보디아, 몽골, 태국 순이다. 2007년 7월 현재 결혼 이민자 수가 104,749명, 2008년 12월 현재 결혼 이민자 수가 122,552명인 사실에서 보듯이[1] 우리나라의 다문화가정은 지속적으로 늘어나고 있다.

다문화가정이라는 용어는 2003년 건강시민연대가 '국제결혼 가정'이나 '혼혈아' 등의 부정적이고 차별적인 이미지를 극복하기 위해 제안한 것으로 알려져 있는데, 그만큼 우리 사회는 다문화가정에 대한 편견이 심하기 때문에 대책 마련이 필요하다. 다문화 열풍이라고 불릴 만큼 외국인들의 국내 거주는 급속하게 늘어나고 있고 그에 따른 담론도 확장되고 있지만, 진정한 의미의 다문화가정이 제대로 이루어지지 않고 있는 것이다. 따라서 보다 적극적이고도 체계적인 정부나 관계기관의 지원 정책이 있어야 한다. 이런 점에서 다문화가정을 장사가 되는 대상으로 여기고 예산이나 지원금을 확보하려고 접근해서는 안 된다.

우리나라는 2007년 유엔 차별철폐 위원회의 우려 및 권고 사항으로 채택될 정도로 단일 민족이나 혈통주의에 익숙해 있다. 따라서 다인종이나 다민족으로 건국한 선진 이민국들에 비해서 다문화가정을 자연스럽게 이루지 못하고 있다. 법적 지위나 국적 관리의 문제 등에 관심을 기울이는 것을 넘어 우리 사회에 제대로 통합할 수 있는 방안까지는 마련하지 못하고 있는 것이다. 따라서 우리의 시민 의식을 향상시키는 것은 물론 국제사회에서 차지하는 위상 차원에서도 다문화가정에 관심을 가져야 한다.

세계화 시대는 국제 이민자의 수가 크게 늘어났다는 특성을 가진다.

---

1) http://www.immigration.go.kr의 자료실.

1985년 이후 세계 인구 증가율은 줄어들었는데 비해 국제 이주민 수는
늘어 2000년에 이르러서는 1억 7500만 명이나 되었다. 앞으로 그 추세
는 더욱 늘어날 것이 분명한데, 이와 같은 상황에서 결혼 이주민들이 안
정적으로 적응할 수 있도록 언어 교육, 직업 교육, 각종 지원 문제 등을
시행하는 것은 당연한 일이다. 정부를 비롯해 관계기관이나 시민단체는
물론이고 시인들까지 관심을 가질 필요가 있는 것이다.

2

작은 걱정이다.
작은 아이들이다.
남편의 불평이다.
어리석은 아줌마들이다.
나는 거의 안 자고 기계적으로 밥을 먹는다.
하지만 다른 것도 언젠가 있었다.
그것은 바로 크고 화창한 것에 대한 꿈이다.
불후의 지식에 대한 꿈이다.
온 누리의 행복에 대한 꿈이다.
그 꿈이 이렇게 우둔하게 깨져서 정말 아쉽다.

복지관 다닌 지 벌써 1년 되었음에도 불구하고
아직 "한국어는 어렵지만 공부하기가 재미있어요"라는
말밖에 모른다.
내 사전이 구멍이 생길 때까지 사용했다.
수많은 종이를 가득 써 넣었다.
내 지친 뇌가 이미 아무것도 습득하지 못한다.
머리가 빈 컵과 같다.
"한국어는 어렵지만 공부하기가 재미있어요"라는
말만 자꾸 반복된다.
　　　— 박 알렉산드리아(우즈벡키스탄),「작은 문제를 피할 수가 없다」전문

제1연과 제2연의 연결에서 볼 수 있듯이 다소 통일성이 부족하지만 작품의 주제는 충분히 전달된다. 화자는 한국에 오기 전까지 "불후의 지식에 대한 꿈"이나 "온 누리의 행복에 대한 꿈"을 가지고 있었으나, 그것이 깨어졌음을 안타깝게 여기고 있다. 왜 자신의 꿈이 깨어졌는지는 구체적으로 밝히고 있지 않지만 충분히 유추할 수 있다. 결혼 이주민으로서 경제적으로 풍요롭지 못하고, 문화적으로 동화되지 못하고, 사회적으로 변방에 머무르고, 언어적으로 제대로 소통되지 못하고…… 등일 것이다. 그 중에서도 언어 문제는 경제적, 정치적, 문화적, 사회적인 문제의 근본이 되기 때문에 매우 중요하다고 볼 수 있다.

화자는 복지관에서 한국어 교육을 받은 지 1년이나 되었는데도 아직까지 "한국어는 어렵지만 공부하기가 재미있어요"라는 말밖에 못한다. 그 이유는 무엇일까? "사전이 구멍이 생길 때까지 사용했다"거나 "수많은 종이를 가득 써 넣었다"는 사실로 볼 때 결혼 이주민의 지능이 낮다거나 성실성이 부족하다고는 여겨지지 않는다. 따라서 최선을 다한 화자에게 책임을 돌리기 이전에 우리의 교육 체계나 현황에 대한 점검이 필요하고, 그에 따른 개선안이 마련되어야 하는 것이다.

외국 이주민들에게 한국어를 교육시키는 일이 매우 중요하다는 인식을 가져야 한다. 한국어의 습득은 다문화가정의 구성원으로서 가정생활뿐만 아니라 사회생활을 영위하는 데에도 필수 조건이다. 따라서 한국어 교육에 필요한 예산이나 교사 확보, 프로그램 개발 등에 적극성을 가져야 한다. 또한 한국어 교육을 기초, 초급, 중급, 고급 등과 같은 단계로 시행하는 방식을 넘어 대상자의 연령, 성별, 학력, 직업 등으로 좀 더 세분화시켜 맞춤식으로 할 필요가 있다. 한국어 교육의 궁극적인 목표는 외국 이주민이 한국 사회에 제대로 적응하고 통합되도록 하는 것이므로 더욱 열린 방식을 가져야 하는 것이다.

떡어 떡어 뺑 엄 붕

그 뜻은 물방울이 한 방울 한 방울 떨어지는 것을

대나무 통에 계속 받으면 나중에 물이 가득 찬다.

우리가 계속 공부를 하다보면 다음에 어느 순간 많은 지식을 안다.

돈을 조금씩 조금씩 모으다 보면 많은 돈을 모을 수 있다.
— 원니따(캄보디아), 「떡어 떡어 뺑 엄 붕」 전문

　　외국 이주민들의 언어교육에서 간과하지 말아야 할 사항은 이주민들의 모국어에 대한 한국인들의 교육이다. 이주민들에게 한국어를 공용어로 가르치면서 한국인들에게도 "떡어 떡어 뺑 엄 붕"이 "물방울이 한 방울 한 방울 떨어지는 것"임을 익히도록 교육을 병행해야 되는 것이다. 이는 단순히 언어를 익히는 차원을 넘어 배우자의 문화를 이해하는 일이다. 다시 말해 소수자의 문화 역시 소중함을 인식하는 것으로 상호 간의 이해 증진 및 친밀감의 제고에 기여하는 것이다.

　　언어는 의사소통의 수단을 넘어 상호 간의 관계유지에 기여하므로 다문화가정의 2세에게 부모가 사용하는 언어를 교육하는 것 또한 필요하다. 이주민 자녀들이 부모의 언어를 차별이 아니라 차이의 관점에서 배움으로써 문화를 폭넓게 이해하는 것은 물론 정체성의 혼란도 극복할 수 있다. 나아가 세계화 시대의 구성원으로서 갖추어야 할 토대를 쌓는 데도 기여할 수 있다. 따라서 외국 이주민들의 언어를 가르칠 수 있는 교사의 채용이 이루어져야 하고, 상급 학교 진학에도 정책적 배려가 있어야 한다. 낮은 경제적 지위와 문화적 차이로 인해 소외되고 있는 외국 이주민들과 그 자녀들이 제대로 정착할 수 있도록 배려해야 되는 것이다.

3

사랑 따라 긴 바다 건너 온 새로운 세상
가족과 고향은 저 멀리 뒤로 보내고,
왜 이리 먼 곳으로 내 몸을 맡겼는가
내 마음속 들끓는 사랑이 날 이곳으로……

눈을 감아도 눈을 떠도 내 앞에 보이는 가족
낯선 이곳에 이미 와 있음에 새로운 느낌
눈물과 함께 가족은 내게서 점점 멀어져 간다.
눈물은 희망의 손수건으로 닦아내고 웃어 본다.

걸어도 땅이 아니고, 함께 있어도 사람이 아닌 듯하다.
이 땅에 어울리지 못하고 이들과 섞이지 못하는 이방인.
내가 선택한 것이기에 그 사람만 바라보며 사랑의 힘으로
외로운 시간 달래며 희망의 끈 꼭 부여잡고 놓지 않았다!

먹어도 먹는 것이 아니고, 들어도 듣는 것이 아닌 시간.
지난 추억의 환경에 쌓여 지울 수 없는 갈등만 맴돌고
돌이킬 수 없는 선택에 후회심은 피어나고, 마음은 젖어간다
아~ 보고 싶은 고향의 가족과 풍경, 밤하늘에 하얗게 그려진다.

시간은 바쁘게 흐르고, 사랑나무에 꽃이 피고 열매가 열렸다!
나의 분신이며 사랑스런 아이 쌍둥이들, 지난 외로움은 사라지고
기쁨과 행복감에 빠져, 어느새 아픈 순간들이 어디론가 날아가고
아름다움이 시작됨에 새로운 행복감 가족애가 만들어졌다!

더듬더듬 애써 말하는 나의 말에 귀 기울여 주는 사람들
나의 눈빛에 맞추어주는 시선들에 감사하며, 웃음이 생겼다.
노래를 들으며 한글을 공부했고, TV보며 문화를 배웠다.
열심히 살아온 시간 11년이란 세월은 저 뒷전에 흘려보냈다.

작은 것에 아파하고 조금만 함께 지냈어도 끈끈한 정이 생성되고
작은 것도 배려하며 나눠주는 마음과 정이 있는 대한민국 사람
따뜻한 마음을 받을 때 또 다른 뿌듯함과 감동으로 내 심장을
끓게 만드는 인심, 인정들을 알게 해준 한국 사람…… 사랑한다.

처음에 아무것도 몰랐던 이곳, 너무도 슬프고 아프게 했던 이곳
내가 몰랐기에 만들어졌던 오해들, 세월이 흐른 지금은 알고 있다.
빨리빨리를 좋아하며, 미소 띤 얼굴은 없어도 여유로운 행동은 없어도
따뜻한 사랑과 끈끈한 정이 내면에 맴돌고 있는 한국인의 깊이를…!!
고향에 있었다면 이런 행복한 시간이 만들어졌을까?
내 자신에게 물어본다, 편안하고 윤택한 나의 삶과
무엇보다 나의 새로운 가족이 만들어진 보금자리
그러기에 지금은 입가에 활짝 꽃이 핀다……
이것이 바로 내가 선택한 행복이다!

— 숙아띤(인도네시아), 「내가 찾은 행복」 전문

모든 다문화가정은 "편안하고 윤택한 나의 삶과/무엇보다 나의 새로운 가족이 만들어진 보금자리/그러기에 지금은 입가에 활짝 꽃이 핀다"와 같이 노래하는 상황을 소망할 것이다. 그만큼 결혼 이주민들이 한국 사회에 적응하는 일은 쉽지 않다. 이민자들은 이방인처럼 "어울려지지 못하고 이들과 섞이지 못하"기가 십상이다. 그리하여 "돌이킬 수 없는 선택에 후회심"을 가지게 되는 것이다.

결혼 이주민 대부분은 "아~ 보고 싶은 고향의 가족과 풍경, 밤하늘"을 그리워할 정도로 향수와 외로움에 젖어 있다. "처음에 아무것도 몰랐던 이곳, 너무도 슬프고 아프게 했던 이곳"이라고 토로하듯이 문화적 차이, 외모의 차이, 노동의 고통, 한국어 사용의 미숙 등으로 대부분 갈등과 좌절을 겪는다. 특히 여성의 경우는 인종차별, 성차별, 인권 침해, 가정 폭력 등으로 피해 정도가 더욱 크다. 따라서 이주민들이 사회에 제대로 통합될 수 있는 프로그램의 마련이 필요한데, 통합은 적응하는

차원을 넘어 공존하는 방향으로 지향되어야 한다. 다시 말해

> 피부가 까맣거나 하얗거나 가난하거나 부자거나
> 그 누구 그 어디서라도 나에겐 다르지 않네
> 사람 피는 다 같이 빨갛고 우리는 모두 한 사람에게서 왔다
> 나는 이미 알고 있네
> 한 하늘 아래 살고 있는 우리 모두는 그 하늘 구름처럼
> 같은 바람에 춤을 추며 살아가네
> 하나의 태양에서 나오는 햇살에 몸을 맡기고 있지만
> 누구는 행복하고 또 누구는 슬픈 현실
> 모든 사람이 사람에게 모든 나라가 나라에게
> 아껴주며 돕고 살아야 하는 한 하늘의 운명
> 지구에 사는 우리는 모두 가족
>
>   — 단비르 하산 하킴(방글라데쉬), 「인생의 노래」 전문

이라는 세계인식으로 추구되어야 하는 것이다.

한국인과 외국 이주민 사이에 피부도 전통도 문화도 다른 것은 지극히 당연한 일이다. 그렇지만 "사람 피는 다 같이 빨갛고 우리는 모두 한 사람에서" 온 것도 사실이다. 따라서 인종이나 문화적 차이를 극복하고 "지구에 사는 우리는 모두 가족"이라는 인식을 가져야 한다. 이주민들이 자신의 권리를 보장받고 인격체로서 존중받으며 사회의 구성원으로서 일체감을 갖는 것이 우리가 지향하는 다문화가정의 모습이다. 그러므로 현재의 열악한 여러 면들을 개선해 나가야 하는데, 특히 경제적인 문제가 그러하다. 사회 통합의 차원에서 경제적인 문제는 결코 도외시할 수 없는 것이다.

> 고통과 늙어감이
> 나를 힘들게 합니다.
> 나이가 들고 또 들어간다는 것은

꽤나 두려운 일입니다. 어머니.
이런 근심에 빠진 동안
당신의 사랑과 다독거림을
갈망해 왔습니다.
그릇된 사상 아래서
노예와 같은 삶을 살면,
사랑하는 부모님의 장례식에 참석해
애도할 기회조차 얻지 못한,
오, 산산조각난 내 빈한한 삶이여
서로 죽고 죽이는 전쟁터와 같은 세상에서
오르지도 내려가지도 못하는
표류하는 꿈은
고아도 아니면서
당신과 멀리 떨어져 살고 있는 이들은
외로운 물속의 물고기처럼 떨고 있습니다.
풍요로운 과수원의 사치에 빠져
부모님 은혜에 보답하지 못한 채
마음의 빚은 쌓여만 가고 있습니다. 어머니!
자포자기하고
비참하게 고개 숙인 청년은
치욕스러운 얼굴을 하며
자존심을 꺾은 채, 두려움에 떱니다.
언제가 당신이 우리 입에 게걸스럽게 가득 채워줄 밥을
핏 속에서부터 간절히 소망하고 있습니다. 어머니.

— 따야 민 카익(버마), 「표류하는 꿈」 전문

　　대다수 다문화가정은 경제적인 어려움에 처해 있다. 최저 생계비 이하의 가구 소득을 지니는 경우도 상당한 것으로 알려져 있다. 특히 여성 이주민이 겪는 경제적인 어려움은 더욱 심각하다. 단지 가난한 나라에서 왔다는 이유만으로 무시당하고 차별 대우를 받고 심지어 가정폭력을 당하고 있기 때문이다.

여성 이주민들은 자신의 꿈을 위하여 모국을 뒤로 한 채 한국으로 왔다. 그렇지만 "노예 같은 삶을 살"아야 하고, "서로 죽고 죽이는 전쟁터와 같은 세상에서" 자신의 꿈을 실현하기는 쉽지 않다. 외국인으로서 경험이나 문화의 면에서도, 지식이나 정보의 면에서도 불리할 수밖에 없기 때문이다. 따라서 정부와 관계기관은 이주민들의 경제활동을 적극적으로 지원해야 한다. 고용지원센터나 사업체들과 유기적인 협력을 통해 일자리 창출에 나서야 하고, 직업교육을 통해 희망 분야에 진출할 수 있는 기회를 마련해주어야 하는 것이다.

세계화 시대에 다문화가정의 증대는 거스를 수 없는 현상인데, 그들은 미래 사회의 소중한 자산이다. 특히 낮은 출산과 고령화 사회가 본격화되면서 그 필요성이 더욱 대두되고 있다. 따라서 단일민족이나 혈통주의를 극복하고 다민족과 함께하려는 공동체 의식을 가져야 한다. 인구는 줄어들고 고령화되는 우리 사회가 안정적으로 유지되고 발전하기 위해서는 세계인들과 함께해야 된다는 인식을 가져야 하는 것이다.

이와 같은 차원에서 위에서 인용한 시들뿐만 아니라 수와 유미(일본)의 「피아노 연주회에서」를 비롯해 고노 에이지(일본)의 「어느 수화 통역사의 고백」, 최미성(한국계 중국인 유학생)의 「강 너머 마을·1」, 단비르 하산 하킴(방글라데시)의 「시인」 등도 주목된다. 외국인으로서의 감상에 머무르고 있는 것이 아니라 주체적인 세계인식을 가지고 있기에 그러하다.

다문화가정 상담사란 직업이 생겨나고 있는 시대이지만 아직까지 대부분의 한국인들은 다문화가정에 대한 편견을 가지고 있거나 관심을 두지 않는 것이 엄연한 현실이다. 이와 같은 상황에서 이주민들 스스로 극복하는 모습을 내보이고 있는 것은 실로 대견한 일이다. 한국인들의 세계인식을 향상시키는 데에도 분명 기여하고 있는 것이다.

제2부

인간 역사의 한 축은 지배와 억압과 착취와 배제 같은 비인간적인 면이 점철되어 있는 것이 사실이다. 중세 사…
귀족이 민중을 지배한 것이나. 근대 사회에 부르주아 계급이 프롤레타리아 계급을 지배한 것이 단적인 예이다. 현대 사회에…
과 개척이라는 명분 아래 무차별적으로 인간을 사고팔고 자연을 파괴하는 것도 마찬가지이다. 소수의 지배계급은 자신의 이익을 위…

몽양(夢陽)의 거울

— 이기형의 『절정의 노래』론

1

그동안 이기형 시인이 간행한 시집들에¹ 실려 있는 약력의 한 부분은 나의 의식을 강하게 끌어당긴다. 그것은 다름 아니라 "정신적 지도자로 모셔온 몽양 여운형 선생 서거 이후 33년 간 일체의 공적인 사회 활동을 중단하고 칩거 생활을" 했다는 사실이다. 인간의 아름다움에는 여러 가지가 있겠지만 스승과 제자의 만남 역시 빼놓을 수 없음을 볼 수 있는 것이다.

그렇다면 제자로부터 본받을 만한 스승이 되기 위해서는 어떤 조건을 갖추어야 하는가? 또한 스승으로부터 신뢰받을 만한 제자가 되기 위해

---

1) 『망향』(시인사, 1982), 『설제』(풀빛, 1985), 『지리산』(아침, 1988), 『꽃섬』(눈, 1989), 『삼천리통일공화국』(황토, 1991), 『별꿈』(살림터, 1996), 『산하단심』(삶이 보이는 창, 2001), 『봄은 왜 오지 않는가』(삶이 보이는 창, 2003), 『해연이 날아온다』(실천문학사, 2007), 『절정의 노래』(들꽃, 2008) 등 10권이다.

서는 어떠한 조건을 갖추어야 하는가? 여운형과 이기형의 관계를 보면 개인적인 차원을 넘어서야 함을 알 수 있다. 시인이 몽양을 존경하는 것은 「사람은 어느 때 가장 강한가」(『산하단심』)라는 작품에서 "진리와 신념을 위해/죽음을 두려워하지 않을 때"라고 분명하게 말하고 있듯이, 진정한 사제관계는 개인적인 이해관계를 넘어서야 한다. 이기형 시인은 몽양이 죽음도 두려워하지 않고 진리와 신념을 지킨 인간이었기 때문에 스승으로 섬기고 있는 것이다.

몽양이 지향한 사상은 조국의 자주적 통일로 집약할 수 있다. 모스크바 3상회의에서 결정된 신탁통치안에 따라 과도 정부의 수립 절차에 대한 논의를 하기 위해 제1차 미소공동위원회가 열렸을 때 소련은 신탁통치에 찬성한 좌익만을 협의의 대상으로 삼았고, 미국은 신탁통치에 반대한 우익을 배제할 수 없어 무기한 연기되었다. 그와 같은 상황에서 여운형과 김규식을 중심으로 하는 좌우합작 운동이 시작되었는데, 이승만은 남쪽만이라도 단독 정권을 수립해야 한다며 좌우합작 운동을 규탄하는 성명을 발표했다. 모스크바 3상회의를 무효화하고 미국에 단독 행동을 하도록 호소하며 미국을 반대하는 세력을 적으로 간주해야 된다는 것이었다. 반탁은 애국자, 찬탁은 매국노라는 등식이 형성된 여론을 이용한 전략이었다. 그에 반해 김구는 좌우합작 운동의 목적이 조국통일에 있다고 여운형과 김규식의 운동에 지지 성명을 발표했다.

여운형과 김규식을 중심으로 시국대책협의회도 열렸는데 우익은 소련이 받아들일 수 있는 범위를, 좌익은 미국이 받아들일 수 있는 범위를 정했다. 그리고 미국이 점령하는 남쪽을 대표하는 좌우합작위원회와 소련이 점령하는 북쪽을 대표하는 북조선인민위원회가 협의하길 전망했다. 그렇지만 1947년 7월 19일 몽양이 정적에 의해 암살당함으로 인해 좌우합작위원회는 힘을 잃고 해산되고 만다. 더욱이 1949년 6월 26일

김구마저 암살됨으로 인해 분단국가는 고착화되고 말았다.[2]

이기형 시인은 몽양이 이루지 못한 조국의 자주적 통일을 위해 적극성을 띠고 있다. 시인은 함흥고보를 졸업한 1938년 가을 처음으로 몽양을 만났는데, 그 자리에서 "몸소 사람들 선두에 서서 살길을 찾아 내달리는 지도자"[3]가 참다운 지도자라는 말을 듣고 지금까지 추구하고 있다. 시인이 1980년대 이후 각종 집회에 어김없이 참석해 전위대로 나서는 것이나 작품에 투사의 정신을 넣고 있는 것이 그 여실한 모습이다. 전위대에서 사용될 수 있는 언어로 무장되어 있는 시인의 시 바탕에는 몽양이 거울로 놓여 있는 것이다.

2

그 누가 있어
우리나라에서 이십세기를 뎅강 들었다 놓을 만한 대인물이 있었는가?
있었다면 그는 누구인가라고 물어온다면
저는 내 나이값과 지식의 총체를 짜내
여운형이라고
서슴없이 대답하겠습니다
좀 지루하드라도 그 걸출한 경력을 더듬어볼까 합니다

그는 태어난 순간부터 왕재(王材)라는 감탄을 받을 만큼
용모가 비범 수려했습니다
약관 나이에 교회와 학교를 세웠습니다
민영환 절명사를 외우고 다녔고 일본 빚 이천만원을 갚는데 도움이 된다고
담배를 끊었습니다

---

2) 정경모, 「몽양 선생 서거 60주기 기념강연」, 『여운형을 말한다』, 아름다운책, 2007, 143~161쪽.
3) 이기형, 『여운형 평전』, 실천문학사, 2004, 269쪽.

스물세 살 때 종 문서를 불살라 버리고 종을 해방시켰습니다

중국 북부 만주 해삼위를 뛰어다니며 독립운동을 벌여 불멸의 3·1독립만세
운동의 기본 동력을 이룩했습니다

상해 대한민국임시정부 수립에 큰 몫을 담당했습니다

능력과 영향력이 컸기 때문에 중국 국민당과 공산당의 당원 예우를 받았습니
다

공산당선언과 공산주의ABC 노동조합론 등을 번역했습니다

적지 일본 동경에서 독립운동을 벌여 일본 좌우인사로부터 '여운형 만세!' 소
리를 들을 정도였습니다

독립항쟁의 예술이었지요.

동경제대 吉野교수의 인물평을 들어봅시다

'여씨의 주장 가운데에는 확실히 하나의 침범하기 어려운 정의의 섬광이 보
인다. (중략) 그는 한낱 젊은 신사로서 그 견식에 있어서, 그 품격에 있어서 나는
드물게 보는 존경할 만한 인격을 그에게서 발견했다. 지나 조선 대만 등지의 많
은 사람들과 회담했지만 하나의 교양 있는 존경할 인격자로서 여운형 씨와 같
은 분은 그 중 가장 뛰어난 한 분이라는 것을 단언한다.'

1922년 모스크바 극동피압박민족대회에 참가

레닌을 만나 조선해방을 논의했습니다

중국의 대선각자요 대지도자인 손문과는 중국 정세 조선 문제에 대해 많은
의견을 나누었습니다

조선중앙일보 사장으로서 신문을 통해 독립운동을 열렬히 펼쳤습니다. 인기
가 역사상 전무후무 최고조에 달했습니다

일제의 조선 민족과 문화의 야만적 말살정책이 극치점에 달했던 1944년 몽양
여운형 선생은

지하 비밀 결사인 건국동맹과 농민동맹을 조직했습니다.

8·15해방이 되자 현대사 순도 높은 금맥이라고 지칭되는 '건국준비위원회'를
창건했습니다.

임시독립정부를 수립하려고 찬탁했고 이념 대립을 해소하려고 좌우합작에
전념했습니다

여운형 선생은 우이동 태봉에 누워계시는 게 아니고

이 순간에도 저희들과 함께 호흡하고 계십니다.

역사 양심이 가시밭길을 헤쳐

여운형 선생은 독립유공자로 서훈되었거니
그 출중 수려한 용모 풍채 인격 학식 이론 정치감각 국제감각 그리고 말솜씨 웅변에서
타의 추종을 불허했습니다
21세기 초반 오늘까지도
우리가 자신만만 국제무대에 내놓아 아무런 손색이 없는 인물
실로 이순신 이후 유일한 대인물입니다.
몽양은 현대의 위인입니다.

현하 우리나라 정치계에는 몽양 같은 유능한 대정치가가 없습니다. 몽양을 따라 배워야 합니다
몽양 여운형의 길은 바로 통일을 향한 굳건한 길입니다
여운형 만세!
자주 통일 만세!
—「역사를 창조한 거성(巨星)—여운형, 그 이름을 부르며」 전문

몽양의 일대기를 역사적인 차원으로 조명하고 있는 작품인데, 다소 호흡이 길어 21세기의 젊은 시인들에게는 다소 낯설게 느껴진다. 그렇지만 일제 강점기의 카프계열의 시와 같은 호흡을 느낄 수 있어 새롭게 읽히기도 한다. 임화를 위시한 단편서사시는 이야기를 중심으로 긴 호흡을 갖고 있는 것이다.

시인은 「몽양 여운형 선생 영전에」(『별꿈』)라는 작품에서도, 「역사의 기억」「건국동맹」「건국준비위원회」 등에서도 몽양을 노래하고 있다. 그만큼 시인은 몽양을 삶의 거울로 섬기고 있는 것이다. 그리하여 시인은 "우리나라에서 이십세기를 뎅강 들었다 놓을 만한 대인물이 있었는가?/있었다면 그는 누구인가 라고 물어온다면/저는 내 나이값과 지식의 총체를 짜내/여운형이라고/서슴없이 대답하겠습니다"라고 단언하고 있다.

몽양은 한국 현대사를 이끈 큰 인물이다. 몽양은 1886년 4월 22일 경

기도 양평군 양서면 신원리 묘꼴에서 태어났다. 몽양(夢陽)이란 호는 이기형의 『여운형 평전』에 따르면 임신한 며느리가 꿈속에서 해를 보았다는 말을 들은 할아버지가 지어준 것이다. 몽양은 14세 때 처음으로 서양의 문물을 접한다. 부친의 반대에도 불구하고 배재학당에 입학한 후 흥화학교, 우무학당(우체학교) 등으로 전학해서 공부한 것이다. 그렇지만 1905년 을사조약이 체결된 후 우무학당이 일본의 수중에 들자 몽양은 졸업을 한 달 앞두고 학교를 자퇴하고 반대운동을 펼쳤다. 뿐만 아니라 을사조약에 항거해 민영환이 자결하자 충격을 받고 구국을 위한 노방연설을 했다.

일제는 러일전쟁에서 승리하자 조선에 을사조약을 강요하며 식민지의 정책을 본격화했다. 이에 조선은 일제의 을사조약이 무효임을 세계에 호소하려고 헤이그 밀사를 보냈지만 실패하고 만다. 일제는 이 사건을 빌미로 고종을 강제로 퇴위시키고 조선의 국권을 빼앗는 내용의 정미칠조약(丁未七條約)을 맺는다. 이 조약에는 군대 해산 및 일본인의 조선 관리로 임명되는 차관정치가 비밀각서로 첨부되어 있어 조선은 사실상 국권을 상실했다. 그에 대항하는 의병운동이 전국적으로 일어났는데, 몽양은 부모의 상중이어서 고향에 머무르면서 청소년들에게 신학문을 가르쳤다. "약관 나이에" 광동학교(光東學校)를 세웠고, 서양의 문물을 수용하기 위해 서울 승동교회에 입교했다.

부친의 상을 치른 몽양은 일대 혁신을 감행했다. 자신의 상투를 잘랐고, 집안의 역대 신주를 땅 속에 묻었으며, "종 문서를 불살라 버리고 종을 해방시켰"다. 신분차별이 엄연히 존재하는 시대였기 때문에 몽양의 결단은 실로 큰일이었다. 몽양은 담배도 끊었다. 당시 조선은 일본에 2천만 원의 국채를 안고 있었는데, 전국적으로 국채보상운동이 일어나자 몽양은 양평에서 단연국채보상기성회(斷煙國債報償期成會)를 조직한 뒤 장터를 돌아다니며 금연의 필요성을 연설했고 자신도 "담배를 끊었"다.

또한 몽양은 광동학교를 지인에게 맡기고 강릉으로 내려가 초당의숙(草堂義塾)에서 청년들을 가르쳤다. 일제는 경술국치(庚戌國恥) 다음날부터 조선의 모든 기관에 자국의 명치(明治) 연호를 쓰도록 명령했다. 몽양은 따르지 않고 서력까지 쓰면서 대항했지만, 끝내 초당의숙은 폐쇄당했고, 몽양은 강릉을 떠날 수밖에 없었다. 몽양은 가혹한 탄압이 자행되고 있는 국내에서는 더 이상 독립운동을 하기가 어렵겠다고 판단하고 해외로 갈 것을 결심했다. 전 세계의 식민지 민족들과 연대해서 조국의 독립을 쟁취하려고 한 것이었다. 그리하여 1914년 남경의 금릉대학 영문과에 입학했고, 교민단장이 되어 조선 청년들의 구미 유학을 알선했다.

1918년 연합군에 의해 제1차 세계대전이 종식되고 파리에서 열릴 평화회의와 윌슨 대통령이 발표한 14개의 조문을 설명하기 위해 특사 크레인이 상해에 왔다. 여운형은 크레인을 만나 일제의 만행을 알리고 조선의 독립을 도와줄 것을 요청했다. 크레인이 약속해 '신한청년당(新韓靑年黨)'의 이름으로 진정서를 써서 윌슨 대통령에게 보내었다. 이와 같은 활동이 국내에 알려져 "불멸의 3·1독립만세운동의 기본 동력"이 되었다. 몽양은 또한 "상해 대한민국임시정부 수립에 큰 몫을 담당했"다. 3·1운동 후 국내외의 독립운동가들이 보다 조직적으로 독립운동을 전개할 수 있는 토대를 마련한 것이다.

1919년 11월 몽양은 일제의 초청을 받고 동경을 방문했다. 3·1운동을 겪은 일제는 자신들의 억압적인 식민지 정책이 세계에 알려진 사태를 진정시키기 위해 몽양을 회유하려는 것이었다. 몽양은 테이코쿠 호텔에서 세계 각국의 특파원 및 기자, 일본 고위층 들에게 조선 독립의 필요성을 주장해 일제에 큰 충격을 주었다. 사회주의를 연구하는 '신인회(新人會)'는 "여운형 만세!"를 부르면서까지 지지했다. 일제의 심장부에서 일으킨 여운형 사건은 몽양다운 담력과 용기, 지식, 판단력 등을 여실히 보여주었다. 실로 "독립항쟁의 예술"이라고 말할 수 있는 것이다.

파리강화회의에서 윌슨의 민족자결주의가 채택되지 않음으로 인해 약소국가들의 실망은 매우 컸는데, 소련은 '근동근로자대회'를 열었다. 몽양은 대회 기간 중 "레닌을 만나 조선해방을 논의했"다. 트로츠키 등 볼셰비키 지도자들도 만나 조선의 해방을 원조해줄 것을 요청했다. "중국의 대선각자요 대지도자인 손문과는 중국 정세 조선 문제에 대해 많은 의견을 나누었"고, 중국의 혁명이 이루어지면 조선의 독립도 가능한 것이라고 생각하고 적극적으로 협조했다.

1929년 7월 몽양은 상해 요동운동장에서 야구 구경을 하다가 일본 형사에 의해 체포되었다. 서울로 압송되어 치안유지법 등으로 3년간 옥고 생활을 했다. 그 후 주위의 추대를 받아들여 중앙일보 사장에 취임했다. 몽양은 신문사의 일이 독립운동을 하는 데 기회가 될 수 있다고 생각하고 이름을 "조선중앙일보"로 바꾸었다. 그렇지만 1936년 8월 11일자 소위 손기정 선수의 일장기 말살 사건으로 인해 신문은 자진 휴간한 후 폐간되었다.

1944년 8월 몽양은 조국의 독립을 위해 "조선건국동맹"이라는 비밀 결사조직을 만들었다. 비밀이 탄로 나도 희생을 최소한 줄이고자 서로 이름이나 거처를 말하지 않고 문서를 남기지 않는다는 원칙을 세우고 조직을 확대해 나갔다. 뿐만 아니라 10월에는 양평군 용문산에서 "농민동맹"이라는 비밀 결사도 만들었다.

1945년 8월 15일 아침, 엔도 조선총독부 정무총감은 자국의 패배를 알고 몽양에게 치안을 맡아달라고 부탁했다. 몽양은 승낙하고, 저녁에는 "현대사 순도 높은 금맥이라고 지칭되는 '건국준비위원회'를" 조직했다. 건국준비위원회는 조선인민공화국의 등장으로 해체되지만, 해방

후 혼란한 시기의 치안 유지와 민심의 안정을 시키는 데 큰 역할을 했다. 이후 미군 점령군의 인천 상륙, 이승만 귀국, 미국 소련 영국 중국에 의한 신탁통치가 결정된 모스크바에서 3상회의, 김구 및 김규식 등 임시정부 요인들 귀국 등 정세는 대단히 혼란스러웠다. 몽양은 좌우합작을 적극적으로 추진하다가 열 번도 넘는 테러를 당한 끝에 암살당하고 말았다.

3

이정식이 쓴 『대한민국의 기원』(일조각, 2006)을 참조한 위키백과에 따르면 1945년 10월 10일부터 11월 19일까지 '선구회(先毆會)'라는 단체에서 가장 뛰어난 지도자를 뽑는 설문조사를 한 결과 33%가 여운형을 지목했다. 그 뒤 11월에 최고의 혁명가를 뽑는 설문조사를 한 결과 978명 중 195표가 여운형을 지목해 1위였다.[4] 그만큼 동시대의 여론은 몽양에게 큰 지지를 보냈던 것이다.

그렇지만 몽양은 타계 이후 '빨갱이'라는 왜곡으로 역사적 평가는 물론 독립운동을 제대로 인정받지 못했다. 2002년부터 몽양을 기리는 추모사업회가 조직되었고, 2005년에는 건국훈장 대통령장을 추서받았는데, 2008년에는 1급으로 상향 조정되었다.

몽양은 파리에서 열린 강화회의에 김규식을 파견해 조선 독립의 필요성을 세계에 알렸고, 장덕수를 동경과 국내에 보내 해외 소식을 전함으로써 3·1운동을 일으키는 데 기여했으며, 대한민국 임시정부를 수립하는 데 산파 역할을 했다. 동경을 방문해 일제의 요원들과 세계의 기자들 앞에서 조선 독립의 당위성을 당당하게 주장했고, 레닌을 만났으며, 중

---

4) http://ko.wikipedia.org/wiki

국 혁명의 일선에서도 활약했다. 해방 후에는 건국준비위원회, 인민공화국, 좌우합작위원회 등에 주도적인 역할을 했다. 그렇지만 대동단결을 부르짖던 몽양은 좌익과 우익으로부터 동시에 공격을 받아 결국 희생되었다. 그렇지만 역사는 결코 성공한 사람들에 의해서만 만들어지는 것이 아님을 몽양은 여실히 보여주고 있다.[5]

이기형 시인은 「역사를 창조한 거성(巨星)—여운형, 그 이름을 부르며」에서 "여운형 선생은 우이동 태봉에 누워계시는 게 아니고/이 순간에도 저희들과 함께 호흡하고 계십니다."라고 평가를 내리고 있다. "21세기 초반 오늘까지도/우리가 자신만만 국제무대에 내놓아 아무런 손색이 없는 인물/실로 이순신 이후 유일한 대인물"로 보고 있는 것이다. 민족의 자주 통일이 요원한 오늘날, 몽양의 사상은 큰 거울이다. 아흔이 넘어서까지 몽양을 따르는 이기형 시인 또한 우리들의 거울이다. 따라서 우리도 "해방! 그날아/다시 와 주렴/남북형제야/얼싸안고/수려강산 천년대계 무지개꿈/살길을 꾸리자"(「무지개꿈」)라고 함께 불러야 할 것이다.

5) 자세한 내용은 이정식, 『여운형』(서울대학교출판부, 2008) 참조.

기억의 현재화

— 이시영의 『긴 노래 짧은 시』론

1

이시영의 시세계는 기억들을 현재화시킨 것이라고 볼 수 있다. 모든 시인들의 시세계 역시 개인적으로 혹은 집단적으로 체험한 일들을 기억을 통해 현재의 의미로 창조한 것이라고 볼 수 있지만, 이시영의 경우는 보다 심화되어 있다. 그리하여 그의 창작방법의 중심이자 특성으로 볼 수 있는 것이다. 그렇다면 시인은 왜 기억을 창작방법으로 삼고 있는 것일까?

우선 시인의 기억이 현재형의 시제로 구실한다는 점을 주목할 필요가 있다. 단순히 과거를 회상하거나 재현하는 것이 아니라 현재의 상황을 반영하는 것은 물론 미래 지향까지 제시하는 것이다. 그리하여 시인의 기억은 이 세계를 부단히 품는다. 개인적인 자아를 적극적으로 정립하는 것은 물론 사회적인 자아까지 인식하는 것이다.

시인의 기억은 자신으로부터는 물론이고 사회로부터 소외되어 있는 이 자본주의 사회에 몸을 담고 있는 우리들에게 중요한 의의를 갖는다.

자본주의는 성찰은커녕 자기 이익 증대에 몰두하기 때문에 구성원들을 끊임없이 경쟁시킨다. 구성원들 간의 양보, 사랑, 조화, 희생 등의 가치를 여지없이 무너뜨리고 이기적인 존재로 전락시키는 것이다. 따라서 기억은 파편화된 존재들에게 인간 가치를 복원시키는 역할을 한다. 자신의 얼굴을 진지하게 되돌아보며 정체성을 재확인하고 사회적 존재를 자각하는 것이다.

이와 같은 시인의 기억은 고도의 선택 행위이다. 체험의 서사를 단순히 회상해서 나열하는 것이 아니라 시인의 의도에 의해 가감되고 부각된다. 그러므로 기억의 대상은 실제보다 집약되고 유기성을 띠며 통일성을 갖는다. 사건이 일어난 순서로 배열되는 것이 아니라 시인의 의향에 의해 조종되고 재창조되는 것이다.

시인의 기억은 본질적으로 자기를 긍정하는 세계관을 깔고 있다. 과거의 자신을 단절시키지 않고 현재까지 지속시키는 것으로, 자기만의 방에서 나와 이 세계와 교류한다. 자기 중심적인 방문을 개방하고 이 세계와 공유하는 것이다. 따라서 시인의 기억은 과거를 수용하면서 현재를 인식하고 미래를 지향하는 역동성을 띤다.

2

용산역전 늦은 밤거리
내 팔을 끌다 화들짝 손을 놓고 사라진 여인
운동회 때마다 동네 대항 릴레이에서 늘 일등을 하여 밥솥을 타던
정님이 누나가 아닐는지 몰라
이마의 흉터를 가린 긴 머리, 날랜 발
학교도 못 다녔으면서
운동회 때만 되면 나보다 더 좋아라 좋아라
머슴 만득이 지게에서 점심을 빼앗아 이고 달려오던 누나
수수밭을 매다가도 새를 보다가도 나만 보면

흙 묻은 손으로 달려와 청색 책보를

단단히 동여매주던 소녀

꽁깍지를 털어주며 맛있니 맛있니

하늘을 보고 웃던 하이얀 목

아버지도 없고 어머니도 없지만

슬프지 않다고 잡았던 메뚜기를 날리며 말했다

어느 해 봄엔 높은 산으로 나물 캐러 갔다가

산뱀에 허벅지를 물려 이웃 처녀들에게 업혀와서도

머리맡으로 내 손을 찾아 산다래를 쥐어주더니

왜 가버렸는지 몰라

목화를 따고 물레를 잣고

여름밤이 오면 하얀 무릎 위에

정성껏 삼을 삼더니

동지섣달 긴긴밤 베틀에 고개 숙여

달그당잘그당 무명을 잘도 짜더니

왜 바람처럼 가버렸는지 몰라

빈 정지문 열면 서글서글한 눈망울로

이내 달려나올 것만 같더니

한번 가 왜 다시 오지 않았는지 몰라

식모 산다는 소문도 들렸고

방직공장에 취직했다는 말도 들렸고

영등포 색싯집에서 누나를 보았다는 사람도 있었지만

어머니는 끝내 대답이 없었다

용산역전 밤 열한시 반

통금에 쫓기던 내 팔 붙잡다

날랜 발, 밤거리로 사라진 여인

—「정님이」 전문

　시인은 어린 시절 인연의 대상이었던 "정님이 누나"를 기억하고 있다. 시인이 그녀를 기억하는 이유는 달리기를 잘해 운동회 때 일등을 맡아 놓았거나 목화를 따는 일이며 무명 짜는 일을 잘해서가 아니라, 따스한 인정을 받았기 때문이다. 그녀는 이마에 흉터가 있을 정도로 인물이 뛰어나지 않았고, 학교를 못 다녔기 때문에 지식이 많은 것도 아니었다. 뿐만 아니라 부모가 누구인지 모를 정도로 출신 성분도 불분명했다. 그렇지만 시인에게는 친누나 내지 어머니 같은 존재였다. 운동회 때 배가 고플까 봐 점심을 챙겨주었고, 밭을 매다가도 시인을 보게 되면 달려와 책보를 단단히 동여매주었으며, 어느 해 봄엔 산에 나물 뜨러 갔다가 뱀에 물려 동네 사람들에게 업혀왔으면서도 다래를 시인의 손에 쥐어주었을 정도였다.

그런데 그녀는 어느 날 집을 떠나간 후 지금까지 소식이 없다. 그녀가 왜 집을 떠나갔는지는 작품에 소개되어 있지 않지만, 사회의 변화에 영향받았을 것으로 여겨진다. 작품에 소개된 시인의 운동회 장면이나 책보따리를 메고 학교를 다닌 일들, 그리고 그녀가 목화를 따고 물레를 돌린 일들은 대체로 1960년대 초까지 일어났던 상황이다. 따라서 그녀가 집을 떠나간 시기 역시 그 무렵이라고 유추된다.

1960년대는 정치적인 면뿐만 아니라 경제적인 면으로도 현대사에서 중요한 시기였다. 정치적으로는 4·19혁명이 일어났듯이 이승만 정부의 억압과 부패를 민중들이 피를 흘리며 몰아낸 시기인 동시에 5·16군사 쿠데타에 의해 민주주의가 좌절된 시기이기도 했다. 그러면서도 1962년 제1차 경제개발 5개년 계획이 가동된 데서 볼 수 있듯이 본격적으로 경제정책이 추진된 시기이기도 했다. 정부가 주도한 경제정책이 본격화됨으로 인해 이전 시대에는 볼 수 없었던 사회 변화가 일어났다. 산업화와 도시화가 초래되었고 그에 따라 이농현상이 본격화되었다. 농촌이나 어촌에서 공동체 생활을 영위하던 사람들이 정부의 경제정책으로 인해 산업화와 도시화가 팽창하자 새로운 일자리를 찾아 고향을 떠난 것이다. 그와 같은 경우는 특히 젊은이들 사이에서 유행병처럼 번졌다.

　그와 같은 상황을 고려해보면 시인이 "정님이 누나"를 기억하고 있는 것은 주목된다. 그녀를 단순히 떠올리거나 소개하고 있는 것이 아니라 기억을 통해 현재의 상황을 인식하고 있기 때문이다. 다시 말해 시인은 그녀를 "용산역전 늦은 밤거리/내 팔을 끌다 화들짝 손을 놓고 사라진 여인"과 연결시켜, 몸을 팔아야만 삶을 영위할 수 있는 도시의 하층 여성들을 환기시키고 있다. 결국 그녀에 대한 기억으로써 가난하고 배우지 못하고 소외된 여성들을 사회적인 차원으로 조명하고 있는 것이다.

　"정님이 누나" 같은 여성은 아무리 마음씨가 좋고 성실하고 손재주가 있다고 할지라도 근대사회에 편입해서 제대로 살아가기가 힘들다. 무엇보다도 그녀는 배우지 못했기 때문에 지식과 전문 기술을 요구하는 산업사회에서 낙오될 수밖에 없다. 물레나 베틀 같은 단순 노동은 힘과 숙련이 필요하지만 산업시대의 공장들과 기계들은 전문 기술을 요구한다. 또한 그 누나가 살아오던 공동체 사회에서는 인정과 도리 같은 정신 가치가 통용되었지만, 도시화된 사회에서는 오히려 물질 가치가 지배한다. 따라서 변화된 사회가 요구하는 조건들을 갖추지 못한 그녀로서는 제대로 된 삶을 영위하기가 어렵다. 자신의 주체성을 발휘할 수 있는 일자리를 가질 수 없고, 자아를 실현할 수 있는 일상생활이며 인간관계를 마련하기 어려운 것이다. 그리하여 남의 집 식모살이를 하거나 지하방에서 재봉틀을 돌리거나 그것도 아니면 몸을 팔아야만 목숨 붙이고 살아갈 수 있는 것이다.

　이와 같은 차원에서 시인이 용산역 앞에서 윤락 행위를 하는 한 여인의 모습을 보고 "정님이 누나"를 기억한 것은 개인적인 대상을 공유화했다고 볼 수 있다. 시인이 자신의 고유한 대상을 기억에 의해 낙오된 현재의 여성으로 보편화시킨 것이다. 따라서 시인은 비정치적인 대상을 시대적인 문제를 안은 대상으로 확대시킨 셈인데, 이와 같은 모습은 「후꾸도」에서도 확인된다.

장사나 잘 되는지 몰라
흑석동 종점 주택은행 담을 낀 좌판에는 시푸른 사과들
어린애를 업고 넋나간 사람처럼 물끄러미
모자를 쓰고 서 있는 사내
어릴 적 우리집서 글 배우며 꼴머슴 살던
후꾸도가 아닐는지 몰라
천자문을 더듬거린다고
아버지에게 야단맞은 날은
내 손목을 가만히 쥐고 쇠죽솥 가로 가
천자보다 좋은 숯불에 참새를 구워주며
멀뚱멀뚱 착한 눈을 들어
소처럼 손등으로 웃던 소년
못줄을 잘못 잡았다고
보리밭에 송아지를 떼어놓고 왔다고
남의 집 제삿밤에 단자를 갔다고
사랑이 시끄럽게 꾸중을 들은 식전아침에도
말없이 낫을 갈고 풀숲을 헤쳐
꼴망태 위에 가득 이슬 젖은 게들을 걷어와
슬그머니 정지문에 들이밀며 웃던 손
만벌매기가 끝나면
동네 일꾼들이 올린 새들이를 타고 앉아
상머슴 뒤에서 함박 웃던 큰 입
새경을 타면 고무신을 사 신고
읍내 장터로 써커스를 한판 보러 가겠다고 하더니
갑자기 서울서 온 형이
사년 동안 모아둔 새경을 다 팔아갔다고 하며
그믐날 확독에서 떡을 치던 어깨엔
힘이 빠져 있었다
그날밤 어머니가 꾸려준 옷보따리를 들고
주춤주춤 뒤돌아보며 보름을 쇠고

꼭 오겠다고 집을 떠난 후꾸도는
정이월이 가고 삼짇날이 가도 오지 않았다
장사나 잘되는지 몰라
천자문은 다 외웠는지 몰라
칭얼대는 네댓살짜리 계집애를 업고
하염없이 좌판을 내려다보며 서 있는 사내
그리움에 언뜻 다가서려고 하면
나를 아는지 모르는지 모자를 눌러쓰고
이내 좌판에 달라붙어
사과를 뒤적이는 사내

―「후꾸도」 전문

　시인은 흑석동 종점에 있는 주택은행 옆에서 좌판을 차려 놓고 사과를 파는 한 노점상을 발견하는 순간, 어린 날 자신의 집에서 꼴머슴으로 살던 "후꾸도"를 기억한다. 정확하게 성명을 알지 못하지만 주위 사람들로부터 "후꾸도"라고 불렸던 그는 제대로 인정받지 못했다. 천자문을 깨치지 못했다고, 못줄을 잘못 잡았다고, 보리밭에 송아지를 떼어놓고 왔다고, 남의 집 제삿밤에 단자를 갔다고 야단맞기가 일쑤였던 것이다. 그렇지만 그는 천성이 착해 야단을 맞거나 놀림을 당해도 소처럼 웃기만 했다. 그리고 주인집 아들이었던 시인에게 인정을 베풀었다. 좋은 숯불에 참새를 구워주기도 했고, 게들을 걷어와 건네주기도 했던 것이다.

　그의 꿈은 새경을 타면 고무신을 사 신고 읍내에서 열리는 서커스 구경을 가고 싶어할 정도로 소박한 것이었다. 그렇지만 그에게도 「정님이」에 등장하는 "정님이 누나"와 같은 삶의 변화가 일어났다. "갑자기 서울서 온 형이/사년 동안 모아둔 새경을 다 팔아"간 일로 그는 상실감에 빠져 확독에서 떡을 쳐도 힘이 없었고 다른 일에도 재미를 잃었다. 그렇지만 그와 같은 상황은 그에게 서울에서 살아가는 형의 삶과 자신의 삶을

대비하는 계기가 되었다. 그리하여 마침내 옷보따리를 싸들고 주인집을
떠난 것이다.

그는 집주인에게 보름을 쇠고 꼭 돌아오겠다고 약속했지만 지키지 않
았다. 그가 돌아오겠다고 한 약속은 그의 성품으로 보아 거짓말이 아니
었지만, 상상하지 못했던 상황 앞에서 그도 어쩔 수 없었다. 그가 막상
서울에 도착해 며칠 지내는 동안 생각이 달라질 수밖에 없었던 것이다.
비록 그가 배운 것도 가진 것도 없었지만 도시화되고 산업화된 서울이
란 곳은 자신이 머슴으로 살아온 산골마을과는 비교할 수 없는 유혹의
대상이었다. 서울은 무엇보다도 그에게 머슴이란 신분을 깨끗이 지울
수 있는 기회를 제공했다. 종속된 신분이 아니라 철저히 계약이 통용되
는 것을 발견한 순간, 그의 해방감은 이루 말할 수 없는 것이었다. 뿐만
아니라 생활의 편리함이며 부를 축적할 수 있는 기회도 그에게는 뿌리
칠 수 없는 유혹의 대상이었다. 그리하여 그는 주인집으로 돌아가지 않
은 것이다.

그렇지만 그의 꿈은 쉽게 획득할 수 없는 것이었다. 「정님이」에 등장
하는 "정님이 누나"가 배운 것이 없어 도시 생활에 적응할 수 없는 것처
럼 그 역시 천자문조차 제대로 익히지 못했기 때문에 서울이 제시하는
기회를 잡기는 어려웠다. 배움이 적은 그가 고도로 전문화되고 상업화
된 서울에서 주체성을 가지고 일자리를 잡고, 신분을 상승시키고, 자아
를 실현하는 일은 결코 쉽지 않았던 것이다. 그리하여 "정님이 누나"가
남의 집에서 식모살이를 하거나 재봉틀을 돌리거나 심지어 몸을 팔면서
살아가듯이 그 역시 일용직 잡부를 하거나 좌판을 벌일 수밖에 없었다.
시인은 "후꾸도"에 대한 기억을 통해 좌판을 차린 한 사내를 발견함과
아울러 "장사나 잘 되는지 몰라"라고 걱정하고 있다. 한 지식인 시인으
로서 민중들의 곤궁한 삶을 확인하는 것은 물론 자신의 책무도 인식하
고 있는 것이다. 지식인의 책임감은 자신의 모순을 인식하고 반성하는

데서 달성된다. 지식인으로서 지배계급에 대해 우호적인 관계를 맺을 수밖에 없는 자기 계급의 근본적인 한계를 반성하고 민중들과 연대하려는 의식에서 가능한 것이다. 이와 같은 면은 시인이 제대로 적응해서 살아가지 못하고 있는 "정님이 누나"나 "후꾸도" 같은 사회적 약자들을 품은 것에서 볼 수 있다.

1960년대의 사회 변화는 시인에게 큰 충격을 주었을 뿐만 아니라 대응에 대한 동기부여도 해주었다. 정부가 일방적으로 경제정책을 추진함으로 말미암아 산업화 및 도시화로 인한 이농현상, 계층 간의 빈부 격차, 상대적 박탈감 등 사회문제가 본격화되자 시인은 자신의 정체성을 고민하지 않을 수 없었다. 농촌 공동체의 삶을 영위했고 아울러 지식인이기도 했던 시인은 비인간적이고 물질주의가 횡행하는 사회에서 인간 가치를 어떻게 하면 지킬 수 있는가를 고민한 것이다.

이와 같은 차원에서 보면 시인이 "정님이 누나"나 "후꾸도"를 기억한 것은 인간 가치를 지향하기 위한 전략이라고 볼 수 있다. 시인은 배우지 못하고 가난하지만 성품이 착하고 인정이 많은 사람들을 휴머니즘의 잣대로 삼고 있다. 그리하여 그들과 함께했던 삶과 그렇지 못한 현재의 삶을 대비 혹은 비교를 통해 조명하면서, "왜 가버렸는지 몰라" "왜 바람처럼 가버렸는지 몰라" "한번 가 왜 다시 오지 않았는지 몰라" 등으로 토로하고 있다. 노래의 후렴구 같은 효과로써 그들의 소중함을 독자들에게 각인시키고 있는 것이다.

3

내 마음의 고향은 이제
참새떼 와자히 내려앉는 대숲마을의
노오란 초가을의 초가지붕에 있지 아니하고
내 마음의 고향은 이제

토란잎에 후두둑 빗방울 스치고 가는
여름날의 고요 적막한 뒤란에 있지 아니하고
내 마음의 고향은 이제
추수 끝난 빈 들판을 쿵쿵 울리며 가는
서늘한 뜨거운 기적소리에 있지 아니하고
내 마음의 고향은 이제
빈 들길을 걸어 걸어 흰옷자락 날리며
서울로 가는 순이 누나의 파르라한 옷고름에 있지 아니하고
내 마음의 고향은 이제
아늑한 상큼한 짚벼늘에 파묻혀
나를 부르는 소리도 잊어버린 채
까닭 모를 굵은 눈물 흘리던 그 어린 저녁 무렵에도 있지 아니하고
내 마음의 고향은
싸락눈 홀로 이마에 받으며
내가 그 어둑한 신작로 길로 나섰을 때 끝났다
눈 위로 막 얼어붙기 시작한
작디작은 수레바퀴 자국을 뒤에 남기며

—「마음의 고향 6—초설(初雪)」 전문

위의 작품에서 시인의 세계인식은 예상을 뛰어넘는다. 시인이 기억하는 대상은 「정님이」에 등장하는 "정님이 누나"나 「후꾸도」에 등장하는 "후꾸도"와 같이 가난했지만 착하고 인정 많은 사람들이다. 그리고 그들과 함께 삶을 영위했던 고향이다. 시인의 고향은 참새 떼들이 왁자하게 내려앉고 초가지붕이 덮인 대숲마을이었다. 또한 여름날 토란잎에 떨어지는 빗방울 소리가 맑았고, 추수가 끝난 빈 들판에는 짚가리가 아담하게 쌓인 곳이었다.

그런데 시인은 그와 같은 자신의 고향이 "있지 아니하"다고 표명하고 있다. 착하고 인정 많은 사람들과 어울려 살아가던 고향이 사라지고 없다고 단언하고 있는 것이다. 시인은 왜 그와 같은 입장을 내보이고 있는

것일까? 그것은 시인이 사회의 변화를 보다 분명하게 인식하기 위한 다짐으로 볼 수 있다. 시인은 그와 같은 의도를 추구하기 위해 기적 소리를 듣고 있다. 추수가 끝난 들판을 지나가는 기적 소리에 시인은 "서늘한 뜨거운" 마음을 가졌다고 토로하고 있는 것이다.

일찍이 김기림이 「철도연선」에서 그렸듯이 농촌 공동체 사회는 기차가 들어오면서 큰 혼란에 휩싸인다. 기적 소리에 산신제가 사라지고 가부장제 가정이 무너진다. 그리하여 아내를 버리고 술집 여자를 사는 남자들과 부모며 남편이며 자식들을 버리는 여자가 등장한다. 김기림은 근대화를 상징하는 기차가 마을을 관통함에 따라 1930년대의 전통적인 농촌사회가 무너지는 장면을 시대인식으로 그린 것이다. 이시영 또한 기적 소리를 매개로 1960년대의 농촌 마을 사람들이 도시로 몰려드는 상황을 그렸다. "싸락눈 홀로 이마에 받으며" "그 어둑한 신작로 길"을 나서서 기차를 탔다는 시인의 고백이 그 여실한 면이다.

이와 같은 상황으로 볼 때 시인이 기차를 타기 전까지 태어나서 자라났던 고향이 "있지 아니하"다고 표명한 것은 이해된다. 시인은 현재의 삶을 더욱 넓고도 깊게 인식하기 위해 물리적인 차원이 아니라 정신적인 차원에서 "마음의 고향"이 없다고 단언하고 있는 것이다. 실제로 산업화의 결과로 인한 도시 공간에서는 이전 사회의 정신 가치가 존재하지 못한다. 흙길이 아니라 아스팔트가, 빈 들판이 아니라 아파트가, 한복이 아니라 양복이, 수레가 아니라 자동차가 지배하는 곳에서는 더 이상 농촌 공동체의 정서나 인간관계가 통용되지 못하는 것이다. 그러므로 시인이 자신의 고향이 없다고 토로한 것은 아프기도 하면서 정직한 세계인식이라고 볼 수 있다.

실제로 산업사회 이전에는 도시가 농촌이나 어촌과 같은 공동체 사회와의 비교에서 부정적으로 평가되었다. 공동체 사회가 자연 환경이 좋고 평온하고 인심이 후하다고 여겨진 반면 도시는 공기가 탁하고 물이

나쁘고 거리가 혼잡하고 인정이 메말랐다고 여겨졌던 것이다. 그렇지만 산업화가 확대되면서 그와 같은 이분법적 관점은 무너졌다. 오히려 그 관계가 역전되어 도시에 비해 공동체 사회가 가난하고 소외되고 낙후되어 사람이 살기 어려운 곳으로 인정되고 있다. 풍요롭고 안온하고 따스하고 인정이 넘치는 공동체 사회는 더 이상 존재하지 않는 것이다. 그러므로 고향이 없다는 시인의 표명은 현재의 상황을 정확하게 간파한 것으로 볼 수 있다.

그렇지만 시인은 고향을 개인적인 차원으로 가두지 않고 공유화하기 위해 부단히 기억한다. "정님이 누나"나 "후꾸도" 외에도 없는 집 농사꾼의 맏딸로 태어나 갖가지 고생을 한 어머니(「만월」), 강 건넛마을에서 수절해 사는 이모(「늙은 이모전」), 택호를 가진 고향 마을의 아낙들(「우리 마을 택호 풀이」), 1956년 4월 한 교실에서 공부하던 친구들(「첫 수업」), 전라북도 운봉골에서 살아가는 종고모(「종고모」), 반내골에서 물맞이하는 어머니들(「물맞이」)을 기억하고 있다. 또한 사립문 새끼줄 밖에서 끝내 잠들지 못한 맨대가리의 장정들(「종고모」), 인간다운 대접을 받기 위해 낫과 쇠스랑을 들었던 고타관(「머슴 고타관 씨」), 국군이 들어오면 국군에게 밥해주고 밤사람이 들어오면 밤사람에게 밥을 해주어야 했던 여성들(「어머니」)도 기억하고 있다. 뿐만 아니라 아름다운 은모래가 쌓여 소들의 천국이자 아이들의 놀이터인 섬진강변의 삼각주(「섬뜸」), 헤아릴 수 없이 많은 은어들이 상류로 거슬러 오르던 섬진강(「여름」)도 기억하고 있다. 그리고 시인은 그 기억의 대상들을 현재의 상황에 부단히 연결시키고 있다.

내가 깨어진 한 여자와의 사랑에 연연해하며
길을 가고 있을 때
그 여자들은 왔다 신록 사이로.
한쪽 손에는 아이스크림을 들고 다른 손에는 댓가지 빽들을 들고.

시립부녀복지회관에서 나오는 여자들이었을까
평범한 블라우스에 넓은 스커트, 서툰 화장솜씨에도 불구하고
그들의 얼굴엔 생활의 무게가 주는 겸허와
일하면서 사는 자의 자랑이 빛나고 있었다
사람이 희망을 갖고 산다는 게 무엇인가
하루종일 일을 하고 나오다가 저처럼 수수한 얼굴로
아이스크림을 빨며 혹은 댓가지 빽을 흔들며
저녁길로 나서는 것이 아닐까
몇걸음 걷다가 나는 돌아서서 그들을 바라보았다
바로 그때였다 무거운 짐트럭 한 대가 식식거리며 다가와
짧은 상고머리를 내밀며
쌍년들! 어쩌고 하면서 투덜거리다가 이내 사라졌다
여자들의 대오가 잠시 벽 쪽으로 밀려났다가 다시 모이며
이번에는 신록 우거진 사이로 아랫배까지 시원한 웃음소리가 들려왔다

—「자랑스런 날」 전문

　시인은 평범한 옷을 입고 화장을 서툴게 한 여자들이 도로를 걸어가는 모습을 회피하거나 비난하지 않고 대견스럽게 여긴다. 나아가 희망을 갖고 살아가는 사람들의 본보기로 삼는다. 그리하여 시인은 "그들의 얼굴엔 생활의 무게가 주는 겸허와/일하면서 사는 자의 자랑이 빛나고 있"다고 노래하고 있다.

　시인의 이와 같은 인식은 「정님이」에 등장하는 "정님이 누나"에 대한 기억을 확대시킨 것으로 볼 수 있다. 가난하고 배우지 못했다고 할지라도 땀 흘려 일하며 서로 아껴주는 마음을 가진 사람들을 내세우고 있는 것이다. 그리하여 대방동 골목길에 있는 허름하지만 안온한 이발관의 이발사(「문화이발관」)며, 아파트의 경비인 농사꾼 박씨(「풍경」) 같은 이들도 소개하고 있다. 사회적으로 낮은 위치에 있지만 그들이야말로 사회의 토대이고 역사의 거울이라고 제시하고 있는 것이다.

　그리하여 시인은 기억의 대상을 더욱 확대한다. 자유실천문인협의회

1백 1인 선언을 할 때 경찰의 급습과 강탈 그리고 그것에 저항하던 일
(「1974년 11월」), 김지하 시선집 『타는 목마름으로』의 출간으로 인해
안기부에 끌려가 고초를 당한 일(「1982년 여름」), 서울구치소에 입소
했을 때 수감자들이 투쟁 구호를 외치며 열렬히 환영하던 일(「'민중
의 소리' 방송」) 등 지식인으로서 감수했던 일들을 밝히고 있다. 또한
인도네시아 출신 불법 체류 노동자가 자살한 사건(「봄날」), 이스라엘
감옥에서 숨진 남편과 수감된 다섯 아들 그리고 이스라엘군과 대치하
다가 숨진 손자의 한을 갚기 위해 순교의 길을 택한 가자지구의 64살
된 여성(「누가 이 할머니를 전사로 내몰았는가」), 인도 북서부의 히말
라야 휴양도시인 심라에서 15세부터 30년 동안 짐꾼 노릇을 해온 하싼(「
하싼」), 이스라엘군의 무차별 공습으로 60여 명이 사망하고 집을 잃은
레바논 난민들(「카길중학교에서」)도 알리고 있다. 다문화가족은 물론
국외의 사회적 약자들까지 품고 있는 것이다. 결국 시인은 기억의 대상
들을 현재화해서 그들의 역사성을 인식하고 생명력을 부여하고 있는
것이다.

휴머니즘의 타당성
— 정인화의 『서럽게도 그리운 세상 하나』론

1

　여전히 사회적 약자들은 역사의 발전에 기여하면서도 주인이 못되고 있다. 소나 염소나 민들레꽃이나 산딸기 등의 자연물도 인간의 삶에 기여하면서도 존재 가치를 제대로 인정받지 못하고 있다. 그 이유는 소수의 지배계급이 다수의 민중들을 지배하고 있는 데서 볼 수 있듯이 인간 우월주의가 지나치게 심화되어 있기 때문이다.

　인간 역사의 한 축은 지배와 억압과 착취와 배제 같은 비인간적인 면이 적층되어 있는 것이 사실이다. 중세 사회에 종교나 귀족이 민중을 지배한 것이나, 근대 사회에 부르주아 계급이 프롤레타리아 계급을 지배한 것이 단적인 예이다. 현대 사회에 개발과 개척이라는 명분 아래 무차별적으로 인간을 사고팔고 자연을 파괴하는 것도 마찬가지이다. 소수의 지배계급은 자신의 이익을 위해 다수의 인간들과 자연을 일방적으로 착취하고 있는 것이다.

　정인화 시인은 그 착취당하는 대상들을 품으며 지배계급에 대항하고 있다. 할머니와 이웃 농민들과 장터의 사람들을 비롯해 어미 소며 새끼 염소며 참새며 참꽃이며 산딸기며 제비꽃 등을 인정으로써 품고 존재 가치를 노래하고 있는 것이다. 시인은 낮은 위치에 있는 그들이야말로 가장 소중히 지켜야 할 우주적 존재로 인식하고 있다. 나아가 그들과 함께하는 행동이야말로 지배계급에 대항하는 연대성을 띠는 것이라고 생각하고 있다. 결국 시인은 바람직한 이 세계의 실현을 위해 지배받는 존재들을 되살리려고 하는 것이다.

그렇다면 시인이 생각하는 현대 사회의 지배계급은 구체적으로 누구일까? 그것은 과학기술의 발전을 토대로 삼으면서 상업적 자본주의를 추구하는 계급이라고, 다시 말해 물질주의를 추구하는 타락한 전문가 계급이라고 파악하고 있다. 이런 점에서 시인의 세계인식은 새로운 휴머니즘 혹은 확장된 휴머니즘이라고 볼 수 있다. 다수의 인간을 이 세계의 중심으로 삼는 기존의 휴머니즘에 더해 변화된 세계를 더 넓게 반영하고 있는 것이다. 결국 자신의 터전에서 경험하는 부당한 일들을 타락한 자본주의 사회에서 발생되는 문제로써 인식하고 그 극복을 지향하고 있는 것이다.

2

투기 자본이 포클레인 삽날 앞세우고
해일처럼 덤벼들어 쑥대밭을 만들어버린
저 동녘골을 본다.
들쥐도, 텃새도 숨어버린
저 쭉정이 들판을 본다
어진 천성산도 들어내고
마구 들쑤시는 개발바람
이제 우리는 어디로 가야 하나
어디로 몸을 숨겨

목숨 부지해야 하나

곡하며 엎디어 제사 올릴 저 아부지들 어떡하고

살아, 살아남아 자식새끼들에게 뭐라고 변명해야 하나

두더지처럼 땅굴이라도 파야 하나

제비꽃아, 민들레야, 돌냉이야

너희들은 어디로 갈 것이냐

원추리, 머위, 씀바귀

저 어린것들 어떡해야 하나

몸살 나 뒤척이는

땅거미 쓸쓸한 저 아픈 들판 두고

어디로 가야 하나.

오늘도 접근 금지, 위험 공사 중이란다

내일도 접근 금지, 돌아가시오 돈 먹을 것이란다.

—「저 아부지들 어떡하고」 전문

시인이 삶을 영위하고 있는 곳은 "투기 자본이 포클레인 삽날 앞세우고/해일처럼 덤벼들어 쑥대밭을 만들어버린" 농촌이다. 농약과 제초제와 비료가 땅을 적시고 트랙터와 콤바인 같은 기계가 땅을 울린다. 그리하여 "들쥐도, 텃새도 숨어버"렸고, "쭉정이 들판"만 남아 있을 뿐 들녘의 숨소리가 들리지 않는다. 참새도 메뚜기도 거미도 지렁이도 인간과 함께 살아가지 못한다. 닭들도 자연적으로 부화되어 살다가 가지 못하고 산란촉진제나 항생제나 착색제를 먹으며 양계장에서 알만 낳다가 죽는다. "어진 천성산도 들어내"는 데서 볼 수 있듯이 산이 파괴되어 소나무도 굴참나무도 상수리나무도 제대로 살아가지 못한다. 제비꽃도 민들레도 돌냉이도 원추리도 머위도 씀바귀도 터를 잡을 수 없다. 대신 모텔과 호텔과 가든과 골프장이 자리를 차지하고 있다. "마구 들쑤시는 개발 바람"에 "오늘도 접근금지, 위험 공사 중"이라는 팻말이 위용을 발휘하고 있는 것이다.

시인은 과학기술을 기반으로 상업적 자본주의를 추구하는 지배계급
이 농촌을 점령했기 때문에 자신의 터전에서 제대로 살아갈 수 없다고
파악하고 있다. 지배계급이 농약이나 제초제, 트랙터, 콤바인, 모텔, 혹
은 호텔 같은 자본주의 산물을 동원해 농촌을 여지없이 무너뜨리고 있
는 것이 사실이다. 그들은 토지를 지배하고 있을 뿐만 아니라 골프장을
짓고 들꽃 축제, 고래 축제, 빙어 축제, 불고기 축제 등을 벌이며 새로운
상업주의까지 추구한다. 인간과 자연을 철저히 상품의 대상으로 착취하
고 있는 것이다. 그리하여 시인은 그 상황을 고발하고 있다.

> 흰한 대낮 검은 외제 승용차에
> 골프채 싣고 다니는 투기꾼들이
> 저 너른 논의 주인이라니
> 말이 되는 이야기이냐?
>
> 포클레인 삽날로 생가슴을
> 파헤치고 찢어발겨
> 시멘트 들이붓는 저 도적놈들이 깔아뭉갠
> 저 고추밭이 공장부지라니
> 그게 무슨 말이냐?
> 말이 되는 말이냐?
>
> 어째 세상이 이리 굶은 승냥이 떼 같으냐
> 어찌하여 나날이 터럭 끝 쭈뼛쭈뼛 세우게 하느냐.
> 밤에도 우르르 꽝꽝 잠 못 들게 지랄발광이냐?
>
> — 「말이 되는 말이냐?」 전문

"흰한 대낮 검은 외제 승용차에/골프채 싣고 다니는 투기꾼들이/저
너른 논의 주인이" 된 데서 볼 수 있듯이 현대 사회의 지배계급이 농촌
에서 부리는 횡포는 심각하다. 이전 시대의 지배계급처럼 권력이나 금

력만 소유한 것이 아니라 "포클레인 삽날로 생가슴을/파헤치고 찢어발겨/시멘트 들이붓는" 데서 확인되듯이 과학기술까지 소유하고 있다. 또한 농민들이 "승냥이 떼"라고 비난해도 지나가는 바람 소리에 불과할 만큼 고도의 전략을 구사하며 착취하고 있다.

현대 사회의 지배계급이 토대로 삼고 있는 과학기술의 이데올로기는 시대인들에게 필수불가결할 정도로 영향을 끼치고 있다. 과학기술이 미약하던 시대의 인간들은 자기 자신에 대해서뿐만 아니라 이 세계에 눈뜨지 못했다. 평등이나 민주주의 가치도 지향하지 못했다. 그렇지만 과학기술을 전적으로 지지할 수는 없는 것도 사실이다. 어느덧 과학기술은 지배계급의 소유물로 되어 민중들에게 해를 끼치고 있기 때문이다. 또한 전문가와 비전문가, 도시와 비도시 같은 이분법적 사회 질서를 급격하게 초래하고 있기 때문이다. 그리하여 과거의 수공업자나 전통적인 농민들은 비합리적이고 비능률적인 존재로 추락했고, 반대로 지배계급만이 주도할 수 있게 되었다. 지배 계급의 부속품처럼 존재할 뿐인 것이다. 결국 민중들은 지배계급의 구속으로부터 벗어나려고 해도 주체성을 상당히 상실했기 때문에 쉽게 이룰 수 없는 상황에 처해 있다. 시인은 그 점을 간파하고 지배계급의 모순을 고발하며 대항하고 있는 것이다.

3

피도 눈물도 없는 떼부자들이
손에 손을 잡고
처넣어도 처넣어도 끝이 없는
자신들의 목구멍을 위해
감당키 힘든 스산함도 버겁고 서러운데
이 적막한 시골 풍경마저 앗아가려는가

땅값, 집값 오른다고
거간꾼들 꽃노래를 불러 제치고
산읍에 내려앉은
저 포근한 저녁 이내
아직도 저렇게 짙푸른데……

만신창이가 되어 신음하는
저 들판의 마지막 숨통마저
끊으려는가.

— 「에프티에이 1」 전문

잘 알다시피 에프티에이는 자유무역협정(free trade agreement)의 영문 머리글자를 딴 약칭(FTA)이다. 국가와 국가 간의 무역 장벽을 제거해 물자나 서비스의 교역을 증대시킨다는 명분으로 맺는 협정인 것이다. 에프티에이를 추진하는 지배계급은 협정이 이루어지면 무역시장의 확장으로 수출이 촉진되어 이익이 증대될 것이라고 선전한다.

그렇지만 경쟁력이 낮은 분야는 수출이 되기 어렵기 때문에 타격을 입을 수밖에 없다. 지배계급은 낙수효과(trickle-down effect)로 그 문제를 해결할 수 있다고 주장한다. 부자의 소득이 증대하면 소비 또한 늘어나 결국 경제가 성장하듯이, 비교우위에 있는 상품의 수출이 증대하면 그 수익으로 소비 또한 늘어나 결국 국가의 경제가 성장한다는 것이다. 그러므로 농업같이 경쟁력이 낮은 분야는 낙수효과에 의해 언젠가는 좋아질 것이라고 낙관한다.

그러나 낙수효과란 탁상공론에 불과하다. 한국의 농촌은 1960년대부터 국가의 경제 개발 정책과 수출 지향 정책의 추구에 밀려 경쟁력이 낮은 분야가 되었다. 그런데 어느덧 50년이 되어가지만 아직까지 농촌의 형편은 나아질 기미가 보이지 않는다. 오히려 도시에 비해 더욱 가난해지고 소외받고 있으며 여러 면에서 낙후되어 있다. 따라서 더 이상 낙수효과를 기대할 수 없음은 자명하다.

결국 에프티에이가 필요하다고 주장하는 지배계급은 "피도 눈물도 없는 떼부자들"일 뿐이다. 그들은 "처넣어도 처넣어도 끝이 없는/자신들의 목구멍을 위"해, 또 "채워도 채워도 한이 없는/그들의 아방궁을 위해"(「에프티에이 2」) 타락한 전문가답게 허위의 명분을 판다. 그 결과 "만신창이가 되어 신음하는/저 들판의 마지막 숨통마저/끊"어지게 된 것이다.

진정 에프티에이를 고집할 일이 아니다. 협정의 조건에 대해서만 관심을 가질 것이 아니라 그 본질을 고민해야 한다. 무역 증대로 인해 국가가 성장한다고 할지라도 낙수효과가 나타나지 않는다면 실업이 양산되고 그로 인해 양극화가 심해질 것이기 때문이다. 따라서 성장뿐만 아니라 분배를, 효율성뿐만 아니라 형평성을 추구해야 한다. 그렇지만 지배계급은 그 본질을 고민하지 않는다. 그만큼 왜곡되고 부패한 이데올로기에 습관처럼 젖어 있는 것이다.

> 다리를 놓으라면
> 난간을 잘라먹고
> 어느 놈은 교각을 서너 개쯤 뜯어먹고
> 건물을 지으라면
> 철근을 살짝살짝 빼먹고
> 어느 놈은 모래를 삼켜버리고
> 도로를 만들라면
> 아스팔트 말아먹고
> 어느 놈은 레미콘을 훌훌 마셔버리고
> 부실과 뇌물을 먹고사는
> 사람들은 누구인가
> 방방골골 찢고 파헤쳐
> 이 나라 전체를 공사판으로
> 만들어 먹고사는

이 사람들은 누구인가.

— 「이 사람들은 누구인가」 전문

　"부실과 뇌물을 먹고사는/사람들은 누구인"지는 분명하다. 그것은 다리를 놓을 줄 알고 건물을 지을 줄 알고 도로를 만들 줄 알면서도 타락한 자본주의 가치에 물든 계급이다. 그들은 자본주의의 욕망을 철저히 추구하기 때문에 부패한 행동을 한다. 그 결과 농민과 같은 사회적 약자들이 피해를 입는다. 세금 등의 부담이 커질 뿐만 아니라 권리까지 상실하는 것이다.

　부정하게 운영된 쌀직불금(쌀 소득 보전 직접 지불금)이 그 단적인 증거이다. 쌀직불금은 농지에서 실제로 논농업에 종사하는 사람만이 받을 자격이 있다. 농지를 소유하고 있어서만은 자격이 안 되는 것이다. 그런데도 불구하고 농사를 짓지 않는 권력층이나 고소득층이 부정하게 수령해왔다. 쌀직불제(살 소득 보전 직접 지불제도)의 목적은 농산물 시장의 개방에 따라 농가 소득이 감소되고, 또 추곡수매제의 폐지에 따라 쌀값이 하락하는 것을 보전해주려는 데에 있다. 그렇지만 그 권리가 실제의 농민들이 아니라 관련 정보나 법을 잘 아는 전문가 계급에 돌아가고 말았다. 결국 쌀직불금의 문제는 단순한 위법이 아니라 전문가 계급이 부정한 전략을 사용한 사건으로 볼 수 있는 것이다.

　1996년 1월 농지법의 공포로 농지제도가 새롭게 정립되었는데, 그 핵심은 농지의 소유 자격을 엄격하게 제한하는 것이었다. 누구든지 농지를 매입할 수 있지만 소유한 이후에는 반드시 농사를 지어야 하고, 만약 어기게 되면 해당 시장이나 군수가 농지 처분 명령을 내리게 된다. 또한 농지의 주인이 쌀직불금을 신청하여 수령하지 않으면 농사를 짓지 않는 것으로 간주되어 농지를 팔 때 자경으로 인정받지 못함으로 인해 양도소득세의 세율에서 불리하다. 그렇지만 지배계급은 법의 틈새를 전문가

답게 파고들어 "다리를 놓으라면/난간을 잘라먹고" "건물을 지으라면/
철근을 살짝살짝 빼먹고" "도로를 만들라면/아스팔트 말아먹"는 것처럼
부당하게 이익을 챙기고 있다. 그리하여 시인은 그와 같은 상황을 고발
하면서 나름대로 대안을 제시하고 있는 것이다.

4

묵는 것이 포한이 됐던 시절의 기억이

얼매나 속 짚히 맺히셨길래
정신이 오락가락하시면서도
나이 오십 넘은 손주놈이 집는
반찬마다 앞으로 밀어주셨네
옆사람 눈총도 아랑곳 없이
자꾸 밀어주어 민망했네

당신 배는 곯아도
새끼들 한 숟가락이라도 더 멕일라꼬
고생하시던 울 할매
꽃신 신고 산에 가셨네
이젠 꿈에도 안 오시어 궁금해도
산이불 덮고 콜콜 잘도 주무시네.

— 「울 할무이 3」 전문

　　할머니는 "정신이 오락가락하시면서도/나이 오십 넘은 손주놈이 집
는/반찬마다 앞으로 밀어주"신다. "당신 배는 곯아도/새끼들 한 숟가락
이라도 더 멕이"려고 하시는 것이다. 시인이 할머니를 작품의 제재로 삼
은 이유는 당신의 사랑을 되새기려는 것이기도 하지만, 자본주의의 물
질 가치에 대항하는 거울로 삼으려고 하는 것이다. 시인은 할머니가 손
자에게 베푸는 사랑 같은 인간 가치야말로 점점 비인간화되어 가는 이

자본주의 시대에 필요하다고 생각하고 있다. 진정 할머니의 사랑이 무시되는 사회는 휴머니즘을 이룰 수 없다. 할머니의 사랑이 사회의 토대로 형성되어야 수많은 전쟁과 각종 사건, 환경 파괴, 자연 고갈 등 비인간적인 행위를 막을 수 있는 것이다.

그런데도 지배계급은 위장된 합리화와 시장성의 추구로 점점 할머니의 사랑을 무너뜨리고 있다. 그리하여 시인은 지배계급의 이데올로기에 대항하기 위해 할머니의 사랑을 내세우는데, 그 의도를 부각시키기 위해 "긴 밭 갈던 어미 소/농부 쟁기 놓고/담배 한 대 피우면/얼른 지 새끼 챙겨/젖을 물"(「어미소」)리는 어미 소까지 품는다. 시인이 내세우는 사랑이 지배계급의 착취에 대항하는 실제적인 힘이 못 된다고 할지라도 가치는 결코 작은 것이 아니다. 지배계급이 행하듯이 인간은 사고팔거나 일방적으로 지배할 수 있는 대상이 아니다. 시인은 인간 가치를 지키기 위해 할머니의 사랑을 토대로 사회적 약자들이며 자연의 대상을 품고 있다. 지배받는 존재들과 연대하며 휴머니즘을 추구하고 있는 것이다. 2009년 1월 20일에 일어난 용산 철거민 참사에 대한 지배계급의 과잉 진압이며 책임 회피며 협박에서 보듯이 민중들의 삶이 여지없이 위협받고 있는 상황에서 시인의 휴머니즘은 한층 더 타당성과 아울러 필요성을 갖는다.

분단 극복의 자성(自性)

— 박철의 『불을 지펴야겠다』론

1

"저는 통일되기 전에는 죽지 않겠다고 강한 의욕을 가지고 있어요. 사천만 민족 모두가 저와 같이 통일을 원하고 있다면 더욱 빨리 이루어지겠지요. 그런데 지금 그렇지 않은 것 같아요. 통일을 해도 좋고, 안 해도 좋고, 늦게 되어도 좋고 등 통일에 대한 대명제가 사람들의 마음에서 점점 사라져 가고 있어요. 언론도 그렇고 작가들도 그런 것 같아요. 그러므로 통일에 대한 시를 쓰되 어떻게 하면 독자들에게 감격을 주고 통일을 결심하도록 쓸까 하는 것이 저의 중심 과제입니다. 젊은이들이 통일을 위해 활동하는 데 힘을 줄 수 있는 뛰어난 시를 써야겠지요. 일상생활이 통일과 연관되어야 합니다."[1]

우리 시단의 최고 원로이자 월남한 신분인 이기형 시인이 위와 같이 진단하고 있듯이 우리의 통일 의식은 약화되어 있다. 월남한 일부 생존

---

1) 이기형 · 맹문재 대담, 『시에』, 2009년 여름호.

자들을 제외하고 통일에 대한 절실함이 상당히 줄어든 것이다. 통일이 되면 좋겠지만 늦어도 할 수 없고 안 되어도 어쩔 수 없다는 분위기가 분명 우리 사회에 내재하고 있는 것이다.

우리의 통일 의식은 왜 약해진 것일까? 그것은 60년이 지났을 정도로 오랜 분단 상황에 익숙해져 있기 때문이다. 분단으로 인한 아픔을 직접적으로 체험하지 않은 세대들이 우리 사회의 다수를 형성하고 있으므로 통일에 대한 필요성이 그만큼 약화된 것이다. 새로운 세대들은 학교 교육이나 뉴스 등을 통해 분단의 문제점이나 아픔을 인지하지만 직접 경험한 세대들에 비해서는 절실함이 적을 수밖에 없다. 그리하여 분단 상황에서 영위하는 자신들의 삶을 안정적이라고 여긴다. 심지어 통일이 오히려 현재의 삶을 불안하게 만들거나 부담을 준다고 생각한다. 분단의 아픔을 직접 체험한 세대들과는 다른 환경에서 자라났기에 이해되는 측면도 있지만, 소시민적인 역사관이기에 극복될 것이 요구된다. 우리는 개인적인 존재이기도 하지만 역사적인 존재이기도 한 것이다.

그렇다면 우리는 왜 통일을 이루어야 하는 것일까? 그것은 역사 발전에 기여할 수 있기 때문이다. 다시 말해 통일은 우리가 세계사의 주역이 될 수 있는 토대를 마련하는 것이다. 그러므로 우리가 추구하는 통일은 분단 이전의 상태로 복구하는 통일(reunification)이 아니라 새로운 역사를 창조하는 통일(new unification)이 되어야 한다. 그렇게 되기 위해서는 정치적인 차원으로만 접근해서는 안 되고 진정성을 바탕으로 경제, 사회, 문화 등 각 방면의 교류를 늘려야 된다. 박철 시인의 「해빙」 연작시와 근래에 간행한 『불을 지펴야겠다』(문학동네, 2009)에 실려 있는 분단 관련 시편들은 이와 같은 차원에서 의의를 갖는다.

2

멀지 않은 곳에도 사람들은 노래한다
햇살 따라 몇 십리만 더 가면
나와 비슷한, 나의 외삼촌과 사촌들이
걸어다닌다
아, 그러나 고집
가서 보고 싶지 않다
이것도 고집인가
멸도는 없고 고집만 살아
활보하는 시방세계

어느 한 날
문
활짝 열린 문 활짝 개인 하늘
비 내리고 눈 쌓이는 어느 한 날
멀지 않은 곳에도 바람이 불고 누군가
등 뒤에서 강 건너에서 해는 질 터인데

왜
왜냐고 묻지 못한다
다만
오늘을 즐겨야 한다고 말한다
나는 너고 너는 나이므로
내가 잘살면 너도 잘사는 것이라는
이 오만으로 꽉 찬 공(空)이여!

—「해빙 8—고집」 전문

　　"햇살 따라 몇 십리만 더 가면/나와 비슷한, 나의 외삼촌과 사촌들
이/걸어다"니는 곳이 북한이다. 결코 "멀지 않은 곳에" 동포들이 살아
가고 있는 것이다. 그런데 시인은 그곳의 동포들을 "가서 보고 싶지 않

다"는 마음을 드러낸다. 시인은 왜 가고 싶지 않다는 것일까? 그것이 바로 오랜 분단 상황에 젖어 있는 모습이다.

시인은 현재의 분단 상황에 특별히 관심을 갖지 않고 있는 자신을 뒤늦게나마 발견한다. 그리하여 "고집"으로 간주한다. 시인이 말하고 있는 "고집"이란 두 가지의 뜻으로 읽힌다. 우선 사람들이 자신의 의견을 바꾸거나 고치지 않는 성미를 의미하는 고집(固執)이다. 다음은 "멸도는 없고 고집만 살아/활보하는 시방세계"라는 데서 볼 수 있듯이, 불교의 근본 진리 중 한 가지인 고집(苦集)이다. 시인은 이 중에서 후자에 더욱 비중을 두고 멸도의 대조적 의미로 쓰고 있다.

석가모니가 중생의 구원을 위해 녹야원에서 처음으로 설법할 때 나온 말이 고제, 집제, 멸제, 도제 등 사제(四諦)이다.[2] 사제는 깨닫지 못하는 세계에서 깨달음의 세계로 나아가는 인과관계를 설명하는 불교의 교리이자 실천의 틀이다. 그 중에서 고집이란 고제와 집제의 첫 글자를 따서 이르는 말이다. 고제란 인간이 영위하는 이 세상에서의 삶이란 고통이라는 진리이고, 집제란 그 고통의 원인은 끝없는 집착에서 연유한다는 진리이다. 이에 비해 멸도(滅道)란 멸제와 도제의 첫 글자를 따서 이르는 말로, 멸제란 인간의 욕심으로부터 벗어나 고집이 소멸한 경지를 이상으로 보는 진리이고, 도제란 번뇌를 끊고 열반에 이르는 길을 말하는 진리이다.

시인은 북한에 동포들이 살고 있는데도 "가서 보고 싶지 않"아 하는 자신의 마음을 석가모니의 사제에 적용해 고집으로 보고 있다. 분단에 대한 무관심 혹은 안일한 자신의 의식을 마치 삶의 고통이 끝없는 집착

---

2) 도제의 구체적인 내용인 팔정도(八正道)에 대해서도 설법했다. ①정견(正見) : 올바로 보기, ②정사(正思, 正思惟) : 올바로 생각하기. ③정어(正語) : 올바로 말하기. ④정업(正業) : 올바로 행동하기. ⑤정명(正命) : 올바로 생명 유지하기. ⑥정근(正勤, 正精進) : 올바로 정진하기, ⑦정념(正念) : 올바로 기억하기. ⑧정정(正定) : 올바로 집중하기.

에서 연유하는 것과 같다고 여기고 있는 것이다. 그리하여 시인은 이기심으로부터 벗어나는 길을 추구하지 못하고 "시방세계"를 활보하는 자신을 되돌아본다. "오늘을 즐겨야 한다고 말한다/나는 너고 너는 나이므로/내가 잘살면 너도 잘사는 것이라"고 말하는 자신의 "오만"이야말로 "꽉 찬 공(空)이"라고 보는 것이다. 공(空)이란 실체가 없을 뿐만 아니라 자성(自性)이 없음을 이르는 말이다. 따라서 나는 너이고 너는 나이므로 내가 잘살면 너도 잘살 것이라는 세계인식은 일견 유기적인 것으로 보이지만, 실체가 없는 이론에 불과하다. 분단된 상황이어서 상호 간에 교류가 마련될 수 없으므로 남한에 있는 자신이 잘사는 것이 북한에 있는 동포가 잘사는 것이 되지 못한다. 그러므로 시인은 통일을 변하지 않는 본성으로 즉 자성으로 삼는다. 자성을 가져야만 진정으로 분단을 극복할 수 있다고 생각하는 것이다.

이런 차원에서 시인이 "해빙"을 작품의 제목으로 삼고 연작시로 쓴 것은 주목된다. 해빙이란 얼음이 녹아들 듯 대립하는 사이에서 긴장이 완화됨을 말하는 것으로, 결국 분단 극복을 상징한다. 시인은 분단 극복에 필요한 길을 사유를 통해 발견하고 있다. 개인주의를 극단적으로 긍정하는 자본주의 체제에 관습화되어 있는 자신의 근시안적인 세계관을 반성하고 있는 것이다. 극단적인 개인주의는 공동체의 가치를 왜곡시키거나 파멸시킬 수밖에 없다. 분단 극복이나 통일은 분명 공동체적인 가치를 추구하는 일이다. 따라서 시인은 자본주의 체제가 요구하는 삶의 가치를 추종하느라 공동체의 가치를 상실하고 있는 자신을 불교적 사유로써 되돌아보고 있다. 그것을 지향하는 시인의 목소리는 흥분되지 않고 차분하다. 화려하지도 수선스럽지도 않고 소박하고 조용하다. 다소 감정적인 목소리로 분단 극복을 노래한 기존의 작품들과 차별되는 것이다.

내가 꼭 통일을 원하는 것은 아니다
다만
분단의 종식을 원한다
내가 어떤 결단 난 부부의 재결합을 원하는 것이 아니다
다만
분쟁의 끝을 보고 싶은 것이다
이 지겹고 어리석은 싸움

우리는 제각기 서서
한 그루 나무로
아름답게 피어날 수 있다

—「해빙 11—나무」 전문

"내가 꼭 통일을 원하는 것은 아니다/다만/분단의 종식을 원한다"라는 토로에서 시인의 분단 극복 의지를 볼 수 있다. 분단의 종식과 통일은 같은 개념으로 볼 수도 있지만 엄격히 말하면 차원이 다르다. 분단의 종식은 통일 이전에 이루어지는 것으로 보다 하위에 속한다. 다시 말해 분단의 종식이 통일을 이루는 필수 조건이기는 하지만 곧 통일을 의미하는 것은 아니다. 통일이란 여러 요소들이 결합되어 하나의 체계나 조직을 갖추는 것이므로 분단이 종식된 뒤에야 가능한 것이다.

이런 점에서 시인이 "분쟁의 끝을 보고 싶"어 하는 마음은 통일을 위한 전제조건으로 볼 수 있다. 궁극적인 목표는 당연히 통일이지만, 시인은 우선 분단으로 인한 "지겹고 어리석은 싸움"을 종식시키려고 하는 것이다. 두말할 나위도 없이 민족 분단과 그로 인한 싸움은 어리석은 행동이다. 우리의 분단은 외세에 의한 결과인데, 서로 간에 분쟁하는 것은 곧 외세의 지배를 스스로 받아들이는 셈인 것이다.

제2차 세계대전 후 동독과 서독, 남베트남과 북베트남, 그리고 남한과 북한의 예에서 볼 수 있듯이 미국과 소련은 접점지대에 속하는 전략

적인 요지들을 분단 상태로 점령했다. 그렇지만 서독과 동독은 1990년 정치적인 협상으로, 남베트남과 북베트남은 1975년 북베트남의 승리로써 분단 상태가 종식되었다. 그에 비해 남한과 북한은 아직 분단국가로 남아 있다. 그런데도 불구하고 여전히 분쟁하고 있는 것은 안타까운 일이다. 따라서 "우리는 제각기 서서/한 그루 나무로/아름답게 피어날 수 있다"는 주체 인식으로 분쟁을 종식시켜야 한다. 단순히 민족 정서나 감정에 호소할 것이 아니라 구체적으로 시행해야 되는 것이다.

3

북에 나와 같은 이름의 시인이 있다고 한다
몸은 건장하고 활달하여 무슨 문학행사가 있을 때마다
앞서나와 일을 벌이고 입심이 좋은 사람
비루먹은 나와는 달리
먹고사는 데는 별 지장이 없어 보인다고 한다
거기도 사람 사는 곳이니 남이나 북이나 능력이 있으면
그만한 대가로 잘살 것이다
어느 핸가는 남쪽 행사에 참가해
나도 못 가본 서울 조선호텔도 다녀갔다고 한다
내가 북에 대해 전혀 모르는 만큼 그도 우리네 삶에 대해
모르는 게 많을 것이다
우린 서로 모르고 서로의 주변에 대해서 모르고
자신의 하늘 속 별들만 바라보았다

언젠가 내게 북으로 갈 여유가 주어진다면
그를 한번 보고 싶다
아니면 또 그가 무슨 행사로 남쪽으로 온다면
그땐 먼발치에서나마 한번 봐야겠다
만나 가난한 남쪽 시인의 몰골을 보여주고 싶진 않고

그저 내 이름도 이러하노라고 시를 쓰노라고
언젠가는 한 하늘 아래서
함께 빛나고 싶다고 가끔은

—「북녘 시인 생각」 전문

분단 극복의 방향은 추상적이거나 관념적이어서는 안 되고 구체적이고 실제적이어야 한다. 그렇게 되기 위해서는 각 분야의 교류가 부단히 이루어져야 한다. 그것은 "내가 북에 대해 전혀 모르는 만큼 그도 우리네 삶에 대해/모르는 게 많을 것이"라는 이해를 바탕으로 함께하려는 인식이 있어야 한다. 다시 말해 "우린 서로 모르고 서로의 주변에 대해서 모르고/자신의 하늘 속 별들만 바라"본 역사를 제대로 인지하고, "언젠가 내게 북으로 갈 여유가 주어진다면/그를 한번 보고 싶다"는 인식이 필요한 것이다. "아니면 또 그가 무슨 행사로 남쪽으로 온다면/그땐 먼발치에서나마 한번 봐야겠다"는 마음을 가져야 한다. 남한 시인과 북한 시인이 서로를 이해하고 발전시킬 수 있는 방안을 모색해야 되는 것이다.

우리가 어떠한 자세를 갖느냐에 따라 분단 극복은 엄청난 결과를 가져올 수 있다. 우리는 유구한 통일국가의 역사를 가졌으면서도 강대국들의 역학 관계에 의해 분단국가라는 비극적인 상황에 처해 있다. 이와 같은 조건에서 국가 발전은 큰 한계를 가질 수밖에 없다. 따라서 분단 극복을 역사적인 과제로 삼아야 하는 것이다.

우리가 분단을 극복하고 통일을 이루기 위해서는 남한과 북한이 함께 변해야 되는데, 북한의 경우는 남한의 적극적인 관심과 지원이 있어야만 가능하다는 점을 주목할 필요가 있다. 북한 민중들 스스로 체제에 반기를 들고 일어날 가능성은 거의 희박하다. 남한 정부가 적극적으로 지원해야만 북한 민중들의 의식이 달라질 수 있는 것이다.

우리는 흔히 통일의 비용에 대해서 우려한다. 말할 필요도 없이 적은 비용으로 통일이 이루어지기를 희망한다. 그렇지만 그와 같은 기대는 재고할 필요가 있다. 비용을 우선적인 조건으로 삼는 사람들은 남한이 북한에 지원하는 것을 '퍼주기'라고 비난한다. 지원에 대한 투명한 점검이 제대로 이루어지지 않은 면에 대한 비판이기보다 근시안적인 불만이고 반대에 가깝다. 북한은 아직까지 우리가 지원한 만큼의 대가를 건네줄 수 있는 토대를 갖추지 못하고 있다. 따라서 북한에 대한 지원을 퍼주기가 아니라 투자로 인식해야 한다. 좀 더 역사적인 관점으로 내다보고 북한과 신뢰를 쌓아갈 필요가 있는 것이다. 물론 지원한 사항들이 제대로 집행되는지는 꾸준하게 살펴야 할 것이다.

통일 비용을 우려하는 사람들은 또한 '기다려보자'라는 식의 태도를 갖고 있는데, 이 역시 재고할 필요가 있다. 시간이 지난다고 해서 비용이 줄어들지 않기 때문이다. 북한도 나름대로 경제 발전을 위해 노력하고 있지만 남한과의 차이를 줄이기는 힘들다. 그러므로 시간이 흘러도 통일을 이루는 데 드는 비용은 줄어들지 않는다. 오히려 늘어날 뿐이다. 이런 점에서 보다 적극적인 통일 정책이 마련되어야 하는 것이다.

통일이 남한 경제에 부담을 주고 삶의 질을 떨어뜨릴 것이라는 우려는 마치 구더기 무서워 장 못 담그는 것과 같다. 통일은 남한의 경제 성장을 저하시키지 않고 증진시키는 데 기여한다. 우리가 안고 있는 가장 큰 문제가 근본적으로 해결되므로 국가 발전의 원동력을 갖추는 것이다. 점점 세계의 장벽이 높아지는 상황에서 새로운 동력이 필요한데, 통일이 그 산실이 될 수 있다. 가령 남한의 기업이 중국을 비롯해 동남아에 진출하는 것보다 북한에 진출하는 것이 생산 비용을 절감하고 일자리를 창출해 결국 국가 발전에 기여할 수 있는 것이다.

우리는 그동안 높은 교육열과 노동력을 바탕으로 수출 정책을 펼쳐 큰 성장을 이루었다. 그렇지만 세계의 국가들 역시 자국의 시장을 보호하는 한편 수출 정책을 강력하게 추진하고 있기 때문에 이전처럼 지속적인 성장을 이루기는 힘들다. 이와 같은 상황을 극복하기 위해서는 빠른 시일 내에 기술을 개발해야 되는데, 결코 쉬운 일이 아니다. 외국 기업이나 자본을 유치하는 일도 기간 시설이며 사회 환경의 차원에서 수월하지 않다. 따라서 우리에게는 분단 극복과 통일에 대한 혁신적인 사고력이 요구된다. "당신은 거기 가면 아오지감이야"(「아오지」)와 같은 선입견을 극복해야 된다. 그 대신 통일을 자성으로, 즉 "내가 믿는 종교의 마지노선"(「해빙 10—지뢰밭」)으로 삼는 자세가 필요한 것이다.

어머니의 사회성

— 김용락의 『조탑동에서 주워들은 시 같지 않은 시』론

1

김용락의 시세계는 어머니(아버지)에 대한 부채의식이 토대로 되어 있다. 시인은 어머니가 자식의 고통을 당신의 고통으로, 자식의 기쁨을 당신의 기쁨으로 여긴다고 생각한다. 그리하여 시인 역시 어머니와 같은 자세를 가지려고 한다. 어머니의 기쁨을 자신의 기쁨으로, 어머니의 고통을 자신의 고통으로 품으려고 하는 것이다.

그렇지만 그것은 이룰 수 없는 일이다. 무엇보다도 핵가족으로 인해 어머니와 함께할 만한 여건을 마련하지 못하고 있기 때문이다. 핵가족은 자본주의가 가져온 필수불가결한 산물이다. 자본주의는 신분보다도 계약을, 봉건적 윤리보다도 효율적 이익을 철저히 추구하므로 생산 활동에 유리하도록 구성원들에게 이주와 분가를 요구한다. 그리하여 사람들은 자신이 살아온 삶의 터전을 버리고 도시로 몰려들 수밖에 없는데, 도시 생활은 치열한 경쟁을 겪어야 하고 각종 재해와 사고의 위험을 안고 있으므로 순탄하거나 평온하기보다 갈등과 불안함을 느낀다. 사람

들이 소외를 자각하게 되는 것은 기존에 가지고 있던 자신의 가치관으로는 도시의 변화에 제대로 적응할 수 없음을 느끼면서부터이다.

이와 같은 상황에서 시인이 어머니를 품으려고 하는 것은 큰 의미를 갖는다. 거대하고 복잡하고 급변하는 도시환경에 생존하기 위해 몸부림치는 동안 어머니의 존재를 망각하거나 방관했음을 깨닫고 자성하기 때문이다. 그리하여 자본주의가 제시한 가치가 과연 인간다운 삶을 보장해줄 수 있는가를 진지하게 고민한다. 자본주의가 가져온 편리성과 풍요로움 못지않게 비인간성과 물질주의, 폭력성, 계층의 심화, 인간 소외 등의 측면을 인식한 것이다. 따라서 시인에게 어머니는 타락한 자본주의에 타협해가는 자신을 자각시켜주는 등불 같은 존재이다. 또한 시인이 궁극적으로 추구하는 이상세계의 표상이기도 하다.

설날 새벽 2시에 난데없는 위경련으로
119구급차에 실려 응급실 갔다가
다음날 아침 멀쩡한 얼굴로 병원 문을 나왔다
죽음에 가까운 40대라는 생각도 들었지만
설날이라고 낮 종일 과음한 탓이리라 애써 자위하면서
응급실 정문에서 바라본 도시의 앞산이
매일 바라보던 때와는 달리 문득 새롭게 느껴졌다
밤새도록 진통제와 링거를 꽂은 손등이 퉁퉁 부었다
옷깃에 약간만 스쳐도 깜작 놀랄 통증이었다
택시 안에서 그 부은 손을 말없이 내려보다가
평생을 병원에 들락거리시며
조금 과장해 1년 내내 링거액을 꽂고 있던
어머니 손등이 생각났다
혈관을 못 잡는다고 간호사가 여기저기 쿡 찌를 때
말없이 미간을 찌푸리던 어머니 얼굴 생각하니
갑자기 두 눈에 눈물이 핑 돌았다
그동안 얼마나 아팠을까 우리 어머니

통통 부은 그 두 손으로 밥하고 빨래하고
밭 매고 거름 주고 지금의 나를 키우셨다

—「어머니 손등」 전문

자본주의 사회의 구성원으로서 살아가다보면 "응급실 정문에서 바라본 도시의 앞산이/매일 바라보던 때와는 달리 문득 새롭게 느껴"지는 경험을 하기가 쉽지 않다. 자본주의가 요구하는 시간과 생활방식과 이데올로기를 충실히 수행해야만 생존할 수 있기 때문이다. 그리하여 도시인들은 자본주의가 제시하는 집에서 자고 먹고 생활하고, 자본주의가 제공하는 차를 타고 출퇴근하고, 자본주의가 제시하는 작업을 하고 전화를 걸고 손익 계산을 한다. 자본주의의 요청에 따라 광고를 하고 마케팅 전략을 세우고 인터넷을 조회하고 또 다른 일정표를 짠다.

도시인들은 자본주의의 명령에 의해 에어컨을 소유하고 텔레비전을 시청하고 주식과 부동산을 투기하고 취미를 선택한다. 약속 시간을 정하고 목표치를 수정하고 대인관계에 신경 쓴다. 도시인들의 생활은 자본주의의 기준에 맞춰지고, 도시인들의 발언은 자본주의의 관점에 따라 해석되고, 도시인들의 지위는 자본주의의 인가에 따라 결정되는 것이다. 따라서 자본주의의 한 구성원인 시인이 "설날 새벽 2시에 난데 없는 위경련으로/119구급차에 실려 응급실"에 갈 가능성은 항상 존재한다. "설날이라고 낮 종일 과음"할 정도로 자본주의에 대항하면 응당 대가를 치러야 하는 것이다.

시인은 "밤새도록 진통제와 링거를 꽂은 손등이 통통 부"어 오른 것을 내려다보면서 "어머니"를 찾는다. 자신의 길을 열어줄 수 있는 방안을 구하기 위해서라기보다 당신이 "1년 내내 링거액을 꽂"을 만큼 더 큰 상처를 입고 있음을 떠올렸기 때문이다. 자본주의로 인해 어머니는 이전 시대의 경우처럼 자식에게 힘을 주지 못한다. 자본주의 사회 이전의 어머니는 자식에게 삶의 길을 확실하게 가르쳐줄 수 있었다. 마치 하늘의 별들이 자리를 잡고 있는 것처럼 어머니는 이 세계의 중심에 서서 자식의 옳고 그른 길을 분명하게 제시해줄 수 있었다. 자식은 어머니가 제시하는 대로 따르기만 하면 제대로 길을 갈 수 있었던 것이다.

그렇지만 자본주의 사회 이후의 어머니는 당신의 길뿐만 아니라 자식의 길을 제대로 제시할 수 없다. 그것은 어머니가 인간의 가치로 삼을 수 있는 사랑과 희생과 인정과 품성 등을 갖추지 못해서라거나, 어머니로서의 강인함이며 헌신하는 열정이 부족해서가 아니라, 어머니 역시 자본주의 체제로부터 명령받는 한 구성원이기 때문이다. 어머니는 자본주의에 대항할 만한 힘이나 삶의 지혜나 전략이나 수단을 확보하지 못하고 있는 것이다.

자본주의는 오직 자신의 이익을 위한 기준으로 어머니를 대한다. 어머니에게 끊임없이 이익을 창출하도록 강요하고 조종하고 때로는 유혹한다. 어머니는 자본주의의 그 비인간적인 행태를 거역하거나 회피하고 싶지만 끝내 포기하고 만다. 자본주의의 기준에 몸을 맞추어야만 생존할 수 있다는 것을, 나아가 자식을 살릴 수 있다는 것을 잘 알고 있기 때문이다. 그리하여 어머니는 자본주의가 요구하는 대로 자신을 헌신한다. 그와 같은 모습이 "퉁퉁 부은 그 두 손으로 밥하고 빨래하고/밭 매고 거름 주"는 것이다. 자본주의는 교묘하게 어머니를 억압하고 부리는데, 시인은 그 상황을 예리하게 간파하고 자식을 위해 희생하는 어머니가 단수가 아니라 자신이 살아가고 있는 도시에 무수히 존재한다는 사실을 발견하고 있다.

2

세상을 살다보면 가끔씩은
참 사소한 일들이 사람을 울리는 경우가 있다
어제 5월 5일 어린이날

이웃 임대아파트에서 살던 40대 어머니가

초등학교 1년생인 딸과 12층에서 투신자살했다

그런데 피투성이가 되어 숨진 이 두 모녀는

떨어지지 않으려고 두 손을 꼭 잡은 채 숨져 있었다고 한다

나는 이들이 죽었다는 사실보다

두 손을 꼭 잡고 있었다는 사실에 눈물이 핑 돌았다

카드빚 3천만 원 때문에 죽음을 결심한 어머니

어린이날 아무것도 모른 채 엄마 손을 잡았던 어린 딸

이들은 각자 어떤 마음이었을까

엄마는 죽으면서도 끝까지 딸이 걱정돼 손을 놓지 못했을 것이고

어린 딸은 어머니의 그 진심을 모른 채 죽어갔을 것이다

어머니의 마음은 이런 것인가

진작 3월 달에 죽으려고 몇 번인가 마음을 먹었지만

끝내 결행하지 못하고 기다렸다가

어린이날 어린 딸을 이끌고 먼 길을 간 어머니를

끝까지 손을 놓치지 않은 두 모녀의 애끓는 안간힘을

그날 임대아파트 화단의 꽃 다 진 라일락 나무가

말없이 지켜보고 있었다

—「사소한 일」전문

시인은 자본주의에 희생당한 또 다른 "어머니"의 모습을 여실하게 보여주고 있다(큰일을 반어적으로 나타내기 위해 "사소한 일"이라고 했지만 큰일 쪽으로 제목을 정하는 것이 더 타당하게 보인다). "카드빚 3천만 원 때문에 죽음을 결심한 어머니"의 상황이란 예외적인 사건이 아니라 자본주의 사회에서는 언제나 일어날 수 있는 일이다. 따라서 "어린이날 어린 딸을 이끌고 먼 길을 간 어머니를" 인륜적으로 용서하기는 어렵지만, 한 개인의 책임으로만 돌리기보다 그와 같은 일이 일어날 수밖에 없는 상황을 인식하는 것이 필요하다. 한 개인의 삶과 죽음은 지극히 자본주의 사회의 제도와 정책과 정보 등에 영향을 받는 것이다.

1949년에 상연된 아더 밀러(Arthur Miller)의 희곡 『세일즈맨의 죽음』이 좋은 예이다. 주인공인 윌리 로먼은 열여덟 살 때부터 36년간 세일즈맨으로 전국 곳곳을 누비며 회사의 상품을 선전하고 다녔지만, 나이가 들자 회사는 늙었다고 고정급을 안 주고 수당만 주는 비인간적인 대우를 한다. 그리하여 700마일이나 돌아다녀도 한 푼도 못 벌고 돌아오는 경우가 많아졌다. 윌리 로먼은 젊은 사장한테 찾아가 지방 출장이 너무 힘드니 본사가 있는 뉴욕에서 일하게 해달라고 부탁한다. 그렇지만 선친의 자리를 유업으로 물려받은 젊은 사장은 거절한다. 젊은 사장은 선친과 윌리 로먼이 자신의 이름을 상의해서 지을 정도로 각별한 사이였다는 것을 알면서도 자리가 없다고, 능력 위주라고, 사업은 사업일 뿐이라며 거절한다. 선친이 있을 때는 수당만도 주당 170달러는 받았던 윌리 로먼은 주당 40달러만 주면 된다고 계속 호소한다. 그러나 젊은 사장은 끝내 들어주지 않고 오히려 윌리 로먼을 해고한다. 밀린 보험료에 자동차 수리비, 냉장고 월부, 세탁기 및 지붕 수리비 등 최소한 120달러는 벌어야 하는데 한 푼도 벌 수 없는 상황에 처해지자 윌리 로먼은 극단적인 방법을 선택하게 된다. 자신이 죽음으로써 2만 3천 달러의 보험금을 아내와 두 아들이 받게 되면 경제적인 어려움으로부터 벗어날 수 있다고 생각하고 감행한 것이다.

윌리 로먼과 같은 예가 우리 사회에서도 결코 적지 않다. 특히 1997년 외환 보유고의 고갈로 인해 국제통화기금(IMF)에 구제 금융을 요청하면서부터, 달리 말하면 신자유주의가 본격화되면서부터 급속하게 증대했다. 아이엠에프가 구제 조건으로 은행의 국제결제은행(BIS) 기준 자기 자본 비율 8% 이상 유지, 기업의 적대적 인수 및 합병 허용, 노동 시장의 유연화 등을 제시하는 바람에 노동자들은 혹독한 고통을 겪을 수밖에 없었다. 구조조정, 정리해고, 용역화, 비정규직 등의 시행으로 노동자들은 대량으로 실업자가 되거나 실업 대기자가 되었을 뿐만 아니라 신용

불량자나 가계 부채자로 전락하고 말았다. 하루에 자살하는 사람의 수가 36명이나 된다는 언론의 보도는 결코 과장된 것이 아니다.

시인은 그와 같은 노동자들의 처지를 "어머니"를 통해 보여주고 있다. "어머니"는 "임대아파트에서 살"아갈 만큼 경제적으로 풍요롭지 못한 가장이다. 소득이 보장되는 직장을 갖거나 이익을 내는 사업을 시행하지도 못하고 있다. 오히려 "카드빚 3천만 원"을 지고 있을 정도로 어려운 형편에 처해 있다. 따라서 "어머니"가 자살한 행위를 비난만하기보다 그와 같은 행동을 할 수밖에 없는 사정을 이해할 필요가 있는 것이다.

3

시인은 다른 집 문상을 갔다가 돌아가신 자당이 아흔 둘까지 사셨다는 상주의 말을 듣고 "여든 살인 내 어머니"도 "아흔 둘까지"(「순리」) 살았으면 좋겠다는 마음을 갖는다. 뿐만 아니라 인각사에서 시 낭송을 하다가 "일연선사는 늙은 어머니를 봉양하기 위해/이 산 속에 들어와 삼국유사를 썼"(「인각사」)는데 자신을 무엇을 하고 있는가를 반성한다. 민들레가 바람에 흔들리는 모습을 보면서 "꽃씨를 제 몸에서 떠나보내지 않으려는/어머니의 안타까운 마음인지 모른다"(「옛마당」)고 생각한다. 어버이날이 들어 있는 5월에는 "늙은 어머니께/'불초 소자 객지에서…'로 시작하는/긴 편지를 쓰면서 마냥 울고 싶"(「긴 편지」)다고 느낀다. "술에 인사불성이 되어 엉망이 되어/넥타이를 못 풀고/신발장 앞에 쓰러져 고함지"(「어머니 생각」)르다가도 어머니를 떠올린다. 바늘귀에다 실을 꿰면서 "할머니와 어머니와 나의 삼대에 걸친/일생이 나란히 실 한 줄에 꿰이고 있"(「단추를 달다」)음도 발견한다.

어머니는 자신의 몸을 헌신해서라도 자식을 위하는 일이라면 기꺼이 수행한다. 자식이 운동장에서 축구를 하다가 어깨가 부러진 것을 "니 어깨 부러진 것은 다 내 잘못이라"(「상동기관」)라고 당신의 탓으로 돌리는가 하면, 자식이 공부하기 위해 모아 놓은 책을 보고 "우리 집 논밭이다"(「논과 밭」)라고 자랑스러워하는 것이다. 시인은 어머니의 그와 같은 깊은 마음을 따를 수 없음을 인정한다. 그렇지만 어머니를 최선을 다해 품으려고 한다.

시인이 어머니에게 다가가는 행동은 매우 중요하다. 어머니와 같이 헌신적이고 희생하는 사람들까지 품으려는 것이기 때문이다. 따라서 시인이 인식하는 어머니는 개인적인 차원을 넘어 사회적인 의미를 갖는다. 단수의 대상을 넘어 복수의 대상이고, 감정적인 대상을 넘어 의지적인 대상이다. 따라서 어머니는 시인의 시세계를 이끄는 거울이고 나침반이고 지향점을 제시해주는 푯대이다. 그리하여 시인은

내 고향 의성 단촌에는 지금 연로하신 어머니가 있다
미국에는 미국의 어머니들이 있다
아프가니스탄에는 아프가니스탄의 어머니들이 있다
세상의 모든 어머니들은 모두 하나이다
이 세상에 지구가 하나이듯이
이 세상에 공기가 하나이듯이
이 세상에 목숨이 하나이듯이
세상의 모든 어머니는 하나이다
어머니의 희생도 하나이고 거룩한 헌신도 하나이다
어머니의 모정에 선진국 있고 후진국이 있고
제3세계가 따로 있을 수 없다
이 세상의 가장 여린 풀뿌리 민중의 어머니
지금 아프가니스탄의 그 어머니들이 울고 있다
50년 전 한국전쟁 때 두 아들을 함께 잃은 우리 어머니가 울었듯이
40년 전 월남전에서 전사한 아들 때문에 미국의 어머니가 울었듯이
아니 2001년 9 · 11테러로 숨진 아들 때문에 미국의 어머니가 울었듯이

아프가니스탄의 어머니는
20년 전 소련과 전쟁에서 죽은 큰아들 때문에
10년 전 내전에서 죽은 둘째 아들 때문에 울고 있다
그런데 이번에는 미국의 테러전쟁으로 하나 남은
마지막 아들이 죽을지 모른다
시시각각으로 죄어오는 전쟁의 공포
지구상에서 아프가니스탄의 어머니만큼 비극적인 어머니는 없다
어머니의 이름에는 본질적으로
비극의 냄새가 얼마쯤은 배어 있다 하더라도
오늘 아프가니스탄의 어머니만큼 가슴 아픈 어머니는 없다
소련의 침공과 10년 내전으로 이미 폐허가 된 국토
이념은 무엇이고 차라리 종교는 무엇이냐
그것이 인간의 생명보다 더 중요한가
차도르를 쓰고 얼굴을 숨긴 어머니의 눈에는 깊은 우수가 있다
학교에서 쫓겨난 어린 누이들의 눈가에는 깊은 절망이 있다
아프가니스탄의 여인들의 슬픈 운명
질병과 기아에 허물어져 가는 갓난아이들을 가슴에 안고
두려움에 떨며 말없이 흐느끼는 그 어머니에게
미국은 지금 최신무기를 먹이려 하고 있다
단 한 방에 아프가니스탄 어머니들을
모두 날려버릴 첨단 미사일을 쏟아 부으려 하고 있다
이제 곧 아프가니스탄의 산야는 폭설에 묻히리라
높은 산맥과 얕은 강물 위에도 눈이 쌓이면
눈 덮인 산야를 헤매던 어린 병사들이
긴 총부리를 끌며 남루한 처마 밑에서
긴 휴식과 평화를 그리며 잠들지 모른다
그러나 그 어린 수면 위로도 전쟁의 위협은 이어질 것이 분명하다
이 풍전등화 조국의 위기 앞에
생명의 위기 앞에
21세기 문명의 저주 앞에
아프가니스탄 어머니들의 모정이 목 놓아 울고 있다
세상의 어머니들이여

미국의 어머니들이여

전 세계 인민의 어머니들이여 모정은 하나이다

전 세계 어머니들이여 우리는 모두 한 형제이다

피의 전쟁, 보복전쟁을 거부하자

당신의 아들을 전쟁터로 내보내지 말자

보복은 단지 보복으로 되돌아올 뿐

장미꽃을 보내자 한 송이 흰 백합꽃을 보내자

오늘밤 평화의 촛불을 켜고 기도드리자

오늘밤 평화의 촛불을 켜고 기도드리자

두려움에 떨고 있는 아프가니스탄의 어머니를 위해

죽음과 가난 앞에 울고 있는 아프가니스탄의 어머니를 위해

자식을 잃고 눈물 흘리는

이 세상 모든 어머니들의 슬픈 모정을 위해

— 「아프가니스탄의 어머니」 전문

라고 미국의 테러전쟁에 희생당한 아프가니스탄의 어머니까지 품는다. 또한 아파트 아래층에 사는 지인이 현관문에 걸어놓은 비닐봉지 속의 살구를 보면서 "어머니 대지로부터 너무 멀리 왔구나"(「살구」)라고 자각하고 있다. 시인의 그와 같은 자세야말로 인간이 상품화되고 있는 이 자본주의 시대에 대항하는 데 필요한 것이다.

　2008년 베이징 올림픽이 진행되고 있는 상황인데, 메달을 딴 선수들이 영광을 어머니에게 돌리는 모습을 종종 본다. "베이징 올림픽 직전 일본에선 올림픽 출전 선수들을 상대로 "금메달을 딴다면 제일 먼저 누구와 그 기쁨을 나누고 싶은가"라는 설문조사가 있었다. 결과는 부모님이 1위였고 연인, 자녀, 유명 인사가 차례로 뒤를 이었다. 그런데 부모님 중에서도 '어머니'라고 답한 선수가 '아버지'라고 답한 선수보다 네 배 많았다."[1]고 한다. 그런데 금메달을 딴 우리의 한 선수가 인터뷰를 하면

1) 『한겨레신문』, 2008. 8. 22. 21면.

서 기쁨의 인사로 제일 먼저 "아내를 만나고 싶어요"라고 말했다. 메달을 따지 못한 한 선수도 아내에게 메달을 선물하고 싶었는데 그렇게 하지 못해 미안하다고 가장 먼저 전했다. 이와 같은 모습은 국가나 민족이나 어머니를 위시한 가족보다도 점차 개인주의화되는 추세를 여실하게 보여주는 것이다.

시인이 어머니를 찾는 행동은 일견 효율성이 뒤떨어지는 아날로그적 행동이라고 볼 수 있다. 그렇지만 소중하기가 그지없다. 이 세계를 끌어안기 위해서는 어머니를 기꺼이 품어야 한다. 어머니는 자식의 이름을 객관적인 상대로 부르지 않는다. 어머니는 기호로 나타낼 수 없는 헌신적인 자세로 자식을 껴안는데, 그 사랑을 품고 있어야 어머니와 같은 사람들을 품을 수 있는 것이다. 어머니를 생각하는 마음으로 가슴을 적실 때 시의 영혼은 살아난다. 어둡고 차가운 세상에서 살아가는 사람들과 함께할 수 있는 것이다. 이제 시인은 어머니 인식을 바탕으로 결연한 시적 열정을 가져야 한다. 어머니를 떠나 두 번이나 남쪽에서 설을 쇠니 간절한 회한을 이길 수 없다는 솔직한 진술로 『난중일기』를 시작하면서 전선에 섰던 충무공과 같은 자세가 필요한 것이다.

대추리의 만인보(萬人譜)

— 서수찬의 『시금치 학교』론

1

시작품이 담고 있는 내용의 진리치(truth-value)를 배제하거나 소홀히 할 수는 없다. 시문학이 비실용적인 것이라고 할지라도 폐기할 수 없거나 개인의 소유물에 국한될 수 없는 근거가 된다. 지극히 고전적인 의견일지 모르지만 문학은 한 개인이 살아가고 있는 사회 구조 및 이데올로기와 영향관계를 갖는다. 시문학은 결코 객관적인 것만도, 기술적인 것만도, 개인적인 것만도 아니라 사회 상황 및 이데올로기와 밀접한 관계를 갖는 것이다.

농어촌과 수도권 주변도시에서 어렵게 살아가는 사람들의 삶을 담은 서수찬 시인의 첫 시집은 내용의 진리치를 담고 있기에 의미가 크다. 아무리 새로운 시대가 도래하고 상황이 달라졌다고 할지라도 결코 폐기하거나 대체할 수 없는 인간 가치를 되새겨주고 있는 것이다. 혹자는 우리의 시문학이 공리주의에 빠져 있는 마당에 한층 더 고루함을 준다고 비판할지 모르지만, 과연 그러할까 반문하게 된다. 아직도 우리의 시단에서 규범적인 것으로 자리잡고 있는 경향은 순수주의 혹은 예술주의를 지향하는 작품들이 아닌가? 그와 같은 시작품은 우리 사회의 모순된 상황을 방치하고 있지 않는가?

21세기에 들어 등장한 신세대 시인들의 시는 상당히 당황스럽다. 그들의 시가 한국어의 통사나 의미 구조에서 별로 벗어나 있지 않지만, 그 내용을 이해하기가 결코 쉽지 않다. 문장과 문장 간의 단절이 심하고, 환상적인 표현이 지배하고, 외국어의 한국어 표기 등으로 매우 낯설게 느껴지는데, 작품의 내용적인 면보다도 형식적인 면에 관심을 기울인 것으로 보인다. 정치 민주화와 경제적인 풍요로움, 그리고 다양한 서구 문화를 체험하면서 성장한 그들이 시문학의 내용보다 형식에 관심을 갖는 것은 이해된다.

물론 그들의 작품세계가 사회 상황으로부터 완전히 유리된 것은 아니다. 그들이 경제적인 풍요로움과 문화의 다양함 속에서 성장기를 보낸 것은 사실이지만, IMF 환란 이후의 경제 침체와 실업으로 인해 냉혹한 현실에 내몰리면서 기성세대 못지않은 고통을 겪었다. 사회가 더 이상 한 개인을 보호해주지 않는다는 사실을 깨달으면서 미래에 대한 낙관보다도 현재의 상황에 불안을 느끼고 있는 것이다. 그런데도 불구하고 그들은 정치 문제에 무관심한데, 삶의 현실이 너무나 절박하기 때문에 포기한 것으로 볼 수도 있지만, 실로 안타까운 일이다. 편협하고 협소한 세계 인식으로는 점점 경쟁이 심해지고 물신주의가 횡행하는 이 자본주의 사회를 결코 극복할 수 없는 것이다.

2

법성포에 오래간만에 돌아온 나를
수천만 번 들여다보았을

물고기 눈동자마저
업신여긴다 싶어 일부러 바닷가 쪽을 피했다
발바닥의 조개껍데기를 닮아 있는
그립던 상처들
살 속 깊숙이에서 알은체를 한다
얼마나 수혈을 받고 싶었던 땅인가
살 속에서 하나하나 비린내를 건져내어서
잊어버리려고 발버둥치면 칠수록
살 속에 닻은 깊이 내려진다는 것을
작아진 고향은 미리
알고 있었나
한눈에 피보다 진하게 누구네 장남 아닌가
알아봤을 때
몰래 숨어드는 난처함은 온데간데없어지고
나도 흔하디흔한 물고기가 아니라
비로소 사람의 이름을 갖네
뒷덜미를 후려쳐서 내쫓아버릴 것 같던
법성포의 여러 손길들
해당화처럼 살며시 흔들어주네
밤새 비린내를 이불로 덮어주는
아버지의 손길이 참 많이 늙어 있었다.

—「그리운 이불」 전문

　“법성포”는 “살 속에서 하나하나 비린내를 건져내어서/잊어버리려고
발버둥치면 칠수록/살 속에 닻”이 내려지는 “나”의 고향이다. 또한 “한
눈에 피보다 진하게 누구네 장남 아닌가/알아봤을 때/몰래 숨어드는 난
처함은 온데간데없어지고/나도 흔하디흔한 물고기가 아니라/비로소 사
람의 이름을 갖”는 보금자리이다. 진정 “법성포”는 항상 “수혈을 받고
싶었던 땅”인 것이다.
　그렇지만 “나”는 현재 “법성포”에 살지 않는다. 보금자리 혹은 이상

향으로 삼고 있으면서도 타지에서 삶을 영위하고 있는데, 그것은 "그립던 상처들/살 속 깊숙이에서 알은체를 한다"는 진술에서 유추할 수 있듯이 뿌리내리고 살 수 없기 때문이다. 작품 자체에 그 상처가 구체적으로 나타나 있지 않지만, "낚싯줄에 말려 올라오는 아들놈의 공납금과/수협창고에 쌓여질 부채를 궤짝에 차곡차곡 쟁이며/간신히 피우는 한 대의 담배로는/우리가 돌아가야 할 사람의 마을이 너무 벅차다."(「오징어잡이」)라는 면에서, 또한 1960년대부터 시작된 경제개발 정책으로 인해 어촌 인구의 상당수가 자신의 고향을 떠난 역사적 사실에서 유추해 볼 수 있다.

어촌 사람들은 현재 출항하지 못할 정도로 어렵게 살아가고 있다. 무엇보다도 "우리의 메인 스타디움인 법성포 앞바다에는/멸치 새끼 한 마리/눈에 띄질 않는구나"(「냉수대」)라는 탄식에서 볼 수 있듯이 어획량이 줄었기 때문이다. "핸드폰을 벌리듯 바지락을 벌리면/부재 중 전화번호처럼/시꺼먼 갯벌만 들어 있구나"(「사리포구」)라는 데서 볼 수 있듯이 바다가 오염되어 있기 때문이기도 하다. 그리고 "대처로 빠져나간 젊은"(「말뚝」)이들로 인해 일손이 달리기 때문이다. 그리하여 배를 띄워도 기름값이 나오기는커녕 도리어 빚을 지게 되므로 어촌 사람들은 출항을 포기하고 대신 술을 마신다.

> 보름째 배를 못 띄웠다
> 날씨도 더할 나위 없이 좋았고
> 조황도 예전에 없이 그물이 찢어질 정도였으나
> 사람도 구하기 힘들고
> 배가 가라앉을 정도로 잡아와도 기름값 빼고 나면
> 남는 것이 없었다
> 농부들이 밭째로 썩히면
> 뉴스에서 잘도 인용해 주는데
> 우리들은 물속에 다 들어 있어서

우리들의 속처럼 들여다볼 수 없어서
그저 우리는 노인네 몇이 술집에 들어앉아서
소주나발이나 부는 것이다
대처로 빠져나간 젊은 놈들의
거시기 닮은 말뚝에 묶여
배들은 홀쭉한 월급봉투마냥 이리저리 흔들렸다
전국을 뒤집어 놓고 빠져나간 태풍도
젊은 놈들 거시기는 빼가지 못했다
진즉에 어항들이 젊은이들에게
말뚝이 되어주지 못했을까
일생을 그 말뚝에 옹골차게 묶고
마음놓고 저 먼바다까지 나가서
풍랑을 다스리게 하지 못했을까
어항은 노인네마저 놓치겠다 싶어 노인네 가슴에만
매듭을 아주 굵게 매어 놓았다.

—「말뚝」 전문

　　"노인네 몇이 술집에 들어앉아서/소주나발이나 부는 것"처럼 오랜 가난에 찌들어 있는 어촌 사람들은 술을 마신다. "그물을 깁던 만선의 손가락들은/선술집의 목포는 항구다의 옷고름만 풀고 있"(「법성포」)는 것이다. 즐거워서가 아니라 "노인네 가슴에만/매듭을 아주 굵게 매어 놓았"듯이 힘들고 괴로워서 술을 마신다. 그러면서 "진즉에 어항들이 젊은이들에게/말뚝이 되어주지 못했을까"라고 자식들에 대한 미안함도 전한다.

　　이처럼 시인이 인식하는 어촌은 평온하고 충만한 보금자리나 유토피아의 공간이 아니라 가난하고 소외된 사람들이 힘겹게 살아가는 곳이다. "보름째 배를 못 띄"우고, "사람도 구하기 힘들고", 그리고 "배가 가라앉을 정도로 잡아와도 기름값 빼고 나면/남는 것이 없"는 상황에 처해 있는 것이다. 따라서 시인이 어촌 사람들을 품는 것은 한 개인의 슬픔을 넘어서 사회적인 슬픔이라는 의의를 지닌다. 시인은 그곳 사람들의 한스런 삶에 무관심할 수 없다. 비록 현재는 고향을 떠나와 있지만, 그 사람들이 겪고 있는 현실을 삶의 거울로 삼고 있는 것이다. 시인에게 어촌은 단순한 출생지나 유년시절의 고향이 아니라 자신의 운명을 이어가야 할, 원형적인 공간을 넘는 삶의 터전이다. 그리하여 시인은 함께 살아가고 있는 이웃들을 품는다.

> 신흥 공업도시
> 오아시스의 물 냄새를 맡고
> 떼지어 몰려든 곳
> 밤새 아이를 만들 듯이
> 빈터마다 집은 지어지고
> 사람마다 비빌 언덕이 되어
> 배불러서 부부가 같이 출근하는 곳
> 비단길은 마음에나 있는 곳
> 폐수가 된 저수지에
> 누군가 낚시를 하고
> 기형의 희망만 간판이 되는 곳
> 하루 종일 기다려도
> 낙타는 두세 번 지나칠 뿐
> 한 번 출애굽한 서울 땅을 못 잊어
> 주말이면 텅 비어 가득 차는 곳
> 식솔을 거느리고
> 협궤의 구멍만 깊어지는
> 이사가 끊이지 않는 곳
> 살아가기보다
> 그냥 살아지는 곳.

— 「안산에는 안산 사람이 안 산다」 전문

주지하다시피 1960년대부터 시작된 경제개발 정책에 따라 농어촌에서 도시로의 인구 이동은 대규모적으로 진행되었다. 8·15해방 및 국토 분단으로 인해 국외에 거주하던 동포들이 귀국하거나 월남해 일시적으로 대규모의 인구 이동이 있기는 했지만, 산업화가 본격화되면서 도시(특히 서울)로 모여드는 인구수는 보다 광범위했다. 그 결과 도시는 점점 비대해졌고 반면 농어촌은 점점 과소해졌다. 정부는 여러 가지 농업 정책과 도시의 인구 분산 정책을 실시하였으나 계속되는 경제개발 정책으로 인한 인구 증가를 막을 수는 없었다. 제1차 국토종합개발계획(1971년), 수도권인구재배치기본계획(1977년), 제2차 국토종합개발계획(1981년), 수도권정비기본계획(1984년) 등으로 수도권 내 공장의 신설 및 증설 억제, 서울 소재 대학의 신설 및 증설 억제, 공공기관의 지방 이전, 개발제한구역 지정 등의 정책들을 실행했지만, "오아시스의 물 냄새를 맡고/떼지어 몰려"드는 사람들을 막을 수 없었던 것이다. 그 결과 "신흥 공업도시"가 형성되었지만, "빈터마다 집"이 지어질 정도의 주택 문제와 "폐수가 된 저수지에/누군가 낚시를" 할 정도의 환경오염 문제가 대두되었고, "서울 땅을 못 잊어/주말이면 텅 비"는 것에서 보듯이 상대적 박탈감이 컸다. "기형의 희망만 간판이 되는 곳", "이사가 끊이지 않는 곳", "살아가기보다/그냥 살아지는 곳", 즉 사람답게 살 수 없는 도시가 된 것이다.

그렇지만 시인은 자신의 도시를 회피하거나 부정하지 않고 "사람마다 비빌 언덕이 되어/배불러서 부부가 같이 출근하는 곳"으로 품고 있다. "노숙자를 바라보거나/걸인 앞을 지날 때/나보다 못한 사람이/불쑥 찾아와 손을 벌릴 때/다 지나간 일이었지만/거기서/피"(「종이쯤이야」)를 흘리기도 한다. 시인은 당면하고 있는 현실을 회피하지 않고 적극적으로 품고 있는 것이다. 이런 차원에서 「대추리 도두리 만인보」의 시편들은 특히 주목된다. "법성포"와 "안산"에서 어렵게 살아가는 사람들은 물론이고 대추리의 농민들까지 만인보의 시학으로 끌어안고 있는 것이다.

3

수많은 농작물을 심어 봤지만
수많은 한숨을
고랑마다 심어 봤지만
쓰러진 벼들을 보며
우리도 함께 쉽게
무너지기도 참 많이 했다만
나라가 하는 일이라면
눈 한번 크게 안 뜨고
황소처럼 그저 일만 했다만
쌀미(米) 자 같은 여든여덟 살을 먹고 본께
촛불 농사도
지어 보는구나
이게 이 생애 마지막 농사라 생각한께
지금까지 지은 어느 농사보다
애착이 가고
우리들 목숨이 불타고 있다고 생각한께
모진 바람 불어 꺼질세라
내 속에 있는 한을
꺼내서 다 태우고 갈랍니다
이 촛불 농사는
나 살아 생전 추수할지 모르겠지만
살아 있는 사람 마지막까지도
지어야 합니다
두고두고 나라를 살리는 일인께로
생애 마지막 두 눈 한번 부릅떠 볼랍니다.

—「대추리 도두리 만인보 3—조선례 할머니」 전문

「대추리 도두리 만인보」 연작시에서 우선 관심이 가는 면은 마을 사람들의 아픈 역사이다. 지금의 대추리 및 도두리 주민들은 일제 말 일본군이 비행장 활주로를 건설하는 바람에 구(舊) 대추리에서 쫓겨난 아픔을 가지고 있다. 뿐만 아니라 일본군의 비행장 옆에 마을을 이루고 살다가 한국전쟁 때 또다시 쫓겨나는 불운을 겪었다. 한국전쟁이 한창이던 1952년 늦가을, 대규모의 미군기지가 들어서면서 보상금 한 푼 받지 못하고 쫓겨난 것이다. 마을 주민들은 오직 살아남기 위해 야산에 움막을 파 추위를 견디며 맨손으로 갯벌을 메워나갔다. 그러는 동안 추위와 배고픔에 시달린 아이와 노인이 생명을 잃는 집도 있었다. 오늘의 황새울은 주민들의 그와 같은 고통을 통해 일궈진 것이다.

“조선례 할머니”는 정대근의 동화 『황새울』에 등장하는 인물이기도 한데, 2007년 1월 현재 아흔 살로 대추리에서 70여 년 살아온 마을 역사의 산증인이다.[1] 조 할머니는 열일곱 살에 구 대추리로 시집와 살다가 1952년 한국전쟁 때 미군 활주로가 생기는 바람에 쫓겨나 현재의 대추리에 삶의 터전을 마련했다. 남편과 사별하고 어린 세 아들을 먹여 살려야 했던 조 할머니는 야산을 파 움막을 짓고 간신히 추운 겨울을 난 뒤, 주민들과 함께 바닷물을 메워나갔다. 바닥이 바다였기 때문에 모를 살리기는 쉽지 않았지만, “쓰러진 벼들을 보며/우리도 함께 쉽게/무너지기도 참 많이” 했지만, 고난을 이겨내고 농토를 마련한 것이다.

그런데 조 할머니는 미군기지의 확장에 의해 소중하게 가꾸어온 황새울을 또다시 떠나야만 되는 처지에 놓였다. 그리하여 황새울을 지키기 위해 “촛불 농사도/지어” 본다. 한밤중에 마을로 쳐들어온 일본 순사들이 비행장을 만들겠다고 겁을 주었을 때에도, 한국전쟁 때 미군들이 불도저와 포클레인으로 밀고 들어와 비행장을 건설할 때에도, 보이지 않

---

1) 조선례 할머니의 전기적 사실은 『한겨레』(2006. 5. 9)에서 발췌함.

던 황새를 불러들이기 위해 즉 황새울을 지키기 위해, 떠나지 않고 있는 것이다. "이게 이 생애 마지막 농사라 생각한께/지금까지 지은 어느 농사보다/애착"을 느끼고, "내 속에 있는 한을/꺼내서 다 태우"겠다는 비장한 다짐을 하고 있는 것이다.

> 농사가
> 노인네들에게는
> 효자이고 보약이지요
> 군인들이 논을 점거하고 있어서
> 그쪽만 쳐다봐도
> 삭신이 와그르 무너져 내리다가도
> 어디 텃밭에다가
> 고추 모종이나 아주 작은 곡물을 심으려고
> 몸을 움직이면
> 온갖 어긋난 뼈들이 노래가 되네요
> 온 마을이 조그만 텃밭으로 다 모이네요
> 경로잔치를 벌여 주네요
> 오늘은 담배 가게 옆
> 텃밭이 효자가 되네요
> 어깨도 주물러 주고
> 허리도 자근자근 밟아주고
> 고랑 고랑마다 씨앗이 뿌려질 때마다
> 온몸들이 바로 펴지네요
> 담배 사러 갈 때마다
> 너무 작아서 성에도 안 찬 텃밭이었는데
> 노인네들 빽빽이 앉아서
> 입이 마르도록 칭찬하네요
> 우리 노인들 몸에 어느새 살맛이
> 새싹으로 돋아나네요.

— 「대추리 도두리 만인보 16—정태화 할아버지」 전문

"농사가/노인네들에게는/효자이고 보약이지요"라고 노래하고 있듯
이 대추리 및 도두리 주민들에게는 농사짓는 일이 보약 먹는 것보다도
소중하다. 그리하여 "어디 텃밭에다가/고추 모종이나 아주 작은 곡물을
심으려고/몸을 움직이면/온갖 어긋난 뼈들이 노래가" 된다. 주민들은
살아온 땅에서 자신이 해온 방식대로 농사를 짓고 싶어하는 소박한 꿈
을 가지고 있다. 따라서 주민들은 상의도 제대로 하지 않은 채 보상금을
내밀며 마을을 떠나라는 정부의 일방적인 통지에 동의하지 않고 있는
것이다.

일반인들에게 대추리 및 도두리가 알려지게 된 것은 2003년 제35차
한미연례안보협의회에서 용산 미군기지가 평택으로 이전하기로 결정
되면서였다. 미군이 주둔국의 방위군을 넘어 아시아 지역 군대의 위용
을 갖기로 함에 따라 평택 일대가 기지 확장지로 결정된 것이다. 정부
는 순차적으로 평택 일대의 토지 349만 평을 매입한다는 계획을 세우고
있는데, 이 계획이 완료되면 현재 151만 평인 평택 K—6(캠프 험프리스)
기지는 436만 평으로, 218만 평인 오산 공군기지는 282만 평으로 늘어난
다.[2]

대추리 및 도두리 주민들은 토지를 국가에 넘겨야 한다는 국방부의
'인도단행가처분 신청'을 서울고등법원이 받아들이자 충분한 논의도
하지 않고 정부가 일방적으로 밀어붙인다고 생각했다. 그리하여 '평택
미군기지확장반대 팽성대책위원회'를 결성하고 대항하는 것이다.

보미쌀원
홍농계
황새울…
너희들에게는

---

2) 자세한 내용은 『한겨레』(2006. 6. 7) 참조.

휴지 조각 같은 이름인 줄 모르겠지만
그 이름에서
폭격기가 날아간다고 생각하니
꿈에서라도 치가 떨린다
보미쌴원이 날아가
아시아 어느 국가를 때리고
홍농계가 날아가
아랍 국가 어디를 때리고
황새울이 날아가
동족의 심장을 때린다고 생각하니
우리가 고작
우리 마음에서
폭격기를 띄우려고
맨손으로 들판을 만들었던가
우리는 맨손으로 들판을 만들었듯
우리의 자랑스런 이름들을
폭격기로 내줄 수 없다
너희의 자랑스런 최첨단 무기조차도
개간해서
곡식을 꼭 심을 것이다
우리에게는 자랑스런 맨손이 있다.

—「대추리 도두리 만인보 5—김지태 이장」 전문

　"김지태"는 경기도 평택시 팽성읍 대추리의 이장이자 '평택미군기지
확장반대 팽성대책위원회 위원장'이다. 김 이장은 미군기지 이전 반대
활동과 관련돼 1심에서 징역 2년을 선고받고 안양교도소에서 6개월 동
안 복역했는데, 항소심을 맡은 서울고등법원이 보석 신청을 받아들여
2007년 1월 현재 불구속 상태에서 재판을 받고 있다. 그는 국제사면위
원회(국제엠네스티)가 정치적·종교적 신념이나 사회적·경제적 지위
등의 이유로 투옥되거나 신체적 자유가 제한된 사람을 가리키는 양심수

로 지정된 인물이기도 하다.[3]

대추리 및 도두리 주민들이 "아시아인을 깔아뭉개는/야만의 바퀴를 멈추어 세"(「대추리 도두리 만인보 20—이민강 할아버지」)워야 한다고 목청을 높이는 또 다른 이유는 한반도의 평화 문제와 관련이 있다. 미군 기지 확장을 위한 범국민 대책위원회가 결성된 것은 물론 민주노총, 전국농민회총연맹, 민주노동당 등 각종 단체, 대학생 등이 집회에 참석하거나, '황새울 방송국 들소리' 및 문화예술인들의 모임인 '들사람들'(cafe.daum.net/hwangsaewool) 운영, 세계 인권단체의 방문 등에서 볼 수 있듯이 미군기지 확장 반대운동은 상당한 반향을 일으키고 있다. 주민들의 생존권 차원 이상의 문제가 내포되어 있는 것이다.

김 이장은 정부가 마을 주민들에게 국방사업이자 한미 간 중대한 외교 사안이므로 떠나라고 일방적으로 명령한 것에 동의할 수 없었다. "보미싼원이 날아가/아시아 어느 국가를 때리고/홍농계가 날아가/아랍 국가 어디를 때리고/황새울이 날아가/동족의 심장을 때린다고 생각"해보니 쉽게 따를 수 없는 것이었다. 그리하여 "우리의 자랑스런 이름들을/폭격기로 내줄 수 없"다고 주민들과 함께 반대 집회를 열었다. 국방부며 외교통상부며 미 대사관에 항의 서한도 보냈다. 그렇지만 정부는 국책사업이므로 어쩔 수 없다는 대답을 해왔고, 2007년 2월 13일 주민들과 합의를 이룰 때까지 토지 강제수용, 영농금지를 위한 농지 토굴 조치, 대추분교 행정대집행, 군사시설 보호구역 설정, 영농행위 고발 조치, 주민 대표자 구속, 빈집 철거 등을 강행했다.

한반도의 전쟁을 억제하는 주한 미군의 역할이 변화하고 있는 상황에서 미군기지를 확장하려는 의도는 무엇일까? 정부가 주한 미군의 재배치와 평택 미군기지 확장의 목적을 명백하게 설명하고 있지 않았기 때

---

3) 자세한 내용은 『프레시안』(2006. 12. 29) 참조.

문에 한반도의 전쟁을 억지하기 위한 것인지, 동북아 지역의 분쟁에 개입할 미군의 전진기지로 이용할 것인지 논란이 되고 있는 것이다. 만약 후자에 가깝다면 대추리의 미군기지는 한반도를 국제분쟁에 휩쓸려들게 하는 인계철선(trip wire)이 될 수 있다. 그동안 판문점 양측의 비무장지대에 있는 주한 미군이 인계철선으로써 북한군의 남침 초기부터 군사적 대응을 가능케 해왔는데, 이제 대추리가 그 장소가 될 가능성이 있다. 미군은 유사시에 북한의 중거리포 사정권에서 벗어나 인계철선의 위험을 줄이는 동시에 공세작전의 전군지로 삼을 수 있게 된 것이다. 따라서 주한 미군기지 재배치와 이에 따른 이전 및 확장에 대한 보다 상세한 설명이 필요하다. 대추리 및 도두리 주민들이 겪을 수난이 결국 우리나라의 역사와 궤를 같이할 것이기 때문이다.

4

21세기 현재, 한국 시단에서 농어민시를 쓰는 시인은 손꼽을 수 있는 정도이다. 농어촌에서 도시로 이동한 인구수가 증가함에 따라 상대적으로 농어민들의 토대가 약해졌기 때문에, 즉 노동력의 부족, 생활의 궁핍, 의료 시설의 낙후, 교육 및 문화 환경의 열악함 등 농어촌이 점점 일반인들로부터 관심을 받지 못하고 있기 때문이다. 그러므로 일제 강점기에 카프(KAPF)가 대중화의 차원에서 농민문학론을 제시한 것과는 또 다른 차원에서 농어민시가 필요하다. 식민지 시대에는 전 국민의 8할이 농민이었고, 더욱이 일제의 수탈에 의한 빈농이 압도적으로 많았기 때문에 농민해방과 아울러 민족해방의 길을 모색하는 차원에서 필요했다면, 오늘의 농어촌은 소외와 부채로 인해 전망을 상실하고 있기에 그 극복이 요구되는 것이다.

한국의 농어민시는 1980년대에 들어 정치 민주화의 흐름과 함께 영역이 확대되었다. 고재종의『바람 부는 솔숲에 사랑은 머물고』『새벽 들』, 김영안의『나는 작은 영토에』, 김용택의『섬진강』, 김희수의『뱀딸기의 노래』, 이상국의『내일로 가는 소』『우리는 읍으로 간다』, 박운식의『모두모두 즐거워서 술도 먹고 떡도 먹고』, 정동주의『이삭줍기』『논두렁에 서서』, 구재기의『농업시편』, 이병훈의『달무리의 작인들』, 정규화의『농민의 아들』, 홍일선의『농토의 역사』, 이동순의『개밥풀』『물의 노래』『지금 그리운 사람은』, 강세환의『월동추』, 박찬선의『상주』, 하종오의『벼는 벼끼리 피는 피끼리』『사월에서 오월로』, 이재금의『부끄러움을 팝니다』, 성기각의『통일벼』, 신경림의『달넘세』, 민족문학작가회의 시창작 2분과가 펴낸『땅의 형제들』등이 그 성과라고 볼 수 있다.

그렇지만 1990년대 이후 거대한 신자유주의의 물결이 휩쓸면서 농어민시의 영역은 급속히 위축되었다. 박운식의『아버지의 논』, 안용산의『메나리아리랑』『돌무야 놀자』, 박형진의『바구니 속 감자싹은 시들어가고』, 이중기의『식민지 농민』『밥상 위의 안부』, 박미숙의『흙집에서 사흘을 보내다』, 정기복의『어떤 청혼』, 양문규의『집으로 가는 길』, 이진호의『농사꾼의 명함』, 고증식의『환한 저녁』, 박두규의『당몰샘』, 김태수의『황토마당의 집』, 송창욱의 유고 시집『길은 찾아가는 것이 아니다』등이 있지만 명맥을 잇는 정도라고 할 수 있다.

이러한 상황에서 농어민시의 전통을 잇고 있는 서수찬 시인의 시편들은 의의가 크다. 특히 그동안 어민들의 삶을 다룬 시작품은 농민들을 다룬 것에 비해서 미약하기 그지없었는데, 시인은 '법성포'를 토대로 구체적으로 그리고 있어 주목된다. 또한 현재의 농민들 상황에서 최대의 이슈가 되고 있는 '대추리 도두리' 문제를 본격적으로 그리고 있어 시의성도 띤다. 그리하여 앞으로 서 시인은 독자들로부터 '대추리 시인'이라고 불릴 수도 있을 텐데, 등단한 지 18년 만에 듣게 될 그 평가는 매우 가치 있다고 생각된다. 시인은 농어민을 만인보로 구체화시켜 농사를 짓거나 고기 잡는 사람이라고 단순하게 바라보는 것을 극복하고 사회적이고 역사적인 주체로 인식하고 있는 것이다. 이와 같은 시인의 만인보 시학은 힘들게 살아가고 있는 도시인들에까지 확대되고 있어 한층 더 기대된다.

제3부

우리의 노동시는 내적으로는 봉건체제의 모순을 극복하고 외적으로는 서구의 문물을 주체적으로 받아들여 근대

하려는 개화기부터 출발점으로 삼을 수 있는데, 일제 강점기 카프 시인들의 주도에 의해 크게 확장되었다. 프롤레타리아의

지향한 카프 문학은 일제의 강점으로부터 조선의 독립을 추구한 운동이었지만, 분명한 계급의식을 가지고 정치적이고 조직적으로 했

노동시의 전진

1

노동 문제나 노동자들의 삶을 제재로 삼아 그 극복을 지향하는 것이 노동시의 개념이자 의의라고 할 수 있다. 노동 문제를 단순히 제재로 삼는 것을 넘어 개선하고 극복하려는 지향을 지니고 있는 것이다. 그런데 노동 문제는 시대나 사회적 상황에 영향을 받으므로 노동시의 내용 또한 시대 상황에 따라 다를 수밖에 없다. 그리하여 노동시는 시대마다 그 나름대로의 특성을 가지고 있는 것이다.

우리의 노동시는 내적으로는 봉건체제의 모순을 극복하고 외적으로는 서구의 문물을 주체적으로 받아들여 근대국가를 이룩하려는 개화기부터 출발점으로 삼을 수 있는데, 일제 강점기 카프 시인들의 주도에 의해 크게 확장되었다. 프롤레타리아의 해방을 지향한 카프 문학은 일제의 강점으로부터 조선의 독립을 추구한 운동이었지만, 분명한 계급의식을 가지고 정치적이고 조직적으로 했다는 점에서도 주목된다. 자연발생적인 것이 아니라 목적의식을 가지고 인구의 절대 다수를 차지하는 농민들과 뿌리박지 못하고 쫓겨 다니는 도시 빈민들의 처지를 프롤레타리아 계급 인식으로 직시한 것이다. 임화를 비롯해 박팔양, 김창술, 김해강, 권환, 박아지 등이 일제의 식민 통치 아래에서 신음하는 조선 노동자들의 참상을 고발하며 대항한 것은 비록 실천성을 담보하지 못하고 추상적이라는 점에서 한계를 갖지만, 그 의의를 간과할 수 없는 것이다.

노동시는 조선의 해방과 더불어 보다 주체성을 갖게 되었다. 준비하지 못한 상황에서 맞이한 해방이었기에 공장들이 제대로 가동되지 않아 생산력이 떨어지고 임금 하락과 실업 증대 및 물가 상승 등으로 노동자들의 삶은 매우 열악했지만, 노동자들은 노동조합을 만들어 최저 임금제 확립을 비롯해 9시간 노동제의 실시, 14세 미만 유아노동의 금지, 출산 노동자의 2개월 유급휴가 지급 등 적극적으로 이상세계를 만들어간 것이다. 기존의 카프 시인들은 물론이고 김상훈, 상민, 김광현, 유진오, 이병철, 여상현 등의 시인들이 노동시를 이끌었다.

1950년 한국전쟁의 발발로 말미암아 노동시는 급속히 위축되었다. 전쟁으로 노동 조건 자체가 무너졌고, 반공 이데올로기가 지배하는 정치 환경으로 인해 노동과 관계된 문제들은 묻힐 수밖에 없었다. 전쟁이 끝난 뒤 체불임금 청산을 요구하는 시위가 더러 있기는 했지만 시대 상황이 워낙 강했기 때문에 사람들의 관심을 받을 수 없었다. 따라서 노동시 역시 박인환의 몇몇 시편을 제외하고는 찾아보기 힘들었다.

그와 같은 상황은 민중이 역사의 주체라는 사실을 여실하게 확인시켜 준 4·19혁명으로 극복되었다. 혁명으로 인해 3·15부정선거에 개입되었던 대한노총 대신 전국노동조합협의회가 조직되었으며, 한국노동조합총연맹이 결성되었다. 또한 철도노조, 전매노조, 체신노조, 교원노조, 은행노조 등 다양한 노동조합이 생겨났다. 그렇지만 5·16군사정권이 1961년 '경제 질서 회복에 관한 특별성명서'를 발표하면서 노동조합을 해산시키고 노동쟁의를 금지시키는 바람에 노동조합 활동은 또다시 위축되었다. 그 후 군사정권은 '근로자의 단체활동에 관한 임시조치법'을 통해 노동조합의 활동을 제한적으로 허용했지만, 노동조합의 책임자를 임명할 정도로 계속 규제했다. 이와 같은 상황에서 노동시는 이전 시대와 마찬가지로 미약했지만 김수영, 신동엽 등이 민중과의 연대를 추구하며 나선 것이 주목된다.

한국의 노동시는 1970년대에 이르러 그 나름대로 토대를 마련했다고 볼 수 있다. 1960년대부터 추진된 경제개발 정책으로 산업화가 본격화되면서 노동자들의 문제가 사회적 관심사로 부각된 것이다. 노동자들의 인격이나 경제적 배분을 무시한 정부의 일방적인 경제정책은 노동자들의 소외감과 사회적 박탈감을 가져왔고, 그것에 대한 대항도 컸다. 1970년 11월 13일 전태일이 분신한 사건이 그 여실한 면이었다. 그리하여 신경림, 김지하, 정희성, 이시영 등의 지식인 시인들은 비인간적인 처우를 받는 노동자들의 실정을 고발하면서 타락한 지배계급을 비판하고 나선 것이다.

산업화가 본격화되고 전면화된 1980년대에 들어 노동시는 보다 확장 내지 심화되었다. 이전 시대에는 지식인 시인들이 주도적인 역할을 했는데 비해 1980년대에는 노동자들이 직접 나서서 열악한 임금과 장시간 노동, 불안한 작업환경, 산업재해 등에 시달리는 자신들의 삶을 구체적으로 담아내었다. 뿐만 아니라 노동조합의 활동에도 적극적이었다. 산업현장이나 교육현장, 농촌 등에서 정치활동과 연대하며 노동운동을 펼친 것이다. 그리하여 노동시는 시문학의 한 분야로 당당하게 인정받았고, 전위적 위치에서 민중시를 이끌었다. 박노해, 백무산, 박영근, 최명자, 정명자, 김해화, 김기홍, 김신용, 박영희, 이광웅, 고재종, 박운식, 홍일선, 정인화 등이 적극적으로 나선 것이다. 특히 박노해와 백무산은 노동자가 주인이 되는 노동해방 사상을 구체적인 체험을 바탕으로 당당하게 외쳤다.

1990년대에 들어 노동시는 동구 사회주의의 몰락으로 인한 자본주의 심화와 문민정부 및 정권 교체로 인한 국내 상황의 변화에 미처 대처하지 못했다. 특히 냉전시대의 종식 이후 밀려든 자본주의의 물결은 개인주의, 물질주의, 정보사회, 환경오염, 실업문제, 인간소외 등을 동시에 수반해 노동시가 추구해온 방향에 혼란을 주었다. 그리하여 박노해나 백무산은 이전 시대와 달리 직선적인 투쟁을 지양하고 자기 성찰의 세계를 보여주었고, 정세훈, 유용주, 성희직 등의 신진 시인들도 전망을 제시해주지 못했다.

2

2000년대 들어 한국의 노동시는 또 다른 양상을 보여주고 있다. 이전 시대처럼 사용자 계급에 배분을 요구하는 소리를 내는 것이 아니라 자본에 대항하고 있는 것이다. 그만큼 21세기는 자본의 힘이 절대적으로 행사되고 있다. 노동자는 의식주의 문제는 물론이고 취미 생활에서부터 세계인식에 이르기까지 자본이 쌓아 놓은 담을 뛰어넘을 수 없다. 노동자는 자본이 임대하는 차를 타고 출근해서 자본이 지시하는 컴퓨터를 통해 작업한다. 자본의 눈치를 보며 핸드폰을 걸고 문자 메시지를 보내고 펀드를 하고 결재를 올리고 집안의 대소사를 챙기고 제안서를 쓰고 투표를 하고 댓글을 달고 전문서적을 읽고 관계자를 방문하고 대출을 신청하는 것이다. 노동자의 삶은 자본의 크기와 관심과 요구에 철저히 맞춰진다. 노동자가 자본을 선택하는 것이 아니라 자본이 노동자를 선택하고, 노동자가 자본을 소유하는 것이 아니라 자본이 노동자를 소유한다. 노동자의 전망도 반성도 계획도 자본의 범주 안에 들어 있는 것이다.

처음 만난 사람들 속에서 술을 마신다
말을 새로 배우듯 조금씩 취해가며
자본가와 노동자를 얘기하다가
비정규직 부당해고에 분개를 하고
여성해방과 성매매를 말하며 반짝이는 눈동자들 틈에
입으로만 달고 다닌 것 같은 시가 길을 헤매며
주섬주섬 안주만 챙긴다

엉거주춤 따라간 나이트클럽에 취해 돌아보니
얼큰히 달아오른 얼굴들이 흐물거리고
춤을 추는 무대 위엔 노동자도 자본가도 없다
신나게 흔들어대는 사람들만 있다
찝쩍대고 쌈박질하고 홀로 비틀어대는,
아주 빠르게 회전하는 형형색색의 불빛들 아래
조금씩 젖어가며 너나없이 한 덩어리가 되어 출렁거린다
낯선 이국땅에서 총 맞아 죽고 굶어 죽어도
매일 밤 일탈의 유혹처럼 찾아드는
이 자본의 꿀맛

도처에 흔들리는 일상들
등급 매기지 않기로 했다

— 김사이, 「반성하다 그만둔 날」 전문

　"춤을 추는 무대 위엔 노동자도 자본가도" 구분할 수 없다. "신나게 흔들어대는 사람들만 있"을 정도로 "자본의 꿀맛"은 엄청나다. 자본은 남성이나 여성, 종교인이나 비종교인, 여당 성향의 유권자나 야당 성향의 유권자 등 할 것 없이 하나로 취급하는 힘을 가지고 있다. 그리하여 자본의 맛에 걸린 사람들은 "낯선 이국땅에서 총 맞아 죽고 굶어 죽어도" 상관하지 않고 자신의 쾌락을 추구한다.
　이전 시대에 소위 마찌꼬바라고 불리는 작은 작업장으로 이루어진 구로동, 독산동, 문래동, 청계천 등의 공단은 사라졌다. 그에 따라 두 평 남짓한 닭장촌 또는 벌방들도, 노동자들의 쉼터였던 만화방이나 당구장이나 커피숍이나 동시상영 영화관도, 노동조합 사무실이나 노동문학회 사무실도 사라졌다. 그 자리에는 벤처산업이나 러브호텔이 들어서고, 외국인들이 활보하는 거리로 바뀌었다. 재개발 열풍으로 노동자들은 외곽으로 밀려나고 새로운 중산층이 지배하는 것이다. 그리하여 자본의 유혹은 점점 파고들어 노동자들조차 "비정규직과 부당해고에 분개"할 뿐 그 이상의 행동은 취하지 않는다. 자신과는 상관없는 일로 그저 여길 정도로 자본에 종속되어 있는 것이다.

> 사회면 기사를 보다가 그가 노동자일 때
> 흉악한 범죄자가 무슨 기업 무슨 공업 노동자일 때
> 내가 긴장하는 것은 당연하다
> 그가 일하는 공장에 노동조합이 없거나
> 조합이 있어도 몸을 판 매음조합이거나
> 그도 아니면 짓눌려 살다가 얼이 나간 저능조합이거나
> 권리 행사를 원천 봉쇄한 악질기업일 때
> 법이 억압과 탄압을 보장 방관 묵인할 때
>
> 부당함에 대항해 싸울 권리를 박탈할 때
> 박탈당한 자는 부당한 자가 된다
> 그래서 소외 계층을 돌봐야 한단다
> 권리는 빼앗고 동정의 손길이 있어야 하므로
> 인간성 교육을 하잔다
> 부당함을 당해도 참아라 인내하라 할 말밖에
> 또 있으면 말해보라
> 자본은 힘과 지식과 시간만을 빼앗는 게 아니다
>
> — 백무산, 「부당한 인간」 전문

진정 "자본"은 "노동자"의 "힘과 지식과 시간만을 빼앗는 게 아니"라

"부당함을 당해도 참"아야 하는 것을 도리로 주입시킨다. 노동자들이 자신의 권리를 포기하고 노예처럼 굽실거리게 만드는 것이다. 자본은 자신의 이익을 철저히 추구해 그 가치에 방해가 되는 일은 절대로 용납하지 않는다. 노동자의 사랑도 의리도 양심도 인정도 양보도 자본의 이익에 도움이 되지 않는 한 무시된다. 자본이 인정하지 않는 한 노동자의 품성이나 인격이나 인생관이나 교육관은 통용되기 어렵다. 오직 자본의 가치만이 인정된다. 자본은 끊임없이 자신의 이익을 창출하기 위해 노동자를 유혹하고 조종하고 분열시킨다. 노동자는 그 유혹으로부터 벗어나려고 발버둥치지만 쉽지 않다. 노동자의 삶 전체가 자본의 코드에 맞춰져 있기 때문에 어떻게 해볼 수 없는 것이다. 그리하여 노동자는 자본이 요구하는 옷을 입고 식사를 하고 계산법을 익히고 인사법에 따르고 생활계획표를 짠다. 노동자는 자본이 허락하지 않는 한 편안하게 쉴 수 없고, 여행도 마음대로 할 수 없고, 취미생활도 누릴 수 없다. 노동자의 사상이나 행동이나 계약도 온통 자본의 명령에 제약된다.

그렇다면 노동자들은 왜 자본에 노예처럼 구속되어 있는 것일까? 그것은 의식주의 해결을 전적으로 자본에 의지할 수밖에 없기 때문이고, 자본의 제도며 법이며 관습 등으로부터 탈출할 수 없기 때문이다. 노동자는 자신이 제공한 노동의 대가를 자본으로부터 받아야만 의식주의 해결은 물론이고 가정생활이나 사회생활을 영위할 수 있다. 노동자 간에 성별이나 출신지나 나이나 정치 이념이나 취미생활 등이 다르지만 자본의 지배를 받는다는 점에서 같은 운명인 것이다.

따라서 노동자들이 인간답게 살아간다는 것은 요원한 일이다. 자본은 점점 자신의 이익을 창출하기 위해 수단과 방법을 가리지 않고 노동자들을 착취한다. 따라서 노동자들은 자신의 존재성을 확보하기 위해 자본에 강력하게 대항해야 된다. 그와 같은 조건을 갖추기 위해서는 아무래도 노동자들의 단결이 필요하다. 노동조합이 자본에 대항해서 모든 문제를 해결할 수 있는 것은 분명 아니지만, 노동자들의 계급적 단결을 토대로 문제 해결에 적극 나설 수 있는 것이다.

그렇지만 노동자들의 노동조합 결성이나 활동 또한 쉽게 성취할 수 있는 것이 아니다. 노동조합의 필요성을 왜곡하거나 방해하는 자본의 전략 또한 교묘하고 강력하기 때문이다. 보수 언론이나 학교 교육에서 노동조합의 파업을 무조건 나쁜 일로 보도하거나 가르치고, 그 책임을 전적으로 노동자들에게 돌리는 것이 단적인 예이다. 자본은 노동자들이 노사화합을 깨트리고 회사의 발전에 방해한다고 전략적으로 퍼뜨리는 것이다. 이처럼 노동자에 대한 자본의 지배는 고도로 전략적인데, 또 다른 예를 확인할 수 있다. 21세기의 한국 노동시는 자본의 이 전략을 간파하고 그에 마땅한 대응책을 내놓아야 할 책무가 있는 것이다.

3

너무 추워 춥다는 말도 어떤 손짓도 하지 못했다 밤 내내

맨 몸으로 서서, 겨울을 건너는 은행나무를 한참 올려다보았을 뿐이다

내 겨울은 은행나무와는 달리 봄이 와도 별반 다를 것 같지 않다는 생각에 저
절로 고개가 숙여졌다

옷을 다 벗고도 당당한 은행나무 가지들이 가만히 나를 감싸주었다

나는 이대로 아침이 오지 않기를 간절히 기도해 보았다 그러나 내 기도는 늘
그렇듯 어디에도 통하지 않았다

어두운 새벽길을 나서며 두 손을 호주머니에 찔러 넣고는 지난밤을 잊어버리
려 애썼다

그러나 이파리 하나 없이도 저렇게 당당한 은행나무 길로 나는 쉽게 걸어 들어가지 못했다

내 이마에는 주홍 글씨가 반짝 빛나고 내가 어찌할 수 없는 길이 반듯할 뿐이다

— 표성배, 「비정규직」 전문

2006년 자본은 '비정규직 보호법'이라는 이름으로 비정규직을 처음으로 이 땅에 공식화했다. 2007년부터 적용한 이 법은 예상했던 대로 노동자를 보호하지 않는 악법이 되었다. 기간제 및 단시간 노동자들을 보호하려는 명분으로 300인 이상 사업장에 적용했는데, 2008년부터 100인 이상 사업장, 2009년부터 5인 이상 사업장으로 시행이 확대되어 이제는 모든 노동자들에게 적용되고 있는 셈이다. 이 법의 취지는 2년간 근무하는 노동자에게 정규직으로 전환시켜준다는 것이었지만, 그것이 바로 자본의 함정이었다. 오히려 2년 이하로 일한 노동자들을 해고할 빌미를 제공해 노동 조건을 더욱 악화시킨 것이다. 2009년 노동자의 대량 해고를 막기 위해 2년에서 4년으로 개정했지만, 여전히 정규직이 되는 일은 요원하다. 오히려 비정규직이라는 새로운 형태의 노동자 계급이 탄생되는 빌미를 제공했다. 그리하여 비정규직 노동자들은 "너무 추워 춥다는 말도 어떤 손짓도 하지 못"하고 있는 실정이다.

그렇다면 자본은 왜 비정규직을 탄생시켰을까? 그것은 노동자들의 힘을 더욱 약화시키기 위한 전략이었다고 볼 수 있다. 이제 노동자들은 자본뿐만 아니라 또 다른 노동자와 싸워야 하는 상황에 처해 있다. 이전처럼 보수적인 노동자와 진보적인 노동자와의 대결이 아니라 정규직과 비정규직의 대결을 펼쳐야 하는 것이다. 이와 같은 경쟁을 노동자들은 예상하지 못했을 정도로 자본은 고도의 전략을 구사하고 있다. 자본은

자신의 이익을 지키는 것은 물론 확대하기 위해 노동자들 사이의 갈등을 조장하고 있다. 노동자들이 서로 연대하지 못하도록 정규직과 비정규직이라는 갈등 구조를 만들어 놓고 있는 것이다. 이제 정규직 노동자들은 비정규직 노동자들을 한편으로는 측은하게 여기면서도 다른 한편으로는 호의를 갖지 않고, 비정규직 노동자들은 정규직 노동자들을 한편으로는 부러워하면서 다른 한편으로는 상대적 박탈감을 가지고 비난하는 상황에 있다.

그렇지만 자본의 손바닥 안에 있는 노동자들이 인간다운 삶을 영위하기는 쉽지 않다. 정규직 노동자가 되는 것이 곧 인간다운 삶을 영위하는 것은 분명 아니다. 가령 대기업에 근무하는 노동자들을 흔히 '귀족노동자'라고 부르며 비정규직 노동자들이 부러워하고, 또 임금인상이나 근로조건 개선을 위한 투쟁의 열매를 그들만 따먹는다고 비난하지만, 그들 또한 자본의 노예에 불과하다. 귀족노동자와 비정규직 노동자들 사이에 차이가 분명 있지만, 그들 사이의 차이보다 자본과의 차이가 훨씬 크다. 따라서 비정규직 노동자들이 귀족노동자들을 비난하는 동안 자본이 노동자들을 착취하는 실제는 가려지고 마는 것이다.

사실 귀족노동자들의 연간 노동시간은 2,000시간 이상으로 오이시디(OECD) 국가들 중에서 가장 길다. 잔업도 가장 많고, 심야노동과 장시간 노동으로 인해 수면 부족과 피로감에 시달리고 있다. 결국 정규직 노동자나 비정규직 노동자나 노동자의 신분으로부터 탈출하지 못하는 셈이다. 따라서 노동자들 간의 차이를 줄이는 노력도 필요하지만 자본이 노동자들을 탄압하는 상황을 직시하고 대항하는 것이 보다 필요하다. 비정규직의 정규직화가 투쟁의 궁극적인 목적이 아니라 비정규직 제도를 만들어낸 자본을 극복하는 것이 더욱 요구되는 것이다. 그것을 위해 우선 노동자들의 연대의식을 바탕으로 한 투쟁의식이 필요하다.

왜 늘 끌려가야 하는 것은 우리들인가

누구의 소유도 아닌 이 대지를
수십 년 불법점거하고 있는
저 무법의 자본가들
정치모리배들은 왜 끌려가지 않는가

왜 늘 우리는 주어야만 하는가

왜 내가 노동한 가치의 대부분을
너희에게 주어야 하는가
왜 우리가 협동으로 생산한 사회적 가치가
너희의 개인 금고 속에
옛 왕족의 얼굴을 한 화폐로 변해
얌전히 갇혀야 하는가

2005년 10월 17일 새벽
모두가 잠든 밤
지상으로 내려와
어둔 시대의 새벽까지 깨어 있었다는 죄명으로
또 한 무리 별들이
하나씩 둘씩 검은 군홧발에 끌려갔다

더 싼 값에
영혼을 팔지 않았다는 죄
노동을 팔지 않았다는 죄
일이 넘는 무법의 밤이 지나도
겁에 질리지 않았다는 죄
더 싼 값에 동지를
팔지 않았다는 죄
늘 똑같은 죄목
늘 똑같은 탄압

동지들이여
신새벽을 여는 동지들이여

저들의
불법 무단 점거를 해산하라
저 공권력의 부당한 단체행동권을 몰수하라
검찰로 경찰로 학교로 언론으로 의회로 이어지는
저 모든 착취의 라인을 봉쇄하라

저것은 본래
우리들의 것
비정규직 철폐
신자유주의 분쇄 연대전선으로
저들을 고립하라 포위하라
인간의 대지에서
영원히 저들을 격리하라

— 송경동, 「왜?—기륭전자노조 침탈에 맞서」 전문

어느덧 우리 사회는 비정규직 노동자들에 대해 측은하기는 하지만 어쩔 수 없다는 인식이 지배하고 있다. 실로 비정규직 노동자들의 상황은 열악하기만 하다. 공부 못하면 나중에 노동자가 된다고 할 때의 대상으로, 자신이 맡은 일을 대충대충 성의 없이 한다는 평가의 대상으로, 회사의 발전을 위해서는 어쩔 수 없이 희생되어야 하는 대상으로 인식되고 있는 것이다.

그렇지만 비정규직법에서 유의해야 되는 점은 비정규직 노동자의 탄생에 머무르지 않고 기존의 정규직 노동자를 비정규직 노동자로 바꾸는 자본의 전술이 들어 있다는 것이다. 진정 비정규직법이 궁극적인 목표로 삼고 있는 대상은 정규직 노동자들이다. 자본이 구조조정을 통해 비정규직 노동자들에 손을 대는 것은 결국 정규직 노동자들을 비정규직으로 만들기 위한 사전 작업인 셈이다. 자본은 자신의 이익을 챙기기 위해 정규직이건 비정규직이건 가리지 않고 공격을 가한다. 자본은 자신의 이익을 창출하기 위해 정규직을 점점 비정규직으로 만들 수밖에 없다. 그러기 위해 비정규직 노동자들과 정규직 노동자들 사이에 위화감을 조성해 갈등을 부추기고 단결을 약화시킨다. 따라서 정규직 노동자들과 비정규직 노동자들은 자본에 공동으로 투쟁하는 것이 필요하다. 자본이 노동자들 사이를 분열시키는 점을 분명하게 직시하고 그에 대항해야 하는 것이다. 정규직 노동자들과 비정규직 노동자들로 분리되지 말고 노동자 계급으로 연대해서 "비정규직 철폐/신자유주의 분쇄연대전선으로/저들을 고립하라 포위하라"고 나서는 투쟁이 필요한 것이다.

자본이 구조조정을 통해 추구하는 비정규직화는 단기적이고 부분적인 성과를 거둘지는 모르지만 노동자 계급의 근간을 뒤흔드는 것이기에 부작용이 클 수밖에 없다. 인적 자원이 낭비되고 사회적 갈등을 부추기는 폐해를 낳을 것이 분명하기 때문에 노동자들이 소외당하는 구조 조정은 바람직하지 않다. 한국 사회가 겪고 있는 80 대 20이라는 빈부의 격차를 더욱 심화시킬 뿐이다. 실제로 노동시장은 상황의 악화로 취업률이 매우 낮고 실업자의 재취업 기회가 거의 없다. 따라서 취업하고 있는 정규직 노동자들도 불안할 수밖에 없다. 따라서 노동자들은 자본에 조종당하지 말고 주체성을 가지고 극복해 나가야 하는데, 정규직 노동자들의 적극적인 연대의식이 보다 마련되어야 한다.

그와 같은 본보기를 뉴코아 노동자들의 투쟁에서 볼 수 있다. 2007년 6월부터 계산직 외주에 따른 비정규직 노동자의 대량 해고와 정규직 노동자의 전환 배치로 시작된 투쟁이었는데, 2008년 8월까지 비정규직 노동자들뿐만 아니라 정규직 노동자들도 함께했다. 비록 정한 목표를 달성했다고 볼 수는 없지만 노동자 계급으로의 연대가 얼마나 중요한지를

잘 보여주는 사례이다.[1]

　노동자 계급이 연대해서 자본에 투쟁해야 되는 경우는 너무나 많다. 코스콤, KTX, 기륭전자, 용산참사 등등 자본은 방관하고 있다. 그 어디에도 진정성을 가지고 해결하려는 모습은 보이지 않고 허위의 명분을 내세우며 노동자들에게 책임을 물리고 있다. 따라서 21세기의 노동시는 이와 같은 문제를 해결하는 데 적극적으로 나서야 할 것이다. 백무산의『초심』『거대한 일상』, 김기홍의『슬픈 희망』, 조영관의『먼지가 부르는 차돌멩이의 노래』, 박운식의『아버지의 논』, 정인화의『열망』『서럽게도 그리운 세상 하나』, 홍일선의『흙의 경전』, 김사이의『반성하다 그만둔 날』, 최종천의『나의 밥그릇이 빛난다』, 김해자의『무화과는 없다』『축제』, 표성배의『기찬 날』『공장은 안녕하다』, 유홍준의『喪家에 모인 구두들』, 유용주의『은근살짝』, 이명윤의『수화기 속의 여자』, 임성용의『하늘공장』, 서수찬의『시금치 학교』, 송경동의『꿀잠』, 조혜영의『검지에 핀 꽃』, 최승익의『휘파람소리』, 황규관의『패배는 나의 힘』, 정원도의『귀뚜라미 생포 작전』, 전국노동자문학연대의 작품집『삶글』, 전태일문학상 수상자들의 작품집『삶과문학』 등을 자산으로 전진해야 할 것이다.

1) 자세한 내용은 권례정,『곰들의 434일—끝나지 않은 뉴코아노동자의 투쟁』(메이데이, 2008) 참고.

노동시의 동기(動機)
— 정원도의『귀뚜라미 생포작전』론

1

첫 시집 『그리운 흙』을 출간한 지 23년 만에 세상에 내놓는 정원도 시인의 시세계를 이해하는 데는 조지 오웰(George Orwell)의 에세이 「나는 왜 쓰는가」를 읽을 필요가 있다. 정원도 시인뿐만 아니라 참여시를 쓴 1980년대 시인들의 시작품을 읽는 데도(아니 굴곡진 역사에 맞선 시인들의 시작품을 읽는 데도) 마찬가지이다.

1980년대는 참여시를 회피하는 시인은 이방인이었다. 조금이라도 시대와 사회를 걱정하는 시인이라면 역사를 생각하며 시를 썼다. 그리하여 어느 편을 선택하는가의 문제는 너무나 분명한 것이어서 어떤 방법을 선택하는가의 문제가 관심의 영역이기도 했다. 가령 리얼리즘을 어떻게 표현할 것인가를 놓고 치열한 논쟁을 펼친 것이 그러하다. 자신의 참여 의식이 시작품의 미학을 파괴할지 모른다고 경계하는 시인들도 있었겠지만, 양심 있는 시인들은 그것이 오히려 진정한 미학의 조건이라고 여겼다. 오웰이 그랬듯이 견고한 미학을 갖는 정치적인 시를 썼던 것이다.

 참여시를 쓴 1980년대 시인들은 자신의 정치적 목소리를 다른 사람들이 들어주기를 기대했다. 폭로하거나 상상하거나 자신의 시가 정의로운 일로 평가받기를 바랐던 것이다. 그렇다고 해도 미학을 완전히 배제하고 시를 쓴 시인은 없었다. 보수적인 정치인이나 사용자 계급이 보기에는 매우 과격한 작품이라고 하더라도 시인들은 그 나름대로 미학을 고민했다. 오웰이 정치적 목적의 욕구로 미학적인 글을 쓴 것처럼 시인들 역시 참신한 참여시를 쓰려고 했던 것이다. 오웰은 생계 때문인 경우를 제외한다면 글 쓰는 동기가 다음의 네 가지라고 보았다.

> 첫째는 순전한 이기심. 똑똑해 보이고, 사람들로부터 관심의 대상이 되고, 사후에 기억되려는 등의 욕구이다. 대부분의 사람들은 서른 살을 넘기면 개인적인 야심을 버리고 주로 남을 위해 살거나 고역에 시달리며 힘들게 살아가지만, 작가는 끝까지 자신의 삶을 살아보겠다고 고집한다. 돈에는 관심이 적어도 허영심이 많고 자기중심적이다.
> 둘째는 미학적 열정. 외부 세계의 아름다움이나 낱말과 그것의 적절한 배열의 묘미를 인식한다.
> 셋째는 역사적 충동. 사물을 있는 그대로 보고 진실을 알아내어 후세를 위해 보존해두려고 한다.
> 넷째는 정치적 목적. 세상을 특정 방향으로 밀고 나아가려는, 어떤 사회를 지향하며 분투하기 위해 다른 사람들의 생각을 바꾸려고 한다. 어떤 글이든 정치적 편향으로부터 자유로울 수 없다.

 이와 같은 동기는 시대에 따라 달라질 것인데, 오웰은 천성적으로 네 번째보다 세 번째까지의 동기가 지배했다고 고백했다. 만일 평화로운 시대였다면 화려하거나 묘사에 치중하는 글을 쓰거나 정치적 성향을 거의 모르고 지냈을 것이라고 한 것이다. 그런데 5년 간 버마에서 인도 제국 경찰 노릇을 하면서 제국주의의 본질을 어느 정도 이해할 수 있었고,

그 뒤 빈곤과 좌절을 겪으면서 노동 계급의 존재를 인식할 수 있었으며, 더욱이 히틀러가 등장하고 스페인 내전이 발발하는 사태가 벌어지면서 자신이 어디에 서 있는지 알게 되었고, 그리하여 전체주의에 맞서는 글을 쓰게 되었다고 토로했다.

정원도 시인 역시 비극적인 시대를 건너왔다. 시인이 경험한 세계는 오웰이 겪은 스페인 내전이나 제2차 세계대전의 상황과는 차원이 다르지만, 세계 인식이나 시 쓰기에 지대한 영향을 끼친 것이 사실이다. 유신체제의 붕괴로 도래된 1980년 '서울의 봄'은 끝내 민주주의를 꽃 피우지 못하고 '오월의 광주'가 상징하듯이 신군부의 탄압을 가져왔다. 또한 산업화가 본격화되었지만 열악한 임금과 작업 조건으로 인해 노동자들의 상대적 박탈감은 심화되었다. 시인은 그와 같은 상황에서 산업화 시대의 한 주역으로서 노동 문제를 해결하기 위해서 뿐만 아니라 정치의 민주화를 실현하기 위해서 대항했다. 그와 같은 모습은 이번 시집에서 보여주듯이 현재에도 지속되고 있다. 1987년의 6월항쟁과 7~9월 노동자 대투쟁 이후 시대의 변화에 따라 제재의 선택이나 표현 방식 역시 다소 변화를 보이고 있지만, 시 쓰기의 궁극적인 목적은 동일한 것이다.

2

노동은 밤을 낮처럼 건너기를 강요한다
속도는 언제나 더 빨라지기만을 재촉하며
대기권을 벗어난 눈알처럼 궤도를 튀어 나갈 듯,
야간노동의 후유증이 불면의 벽 속에 꽂혀
필 수 없는 붉은 꽃들이 벽지 위로 낭자하다

충혈된 두 눈의 신경이 실타래처럼 엉켜와

망막에 걸려드는 사물들이
해파리처럼 거꾸로 매달린 채 부유하고

거대한 해머로 뒤통수를 내려치듯
잠은 명징하던 사실들을
먹먹한 무의식으로 전환시킨다

옆에서 누가 죽어나가든 말든
다른 나라에 침략이 있든 말든
늘 빈 집과 살아야 하는 아내가
벽지 속의 꽃이 되든 말든

새벽 4시 노동을 건너는 일은
야윈 당나귀가 버거운 마차를 몰고 가듯
화상 입은 눈알이 모래밭을 굴러가듯
앞만 보고 걸어가야 하는 길이다

— 「새벽 4시의 눈」 전문

  "야간노동"은 화자에게 "밤을 낮처럼 건너기를 강요한다". 뿐만 아니라 더 빠른 작업 속도를 낼 것을 요구한다. 그 결과 "야간노동의 후유증이 불면의 벽 속에 꽃"힌다. 또한 "충혈된 두 눈의 신경이 실타래처럼 엉켜와/망막에 걸려드는 사물들이/해파리처럼 거꾸로 매달린 채 부유"한다. 그리고 "거대한 해머로 뒤통수를" 맞은 듯 정신이 몽롱하다. 그리하여 "옆에서 누가 죽어나가든 말든/다른 나라에 침략이 있든 말든" 심지어 "늘 빈 집과 살아야 하는 아내가/벽지 속의 꽃이 되든 말든" 관심을 기울이지 못한다.

  화자는 고용인의 신분이기 때문에 "야윈 당나귀가 버거운 마차를 몰고 가듯/화상 입은 눈알이 모래밭을 굴러가듯/앞만 보고 걸어가야 하는 길"을 거절하거나 회피하지 못한다. 사용자와 계약을 맺을 때 야간노동을 감당하겠다고 동의했기 때문이다. 물론 계약을 파기할 만한 능력이나 조건을 갖추면 사용자의 강요를 거절하거나 조정할 수 있지만, 실제로는 불가능하다. 사회적 경제적 토대가 사용자와 비교할 때 이루 말할 수 없이 열악하기 때문이다. 그러므로 화자는 "새벽 4시 노동을 건너는 일"에 최선을 다한다. 만약 그렇게 하지 않으면 각종 제재를 받거나 폐기 처분되고 마는 것이다.

이처럼 시인은 체험을 바탕으로 사용자와 고용인의 관계를 구체적으로 보여주고 있다. 오웰이 자신이 살아가는 시대에 영향을 받아 작품들을 쓴 것과 같이 시인 역시 노동자 계급이 억압받는 상황을 그려낸 것이다. 다시 말해 한 노동자의 고통을 통해 전체 노동자들의 고통을, 1980년대 이후부터 지금까지 본격적으로 진행되고 있는 산업화 과정에서 나타난 노동자들의 고통을 여실하게 보여주고 있는 것이다.

> 같은 기계에서 만들어진 볼트도
> 저마다 성질이 다르다
> 몸통의 굵기나 키가 다르고
> 채워지는 나사의 종류가 다르고
> 감당하는 체력도 다르다
>
> 겉보기에는 다 그게 그거지만
> 종류마다 제 용도가 달라서
> 지워진 운명마저 다르다
> 저마다 적재적소에서
> 자기 내력만큼의 몫을 감당하고 있을 때
> 구조물은 튼튼하다
>
> 모든 볼트들이 저의 쓰임새를 버거워하는
> 사회는 고통스럽다
> 이미 부러져 떨어져나간 것들!

참다 참다 못 견뎌 마침내는
헤 벌어진 틈새에 끼어 기진맥진 고통스런 것들!
아예 용도를 맞추지 못해 쓸모없이 폐기되는 것들!

빈둥거리며 놀고먹는 것들!

버겁게 버텨야 하는 볼트가 많은 구조물은 위태하다

―「볼트」 전문

"볼트"를 사회 구성원으로 읽을 필요가 있는 작품이다. "같은 기계에서 만들어진 볼트도/저마다 성질이 다르"고 "몸통의 굵기나 키가 다르고/채워지는 나사의 종류가 다르고/감당하는 체력도 다르"듯이 사회 구성원도 마찬가지이다. 같은 부모의 몸에서 태어나 자라난 자식이라도 키나 몸무게나 체력이나 성질이 다르듯이 같은 거주지나 교육 기관이나 사회단체의 출신이라고 하더라도 각자의 성격이나 가치관이 다르다. "겉보기에는 다 그게 그거" 같지만, 이력서상으로는 동등한 배경이나 경력을 가지고 있는 것처럼 보이지만, 구성원들의 가치관이나 세계관은 제각각인 것이다.

따라서 사회 구성원으로서의 쓰임새 역시 달라야 한다. "저마다 적재적소에서/자기 내력만큼 몫을 감당"할 필요가 있는 것이다. 그렇게 될 때 사회의 조직은 견고해지고 제대로 분배가 이루어질 수 있다. 그렇지만 실제로는 공장에서 일하다가 다치거나 회사에서 해고된 경우처럼 "부러져 떨어져나간" 사람들이 많다. 파트타임, 일용직, 임시직, 계약직 등의 비정규직 신분에 속하는 노동자들처럼 "참다 참다 못 견뎌 마침내는/헤 벌어진 틈새에 끼어 기진맥진 고통스"러워 하는 사람들도 많다. 뿐만 아니라 노인이나 장애인처럼 "아예 용도를 맞추지 못해 쓸모없이 폐기되는" 사람들도 적지 않다. "볼트들이 저의 쓰임새를 버거워하는" 이와 같은 사회는 고통스럽고도 위험한 것이다.

그런데도 "빈둥거리며 놀고먹는" 사람들이 있다. 졸부처럼 빈둥거리거나 악덕 기업주처럼 노동자들의 노동력을 착취하는 자들이다. 노동자들은 살아가기 위해 어쩔 수 없이 자신의 몸을 담보로 잡히고 작업하고, 그 과정에서 상처를 입거나 심지어 폐기물 처리가 되는데 반해 사용자계급은 이자나 배당금이나 지대 등의 불로소득을 챙긴다. 사회적 배려나 분배가 제대로 이루어지지 않는 것으로, 이와 같은 모습은 다음의 작품에서도 볼 수 있다.

3

> 보다 나은 기계의 효율에 기여하기 위하여
> 보다 강력한 인간의 혹사를 강요한다
>
> 기계의 노예가 된 영혼 속에는
> 또 다른 기계가 들어와 둥지를 틀고
> 일거수일투족을 통제하는 거대한 눈에 갇혀
> 기계보다 더 기계 같은 군상들 사이에서 혼돈한다
>
> 밤새워 바치는 숨소리마저
> 기계의 정확성과 흡사하지 않으면
> 살아남지 못하므로
> 정복당한 마지막 종족처럼
> 사소한 유전인자마저 닮아가야 한다
>
> 게으름이나 시비는 절대 용납될 수 없는
> 기계끼리의 강력한 연대만이 지배하는 사회!
> 기계보다 더 기계 같은 인간들이
> 인간보다 더 인간 같은 기계를 내세워 벌이는
> 현대전이다

— 「현대전(戰)」 전문

화자의 사회 인식은 "현대전(戰)"의 발견으로 심화되고 있다. "밤새워 바치는 숨소리마저/기계의 정확성과 흡사하지 않으면/살아남지 못하"는 것이 현대인들의 실정이다. 현대인들은 자기 자신을 위해서이기는 하지만 "보다 나은 기계의 효율에 기여하기 위하여" 살아간다. 기계를 이용해 이익을 추구하는 사용자 계급을 위해 혹사당하는 것이다. 화자 역시 "기계보다 더 기계 같은 인간들이" 일거수일투족을 감시하고 통제하는 사회에 몸을 맞추기 위해 "기계의 노예가" 된다. 기계의 영혼을 소유한 존재, 자신의 목숨을 유지하기 위해 인간 가치를 버리고 기계 가치를 따르는 모순된 존재가 되는 것이다.

화자의 삶은 사용자 계급이 조종하는 기계에 의해 철저히 통제된다. "게으름이나 시비는 절대 용납될 수 없는/기계끼리의 강력한 연대만이 지배하는 사회!"에 구속되는 것이다. 그리하여 "기계보다 더 기계 같은 인간들이/인간보다 더 인간 같은 기계를 내세워 벌이는" 전쟁에 동원된다. 현대전에서는 인간이 기계를 선택하는 것이 아니라 기계가 인간을 선택한다. 인간의 세계인식이나 사회적 지위나 시대감각이나 정보 분석력이나 심지어 취미 생활조차 기계에 의해 마련된다. 인간은 기계로부터 해방되길 희망하지만 그 뜻을 이룰 수 없다. 인간의 삶의 조건이 전적으로 기계에 의해 형성되어 있기 때문이다. 따라서 인간은 기계가 강요하는 습관과 가치 기준과 계산법과 말투에 복종하느라 스스로 무너지고 만다.

> 목욕탕에서 느닷없이
> 호흡 곤란과 어지러움이 동반된
> 생의 한계가 찾아왔다
>
> 혼미한 정신 줄을 타고
> 황망히 당도한 응급실에는
> 링거로 무장한 환자들이 누워 있다

그 이후로
평소에 산소 절단기나 용접 불꽃에 자주
망가진 시력 탓인지
허망한 것들의 상이 눈에 피어나
사라질 줄 모른다
간밤 폭풍에 떨어져 나간 꽃대궁들의
뼈아픈 절명이 자꾸 눈에 밟힌다

—「편두통」 부분

　자신을 지키지 못하고 기계의 속도에 따르다보면 어느 순간 "호흡 곤란과 어지러움이 동반된/생의 한계가 찾아"오기 십상이다. 혼미한 정신으로 황망하게 응급실을 찾을 수밖에 없는 것이다. 그 이유는 기계에 비해 신체적 한계를 가지고 있기 때문이기도 하지만, 고용인의 신분에 놓여 있기 때문이기도 하다. 사용자는 불로소득을 취득할 수 있지만 고용인은 "산소 절단기나 용접 불꽃"을 가까이할 수밖에 없기 때문에 시력을 상하거나 편두통을 앓기 쉬운 것이다. 물론 고용인만이 아니라 "2007년 포브스지 선정 세계 44위/독일 내 5위의 억만장자"로 "계열사 수가 100여개가 넘고/종업원 수가 10만 명이 넘는 그룹의 총수"(「욕망이라는 이름의 열차」)도 무너질 수 있다. 자본주의의 탐욕에 주체성을 상실하면 어느 누구도 예외 없이 당할 수밖에 없는 것이다.

　서로우(Lester C. Thurow)가 『경제탐험』에서 진단했듯이 자본주의의 근본적인 속성은 탐욕이다. 자본주의는 보다 많이 소유하고 싶어 하는 사람들의 탐욕을 제도적으로 이용해서 자신의 체제를 유지한다. 또한 보다 많은 이익을 내려고 하는 사람들을 제도적으로 자극하고 유혹해서 자신의 체제를 확장한다. 따라서 자본주의는 적자생존의 원칙을 철저히 적용한다. 약자가 더욱 약해지는 것보다 강자가 더욱 강해지는 결과를 중시한다. 경쟁의 과정이 공정한가보다 그 결과가 어떠한지에 관심을 갖는 것이다. 그러므로 자본주의의 탐욕을 거절하지 못하는 사람은 결국 쓰러지고 만다. 이에 시인은 새로운 삶의 방식을 제시한다. 자본주의가 강요하는 것에 무조건 복종하지 않고 자신의 주체성을 지키고자 하는 것으로, 곧 자본주의에 대항하는 창조적 투자를 추구하는 것이다.

4

나무들도 투자한다
당장의 생계를 위해서가 아니라
보다 먼 안녕과 종족의 번성을 고려하여
충분한 나뭇잎을 틔우고
꽃을 피운다

일부는 바람이 와서 먼저 따버리고
일부는 벌레가 와서 갉아먹을 것을 고려한
확률까지 적용한다
이래저래 용하게 햇빛과 잘 융합하여
최소한의 생계에 필요한 나뭇잎이 100개라면
그는 몇 배를 더 달기 위해 잠을 줄이고
동분서주 사방으로 가지를 친다

날마다 햇빛이 잘 드는 쪽 으로 몸을 틀며
꽃을 갈무리하고
열매를 건사한다

착한 자본의 순환이다

— 「나무들의 투자법」 전문

나무들은 "당장의 생계를 위해서가 아니라/보다 먼 안녕과 종족의 번성을 고려하"여 투자한다. "바람이 와서 먼저 따버리고" "벌레가 와서 갉아 먹을 것을 고려한/확률까지 적용"해 "충분한 나뭇잎을 틔우고/꽃을 피"우는 것이다. 그리하여 나무들은 "몇 배를 더 달기 위해 잠을 줄이고/동분서주 사방으로 가지를 친다". 그리고 "날마다 햇빛이 잘 드는 쪽으로 몸을 틀며/꽃을 갈무리하고/열매를 건사한다." 화자는 나무들의 그 모습을 착한 투자법이라고, "착한 자본의 순환"이라고 본다.

이처럼 화자는 나무들의 투자법이 사람의 경우와는 다르다고 인식한다. 사람도 자신의 이익과 안정성과 전망 등을 숙고해서 투자하지만 나무들과는 근본적으로 다르다고 보는 것이다. 그 이유는 나무들의 투자는 자연이 주는 재료를 이용하는 것이지만 사람의 투자는 다른 사람의 이익을 가져오기 때문이다. 단순히 옮겨오는 것이 아니라 주지 않으려는 것을 빼앗거나 속이거나 내기를 해서 가져오기 때문이다. 따라서 한 사람이 자신의 주머니를 채우면 다른 사람은 눈물을 흘릴 수밖에 없다. 그리하여 사람들은 눈물을 흘리지 않기 위해 밤잠도 자지 않고 지식을 쌓고 정보를 수집하고 전술을 세우고 심지어 기도까지 한다. 그 결과 가진 자와 가지지 못한 자로 위계질서가 형성된다. 다른 사람으로부터는 물론이고 자신으로부터도 소외되는 지배와 피지배의 관계가 성립되는 것이다.

화자는 나무들의 그 투자법을 본받을 필요가 있다고 생각한다. 나무들 역시 투자하지만 다른 나무를 지배하거나 이용하거나 배제하는 경우는 없다. 생존경쟁을 위해 어쩔 수 없는 경우도 있지만 상대를 거꾸러뜨리는 것을 목표로 하거나 전술로 삼지는 않는다. 화자는 나무들의 투자법이 궁극적으로 사람을 살리는 것이라고 믿는다. 곧 사랑이라고 인식하는 것이다.

어떻게 들어오셨는지
남은 여름마저 몰아내려고 열어둔 창문 사이로
귀뚜라미 한 마리 아장아장
거실 안으로 뛰어든다

그냥 두면 누구의 발에 압사당할지 알 수 없으므로
밖으로 돌려보내자고 생포하기로 하는데
그는 남의 속도 모른 채
붙잡히지 않으려고 잽싸게, 애타게 달아난다
이런 것이 짝사랑일 것이다

그냥 콱 움켜잡기는 쉬운데
손아귀 속으로 귀하게 모시자니 어렵다
지금 그를 생포하는 것은
이 가을을 다 생포하는 것이므로

사력을 다해 따라다니다가
손 안에 모시는 행운을 잡았는데
혹시나 저를 해치는 손길일까
버둥대는 몸짓
고이 풀밭에 내려놓는다

이 가을을 고스란히 내려놓는다

—「귀뚜라미 생포 작전」 전문

화자는 열어둔 창문을 통해 거실로 들어와 아장아장 돌아다니고 있는 "귀뚜라미"를 잡으려고 한다. "그냥 두면 누구의 발에 압사 당할지 알 수 없으므로/밖으로 돌려보내자고 생포하"려는 것이다. 그런데 "그는 남의 속도 모른 채/붙잡히지 않으려고 잽싸게, 애타게 달아난다". 마치 "짝사랑" 같은 것이다. 그리하여 화자는 더욱 조심하며 다가간다. 그냥 움켜잡으면 "귀뚜라미"가 다칠 수 있으므로 "손아귀 속으로 귀하게 모시"려고 하는 것이다. 화자는 그렇게 "사력을 다해 따라다니다가" 마침내 "손 안에 모시는 행운을 잡았"다. 그렇지만 "귀뚜라미"는 "혹시나 저를 해치는 손길일까" 두려워하며 버둥댄다.

화자와 "귀뚜라미"는 인연의 관계로 볼 수 있다. 인연의 대상으로는 여러 가지를 들 수 있지만, 시인과 시작품의 관계로 생각할 수도 있다. 비록 상대가 알아주지 않아도 시인은 시를 자신의 운명으로 여긴다. 다른 사람이 보기에는 보잘 것 없는 상대라고 할지라도 시인은 이루 말할 수 없이 소중하게 삼는다. 그러므로 그냥 놓칠 수 없다고 여기고 "귀뚜라미"처럼 품는 것이다.

시인이 시를 쓰는 이유는 시 자체를 사랑하기 때문이기도 하지만 시의 생명력을 소중하게 여기기 때문이다. 시가 인간 가치를 품고 있다고, 즉 가지지 못하고 뿌리 뽑히고 배우지 못하고 힘없고 강요받고 내세울 것이 없는 이들을 사랑하고 있다고 생각하기 때문이다. 이는 단순한 감정이 아니라 지극히 이데올로기적인 것이다. 오웰은 『동물농장』이 정치적 목적과 예술적 목적을 하나로 융합해보려고 한 최초의 작품이었다고 고백했다. 세속적인 평가와는 상관없이 자신이 작가로서 무엇을 한 것인지 충분히 인식했다는 의미이다. "책을 쓴다는 건 고통스러운 병을 오래 앓는 것처럼 끔찍하고 힘겨운 싸움이다. 거역할 수도 이해할 수도 없는 어떤 귀신에게 끌려다니지 않는 한 절대 할 수 없는 작업이다. 아마 그 귀신은 아기가 관심을 가져달라고 마구 울어대는 것과 다를 바 없는 본능일 것이다. 그런가 하면 자기만의 개별성을 지우려는 노력을 부단히 하지 않는다면 읽을 만한 글을 절대 쓸 수 없다는 것도 사실이다. 좋은 산문은 유리창과 같다. 나는 내가 글을 쓰는 동기들 중에 어떤 게 가장 강한 것이라고 확실히 말할 수 없다. 하지만 어떤 게 가장 따를 만한 것인지는 안다. 내 작업을 돌이켜보건대 내가 맥없는 책들을 쓰고, 현란한 구절이나 의미 없는 문장이나 장식적인 형용사나 허튼소리에 현혹되었을 때는 어김없이 '정치적' 목적이 결여되어 있던 때였다."[1]

---

1) 조지 오웰, 이한중 옮김, 『나는 왜 쓰는가』, 한겨레출판, 2010, 300쪽.

오웰의 이 고백은 시인들의 시 쓰기에 시사하는 바가 크다. 적절한 시어를 찾고, 꼼꼼하고 섬세하게 묘사하고, 빼어난 비유와 유려한 문장을 만들고, 산뜻한 결말의 시를 쓰기 위해 많은 공을 들여야 하지만, 시 쓰기의 목적이 보다 중요함을 일깨워주고 있는 것이다. 시를 쓰는 것은 사랑하는 일로 지극히 선택하는 행동이다. 따라서 어느 시대나 억압하는 자와 억압되는 자가 있기 마련이므로 시인이 선택할 대상은 자명하다. 중세는 성직자들과 귀족들이 민중들을, 근대는 부르주아 계급이 프롤레타리아 계급을 억압하고 착취했듯이, 현대는 타락한 자본주의와 손을 잡고 있는 전문가 계급과 사용자 계급이 고용인들을 억압하고 있다. 물질주의며 이기주의 같은 이데올로기도 광범위하게 주입시키고 있다. 그러므로 시인이 어떤 선택을 해야 하는지는 분명한 것이다.

정원도 시인은 그 임무를 나름대로 수행하고 있다. 노동자 계급을 비롯해 억압되는 자들을 품기 위해 공을 들이고 있는 것이다. 시인은 오웰처럼 맥없는 작품이 어떤 것인지를 잘 알고 있다. 그 깨달음을 실천하기 위해 사람들뿐만 아니라 귀뚜라미며 나무까지 품는다. 우주 속에 존재하는 모든 생명체들을 최대한 살려내려고 하는 것이다. 그리하여 시인은 어떻게 쓸 것인가의 문제까지 운명으로 삼고 있다.

블루오션 공장

— 임성용의 「하늘공장」론

1

　11월 1일 : 【민주노총】 2005년 제6차 중앙위원회. 보고 안건 중 현대하이스코 투쟁 관련 기금 모금을 결정하고 원안 통과.

　11월 1일 : 【민주노총】 충주호 리조트에서 500여 명의 단위노조 대표자들이 참여하여 수련회 개최. 전 조합원 총파업 찬반투표 성사, 부산 아펙 정상회의·부시 방한 반대투쟁, 비정규직 권리보장 입법쟁취 투쟁 등 결의.

　11월 1일 : 【LG카드노조】 산업은행의 매각 추진 방식에 대해 신한금융지주와 우리금융지주의 인수 반대.

　11월 3일 : 【금속노조】 현대하이스코 비정규직 지회 교섭 타결. 지난 11일간의 목숨을 건 크레인 농성으로 노사협상의 극적인 타결.

　11월 8일 : 【철도노조】 창립기념일 60년 만에 복원.

　11월 8일 : 【KT노조】 지재식 현 위원장 당선.

11월 9일 : 【대구지하철노조】 쟁의발생 결의.

11월 10일 : 【교수노조】 서울의대 함춘회관에서 창립 4주년 기념식 및 토론회 개최.

11월 11일 : 【금속노조】 '비정규 권리입법 쟁취' 및 '노사관계 선진화 방안 저지'를 위한 총파업 투쟁에 나설 것을 결의.

11월 12일 : 【민주노총】 제25차 중앙집행위원회 및 총파업투쟁본부 제5차 대표자 회의.

11월 12일 : 【공무원노조】 공직 사회 구조조정 저지, 특별법 반대를 위한 1박 2일 총궐기 투쟁.

11월 13일 : 【민주노총】 전태일 열사 정신계승 · 비정규 권리보장 입법쟁취 · 신자유주의 세계화 반대 전국 노동자대회 개최.

11월 13일 : 【민주노총】 대방동 여성플라자에서 창립 10주년 기념행사.

11월 14일 : 【정보통신노조】 임단협 재교섭 요구 철야 농성.

11월 15일 : 【전농】 여의도에서 전국 농민대회. 경찰의 폭력 진압으로 113명 부상당했고 56명 경찰에 연행됨.

11월 15일 : 【축협중앙회노조】 농협중앙회가 '조직 개편 및 정원 조정안'을 통해 목우촌을 자회사로 분리시키려는 것에 대해 축산업 말살 정책이라며 반발.

11월 15일 : 【금속노조】 KM&I분회 노조 탄압 중단 · 용역깡패 철수 · 직장 폐쇄 철회 촉구.

11월 17일 : 【보건복지부 직협】 공무원노조 가입.

11월 17일 : 【민주노총】 제26차 중앙집행위원회 및 총파업투쟁본부 제6차 대표자 회의.

11월 18일 : 【민주노총】 부산에서 아펙 반대 집회 개최.

11월 20일 : 【전국철도노조】 2005 정기단협 투쟁 승리를 위한 철도노동자 2차 총력결의대회 개최.

11월 22일 : 【한국철도 시설공단노조】 2005년 단체협약 체결을 위한 교섭이 결렬되자 1차 시한부 파업 들어감.

11월 22일 : 【민주노총】 비정규 권리보장 입법쟁취 국회 앞 농성투쟁 돌입.

11월 23일 : 【민주노총】 비정규 권리보장 입법쟁취 결의대회. 전국 동시다발 집회.

11월 24일 : 【전농】 지난 15일 전국 농민대회에서 경찰의 폭력 진압으로 뇌를 다친 전농 보령시 농민회 전용철(44세) 사망.

11월 25일 : 【민주노총】 제27차 중앙집행위원회 및 총파업투쟁본부 제7차 대표자 회의.

11월 25일 : 【민주노총】 총파업 찬반 투표 실시 결과 64.25% 찬성.

11월 26일 : 【민주노총】 비정규 권리보장 입법쟁취와 산재법 전면 개정 쟁취 결의 대회.

11월 29일 : 【오리온전기노조】 외자유치 6개월 만에 1,300명 무더기 해고를 당한 데 맞서 외국 투기자본의 계획적 사기극에 당했다며 회사 대표와 외국 자본에 대해 손해배상 청구소송.

11월 30일 : 【민주노총】 제28차 중앙집행위원회 및 총파업 투쟁본부 제8차 대표자 회의.

2005년 11월의 노동계 상황은 어떠했을까? 민주노총이 간행한 『민주노총 10년 연표 1995~2005』를 넘겨보다가 궁금했다. 11월에 주목한 것은 나의 이 글이 11월호에 발표될 것이라는 지극히 임의적인 이유 때문이었고, 2005년에 주목한 것은 자료집의 마지막 연도이기 때문이었다. 다시 말해 최근의 노동계 상황을 알아보고 싶었던 것이다. 그 내용을 위에서 인용해 보았는데, 어떤 왜곡이나 편견을 보이지 않기 위해 자료집에 수록된 날짜들을 모두 소개했다. 다만 내용은 지면 관계상 요약·발췌했다.[1]

위의 내용을 좀 더 살펴보면 2005년 11월에 일어난 노동계의 일은 총 31건이었는데 노동조합 선거 2건, 교섭 타결 1건, 노동조합 가입 1건, 창립기념일 행사 3건 등이었다. 이에 비해 파업, 투쟁, 반대, 농성, 쟁의, 부상, 사망 등 직접적인 투쟁과 관계된 일은 24건이었다. 이렇게 보면 전체의 22%가 평화와 해결 등의 범주에 드는 일들이었고, 78%가 파업과 투쟁 등의 범주에 드는 일들이었다. 비정규직의 권리 보장과 노조 탄압에 대항하기 위한 행동이었기 때문에 지극히 필요했다고 볼 수 있다. 그렇지만 노동자들은 경찰로부터 폭력 진압을 당했고, 심지어 농민 1명이 사망하는 희생을 겪어야만 되었다.

이와 같은 일들은 노동조합에 대해 일반 대중들이 갖는 부정적인 인식을 그대로 증명해주는 것이기에 주목된다. 설문조사를 해보지는 않았지만, 일반 대중들이 노동조합에 갖는 인식은 온건, 평화, 합의, 협동, 양보 등보다도 파업, 투쟁, 반대, 농성, 쟁의 등일 것이다. 그와 같은 결과는 일반 대중들이 선입견을 가지고 노동조합을 평가한 것이라기보다 노동조합 스스로가 제공했다는 점을 인정할 필요가 있다.

그렇다고 노동조합의 활동이 잘못되었다고 말하는 것은 위험하다. 그것은 또 다른 측면에서 노동조합을 왜곡하거나 탄압하는 결과를 가져올

---

1) 전국민주노동조합총연맹 정책연구원, 『민주노총 10년 연표 1995~2005』, 민주노총, 2007, 759~762쪽.

수 있기 때문이다. 따라서 노동조합의 활동을 일방적으로 비난하기에 앞서 왜 그렇게 할 수밖에 없는지를 이해하는 것이 요구된다. 군사정부를 극복한 문민정부나 국민의 정부, 참여정부에서도 노동조합에 대한 탄압은 계속되고 있다. 뿐만 아니라 2007년 8월 현재 570만 명에 이르는 비정규직의 숫자가 그 여실한 증거이듯이 노동자들의 삶은 결코 나아지지 않고 있다. 실업률도 계속 높아지고 있고, 2007년 10월 24일부터 강원도 태백에서 진폐 재해를 입은 광부들이 무기한 단식 투쟁을 벌이고 있는 데서 볼 수 있듯이 산업재해자들에 대한 복지도 제대로 이루어지지 않고 있다. 이와 같은 상황에서 노동자들의 권익을 대변하는 노동조합이 가만히 앉아 있을 수만은 없는 것이다.

2

　노동조합의 활동은 노동자들의 생존권을 확보하는 데에 우선적인 목적이 있다. 웹(Sidney and Beatrice Webb) 부부가 『노동조합주의사』에서 노동조합의 의의에 대해 임금생활자가 노동생활의 여러 조건을 유지 또는 개선함을 목적으로 하는 계속적인 단체라고 정의한 것에서도 잘 나타나 있다. 노동조합은 노동자에 의한 노동자를 위한 단체이다. 노동자가 개별적으로 사용자와 계약할 때 유리한 조건을 확보할 수 없기 때문에 단결된 조직체가 필요한 것이다. 따라서 임금 인상, 근무조건 개선, 복지 향상, 산업재해 인정 등을 요구하는 것은 노동조합의 본분이다. 때로는 노동조합의 활동이 정치적인 행동을 벌이는 것처럼 보이기도 하지만, 그것 역시 노동자들의 생존권을 확보하기 위한 행동이다. 노동자들의 노동 조건 개선이나 지위 향상은 정치적인 차원과 깊게 연관되어 있는 것이다.

　1987년 7~9월 노동자 대투쟁 이후 조금씩 신장되어 가는 듯했던 노동자들의 생존권은 정부와 사용자의 불신과 기만으로 여전히 탄압받고 있다. 정부와 사용자는 노동조합을 동반자로서 신뢰하기보다 방해하는 대상으로 간주하고 있고, 심지어 적으로 여기고 어떻게 해서든지 와해시키려고 시도하고 있다. 파업 사업장에 공권력을 투입해 무력으로 진압하거나 노동조합의 간부들을 일방적으로 구속하고 있는 것이 그 단적인 모습이다.

그렇다면 이와 같은 상황에서 노동조합은 어떠한 대응 전략을 펼쳐야 하겠는가? 단적으로 말해서 정부나 사용자가 노동조합을 신뢰하지 않고 파괴하려고 드는 한 투쟁전략은 여전히 필요하다. 노동조합의 존립 근거가 파멸되어 가는데 그냥 보고 있을 수만은 없는 것이다. 그런데 투쟁만이 해결책이라고 볼 수 있는가? 언제까지 투쟁을 해야 된단 말인가?

노동조합의 투쟁전략을 전환할 필요가 있지 않는가? 이는 달라진 시대 상황을 반영하자는 단순한 취지가 아니라, 노동조합의 궁극적인 목적과 오랜 투쟁의 성과와 그동안 축적된 역량을 살려 앞으로의 전망을 모색하자는 것이다. 다시 말해 투쟁을 지속하면서 동시에 새로운 길을 모색하자는 제안이다. 기존의 노동조합 활동이 분배에 초점을 맞춘 것이라면 새로운 전략은 생산에 초점을 맞춘 것이다. 노동자라고 해서 생산 주체가 될 수 없단 말인가? 노동자라고 해서 사용자 계급의 이익을 분배받는 존재로만 위치해야 된단 말인가?

결국 노동자들의 의식 변화가 요구되는데, 보다 목표 지향적이고 계획적이어야 한다. 그리고 노동자들 사이는 물론이고 일반 대중들과도 연대를 추구해야 한다. 투쟁활동을 위한 연대뿐만 아니라 생산활동을 위한 연대가 필요한 것이다. 사실 생산활동을 위한 노동자들의 연대의식은 찾아보기가 쉽지 않다. 그동안 정부나 사용자의 탄압에 대항하기 위한 투쟁활동에 경주하다보니 생산활동을 추구할 기회를 제대로 가질 수 없었던 것이다. 그리하여 노동자들은 수동적이고 소극적인 존재로,

노동조합은 일반 대중들로부터 적극적인 지지를 받지 못하는 처지가 되었다. 또한 급격한 국내외의 환경 변화에 제대로 적응하지 못하고 있다. 따라서 생산활동을 위한 노동자들의 연대는 한층 더 필요한 것이다.

리프킨(Jeremy Rifkin)이 『노동의 종말』에서 진단했듯이 산업국가에서 75%의 노동력은 기계에 의해 대체될 수 있는 상황이다. 컴퓨터 사용의 확대로 인해 노동자들의 일자리는 점점 줄어들어 4명 중 3명은 언제든지 해고될 수 있는 처지인 것이다. 한국의 경우는 아이엠에프(IMF) 구제금융이라는 악조건까지 겹쳐 구조조정과 실직으로 인해 노동자들의 일자리 창출은 더욱 어렵게 되었다. 실직 노동자들은 일찍이 경험해보지 못한 일이지만 자신의 일자리로 돌아가기가 쉽지 않다. 자신의 노동에 대한 전망도 갖기가 힘들다. 따라서 배분을 요구할 자격을 가지고 있지만 요구를 달성할 수 있는 가능성은 매우 적다. 설령 이룬다고 하더라도 그것은 새로운 배분의 창출이 아니라 동료의 몫을 챙긴 것에 불과하다. 그러므로 대타적인 투쟁을 넘어서 생산활동을 위한 연대를 추구할 필요가 있는 것이다.

연대는 천체물리학을 연구하는 것보다 어려운 일일지 모른다. 오랜 시간이 걸리고 많은 숨소리들의 수축을 경험해야 되고, 긴요한 정보가 필요하다. 자기 힘의 확장을 신뢰하는 것도 요구된다. 또한 임금인상, 근로조건 개선뿐만 아니라 의식개혁과 생활개선도 필요하다. 연대의 필요성은 현실 압력에 비례해서 요구된다. 소수일수록, 여성일수록, 비전문가일수록, 밥걱정을 해야 하는 처지일수록, 나이가 들수록, 지역일수록, 노동자 문학일수록 요구되는 것이다.[2] 노동자들의 연대는 제자리를 지키는 일이다. 주체성을 가지고 노동의 역사를 만드는 일이다. 이런 차원에서 임성용의 「하늘공장」은 새롭게 읽힌다.

---

2) 맹문재, 『한국 민중시 문학사』, 박이정, 2001, 260~263쪽.

3

저 맑은 하늘에 공장 하나 세워야겠다
따뜻한 밥솥처럼 해가 뜨고 해가 지는 곳
무럭무럭 아이들이 자라고 웃음방울 영그는 곳
그곳에서 연기 나는 굴뚝도 없애고 철탑도 없애고
손과 발을 잡아먹는 기계 옆에 순한 양을 놓아 먹이고
고공농성의 눈물마저 새의 날갯짓에 실어 보내야겠다
저 펄럭이는 것들, 나뒹구는 것들, 피 흐르는 것들
하늘공장에서는 구름다리 위에 무지개로 필 것이다
삶은 고통일지라, 죽어도 추억이 되지 못하는 고통을
하늘공장의 예배당에서는 찬양하지 않을 것이다
힘없이 잘린 모가지를 껴안고 천천히 해찰하며
내일이라도 당장 하늘공장으로 출근을 해야겠다
큰 공장 작은 공장 모두 하나의 문으로 통하는
하늘공장에 가서, 저 푸르른 하늘공장에 가서
부러진 손과 발을 쓰다듬고 즐겁게 일해야겠다
땀내 나는 향기를 칠하고 하늘공장에서 퇴근하는 길
지상에 놓인 집 한 채가 어찌 멀다고 이르랴

—「하늘공장」 전문

「하늘공장」의 키워드는 '공장'이다. 공장은 근대사회의 중요한 배경이자 특성이고 또 성과물이다. 근대사회를 이끄는 원동력이고, 근대사회의 방향을 설정하는 지도이다. 공장은 자본주의를 형성시켰고 근대사회의 조직과 이데올로기를 생산했다. 공장은 그 막강한 성장으로 인해 노동자와 대등한 관계를 넘어 상하관계 또는 주종관계를 이루고 있다. 공장은 다양한 정보와 기술을 활용할 뿐만 아니라 노동자들의 노동력을 이용해 자기 이익을 점점 창출하고 있는 것이다.

그에 반해 노동자는 공장이 제시하는 수당을 거절할 수 없고, 공장이 정한 목표치를 수용할 수밖에 없다. 공장이 요구하는 출근 시간과

퇴근 시간을 지켜야 하고, 공장이 요구하는 작업복이며 안전모며 안전화를 착용해야 한다. 공장이 시키는 청소를 해야 하고, 공장이 정한 작업일지를 써야 하고, 공장이 추진하는 계획을 이행해야 한다. 공장이 요구하는 노래를 불러야 하고, 공장이 찾는 전화번호부를 구해야 하고, 공장이 지명하는 상대와 싸워야 한다.

1980년대 후반, 노동자들은 공장의 억압에 대항하고 나섰던 적이 있었다. 도시에 소재한 공장에서 일하는 노동자 수가 전체 노동자의 반을 넘어서고, 종업원 300명 이상의 공장에서 일하는 노동자 수가 전체 노동자의 반을 넘어서면서 힘을 발휘한 것이다. 물론 정치 사회의 변화에 동참하는 각성된 노동자들이 늘어났기에 가능했다. 그 결과 노동자의 이념이 공장의 이념과, 노동자의 정책이 공장의 정책과, 노동자의 목소리가 공장의 목소리와 맞섰고, 때로는 노동자의 힘이 공장의 힘을 압도하는 듯했다. 그렇지만 그것은 일시적인 현상이었고, 토대가 약한 노동자들은 다시 공장에 지배당하게 되었다.

이러한 상황이기에 노동자들에게 새로운 전략이 필요하다. 기존의 대립적이고 대타적인 투쟁보다도 생산을 추구하는 전략이 요구되는 것이다. 그 전략은 분배를 지향하는 것이 아니라 생산을 지향한다. 지금까지의 공장은 "손과 발을 잡아먹는 기계"들이 즐비하고, "삶은 고통일지라, 죽어도 추억이 되지 못하는 고통을" 안고 살아가야 하고, 심지어 노동자들의 억울함을 알릴 수 없어 "고공농성의 눈물"을 흘려야만 되는 곳이었다. 따라서 노동자들은 그 눈물을 흘리지 않기 위해 눈물을 흘리며 투쟁해 왔다. 당연하고도 숭고한 행동이라고 평가할 수 있다. 그렇지만 그 방법이 유일하거나 궁극적인 해결책이 될 수 없음을 인식할 때가 되었다.

저 맑은 하늘에 공장 하나 세워야겠다
따뜻한 밥솥처럼 해가 뜨고 해가 지는 곳

> 무럭무럭 아이들이 자라고 웃음방울 엉그는 곳
> (중략)
> 내일이라도 당장 하늘공장으로 출근을 해야겠다
> 큰 공장 작은 공장 모두 하나의 문으로 통하는
> 하늘공장에 가서, 저 푸르른 하늘공장에 가서
> 부러진 손과 발을 쓰다듬고 즐겁게 일해야겠다

시인이 꿈꾸는 공장은 노동자로서의 삶이 영위되는 곳이다. 그 공장은 따스한 해가 뜨고 지는 안온한 곳이고, 아이들이 무럭무럭 자라나는 풍요롭고 평화로운 곳이다. 굴뚝 연기가 나지 않고 철탑도 없는 깨끗한 곳이고, 손과 발을 다치지 않는 안전한 곳이다. 그리고 구름다리 위에 무지개가 피어나는 축복받은 곳이다.

시인이 공장을 지키며 유토피아를 지향하고 있다는 점은 매우 중요하다. 동구 사회주의의 몰락과 국내외 상황의 변화 이후 신자유주의가 점령하자 많은 시인들은 공장을 버렸다. 몇몇은 패배의식에 젖어 등을 돌렸고, 몇몇은 공장 자체가 더 이상 인간다운 삶을 실현할 수 없는 곳이라고 진단하고 등을 돌렸다. 더러는 깊은 산속으로 들어가거나 정신주의 세계로 침잠했고, 더러는 일상의 미학을 지향했다.

그에 비해 임성용 시인은 공장을 끝까지 사수하며 "저 맑은 하늘에 공장 하나 세"우려고 하고 있다. 더 이상 착취나 억압당하지 않는 공장을 만들려고 하는 것이다. 그것이 블루오션 공장이다.[3] 현재 존재하는 공장이 아니라 존재하지 않는 공장이다. 이미 세상에 알려진 공장이 아니라 아직 세상에 알려지지 않은 공장이다. 따라서 게임의 법칙을 따라야 할 필요가 없고, 보다 큰 점유율을 차지하기 위해 상대방들과 치열한 경쟁

---

3) 김위찬·르네 마보안, 강혜구 옮김, 『블루오션 전략』(교보문고, 2005, 5~59쪽)의 용어를 응용했다.

을 펼칠 필요도 없다. 참가자들이 늘어남에 따라 경쟁이 치열해지고 그에 따라 수익이 낮을 수밖에 없는 기존의 공장과 달리 경쟁하지 않고 새로운 이익을 창출할 수 있는 것이다.

그렇다면 블루오션 공장을 어떻게 창출할 수 있을까? 그 공장은 분명 새로운 것이지만 이전에 존재하지 않았던 것이 아니다. 과거에도 존재했고 현재에도 존재하며 미래에도 존재하는 것이다. 200년 전 음반, 항공, 통신, 석유화학 등은 거론되지 않았던 산업이지만 오늘날 중요한 산업으로 자리 잡고 있는 것처럼 블루오션 공장 역시 등장할 수 있다. 기존의 공장 안에서 만들어질 수 있는 것이다. "하늘공장에서는 구름다리 위에 무지개"가 피어날 것이라는 희망이 존재하는 한, 블루오션 공장은 세워질 것이다.

광산 노동시의 의의

1

    일제 강점기에 발표된 송영의 「교대시간」은 조선인 광산 노동자들과 일본인 광산 노동자들 사이의 싸움을 그리고 있다. 이 작품은 민족적 갈등보다도 양국 노동자들의 계급적 동맹과 통합으로 사용자 계급에 대항하는 결론을 취하고 있어 동의할 수 없지만, 광산 노동자들의 실정을 처음으로 그렸다는 점에서 의의가 크다. 송영은 1922년 일본으로 건너가 유리공장의 노동자 생활을 했는데, 귀국 후 초기 프롤레타리아 문학운동 단체인 '염군사'를 조직한 것은 물론 노동 체험을 살린 창작을 통해 노동소설의 효시를 이루었다. 제철공장의 노동자인 '김상덕'이 소시민성을 극복하고 계급적 각성을 통해 진정한 노동자로 되어가는 과정을 그린 「용광로」나, 조합을 통한 노동자의 현실 변혁을 추구한 「석공조합 대표」가 그 좋은 예이다. 조선프롤레타리아예술동맹(카프)의 작가들이 보인 한계처럼 송영 역시 주관주의로 인해 객관성을 담보하지 못하는 면을 띠고 있지만, 염상섭이나 현진건, 최서해 등과 달리 긍정적인 전망을 제시했다. 긍정적인 전망이 작품의 성과를 보장하는 것은 아니지만, 식민지 시대를 극복하려고 한 의지는 인정할 만한 것이다.

「교대시간」에서 "선녀"의 존재는 충격적이다. "선녀"란 광부들 사이에서 쓰이는 은어로 탄광 속에서 술을 파는 여자를 가리킨다. 몇 백 미터의 탄광 속에 술파는 여자가 있다……. 주점에는 위스키, 포도주, 정종, 막걸리 등 온갖 술이 있고, 과자며 고기 등의 음식물도 있다. 술파는 여자도 조선 여자, 청나라 여자, 일본 여자 등 다양하다. 정녕 믿기지 않는 일인데, 사업주는 광부들이 위험한 곳에 잘 들어가지 않으려고 하자 여자를 이용해 유혹한 것이다. 잠깐 동안의 기쁨으로 닥쳐오는 죽음을 잊게 하려는 간계였던 것이다.

이 작품에서 충격을 주는 또 다른 면은 광부들의 운명관이다. 작업을 마치고 탄광에서 나오는 광부들은 "에구, 인제는 하루는 더 살았구나."라고 인사한다. 그리고 교대해서 탄광으로 작업하러 들어가는 광부들은 "낼 아츰에 다시 살아나와 볼까?"라고 인사한다. 시커먼 얼굴에 웃음을 띤 채 역설적으로 죽음을 인사하는 광부들의 삶은 실로 슬프다.

그러한 상황에서도 민족적 차별이 있었다. 일본인 노동자들과 조선인 노동자들 사이에는 임금, 주거지, 음식물, 하다못해 승강기를 타는 것에도 차이가 존재했다. 그리하여 조선인 노동자들은 좌절과 분노를 안고 살아가고 있었는데, 마침내 폭발하고 말았다. 조선인 노동자와 일본인 노동자가 퇴근 후에 세수를 하다가 부딪힌 일이 민족 감정으로 번져 순식간에 수십 명의 사상자가 발생한 것이다.

「교대시간」은 민족적 차별에 대해 깊은 고민을 하지 못한 점이 아쉽지만, 식민지 시대의 광산 노동자들이 처한 비참한 삶을 여실하게 보여주었다. 나아가 노동자들이 집단적으로 행동할 수밖에 없는 연유를 제시해주었다. 조선 광산 노동자들의 시대적인 삶을 나름대로 반영하고 있는데, 이와 같은 면은 아직까지 제대로 고찰되지 않고 있는 광산 노동 시에서도 나타나고 있다.

1) 이청리, 『영혼 캐내기』, 사사연, 1988.

2) 박영희, 『해 뜨는 검은 땅』, 창작과비평사, 1990.

3) 이원규, 『빨치산 편지』, 청사, 1990.

4) 박세현, 『정선아리랑』, 문학과지성사, 1991.

5) 성희직, 『광부의 하늘』, 황토, 1991.

6) 임길택, 『탄광마을 아이들』(동시집), 실천문학사, 1991.

7) 정연수, 『꿈꾸는 폐광촌』, 혜화당, 1993.

8) 정연수 편, 『한국 탄광시전집』1, 2권, 푸른사상, 2007.

9) 최승익, 『휘파람소리』, 시와에세이, 2007.

위의 내용은 1980년대 이후 간행된 광산 노동시의 성과물들이다. 이외에 권혁소, 김명숙, 박대용, 박유석, 서종규, 이건청, 정영주, 정일남, 최승학, 최승호 등의 성과도 들 수 있다. 물론 김종성의 『탄』(미래사, 1988)이나 이인휘의 『활화산』(세계, 1990) 같은 소설작품과, 안재성의 『타오르는 광산—80년대 광산 노동운동사』(돌베개, 1988) 같은 보고문학, 그리고 광산 노동을 집중적으로 담은 『탄전문학』의 발간도 주목된다. 노동문학 분야에서 시가 압도적인 성과를 거둔 것은 소설이나 보고문학보다 창작 시간이나 체험 요소, 전문 학습이 덜 필요로 하면서도 대상을 폭넓게 반영할 수 있는 장르 자체의 특성과, 또 시인들이 노동운동의 차원에서 적극적으로 창작했기 때문으로 볼 수 있다.

광산 노동시의 주제 혹은 주요 관심사는 (1) 작업 상황 (2) 산업재해 문제 (3) 진폐 및 규폐 문제 (4) 임금 문제 (5) 열악한 생활 실태 (6) 노동조합 활동 (7) 석탄합리화 문제 등으로 볼 수 있다.

2

가진 것 없고 배운 것도 없고
아무런 빽도 없어 선택한 막장 인생
열심히 탄을 캐면 돈을 벌 줄 알았다
열심히 일하면 희망이 있을 줄 알았다
죽기 살기로 일하면 막장인생 벗어날 줄 알았다
하지만 도급제 노동은 그게 아니었다
땀 흘린 대가는 너무도 보잘 것 없고
회사는 안전보다 늘 생산이 먼저였다
노동조합은 한 번도 우리 편이 아니었다
공권력마저도 한통속이었다

입이 있어도 말하지 못하고
보고도 못 본 체 듣고도 모른 체
'주면 주는 대로 받고 시키면 시키는 대로 하라'
그렇게 짐승이길 강요했다 노예처럼 살라했다
짐승도 발길에 차이면 눈빛이 달라지기 마련
더 이상 참고 살 수가 없었다.
둑이 무너지듯, 활화산 불길처럼 폭발해버렸다
계엄령 서슬에 꽁꽁 얼어붙은 대한민국
지식인들은 침묵했지만 우린 무식했기에 용감했다
1980년 4월 '사북항쟁'의 역사는 그렇게 시작되었다

'인권사각지대' '안전사각지대'에 버려진 막장 인생들
지렁이도 밟으면 꿈틀하고
막다른 골목에선 쥐도 고양이를 물기 마련
우리의 투쟁은 원초적 본능이다
광산쟁이도 '사람'임을 세상 사람들에게 선언한 거다
이러한 원인과 시대상황엔 무관심한 채
누가 우리를 폭도로 내모는가?

왜 언론마다 '무법천지' '폭동'으로 진실을 왜곡했던가?

그 시절 역사의 현장에 함께했던 주역들은
고문 후유증과 생활고에 하나둘 쓸쓸히 죽어가고
사북광업소마저 폐광으로 2004년 10월 문을 닫았다
우리의 억울한 사연들도 무너진 굴 속에 묻혀버리고 마는가?
이 세상천지에
우리들의 검은 손 잡아줄 사람 아무도 없단 말인가?
이제 늙은 아버지 어머니 된 우리의 소원은
자식들 앞길 막고 평생의 한으로 남은
폭도라는 이름의 주홍 글씨
'사북사태'란 굴레에서 벗어나고 싶다
얼마 남지 않은 인생 한 줌의 흙으로 돌아가기 전에

— 성희직, 「'1980년 사북'을 말한다」 전문

1980년 4월 21일에 일어난 사북 동원탄좌 노동자들의 파업은 충격적이다. 사업주의 편에 선 경찰이 노동자들의 요구 사항을 무시한 채 강압적으로 진압하려는 바람에 노동자들이 격분했다. 노동자들을 차로 쳤고, 총을 쏘았던 것이다. 그리하여 노동자들에 의해 지서가 점령당했고, 경찰들이 몰매를 맞았으며, 어용 노조위원장의 아내가 붙잡혀 광업소 옆 게시판에 전선줄로 묶였다. 흥분한 노동자들은 어용 노조위원장의 아내에게 욕설을 퍼붓고 할퀴고 침을 뱉고 심지어 옷까지 벗기고 모욕했다.

그와 같은 일이 일어난 이유는 사업주의 가혹한 노동 강요와 임금 착취 때문이었다. "죽기 살기로 일하면 막장인생 벗어날 줄 알았다/하지만 도급제 노동은 그게 아니었다/땀 흘린 대가는 너무도 보잘 것 없고/회사는 안전보다 늘 생산이 먼저였"던 것이다. 1985년 노동부의 통계자료에 따르면 광부들의 평균 임금은 32만 5천원으로 제조업(27만원)을 제외하고는 가장 낮았다. 운수업(34만원), 도소매음식점(37만원), 건설업

(40만원), 금융업(52만원) 등에 훨씬 못 미치는 것이었다. 따라서 노동자들에게 노동을 강요하면서 임금을 착취하는 '도급제'는 우선적으로 철폐되어야 할 대상이었다.

도급제란 일명 돈내기 작업 방식이다. 작업의 성과에 따라 임금을 지불하는 것으로, 일제 강점기에 조선 노동자들의 노동력을 착취하기 위해 시행된 것이었다. 해방 후에도 여전히 적용되어 노동자들로부터 원성을 샀다. 일하는 대로 번다는 허황된 인식을 노동자들에게 심어주어 더욱 열심히 일하게 하는, 노동자들을 쥐어짜는 것 이상 아무것도 아니었기 때문이다. "일은 시키는 대로 하고/임금은 주는 대로 받아라./광산이 싫으면 그만두지/왜 말이 많아."(이청리, 「캐내기 작업 2」)라는 명령의 한 형태일 뿐이었다. 도급제 형식은 막장이 여러 개 있는 광산에서 갱 작업자에게 나눠주는 갱 도급제 또는 "갱도 도급제", 출근 조별(갑, 을, 병)로 작업량을 계산하는 방 도급제 또는 "가다 도급제", 3~5명이 한 조를 이루는 막장 도급제 또는 "마구리 도급제" 등이 있다.

노동자들이 분노한 또 다른 이유는 자신들의 처지를 이해해주는 데가 없었기 때문이다. 노동자들의 이익을 챙겨주어야 할 "노동조합은 한번도 우리 편이 아니었"고, 국민들의 기본권을 보호해주어야 할 "공권력마저도 한통속"이었다. 진보적인 인식과 양심을 가졌다는 지식인들도 침묵했다. 그리하여 노동자들은 "입이 있어도 말하지 못하고/보고도 못 본 체 듣고도 모른 체/주면 주는 대로 받고 시키면 시키는 대로 하라/그렇게 짐승이길 강요했다 노예처럼" 살아가야 하는 상황에 처해 있었다. "'인권사각지대' '안전사각지대'에 버려진 막장 인생들"이었던 것이다.

그리하여 노동자들은 더 이상 참을 수 없었다. "지렁이도 밟으면 꿈틀하고/막다른 골목에선 쥐도 고양이를 물기 마련"인 것처럼, "짐승도 발길에 차이면 눈빛이 달라지기 마련"인 것처럼 살아야겠다고 나섰다.
"광산쟁이도 '사람'임을 세상 사람들에게 선언한" 것이다.

　1980년 사북 광산 노동자들의 항쟁은 이와 같은 배경을 갖고 있었다. 노동 강요와 임금 착취, 비인간적인 대우, 어용 노조의 배신, 암행독찰대라는 정보 조직에 의한 감시, 목욕탕조차 없는 생활환경, 영세한 주거 환경, 빨래를 널 수 없는 공기 오염, 공원·도서관·박물관·전시장이 전무한 문화 환경, 즐비한 퇴폐업소, 열악한 교육 환경, 부실한 의료시설, 높은 범죄율…… 노동자들은 더 이상 비참한 생활을 할 수 없었다. 그리하여 인간답게 살기 위해 거리로 나섰고 노동조합의 결성을 추구한 것이다.

노조 속에
또 하나의 노조가 만들어졌던 날
제1노조는
노조가 엄연히 살아있는데
그게 무슨 개수작들이냐고
법적 처리를 강행했지만
막장꾼이 아닌 놈들은 노조가 아니라며
만든 막장 노조는
끌려가는 개가 되기로 했다
사장 다음으로 빽이 좋은
주둥아리 제1노조는 자꾸
임금 인상액이 몇 퍼센트냐고 물었지만
1,200명 막장 노조는
주둥아리 노조가 센가
막장 노조가 센가 해보자고
사기꾼들의 법 앞에 맨주먹을 쥐었다
하루, 이틀, 사흘……
열흘이 지나고 보름이 지나도

탄광소엔 광부가 없다
주인이라고 떠들던 놈들만 출근해
갱 입구를 서성일 뿐
한 마리가 짖어대면
덩달아 짖어대던 개들이 없다
개새끼가 되겠다고 출근을 거부한
막장 노조 앞엔
주둥아리 노조 따윈 있을 수 없다

— 박영희, 「막장 노조」 전문

광산의 어용 노조는 노동조합 위원장 선거가 대의원에 의한 간선제라는 점을 이용해 만들어졌다. 조합원들의 의견을 무시하고 금전과 주먹, 지연 등이 동원되었다. 따라서 어용 노조는 조합원들을 위해 제대로 역할을 하지 않을 뿐 아니라 오히려 방해했다. 조합원의 권익이나 권리를 확보하기 위한 노력은 하지 않고 1년에 한두 번씩 체육대회나 열 뿐이었다. 또한 거둔 조합비를 조합원들의 복지사업을 위해 사용하는 것은 전무하고 판공비나 행사비로 쓰거나, 회사 간부, 경찰, 안기부 등의 회식비나 선물 구매를 위해 지출했다. 조합원들은 생명의 위협을 무릅쓰고 막장에서 일하는 동안 노조 위원장은 사치와 향락에 젖은 생활을 한 것이다.

노동자들이 어용 노조의 퇴진을 위해 서명에 참여하거나 파업을 해도 큰 진전을 보지 못했다. 치밀한 준비를 조직적으로 갖추지 못했고, 경찰이나 회사가 어용 노조를 법과 금력으로 보위함으로써 실패할 수밖에 없었다. 타락한 노조를 퇴진시키더라도 또 다른 어용노조를 들어서게 하는 결과만을 가져왔던 것이다.

그렇지만 1987년 7~9월 노동자 대투쟁의 과정에서 많은 탄광들이 어용 노조를 퇴진시키는 데 성공했다. 6·29선언 후 전국을 강타한 파업에 동참해 "하루, 이틀, 사흘……/열흘이 지나고 보름이 지나도/탄광소엔 광부가 없다/주인이라고 떠들던 놈들만 출근해/갱 입구를 서성일 뿐"인 상황이 도래한 것이다.

1985년 3월 : 장성 석탄공사
1986년 6월 : 태백 연진탄광
　　7월 : 도계 경동탄광
　　8월 : 경북 연화광산
　　9월 : 태백 덕우탄광, 영월 흥원탄광
1987년 3월 : 태백 미성탄광
　　4월 : 태백 오성탄광
　　7월 : 어룡광업소, 동원노조, 동해광업소, 통보광업소, 한성광업소
　　8월 : 황지광업소, 호남탄좌, 대성탄좌 정선광업소, 함백광업소, 도계
　　　　　석공, 함백석공, 동해광업소, 대성탄좌 문경광업소, 동원광업소,
　　　　　장원광업소, 장성광업소, 삼척탄좌 정암광업소, 강원탄광, 동원
　　　　　탄좌 사북광업소, 경일광업소, 두정광업소, 경동탄광 이양광업
　　　　　소, 보성탄광, 석공 나전광업소, 서진탄광, 명주 효경탄광, 태영
　　　　　광업소, 강원산업, 세원탄광, 재동광업소, 자미원광업소, 동일광
　　　　　업소, 태백 서울광업진흥, 거진광업소, 묵산광업소, 홍일광업소,
　　　　　중앙탄광, 보성탄광, 서울건업, 동산탄광, 영월 서진광업소, 강
　　　　　릉 영진광업, 삼왕광업소, 성동광업소, 사북광업소, 태극광업소,
　　　　　금산탄광, 삼화광업소, 상동광업소, 신성광업소, 옥계광산, 속초
　　　　　함동연탄, 명주 효명광업소

　위에서 보듯이 광산 노동자들은 전국적인 총파업과 연대해 위력적인 투쟁을 했다. 기습적이고 기만적인 선언으로 보수 세력을 결집시키고 중산층을 와해시키는 데 성공한 정권은 노동운동을 탄압하기 시작했지만, 노동자들은 억눌린 처지를 딛고 일어선 것이다.

3

발파사고로 두 명이 죽고
돌다리 박씨의 얼굴엔 탄가루가 박혔지
오천리 조차공 이씨는 손가락 둘이 날아가고
산속골 천씨는 도끼날에 발등이 찍혔지
나도 탄 덩이에 손이 짓뭉개지고 발톱이 빠졌지만
그 누구도 다치지 않은 사람은 없었지
흉터 자리 선연한 훈장 하나쯤
달지 않은 막장꾼은 아무도 없지
이마에 얼굴에 손에 무릎에 발등에 허리에
온몸에 훈장을 달고도 우리는 비겁하게만 살았지
흉터 자리가 너무 커
행여 신체검사에 불합격이 되면 어쩌나
하루아침에 쫓겨나게 될까봐
아픈 몸 감추며 흉터 자리 애써 숨겼지
사장이 볼까 감독이 볼까
허리가 쑤셔오고 팔다리가 저려 와도
건강한 노예, 멀쩡한 종으로 살아왔지
서러운 훈장일랑 막장 어둠 속에 묻어두고
비겁하게 비겁하게만 살아왔지
자랑스럽고도 빛나는 훈장을 비겁하게만 만들었지

— 이원규, 「비겁한 훈장」 전문

1986년 동력자원부가 발간한 자료에 따르면 1976년부터 1985년까지 10년간 광산 지역에서 발생한 산업재해는 2,101명의 사망에 6만여 명의 부상이었다. 전체 부상자 중에서 4% 정도가 사망했다. 탄광을 죽음의 막장이라고 부르는 증거가 되는데, 사업주의 무리한 작업 요구 때문에 발생한 것이다. 수백, 수천 미터의 지하에서 작업하므로 40도에 이르는 지열로 인해 온몸이 땀에 젖고, 붕락 위험에 시달리고, 몇 미

터의 앞도 내다볼 수 없을 정도로 탄가루와 돌가루가 날려 호흡하기가
어렵고, 폭발 사고·운반 사고·전기 사고 등의 위험 속에서 희생된
것이다.

　노동자들은 산업재해를 입어도 신속하게 치료받거나 보상받을 길이
없었다. 사업주는 노동자들이 반항하기 힘든 점을 악용해 "도끼날에 발
등이 찍"히거나 "탄 덩이에 손이 짓뭉개지고 발톱이 빠"진 경우에 자체
공상처리 하기를 유도했다. 공상이란 업무상 재해를 입은 산재 환자를
가리킨다. 사업주는 사고의 치료비만 물어주고 나머지는 사고자 자신이
해결하도록 한 것이다. 그 때문에 노동자는 제대로 진단이나 치료를 받
거나 충분한 휴식을 취하지 못한다. "오천리 조차공 이씨는 손가락 둘이
날아"간 경우처럼 외상이 뚜렷한 사고를 제외하고는 규정 이하의 불리
한 판정을 받았다. 그런데도 노동자들은 적극적으로 보상을 요구하지
못했는데, "행여 신체검사에 불합격이 되면 어쩌나/하루아침에 쫓겨나
게 될까봐"였다. 다시 말해 일자리를 잃을지 모른다는 불안감 때문이었
다.

　광산 노동자들의 산업재해 중에서 진폐·규폐 문제는 또한 큰 아
픔이다.

　　　　장성 규폐요양소에는 나의 종질 녀석이 있다
　　　　도계탄광에서 얻은 병으로 삼 년째 있는데
　　　　사촌 형수는 미망인으로 요양비 받아
　　　　별 내색 없이 내가 찾아가면 반긴다
　　　　형수의 고운 눈썹 밑에 내가 읽을 수 없는
　　　　비밀이 있는 듯한데
　　　　토요일이면 집에 왔다가 일요일에 요양소로 간다는
　　　　종질 녀석은 내 앞에서도 술이 취한 채
　　　　개 같은 소리를 내뱉었다

규페 환자를 치료하는 약이 아직은 없다는 절망의 노래

— 정일남, 「요양소」 전문

진폐증은 광산 노동자들에게 치명적인 직업병이다. 유해한 분진을 장기간 흡입함으로써 폐에 분진이 달라붙어 호흡이 마비되는 병으로, 돌처럼 굳은 폐는 소생시킬 수 없다. 진폐에 걸리면 산소 부족으로 온몸이 허약해지고 숨이 답답해져 산소호흡기로 생명을 연명할 수밖에 없다. 그리하여 산소호흡기를 잠시라도 뗄 수 없는 부자유스러운 몸이 되어 병원에 "삼 년째 있"거나 영안실로 옮겨갈 수밖에 없는 것이다.

대개 광산에서 5년 이상 일을 하면 진폐나 규폐의 소양을 갖게 된다. 나이가 많을수록, 장기 근속자일수록, 허약할수록 발병 가능성이 높다. 광부들은 분진을 피하기 위해 마스크를 쓰지만 방진 효과를 제대로 보기 어렵다. 지하에서 작업을 하므로 숨이 차고 땀이 많이 나 마스크를 쓸 수 없는 경우도 많다.

진폐에 걸린 노동자는 항외부로 보직이 바뀌는데, 임금이 절반 이하로 줄어들기 때문에 생활이 곤란해진다. 장기간 근무한 노동자의 경우에는 퇴직금에 큰 손해를 본다. 그리하여 어쩔 수 없이 퇴직하지만, 진폐 보상금은 100일치의 임금만 지급되므로 나중에는 어쩔 수 없이 죽음의 처지에 놓이는 것이다.

4

바람을 많이 타는 탄전지대
석탄산업 합리화 돌풍은 태백지대를 휩쓸고
도계로 내려와
대방 · 삼마 · 국일 탄광을 문닫아 놓고
석공 점리갱 거목 하나를 쓰러뜨렸다.

나무에 앉았던 새들이 까닭을 묻자
— 국제 에너지 환경 변화
— 국민들의 에너지 환경 변화
— 체탄화 급증
— 인건비 대폭 상승
— 갱도 심부화로 오는 원가 부담 상승
이라며 합리화는 톱날을 다시 벼리었다.

대체산업 유치는 멀고
먹지 않고 살 수 없는 수많은 새들이
새끼 새들을 데리고 떠났다.
다시 거목의 뿌리가 흔들린다.

합리화 톱날에 쓰러졌던
태백 한성탄광의 출수(出水)가 겁이 나
그 아래 황지탄광이 문을 닫았다.
약속의 땅 전체가 흔들린다.

도계를 떠난 철새들은 돌아오지 않는다.
이제 불 보듯 보이는
석공의 흥전항·나한항 폐광
또다시 얼마나 많은 철새들이
도계를 떠날 것인가.

— 도계를 살리자
— 도계를 살리자
서식지를 잃어가고 있는 새들이
성명서 발표, 가두서명, 캠페인을 벌이고 있다.

국회의원 수 늘이기에 급한
대권 차지가 급한
높은 곳 공작새들의 귀에는

동자부·대한석탄공사의 귀에는
탄전지대 새들의 울음소리가
얼마나 가슴에 와 닿을까.

약속의 땅이 흔들린다.
갱 밖이 흔들리고 갱 속이 흔들리고
합리화의 톱날은 멈출 줄을 모르고
숲의 거목이 쓰러질 때마다
서식지를 잃은 철새들은 떠난다.
떠나서는 돌아오지 않는다.

— 김진광, 「탄전지대·5」 전문

    안재성의 『타오르는 광산』에 나타난 바에 따르면 1987년 현재 우리나라의 광산촌은 760개의 광산과 8만여 명의 광부들로 구성되어 있다. 약 60만 명이 직접 혹은 간접으로 광산에 생계를 걸고 있는 것이다. 탄전지대 중에서 태백 지대의 매장량이 남한 전체의 56%로 집중되어 있다. 업체별로는 석탄공사가 연 500여만 톤으로 전체 25%를, 나머지는 사북의 동원탄좌, 고한의 삼척탄좌, 점촌의 대성탄광 등의 민영탄광이 채우고 있다.

    태백에 광산이 개발되기 시작한 것은 1926년 일본인 광산 기사 시라키 다쿠치(素木卓工)에 의해서이다. 시라키 다쿠치는 '먹돌백이'라는 곳에서 석탄 광맥을 발견했는데, 지금의 태백시 금천마을이다. 시라키 다쿠치는 석탄 탐사를 마친 뒤 1936년 삼척개발주식회사라는 석탄 개발 회사를 세웠다. 1939년에는 강원도 철암에서 동해안 묵호까지 철도를 놓는 사업이 펼쳐져, 이 철암선의 개통으로 태백 지역에 많은 사람들이 모여들었다.

    주지하다시피 1960년대부터 정부는 수출주도형 정책을 펼쳐나갔기 때문에 에너지의 수요가 확대되었다. 정부는 석탄 개발에 관한 임시조치법을 만들어 사업주에게 소득세를 면제시키는 등 각종 특혜를 베풀어 석탄 생산을 증대시켰다. 그 결과 8개에 불과하던 민영탄광이 38개로 늘어났고, 전국에서 많은 사람들이 몰려들어 1981년에는 12만 명의 인구를 가진 태백시로 승격되었다. 나라에서 운영하는 국영탄광과 개인 사업주가 운영하는 민영탄광, 기존의 회사가 광산을 포기하거나 폐광한 것에서 이삭줍기를 하는 조광탄광 등이 있었는데, 강원산업, 삼천리산업, 동원그룹 등에서 볼 수 있듯이 민영탄광은 석탄산업을 기반으로 사업을 확장시켜 나갔다.

그렇지만 1989년 석탄합리화 정책이 발표되면서 탄광촌은 급속하게 무너졌다. "국제 에너지 환경 변화/국민들의 에너지 환경 변화/체탄화 급증/인건비 대폭 상승/갱도 심부화로 오는 원가 부담 상승" 등이 정부가 내건 명분이었다. 석탄합리화 정책으로 인해 광부들은 광산촌을 떠날 수밖에 없었다. 부상당했거나 진폐나 규폐에 걸렸거나, 마땅히 갈 곳 없는 광부들만 남아 근근이 살아가게 된 것이다.

사북 갱구 막은 자리에 카지노 간판을 달았다
카지노 불나방
탄광이냐 카지노냐
살고 죽는 확률은 마찬가지

막장으로 선택한 갱구가 닫히면서
그래도 몇이야 잭팟을 터트렸겠지

탄광은 밤을 새워 석탄을 실어 나르고
카지노는 밤을 새워 코인을 실어 나르는
탄광촌의 병방은 오늘도 막장

이마에 희미한 안전등 달고도 수만 명 죽었는데
갱도보다 삐까번쩍

> 얼마나 더 죽이자고 카지노 불빛 저 난린지
> 카지노 불나방의 눈은 점점 커지고
>
> 채탄막장이야 뺏길 것도 없이 찾아왔다지만
> 있는 것 다 뺏고도 새로운 막장으로 떠미는 카지노
> 갱도보다 더 독한 막장.
>
> — 정연수, 「카지노 불나방」 전문

“사북 갱구 막은 자리에 카지노 간판을 달”게 된 것은 지역 주민들이 정부가 대책 없이 폐광정책을 시행하는 것에 대항해서 얻은 산물이었다. 그런데 그 카지노가 지역 주민들 사이의 통합을 저해하는 주범이 되고 있다. 매년 매출액이 높아지고 이익금과 주가가 상승해 외부에서 보기에는 지역 주민들의 삶에 크게 기여하고 있는 것으로 비춰지고 있지만, 실상은 그렇지 않다. 99% 이상의 지역 주민들로 구성된 1,300여 명의 비정규직 양산이 그 단적인 예이다. 비정규직의 월평균 임금은 129만원(2006년 기준)으로 우리나라 전체 비정규직 노동자의 평균 임금인 136만원(2006년 기준)에도 못 미친다. 따라서 폐광의 아픔을 치유하고자 투쟁해서 얻어낸 노동자들의 결실은 사라졌고 또다시 굴레에 갇힌 생활을 하게 된 것이다.

강원랜드는 유일하게 내국인이 출입할 수 있는 카지노를 소유하고 있는데, 폐광 지역의 발전과 국가 경쟁력을 제고한다는 명분을 가지고 있다. 1995년 ‘폐광지역개발지원에 관한 특별법’을 제정·공포하여 카지노 건설의 근거를 마련했고, 2000년에 개장했다. 2003년에는 폐광 지역의 저소득 계층과 소외 계층에 대한 지원사업과 자활 의지를 갖는 프로그램을 개발할 목적으로 복지재단까지 창단했다. 그런데도 폐광 지역 주민들의 생활은 별로 나아진 것이 없다. 오히려 용역업체와 비정규직 노동자들과의 차별만 생겨났다. “있는 것 다 뺏고도 새로운 막장으로 떠

미는 카지노/갱도보다 더 독한 막장” 같은 사행산업이 폐광 지역에 설
립될 수 있는 근거는 열악한 주민들의 생활을 향상시키기 위한 것이었
다. 그런데도 지역 주민들은 또다시 비정규직의 굴레를 쓰고 있다. “탄
광은 밤을 새워 석탄을 실어 나르고/카지노는 밤을 새워 코인을 실어 나
르는/탄광촌의 병방은 오늘도 막장”인 셈이다.

진폐 광부들의 신문고

1

　주지하다시피 신문고란 조선시대에 실행된 것으로 백성들이 절차를 통해서도 억울한 결과를 얻었을 경우 임금에게 직접 호소하는 제도이다. 소원(訴冤)할 때 서울에서는 주무관사에 올리고 지방에서는 관찰사에 올렸는데, 억울한 결과를 얻으면 사헌부에 고할 수 있고, 그래도 억울하면 신문고를 쳐 임금에 직접 호소할 수 있었던 것이다. 그렇지만 신문고가 서울 한 곳에만 설치되어 있는데다가 이용 절차가 매우 까다로웠기 때문에 백성들에게 실질적인 효과는 없었다. 그래도 백성들은 1401년 태종이 지방 수령들의 권력을 견제하고 왕권을 강화하기 위해 설치한 신문고를 자신들이 의지할 수 있는 최후의 보루로 삼았는데, 그만큼 백성들은 인권을 제도적으로 보호받지 못하고 있었던 것이다.

　현재의 청와대 홈페이지에도 국민신문고가 개설되어 있는 데서 볼 수 있듯이 신문고는 계승되고 있다. 정부는 국민들의 민원이나 제안을 소중히 듣겠다고 신문고를 설치하고 있는데, 얼마나 활용되는지는 알 수 없지만, 그 자체가 조선시대의 상황과 같다고 볼 수 있다. 국민들이 법적인 문제이든 행정적인 문제이든 제도적 절차를 통해 해결하면 될 것인데도 불구하고 그 이상의 위치에 있는 제도를 통해 해결할 수 있는 길을 열어준 것은, 그만큼 국민들에게 억울한 일이 많음을 인정하고 있는 것이다. 그와 같은 면은 다음의 편지에서 확인된다.

대통령 각하……

저는 서울특별시 성북구 쌍문동 208번지 2통 5반에 거주하는 22살의 청년입니다. 직업은 의류계통의 재단사로서 5년의 경력을 가지고 있습니다. 저의 직장은 시내 동대문구 평화시장으로서 종업원은 3만여 명이 됩니다. 큰 맘모스 건물 4동에 분류되어 작업합니다. 한 공장에 평균 30명은 됩니다. 근로기준법에 해당이 되는 기업체임을 잘 압니다. 그러나 저희들은 근로기준법의 혜택을 조금도 못 받으며 더구나 3만여 명이 넘는 종업원의 90% 이상이 평균 연령 18세의 여성입니다. 기준법이 없다고 하더라도 인간으로서 어떻게 여자에게 하루 15시간의 작업을 강요합니까?

또한 3만여 명 중 40%를 차지하는 시다공들은 평균 연령 15세의 어린이들로서 육체적으로 정신적으로 성장기에 있는 이들은 회복할 수 없는 결정적이고 치명적인 타격을 입고 있습니다. 전부가 다 영세민의 자녀들로서 굶주림과 어려운 현실을 이기려고 하루에 70원 내지 100원의 급료를 받으며 1일 15시간의 작업을 합니다. (중략)

응당 근로기준법에 의하여 기업주는 건강진단을 시켜야 함에도 불구하고 법을 기만합니다. 한 공장의 30여 명 직공 중에서 겨우 2명이나 3명 정도를 평화시장주식회사가 지정하는 병원에서 형식상의 진단을 마칩니다. X레이 촬영시에는 필름도 없는 촬영을 하며 아무런 사후 지시나 대책이 없습니다. 1인당 3백원의 진단료를 기업주가 부담하기 때문입니까? 아니면 전부가 건강하기 때문입니까? 이것도 이 나라의 경제발전을 위해서는 어쩔 수 없는 실태입니까? 하루속히 신체적으로 약한 여공들을 보호하십시오.……

저희들의 요구는, 1일 15시간의 작업시간을 1일 10시간~12시간으로 단축해주십시오. 1개월 휴일을 2일을 늘려서 일요일마다 휴일로 쉬기를 원합니다. 건강진단을 정확하게 하여주십시오. 시다공의 수당(현재 70원 내지 100원)을 50% 이상 인상하십시오.

절대로 무리한 요구가 아님을 맹세합니다. 인간으로서의 최소한의 요구입니다.[1]

위의 편지는 1969년 11월 경 전태일이 쓴 것인데, 실제 발송하지는 않은 것으로 보인다. 전태일이 편지를 쓴 이유는 분명하다. 다름 아니라 사회적으로 인정받지 못하는 한 노동자로서 신문고를 두드린 것이다.

평화시장의 사장은 겉으로는 노동자의 보호자인 것처럼 하면서도 실제로는 노동자의 노동력을 짜낼 궁리만 하는 사람이었다. 근로기준법 따위는 아예 무시하였고, "종업원의 90% 이상이 평균 연령 18세의 여성"인데도 "하루 15시간의 작업을 강요"했다. 더욱이 "40%를 차지하는 시다공들은 평균 연령 15세의 어린이들로서 육체적으로 정신적으로 성장기에 있는"데도 불구하고 "하루에 70원 내지 100원의 급료"로써 착취했다. 일반 공무원의 평균 근무시간이 일주일에 45시간인데 비해, 15세의 어린이들이 일주일에 98시간이나 되는 작업에 시달려야 되었던 것이다.

또한 근로기준법에 의하면 기업주는 종업원들의 건강검진을 책임져야 하는 의무가 있는데도 불구하고 평화시장의 사장은 무시했다. "한 공장의 30여 명 직공 중에서 겨우 2명이나 3명 정도를 평화시장주식회사가 지정하는 병원에서 형식상의 진단을 마"쳤을 뿐이다. "X레이 촬영시에는 필름도 없는 촬영을 하며 아무런 사후 지시나 대책이 없"는 경우도 있었다. 전태일은 자신의 이익에만 몰두할 뿐 인간 가치를 망각하고 있는 평화시장의 사장에 분노했다. 그리하여 사장에게 요구 사항을 전달했는데, 뜻을 이루기는커녕 오히려 해고를 당했다. 근로감독관과 노동청에 찾아가 진정도 했지만 아무런 조치가 없었다. 전태일은 더 이상 제

---

1) 조영래, 『전태일 평전』, 돌베개, 1991, 208~210쪽.

도적으로 기대할 수 없음을 깨닫고 신문고를 치는 심정으로 대통령에게 편지를 썼다. "1일 15시간의 작업시간을 1일 10시간~12시간으로 단축해주십시오. 1개월 휴일을 2일을 늘려서 일요일마다 휴일로 쉬기를 원합니다. 건강진단을 정확하게 하여주십시오." 등을 호소한 것이다. 그것은 결코 무리한 요구가 아니라 인간답게 살아가기 위한 최소한의 요건이었다.

그렇지만 전태일은 그와 같은 요구마저 소용이 없음을 알고 있었다. 그만큼 사회의 벽은 노동자가 뛰어넘을 수 없도록 높다는 사실을 여실하게 체득하고 있었던 것이다. 그리하여 전태일은 '바보회'를 '삼동친목회'로 재조직하고 나섰다. 단순히 조직의 이름을 바꾼 차원을 넘어 비인간적인 노동 현실을 폭로하고 개선하기 위해 노동 조건의 실태를 조사하는 설문지를 만들어 돌리고, 조직을 넓혀 나가고, 집단행동을 준비한 것이다. 열악한 노동 조건을 세상에 알리기 위해 신문사에 투고도 했다. 그러나 세상은 변하지 않았다. 노동자들이 겪는 고통에 대해 사장도 근로감독관도 노동청도 그리고 하루하루 바쁘게 살아가는 사람들도 무관심했다.

전태일은 마침내 결단을 내렸다. 1970년 11월 13일 오후 1시, "근로기준법을 준수하라" "우리는 기계가 아니다"라고 온몸으로 외치며 분신한 것이다. 그런데 그와 같은 외침이 강원도의 폐광촌에서 또다시 들리는 것이다.

2

노무현 대통령님, 임기 말 국정수행에 참으로 노고가 많으십니다. 명예로운 퇴임을 진심으로 바라며 대통령님께서 잊고 계신 주요 현안 한 가지를 말씀드리겠습니다. (중략)

노동부는 2001년 9월 15일 〈진폐 환자 보호 종합대책 마련〉을 발표하며 재가 (在家) 진폐 환자들에게 '생계비 지원'을 약속한 바 있습니다. 이 조항을 노무현 대통령님 취임 이후인 2004년에 몰래 폐기해버린 것에 대해 우리 진폐 환자들은 실망을 넘어 분노와 배신감을 느끼고 있습니다.

노무현 대통령님, "우리는 산업폐기물이 아니다!" 진폐 환자들의 이러한 절규와 분노의 목소리가 들리십니까? 지금 2만 5000여 재가 진폐 환자들은 세상의 벼랑 끝으로 내몰린 절망감에 무기한 단식투쟁으로 처절한 몸부림을 계속하고 있습니다. 대한민국 정부와 국민들은 그러한 광부들의 노동 역사와 진폐 환자들을 결코 잊어서는 안 됩니다. 행여, 국민 모두가 잊어버렸다 해도 노무현 대통령님께서는 우리를 기억해주시고 도와주십시오. 임기가 끝나기 전에 이 땅에서 가장 가난하고 소외된 진폐 환자들의 현안 해결로 우리의 가슴에 큰 '희망'을 선물하여 감사의 뜨거운 박수를 받으며 명예롭게 퇴임하시기를 진심으로 기원합니다.

우리의 요구는 이렇습니다.

1. 노동부가 약속한 생활보조비(월 73만원) 지원을 바랍니다.
2. 엉터리 진폐 심사, 판정체계 개선책 마련을 바랍니다.
3. 재가 진폐 환자 유족 보상, 지급 방법 개선방안 마련을 바랍니다.
4. 진폐 환자 권익단체인 양대 진폐 협회 운영비 지원을 바랍니다.
5. 폐광지역특별법으로 만든 강원랜드가 진폐 환자 복지사업과 교육환경 개선사업에 각 50억 원씩 매년 추가지원을 바랍니다.

주웅환(한국진폐재해자협회 회장)[2]

진폐 재해자들을 대변해서 쓴 위의 편지 역시 전태일의 편지와 같이 신문고를 울리고 있다. 요구 사항들을 관련 행정기관에 여러 차례 요청했지만 수용되지 않자 마침내 대통령에게 호소하고 있는 것이다.

위의 편지에서 "노동부가 약속한 생활보조비(월 73만 원) 지원"을 촉

____

2) 『강원도민일보』, 2007. 11. 8(http://www.kado.net/news/articleView.html?idxno=338240).

구한 면에서 또 "엉터리 진폐 심사, 판정체계 개선책"을 바라는 데서 볼수 있듯이, 사회적 약자인 진폐 재해자들의 삶은 참담하기만 하다. 1969년 전태일도 열악한 임금이며 X레이 촬영시에 필름을 넣지 않고 촬영하는 것을 바로잡아 달라고 호소했는데, 그로부터 40년이 지난 지금에도 유사한 상황이 발생하고 있어 실로 충격적이다. 40년 동안 우리 사회가 변화한 정도는 가늠하기 어려운데, 진폐 재해자들의 처우는 전혀 달라진 면이 없기에 놀라운 것이다.

그렇지만 위의 편지는 감정적으로 호소만 하고 있는 것이 아니라는 점을 주목할 필요가 있다. 마치 전태일이 삼동회를 조직하고 본격적으로 평화시장의 근로조건을 개선하기 위해 나선 것과 같이 진폐 재해자들은 대통령에게 약속한 바를 지켜 달라고 강력하게 요구하고 있는 것이다. 다시 말해 "노동부는 2001년 9월 15일 〈진폐 환자 보호 종합대책 마련〉을 발표하며 재가(在家) 진폐 환자들에게 생계비 지원을 약속한 바 있"다고 환기시키며, 국정 책임자인 대통령에게 그 공약을 이행할 것을 촉구하고 있는 것이다.

진폐 재해자들이 "폐광지역 특별법으로 만든 강원랜드가 진폐 환자 복지사업과 교육환경 개선사업에 각 50억 원씩 매년 추가지원"을 요구한 면도 눈여겨 볼 필요가 있다. 폐광 지역에 내국인이 유일하게 출입할 수 있는 카지노사업이 2000년에 개설된 것은 정부의 대책 없는 석탄합리화 정책에 대해 광산촌 주민들이 강력하게 투쟁해서 얻은 성과물이다. 탄광 지역을 관광 지역으로 바꿔 지역 경제를 활성화시키고 고용 창출의 효과를 이룩하기 위해 광산촌 주민들은 대대적으로 궐기대회를 개최하고 각종 실력행사를 통해 카지노사업을 유치할 수 있었던 것이다. 그렇지만 강원랜드가 진폐 재해자들에게 기여한 바는 별로 없다. 2006년 강원랜드가 진폐 재해자 복지사업비로 지원한 것은 9천만원인데, 이를 폐광 지역 진폐 재해자인 1만 3천여 명으로 분배해보면 "1인당

6천 원짜리 국밥 한 그릇 지원"[3]에 불과한 것이 그 구체적인 증거이다. 강원랜드는 당연히 진폐 재해자들에게 적극적으로 지원에 나서야 되는 것이다.

3

요즘 들어 이런저런 생각이 많다보니 더 일찍 깨는데, 오늘은 새벽 3시 20분에 일어났습니다. 머릿속엔 앞으로 전개될 상황이 영상처럼 떠오릅니다. 사생결단의 각오이기에 결과는 '승리'가 분명합니다.

어제 태백협회 사무실에서 긴급회의가 열렸습니다. 10월 24일 오후 2시 고한읍 강원 남부 주민(주) 앞 공영 주차장에서 갖기로 한 '재가 진폐 환자 생존권 확보 총궐기 대회'를 준비하기 위한 대책회의였습니다. 그동안 정부의 정책에 대한 불만과 배신감이 커서였을까요. 진폐증의 고통과 절망이 너무 커서였을까요. 다들 강경한 발언이었습니다. 몇몇 노병의 눈에선 불꽃이 튀었습니다.

처음 생존권 확보 결의대회를 준비하던 때만 해도 이러하지 않았습니다. 그런데 지난 11일 태백 황지연못에서 가진 출정식과 서울 '광화문 결의대회'를 치르고 나서 분위기가 달라졌습니다. 톱, 도끼, 곡괭이를 들고 지하막장으로 향하던 산업전사로 돌아온 것입니다. 저승사자도 겁내지 않는 광부, 진짜 광산쟁이로 돌아온 것입니다. "우리는 산업폐기물이 아니다!"라는 분노가 우리의 마음을 엄청나게 움직이고 있습니다.

10월 24일에 갖는 '재가 진폐 환자 생존권 확보 총궐기 대회'는 고한읍 공영 주차장에서 약식 집회를 가진 후 강원랜드 호텔까지 평화행진을 합니다. 행진 도중에 갱목시위, 연탄시위로 처절한 막장의 모습을 보여줄 것입니다. 무기한

---

3) 성희직, 「사각지대에 방치된 진폐 환자들의 인권과 복지」, 『우리는 산업폐기물이 아니다』(한국진폐재해자협회 주최 정책토론회 자료집), 2007. 1~10쪽.

단식투쟁은(30일 이상) 예정대로 24일부터 시작합니다.

이제 어느 누가, 어떤 군대가 불굴의 산업 전사들을 가로막을 수 있겠습니까!
이번 전투는 폐광 지역의 가장 위대한 투쟁사로 기록될 것입니다.

— 맹문재, 「새벽 편지—성희직」 전문

위의 작품은 진폐 재해자들의 투쟁을 주도한 성희직 시인이 전해온
편지를 작품화한 것이다. 진폐 재해자들의 눈물 나는 투쟁 상황은 아래
와 같다.

· 2007년 10월 16일 : 광화문 앞에서 진폐 재해자들 궐기대회 가짐. 이후
5차례에 걸쳐 태백과 강원랜드 앞에서 700~1000명이 참여하는 대규모 집회
가짐.

· 2007년 10월 24일 : 성희직 투쟁위원장 31일간 단식 투쟁 시작. 진폐 재해
자들 하루 5명씩 릴레이 단식 투쟁에 동참함.

· 2007년 11월 29일 : 성희직 투쟁위원장 왼쪽 손가락 단지(斷指).

· 2007년 11월 30일 : 노동부에서 '진폐제도개선협의회' 구성 및 운영을 통보
해옴.

· 2007년 12월 04일 : 주응환 회장 등 투쟁 지도부 이상수 노동부 장관과 면
담. 법령 개정을 통해 요구사항들 해결하겠다고 약속 받음.

· 2008년 04월 현재 : 노사정과 전문가 10명으로 '진폐제도개선 협의회' 구성
해 매월 논의함. 협회가 요구한 5개항 의제로 선정(재가 진폐 재해자 생계보조
비 지원, 유족급여 지급요건 개선, 진폐 판정 및 장해 판정 기준 개선, 진폐 재해
자의 요양 및 통원기준 개선, 진폐 재해자 정밀 실태조사 실시)

· 2008년 05월까지 : 법령 개정안을 국회에 상정할 예정.

2007년 10월부터 2008년 5월 현재까지 진폐 재해자들이 투쟁해온 위
의 일지를 보면 신문고를 울리는 차원을 넘어선 것을 알 수 있다. 2007
년 10월 11일 태백에서 출정식을 가진 이후 진폐제도개선협의회를 구
성해 운영하고 있는 현재까지 진폐 재해자들은 모순된 제도의 개선을

위해 온몸을 던졌다. 막장 작업복 차림에 곡괭이와 톱과 도끼를 들고 사생결단의 자세로 갱목시위와 연탄시위를 펼치며 "우리는 산업폐기물이 아니다!"라고 외치며 생존권 투쟁을 펼친 것이다. 그리하여 일반 대중들로부터는 물론이고 많은 언론과 지식인들로부터 호응을 받았다. 그동안 인권과 복지의 사각지대에 방치하고 있는 진폐 재해자들의 실상을 뒤늦게나마 인지하고 개선될 수 있기를 희망하면서 동참한 것이다.

사실 광부들의 투쟁은 한국 노동운동사에서 빼놓을 수 없는 전통을 지니고 있다. 1980년 4월 21일에 일어난 사북 동원탄좌 광부들의 파업이 그 구체적인 예이다. 도급제를 내세운 사업주의 가혹한 노동 강요와 임금 착취, 암행독찰대에 의한 인권 유린, 목욕탕조차 없는 열악한 환경, 부실한 의료시설, 즐비한 퇴폐업소…… 그리고 어용 노조의 기만과 탄압에 광부들은 더 이상 참을 수 없었다. 아무리 막장 인생을 살고 있다고 하더라도 인간다움을 포기할 수는 없다고 탄광촌의 광부들은 모두 일어선 것이다.

폐광으로 인해 광산촌이 무너진 상황에서도 광부들은 그 용기를 가슴속에 품고 있다. 진폐 재해자들이 지난해 10월부터 현재까지 일치단결된 투쟁을 벌일 수 있었던 것은 그 전통을 새기고 있었기 때문이다. 5차례에 걸쳐 대규모 집회를 열고 투쟁위원장을 비롯해 진폐 재해자들이 한 달간 단식 투쟁을 벌인 것은 결코 쉬운 일이 아니다. 투쟁 과정에서 성희직 투쟁위원장이 지난 시대에 이어 또다시 왼쪽 손가락을 단지하는 희생을 겪어 안타까움이 크기만 한데, 광부들은 그렇게 전통을 계승한 것이다. 노동자가 희생되어야만 관심을 갖는 정부의 자세는 지난날의 안일한 노동정책을 여전히 극복하지 못하고 있음을 잘 보여준다.

진정 이번 투쟁의 의의는 진폐 재해자들이 자신의 권리를 추구했다는 점이다. 60대 내지 70대의 고령인 데다가 몸이 성하지 않은 진폐 재해자

들이 대규모 집회에 자발적으로 참여하고 또 단식 투쟁을 감행한 것은
세계 노동운동사에서도 찾아보기 힘들 정도로 놀라운 일이다. 그만큼
진폐 재해자들의 생존권 투쟁은 정당성을 갖는 것이었고 또 절박한 것
이었다.

4

정부는 진폐 재해자들을 보호해야 할 책무가 있다. 1960년대에 들어
서면서 경제개발 정책을 추구함에 따라 에너지의 수요가 증대하자, 정
부는 석탄 개발에 관한 임시조치법까지 발표하면서 석탄 증산을 촉구했
다. 그 과정에서 정부가 직접 혹은 간접으로 광부들의 노동력이며 삶에
영향을 끼친 것이 사실이다. 광부들에게 요구된 노동 시간이며 노동 강
도며 노동 환경이며 노동의 대가에는 정부의 정책이 분명 들어 있는 것
이다.

1988년 서울올림픽을 앞둔 정부는 국제 및 국내의 에너지 환경의 변
화, 체탄 급증, 원가 부담 상승, 인건부 부담 등을 명분으로 내걸고 새
로운 석탄산업 정책을 전면적으로 시행했다. 대도시에 아파트가 건립
되면서 청정연료를 요구하는 수요자들의 요구도 컸다. 그런데 정부가
뚜렷한 대책 없이 폐광 정책을 시행하는 바람에 탄광촌은 급속하게 무
너졌다. 광부들은 새로운 일자리를 찾아 수도권 등 다른 지역으로 떠날
수밖에 없었고, 부상당하거나 진폐 재해를 입은 광부들만 삶의 불안과
고통을 안고 폐광촌에 남게 되었다. 그리하여 1994년 12월 20일 고한
및 사북 지역에 거주하는 광부들과 지역 주민들은 위험을 무릅쓰고 핵
폐기물 처리장을 유치해 달라고까지 정부에 요구했다. 전문가들의 검
토에 의해 폐광 지역이 핵폐기물 처리장 시설을 설치하는 데에 부적합
한 것으로 판명되어 그 요구가 취소되기는 했지만, 그만큼 폐광촌에 남

은 광부들의 삶은 절박했던 것이다. 그와 같은 상황은 현재까지 지속되고 있다.

"국가의 요구에 의한 석탄 증산 정책은 탄광노동자의 노동환경과 인간적 권리를 생산의 뒷전으로 미뤘다. 석탄의 개발정책으로 인한 개강 확대, 탄광촌의 형성, 석탄합리화 정책으로 인한 대규모 폐광 등의 과정에서 드러난 산업사의 굴곡은 시사하는 바가 크다. 탄광 도시의 형성과 몰락, 노동자의 유입과 해체는 산업사회가 지닌 모순의 축소판을 보여주기 때문이다."[4] 따라서 진폐 재해를 입은 광부들에게 정부가 직접적인 책임이 없다고 할지라도 그들을 돌보아야 하는 의무를 외면할 수는 없다. 국가 발전에 기여하면서 재해를 입었으므로 정부는 진폐 환자들을 산업재해자로 인정하고 생계비 지원과 공정한 재해 판정, 그리고 요양기관 확충에 보다 적극성을 띠어야 하는 것이다.

진폐특별법에 의해 1년 이상 광산업에 종사하고 1985년 4월 1일 이후에 이직한 광부들은 진폐 검진을 받을 수 있다. 그 외의는 산재보상보호법에 의해 진폐 검진을 받을 수 있다. 이와 같은 방식으로 검진을 받은 광부들 중에 진폐증으로 진단받은 사람은 약 3만 5천명 정도로 알려지고 있다. 이 중에서 15% 수준인 약 5천명 정도가 사망한 것으로 추산된다. 따라서 지금까지 살아 있으면서 진폐증으로 진단받을 가능성이 있는 사람들의 수는 3만명 정도인데, 아직까지 정밀진단을 받지 않는 사람들이 있고, 시간이 지나면서 진폐증이 진행되어 새롭게 진단될 사람들도 있으므로, 전체 진폐 재해자 수는 늘어날 것으로 보인다.[5]

2007년 현재 '진폐의 예방과 진폐 근로자 보호 등에 관한 법률' 및 같

---

4) 정연수, 「탄광시의 현실인식과 미학적 특성 연구」, 박사학위논문, 강릉대학교 대학원 국어국문학과, 2008, 1쪽.
5) 백도명, 「진폐환자 요양관리 실태조사 및 진폐합병증 범위에 관한 연구」, 앞의 정책토론회 자료집, 18~25쪽.

은 법 시행규칙에 따르면 '활동성 폐결핵, 흉막염, 기관지염, 기관지 확장증, 기흉, 폐기종, 폐성심, 원발성 폐암, 비정형 미코박테리아 감염 등 9개의 합병증'이 일어나는 진폐 재해자에게만 전문병원의 요양이 가능한 것으로 되어 있다. 고도로 심폐 기능에 장해가 있거나 감염의 예방조치가 필요한 경우는 예외로 되어 있으나, 합병증이 수반되지 않은 진폐 재해자들은 재가 요양을 해야만 되는 실정이다. 그리하여 병원 치료 한 번 제대로 받아보지 못하고 사망한 진폐 재해자들이 많다. 진폐 재해자들이 병원 요양을 원하는 것은 심리적 위안감과 더불어 필요한 의료 서비스를 받을 수 있다는 점도 있지만, 요양 급여를 받게 되므로 가족들의 생계에 도움을 주고 또 본인의 사후에 유족 보상이 이루어지기 때문이다.[6]

그에 비해서 재가 진폐 재해자들의 경우는 그 어떤 대가도 받지 못하고 있으므로 형평성에 어긋난다. 정부는 그동안 입원 진폐 재해자들을 중심으로 정책을 펼쳤을 뿐 재가 진폐 재해자들에 대해서는 관심을 두지 않았다. 2001년 정부는 그 상황의 문제점을 인식하고 '진폐 환자 보호 종합대책'을 마련했는데, 그것마저 현재까지 시행하지 않고 있다. 재가 진폐 재해자 수가 어느 정도인지 파악조차 되지 않고 있다. 따라서 정부는 미온적인 자세에서 벗어나 진폐 재해자에 대한 정책 전반에 혁신을 이룬다는 자세로 복지와 치료에 나서야 한다. 오늘의 우리나라는 그와 같은 조치를 충분히 취할 수 있는 경제적, 정치적, 사회적 수준에 이르렀다고 볼 수 있다.

광부들에게 탄광은 삶의 유일하고도 소중한 근거지였다. 매년 200명 이상 목숨을 잃었고 500명 이상 진폐 재해자가 발생될 정도로 위험한 곳이었지만, 더 이상 나아갈 길이 없는 광부들에게는 마지막으로 안착할

6) 주영수, 「재가 진폐재해자의 건강 실태와 개선방안」, 위의 정책토론회 자료집, 5~17쪽.

수 있는 보금자리였다. 그렇기 때문에 감당해야 되는 노동이 힘들었지만 마다하지 않고 온몸으로 최선을 다했다. 그와 같은 희생이 있었기에 우리나라의 경제는 성장할 수 있었다.

이제 고통 받고 있는 진폐 재해자들에게 정부가 어떠한 조치를 취해야 하는지는 자명하다. 진폐 재해자들이 신문고를 울리기 전에 마땅한 대책을 마련하고 시행해야 된다. 진폐 재해를 입은 광부들이야말로 대한민국의 산업전사로서 대우를 받아야 하는 것이다.

절실한 광부

— 최승익의 『휘파람 소리』론

1

가공선 선로 위 눈이 내린다
산 중턱 갱구 밖 쏟아지는 눈발들
어둠에 갇힌 눈으로 눈이 부셔라.
사다리 밑 지하 갱 속에서
탄가루와 숨 막히는 지열 속에서
몸 하나 건강하여 석탄을 캐는 사람들.
인생 그늘에서 그늘로 옮겨 다닌
지주목에 목숨을 건 하루의 고된 노동
밤새워 지상에 눈 쌓인 줄 모르고.
지하 노동을 마치고 주름살에 배인
석탄 가루 비비며 얼굴 씻어낼 때
검은 얼굴 두 눈 뜰 수 없어라.
가공 삭도에도 눈이 내린다.
산 중턱 갱구로 쏟아지는 눈발들
광부가 아니면서 광부들의 삶을 알까.
흰 눈에 쌓여 눈이 부신 광부들의 땅

앞날의 약속 자랑할 수 있는 숨 쉬는 땅
우리의 모든 어둠 흰 눈에 덮이듯이.

— 「밤새 내린 눈」 전문

"광부가 아니면서 광부들의 삶을 알까"라는 구절은 '주체'의 문제를 강하게 환기시킨다. 광부만이 광부들의 삶을 제대로 알 수 있다는 '주제'를 내포하면서 진정한 주체성을 제기하고 있는 것이다. 이와 같은 면은 황톳물처럼 넘치던 1980년대 노동시의 중요한 문제이기도 했다. 노동시의 개념을 정의할 때 항상 중요하게 논의되었던 것은 주체와 주제(제재)의 문제였다. 다시 말해 노동자가 직접 창작한 시를 노동시로 보아야 한다는 견해와 창작자가 누구이든지 간에 노동 문제를 진정으로 담고 있으면 노동시로 보아야 한다는 견해가 대립되었던 것이다. 그 결과 대체로 협의적인 견해보다는 광의적인 견해가, 즉 창작자가 누구이든지보다 노동 현실이나 노동 문제를 담고 극복하려는 의지를 담은 작품이라면 노동시로 보아야 한다는 견해가 우세했다. 그렇지만 어느 누구도 주체의 측면을 경시하지 않았다. 주제가 노동시의 중요한 측면이긴 하지만 주체 역시 도외시할 수 없다고 인식한 것이다.

"광부가 아니면서 광부들의 삶을 알까"라는 토로는 주체의 문제를 보다 확장시킨다는 점에서 더욱 주목된다. 광부만을 동료로 인정하려는 배타적인 자세가 아니라 광부로서의 소외감을 절박하게 표출한 면으로 볼 수 있다. 마치 실직자가 착취 받는 슬픔보다 착취 받지 못하는 슬픔이 크다고 자신의 처지를 비관하고 있는 것처럼 광부로서 겪는 상대적 박탈감을 자조적으로 토로하고 있는 것이다.

"밤새워 지상에 눈 쌓인 줄 모르"는 채 "사다리 밑 지하 갱 속에서/탄가루와 숨 막히는 지열 속에서" "석탄을 캐"는 광부들의 삶은 "흰 눈"과 대조를 이루고 있다. "인생 그늘에서 그늘로 옮겨 다닌/지주목에 목숨을 건 하루의 고된 노동"이 부각되고 있는 것이다. 광부들에게 흰 눈이 밝음을 상징한다면 석탄을 캐는 "노동"은 어둠을 상징한다. 흰 눈이 양지라면 노동은 음지이고, 흰 눈이 따뜻함이라면 노동은 추움이다. 흰 눈이 지상이라면 노동은 지하이고, 흰 눈이 상쾌함이라면 노동은 숨 막힘이고, 흰 눈이 편안함이라면 노동은 고됨이다. 흰 눈이 풍요로움이라면 노동은 가난함이고, 흰 눈이 기쁨이라면 노동은 슬픔이고, 흰 눈이 즐거움이라면 노동은 괴로움이다. 그리고 흰 눈이 공동체적인 것이라면 노동은 소외적인 것이다.

노동자가 자신의 노동으로부터 소외받는다는 사실은 실로 중요하다. 노동의 대가를 받기 위해서 노동을 제공하는 것은 당연한 일이지만, 그것으로부터 소외당하는 결과를 얻는다는 것은 심각한 문제이다. 일찍이 마르크스가 소외의 양상으로 노동 생산물로부터의 소외, 노동 생산과정으로부터의 소외, 유적 존재로부터의 소외, 인간으로부터의 소외 등을 들었듯이, 상대적 빈곤(박탈감)인 것이다. 정부의 기획예산처 내에 양극화·민생대책위원회가 있을 정도로 상대적 빈곤은 우리 사회가 해결해야 할 큰 문제이다. 정부의 사회보장제도나 조세제도를 통한 분배정책뿐만 아니라 개인의 소득 신장을 위한 정책이 마련되어야 한다. 그와 같은 정책이 마련되어야 광산촌은 "앞날의 약속 자랑할 수 있는 숨 쉬는 땅"이 될 수 있다. "모든 어둠 흰 눈에 덮"일 수 있는 것이다.

그렇지만 현실 여건은 불리하기만 하다. 실업자며 실직자의 양산에서 볼 수 있듯이 저소득층의 소득은 좀체 나아질 기미를 보이지 않는다. 그런데도 정부의 대책은 미흡하고, 사회적 관심도 약하다. 그리하여 시인은 "광부가 아니면서 광부들의 삶을 알까"라고, 광부들의 힘든 삶을 살펴달라고 이 세상에 간청하고 있는 것이다.

2

휘어진 등허리에 갱목을 걸머진 채

하루아침 희망 남겨두고

탄 바닥에 주저앉아 바깥세상을 향해

무엇을 끝내 움켜쥐려 했는가

각주의 기울기에 이완된

척추분리현상의 몸으로 어둔 한평생

죽어서도 펴보지 못한 두 손아귀

무엇을 그예 놓지 못하고 떠났는가.

고개 들고 있는 사람들 사인을 가리기 위해

말없는 광부의 죽은 가슴 누르고

숨겨둔 가슴팍에 칼끝 대어

응결된 폐장 가르며,

남아 있는 광부들 저마다 입술 다문

주검의 영정 앞에 분향하고 분노에 찬

슬픔의 잔을 붓는다

두 눈 부릅뜬 막장 속의 시간들

광부의 몸값을 접수하기 위해 병원 뜰에서

눈물로 메마른 아내,

그의 냉동된 주검의 옷을 벗긴다.

─「규폐병동에서 5─부검」 전문

　이 시집에는 진폐(규폐) 문제를 다룬 작품이 9편이나 수록되어 또한 주목된다. 그동안 성희직과 정연수 시인이 이 문제에 많은 관심을 기울였는데,[1] 최승익 시인이 한층 더 집중 내지 확대한 것이다. 그리하여 이청리, 박영희, 이원규, 임길택, 김종성, 이인휘, 안재성, 김주일 등의 광산분야 노동문학을 당당하게 계승하게 되었다. 최승익 시인이 진폐 문

---

1) 작품론은 맹문재, 「진폐의 시학」, 『시학의 변주』, 2007, 189~205쪽.

제에 많은 관심을 기울이고 있는 것은 광부들의 피폐한 삶을 가장 잘 반영하는 상황이라고 생각했기 때문이다. 실제로 진폐 문제는 광부들의 재해 상황을 여실하게 담고 있는 것이다.

진폐 재해자들은 다른 광부들이 광산촌을 떠나는데도 함께하지 못하고 있다. 그 대신 "탄전지대 하얀 한 귀퉁이 콘크리트 5층 병동"에서 "거친 숨 몰아쉬며 살가죽만 남"(「규폐병동에서 1」)은 채 죽음을 기다린다. 산소호흡기를 통해 목숨을 이어가고 있지만 인간다운 삶을 영위하는 것이 아니기에 죽은 것과 별반 다르지 않다. 그들은 "움츠린 이 땅의 가난 한으로 헤치며/온몸으로 살아서 악착같이 이겨야 한다"(「규폐병동에서 3」)는 각오로 석탄을 캐었지만, 끝내 병든 몸이 되어 생의 마감을 기다리고 있는 것이다.

위의 작품은 "고개 들고 있는 사람들 사인을 가리기 위해/말없는 광부의 죽은 가슴 누르고/숨겨둔 가슴팍에 칼끝 대어/응결된 폐장 가르"는 모습에서 볼 수 있듯이, 규폐의증 광부로서 규폐병동에서 사망하지 않았을 때 그 죽음이 규폐인지 아닌지를 부검을 통해 확인하는 상황을 묘사하고 있다. 그리하여 "광부의 몸값을 접수하기 위해 병원 뜰에서/눈물로 메마른 아내,"가 남편의 "냉동된 주검의 옷을 벗"기는 모습은 실로 가슴 아프다. "남아 있는 광부들 저마다 입술 다문/주검의 영정 앞에 분향하고 분노에 찬/슬픔의 잔을 붓는" 상황도 마찬가지이다.

1989년 석탄산업 합리화 조치로 인해 대부분의 탄광이 문을 닫는 바람에 광부들은 새로운 삶을 찾아 떠나야만 되었다. 그런데도 진폐 재해자들은 떠나지 못했다. 그들은 숨이 차서 제대로 말을 잇지 못하는 처지이기 때문에 다른 곳에 가더라도 살아가기가 힘들다. 그러므로 살아 있을 때 치료 한 번 제대로 받아보는 것을 간절히 바라고 있다. 호흡 곤란이 점점 심해지는데도 정부는 별 이상이 없다고 진단하므로 의심할 수밖에 없고, 나아가 분노하고 좌절한다. 그리하여 마침내 집단행동을 하고 나섰다. 진폐 재해자들은 어느 누구도 자신들의 아픔을 대신해줄 수 없음을 깨닫고 강하게 주체성을 내세운 것이다.

광화문에서 활화산이 된 '프로메테우스의 후예들'

"우리는 산업폐기물이 아니다!" 세상의 막장으로 내몰린 진폐 환자들의 분노가 마침내 폭발하였다. '재가 진폐 환자 생존권 확보 결의대회'가 그것이다. 지난 11일 태백에서 출정식을 가진 진폐 환자들은 16일 오후 2시부터 서울 광화문 사거리 '동화면세점' 앞에서 600~700여 명이 참가하는 대규모집회를 가진다.

대한민국에서 진폐 환자들은 누구이던가? 전쟁터처럼 위험한 지하 막장 깊숙이 숨겨진 불(석탄)을 훔쳐, 1960~1980년대 엄동설한 국민의 등을 따뜻하게 하고 김이 무럭무럭 나는 밥과 국을 먹을 수 있도록 한 '프로메테우스(Prometheus)의 후예들'이 아니던가? 또한 대한민국 산림녹화의 주역이 아니던가?

한데 이제 대한민국도 먹고 살 만해졌다고 고려장하듯 연탄재처럼 내팽개치고 있다. 산업폐기물 취급을 하고 있다. 노동부가 2001년에 약속한 '생계비 지원'은 감감무소식이고, 진폐 판정도 엉터리다. 인권도 복지문제도 외면하고 있다. 배신감과 분노와 절망에 몸을 떨다 마침내 '사생결단'의 심정으로 광화문 사거리로 모여들었다. 앞으로 무슨 일이 벌어질지는 아무도 모른다.

이날 행사는 주응환 회장의 대회사, 민주노총 이석행 위원장 연대사, 결의문 낭독 등을 통해 진폐 환자들을 기만한 노동부를 규탄하고, 향후 인권·복지향상 대책을 강력히 촉구할 것이다. 이날 행사엔 특별한 볼거리가 있다. 광부 복장과 환자복을 입은 50여 명의 진폐 환자들이 '연탄시위'를 펼치고, 1993년 서울 명동거리에서 '갱목시위'를 벌여 당시 커다란 사회적 반향을 일으킨 성희직 전 강원도의원이 진폐 환자들과 배밀이로 처절한 갱목시위를 재현한다. 또한 노무현 대통령이 대통령 후보이던 2002년 12월 12일 사북 진폐 전문병원을 방문 중중 진폐 환자를 위문하는 대형사진을 공개한다. 이는 대통령께서 임기를 마치기 전에 진폐 환자들에 대한 특별한 관심을 호소하는 '신문고'를 울린다는 의미이다.

이 땅에서 가장 가난하고 소외된 사람들의 상징인 진폐증 환자들! 이들의 처절한 몸부림과 눈물겨운 호소를 대한민국 사회가 더 이상 외면해서는 안 된다. 2007년 10월 16일 오후 2시 광부 복장으로 광화문에 나타난 '프로메테우스의 후예들'을 대한민국이 주목해주었으면 좋겠다. 각 언론사의 특별한 관심을 호소한다.

2007년 10월 15일

한국진폐재해자협회 회장 주응환

(연락) H · P : 010—7474—6921 김상수 사무국장
011—9793—2050 성희직 투쟁위원장

위의 인용문은 2007년 10월 16일 500여 명의 진폐 재해자들이 상경하여 광화문에서 집회를 가지기 하루 전 각 언론사에 보낸 보도 자료이다. 2007년 11월 6일 현재, 강원도 태백에서는 진폐 재해자들이 10월 24일부터 단식 투쟁을 하고 있다. 추운 날씨에 몸이 온전하지 못한 사람들이 벌이는 단식 투쟁이기에 걱정되는 일이다.

정부는 진폐 재해자들을 보호해야 할 의무가 있다. 그동안 정부의 법적, 행정적 장치는 사용자가 광부들을 통제하는 데에 기여했다. 광부들이 따라야 하는 노동 시간과 노동 강도와 노동 생산성에 영향을 미친 것이다. 따라서 정부가 광부들의 재해에 대해 직접적인 책임이 없다고 할지라도 작업 환경에 영향을 미친 것이 분명하므로 책임이 있다고 볼 수 있다. 정부가 진폐 재해자들의 생계비 지원이며 직업병 판정을 공정하게 시행해야 되는 이유가 이 점에 있다. 진폐 재해자의 합병증 범위를 확대하고 요양기관의 확충과 생활보호 대책을 강구해야 되는 이유도 마찬가지이다.

백도명 서울대 대학원 산업의학과 교수의 발표에 따르면, 2005년 현재 광산에 1년 이상 종사하고 1985년 4월 1일 이후 이직한 사람들은 진폐법에 의하여 진폐 검진을 받을 수 있으며, 그 외의 경우 산재보상보호

법에 의해 진폐 검진을 받을 수 있다. 지금까지 이와 같은 방식으로 진폐증자로 진단받은 사람은 약 3만 5천 명 정도인데 이 중 15% 수준인 약 5천 명 정도 사망한 것으로 추산되고 있어, 현재 살아 있으면서 진폐증으로 진단받을 사람들의 규모는 3만 명을 약간 넘을 것으로 판단하고 있다. 이와 같은 규모의 진폐증자 수는 탄광에서 일을 하였던 노동자들 중에서 아직 진폐 정밀진단을 받지 않는 사람이 다수 있다는 점, 그리고 시간이 지나면서 분진에의 노출이 멈춘 이후에도 진폐증이 진행하여 정밀진단에서 진폐증 소견이 없었던 사람에게서도 진폐증의 소견이 새로이 진단된다는 점에서 앞으로도 계속 증대할 것으로 판단된다.[2]

2007년 현재 '진폐의 예방과 진폐 근로자 보호 등에 관한 법률' 및 동법 '시행규칙'에 따르면 진폐 소견이 있는 자에게 합병증이 병발되는 경우에 한해서만 진폐 전문병원에 요양이 가능한 것으로 되어 있다. 물론 일부 '고도의 심폐기능 장해'가 있거나 '병발증 감염의 예방 조치가 필요한 경우'와 같이 예외 기준도 제시되어 있으나, 실제로는 합병증이 수반되지 않은 진폐 환자들은 진폐증의 경중에 관계없이 재가 요양을 하고 있는 실정이다. 그러다 보니 병원 치료를 제대로 받아 보지 못하고 사망하는 진폐 재해자들도 많다. 진폐 환자들이 굳이 병원 요양을 원하는 것은 병원이라는 곳이 주는 심리적 위안감과 필요한 의료 서비스를 쉽게 받을 수 있다는 것이 가장 중요한 이유이겠지만, 또 다른 많은 경우에서는 병원에 입원함으로써 요양 급여를 보장받아 가족들의 생계에 조금이나마 도움을 줄 수 있을 뿐만 아니라 사후에도 유족 보상이 쉬워진다는 점이 중요한 이유인 것으로 파악되고

---

2) 주영수, 「재가 진폐재해자 건강 실태와 개선방안」, 『우리는 산업폐기물이 아니다』(정책토론회 자료집), 한국진폐재해자협회, 2007. 9. 19. 18쪽.

있다.[3]

　입원한 진폐 재해자의 경우 월 150~200만 원 수준의 휴업 급여와 다양한 의료 서비스를 받고 있다. 그렇지만 재가 진폐 재해자의 경우는 한 푼의 생계비 지원도 치료도 받지 못하고 있다. 그렇기 때문에 간혹 2,000~3000만 원을 써서라도 브로커를 통해 입원하려는 사람들까지 생긴다. 그만큼 입원 요양을 절박하게 희망하고 있는 것이다. 따라서 일반인이 병원에 입원하면 걱정하는데 반해 진폐 재해자가 입원하면 잘되었다고 주위 사람들이 '축하' 해 주는 이 모순된 상황을 반드시 개선할 필요가 있는 것이다.

3

예전 같은 모진 추위도 없이
무겁게 흙먼지만 뒤집어쓴 탄 무더기
한겨울인데도 연탄은 팔리질 않아
역두에 늘어선 빈 화차들
심부화된 갈증의 현장에서
지하 수천 미터 채탄막장에서
살아남기 위하여 생목숨을 걸고
뒤틀린 동발을 곧추세우며 탄을 캐내어도
역두마다 산더미 같은 비축 탄
팔리지 않는 석탄을 산지며, 공장에 쌓아두고
수입 탄 들여오는 문어발 재벌들
보란 듯 승인하는 나라님들
노다지에 들뜬 시절 옛이야기로 젖어
몇 개월씩 임금 체불한 사장님네들

3) 위의 논문, 5쪽.

부도내고 잠적해버려

밀린 간조날

쌀가마라도 타기 위해 아우성치는 행렬 속에

뼈 빠지도록 땀 흘린 대가는 10년 전이나

지금이나 죽은 목숨 같고

인입되지 않는 고통의 출발선에서

어린 자식들에게 가난 물려주지 않으려

이 검은 땅 떠나질 못하고

이제껏 살아 왔건만

부존자원 빈약한 이 땅에서

혁명의 대열에 온몸으로 불태운

산업은 이제 더는 갈 곳 없는

폐광 정책으로 변하여

광부들의 한숨 뒤엔

이리 밀리고 저리 밀려도

다가올 그날 위해

목숨을 건 약속 남아 있는데

광부들의 실낱같은 터전도

온몸으로 버텼던 죽음의 고비도

규폐로 썩은 가슴 안고 떠나야 하나

광부들의 봉급 두 배로 올려주마

막장에서 유세한 공약도

오늘 엄연한 빈 공약으로 끝날 뿐

죽지 않기 위해 목숨을 걸고

예까지 온 막장인데

주름 늘어진 짐 보따리 들고

자식들 앞세우고

이제 어디로 가야 하나

어디가 인생 막장이던가 나라님들

알량한 몇 개월분 퇴직금의 명분 아래

석탄합리화 사업이란.

— 「저탄장에서—석탄합리화 사업 1」 전문

국내의 석탄 생산은 1980년대 말 절정에 이르렀으나 국민들의 소득 향상에 따라 청정에너지를 선호함으로 인해 소비가 급격히 줄어들었다. "무겁게 흙먼지만 뒤집어쓴 탄 무더기/한겨울인데도 연탄은 팔리질 않아/역두에 늘어선 빈 화차들"이 탄광 지역을 지키게 되었다. 수천 미터의 지하 막장에서 생목숨을 걸고 탄을 캐내어도 "역두마다 산더미같"이 쌓아두어야만 하는 상황이 된 것이다. 그리하여 광부들은 "쌀가마라도 타기 위해 아우성치는" 형편에 놓이게 되었다. 그런데도 "수입탄 들여오는 문어발 재벌들/보란 듯 승인하는 나라님들"과 같이 빠른 처세가 넘쳤고, "몇 개월씩 임금 체불한 사장님네들/부도내고 잠적해버"린 경우처럼 비양심이 판을 쳤다.

다른 한편 석탄의 채굴은 점점 지하로 내려가야 했기 때문에 비용이 높아지게 되었다. 소비는 감소되는 데에 비해 생산비가 늘어나게 되어 경영이 악화된 것이다. 또한 지구 온난화를 방지하기 위해 국제적으로 화석연료에 대한 규제가 강화되기 시작했고, 자원보호의 필요성도 논의되었다. 그와 같은 상황으로 인해 석탄산업 합리화에 대한 필요성이 제기되었고, 정부는 동력자원부 광무국 내에 석탄산업화사업단을 발족하고 합리화 정책을 본격적으로 시행해 나갔다. 석탄 생산량의 적정화와 연탄 가격의 안정화, 그리고 폐광 신청을 받기 시작한 것이다.

그렇지만 정부는 석탄합리화 사업의 시행과 병행하여 대체산업을 육성하지 않았고, 광부들의 생활대책을 마련하지 않았다. 일방적인 추진에 의해 폐광이 진행되었을 뿐 광부들을 위한 배려나 보호 조치는 없었다. 그렇기 때문에 광산촌은 급속히 폐허의 땅으로 변해갔다. 도시로 나간 광부들도 특별한 기술도 없고 나이가 들었기 때문에 제대로 적응하지 못하고 또 다른 빈민층으로 전락할 수밖에 없었다. 그리하여 생존권

위협을 느낀 광산촌 주민들은 궐기대회를 대대적으로 개최하고 정부의 대책을 촉구했다. 심지어 핵폐기물 처리장 시설을 유치해 달라는 건의서를 정부에 발송하기까지 했다. 그만큼 광산촌 주민들의 생존권은 절박했던 것이다. 1995년 2월부터 주민들은 제2의 사북사태를 불사한다는 구호를 내걸고 투쟁했다. 5천여 명에 이르는 주민들이 사북역과 읍사무소로 몰려가 점거를 시도했던 것이다.

1980년 4월에 발생한 사북 광산 노동자들의 파업은 동시대 노동운동의 진원지로 평가받을 정도로 충격적인 일이었다. 저임금과 과도한 노동, 인권 유린, 진폐 문제를 포함한 각종 산업재해, 열악한 생활환경, 그리고 어용노조에 시달려온 노동자들이 분노하여 폭동으로 확대되었는데, 광산촌 주민들은 그 파업을 거울로 삼고 나선 것이다. 1995년 3월 3일, 주민들이 목숨을 내걸고 투쟁한 결과 정부는 광산촌을 위한 폐광지역개발지원특별법(폐특법)을 제정하는 등 주민들의 요구를 대부분 수용했다. 2000년 10월 28일, 그 일환으로 국내 유일의 내국인 출입이 가능한 카지노 사업장도 들어서게 되었다.

그러나 광산촌 주민들에게 실질적인 배분은 크지 않았다. 수십 년간 광부들의 희생에 대한 보상 차원으로 생긴 카지노 사업이 황금알을 낳고 있지만 복지재단 사업비를 삭감하는 경영을 하고 있는 것이 그 단적인 예이다. 강원랜드가 2006년도에 진폐 재해자 복지사업에 지원한 사업비는 9천만 원인데, 폐광 지역 진폐 재해자인 1만 3천여 명에 분배해 보면 "1인당 6천 원짜리 국밥 한 그릇 지원이 전부인 셈이다."[4] 이와 같은 현실에서 광부들은 "죽지 않기 위해 목숨을 걸고" 들어온 막장이었지만, "주름 늘어진 짐 보따리 들고/자식들 앞세우고" 떠나야만 되었다. "이제 어디로 가야 하"는지, 피난민 같은 심정으로 수도권이나 위성도

---

4) 성희직, 「'사각지대'에 방치된 진폐환자들의 '인권과 복지'」, 위의 자료집, 8쪽.

시로 일자리를 찾아 떠나야만 된 것이다.

　광부들에게 탄광은 삶의 절대적인 근거지였다. 목숨을 잃을 정도로
위험한 곳이었지만, 더 이상 나아갈 곳이 없는 광부들에게는 기댈 수 있
는 종착지였다. 그렇기 때문에 감당해야 되는 노동이 분명 억압받는 것
이었지만 마다하지 않고 최선을 다했다. "어린 자식들에게 가난 물려주
지 않으려"는 희망으로 막장생활을 기꺼이 한 것이다. 그런 광부들이 자
신의 작업장을 사수하지 못하고 쫓겨 가야 하는 심정은 피난민의 경우
와 다름없다고 볼 수 있다.

하루를 별빛 사이로 걸어가 달빛 받으며
하루를 조바심하던 가족의 품에 꼬꾸라지던 사내 하나
어둑새벽 베란다 타들어가는 연기 사이로
멀리 도는 가까이 꺼지지 않는 번영의 꼬리들
이웃집 담 너머 핀 개나리 꽃 보듯이 섰다.
서울역 지하도에서 서소문 공원 용산역에서
무너져버린 저 아우성을 남의 일처럼 살더니만
주인 잃어버린 차가 늘어갈 때
그 또한 세차게 몰아치는 바람벽에 난간 없이 서 있다
학교 간다 하며 돌아오기 싫어하는 아이들과 사내 대신 일 나간
아내가 없는 빈자리 약수통을 걸치고 계단을 내려선다
개나리꽃은 무리지어 피어날 때 아름다운 거라 중얼거리며

— 「약수 뜨러 가는 남자」 전문

　주지하다시피 1960년대 이후의 경제개발 정책으로 인해 공업화와 도
시화가 진행되면서 이농현상이 격화되었다. 여러 면으로 인구 분산 정
책과 농업 정책을 시행했으나 도시화의 진행 속도를 제어할 수 없었기
때문에 별 실효를 거두지 못했다. 특히 수도권 지역의 인구 이동이 두드
러졌는데, 그에 따라 주택난, 교통난, 직업난 등은 피할 수 없었다. 석탄
합리화 사업에 따라 광산촌을 떠난 광부들의 경우가 특히 그러했다. 그

이전에 이주한 농어민들 역시 일자리를 갖기가 어려웠지만, 경제개발 정책에 따른 기회가 광부들에 비해서는 상대적으로 많았다고 볼 수 있다. 그것은 1980년대 후반 이후 제조업의 변화에 따라 광공업의 비율이 감소한 사실에서도 알 수 있다. 1980년 후반부터 국내의 산업은 섬유·신발 등의 노동집약적 산업에서 자동차·전자 등의 기술집약적 산업으로 이행하면서 미숙련공의 수요가 감소하고 숙련공의 수요가 증가하였다. 특히 이러한 수요의 변화는 1987년 제조업에서 임금인상이 있은 이후 고임금에 따른 노동집약적 산업의 퇴조 속도가 빨라지면서 더욱 두드러졌다.[5]

광산촌을 떠난 광부들의 어려움은 1997년 정부가 아이엠에프(IMF)에 구제 금융을 신청하면서 더욱 컸다. 아이엠에프에 구제 금융을 신청함으로써 엄청난 실업과 불경기 그리고 구조조정에 시달려야 했기 때문에 일자리를 구하기란 전쟁터를 헤쳐 가는 것만큼이나 힘들었다. 단순히 외환 부족이라고 하지 않고 아이엠에프 사태, 아이엠에프 한파, 아이엠에프 통치라고 부른 것은 그 엄청난 고통을 여실하게 상징한다고 볼 수 있다.

아이엠에프 사태의 근본적인 책임은 광부들과 같은 노동자 계급에 있지 않고, 외환을 만지거나 써서 고갈시킨 위정자들과 재벌과 은행 등에 있다. 외환을 가져오거나 가져오게 만들거나 직접 쓴 그들이 전적으로 책임을 져야 하는 것이다. 그런데도 실제로는 광산촌을 떠난 광부들 같은 서민들이 더 큰 고통을 겪어야 되었다. "서울역 지하도에서 서소문 공원 용산역에서/무너져버린 저 아우성을 남의 일처럼" 여겼는데 "그 또한 세차게 몰아치는 바람벽에 난간 없이 서 있"어야 하는 처지가 된

---

5) 이건, 「경제활동인구와 고용의 변화」, 『한국사회 50년』(홍두승 편), 서울대학교출판부, 1997, 207쪽.

것이다. 또한 "학교 간다 하며 돌아오기 싫어하는 아이들과 사내 대신 일 나간/아내가 없는 빈자리 약수통을 걸치고 계단을 내려" 설 수밖에 없게 되었다. "개나리꽃은 무리지어 피어날 때 아름다운" 것임을 알고 있지만 어떻게 해볼 수 없어 그저 '중얼거리'기만 하는 형편에 놓인 것이다.

〈우리의 요구〉

1. 재가 진폐 환자 '생활보조비' 약속 하루속히 이행하라.

노동부는 2001년 9월 15일 '진폐 환자 보호 종합대책 마련'이란 보도자료를 통해 생활보조비 지원을 약속한 바 있다. 그러고도 6년이 지난 현재까지 감감무소식이다. 하여, 재가 진폐 환자들에게 월 73만 원 수준(2인 가구 최저생계비)의 지원을 강력히 요구한다.

2. 진폐 환자 '장해 심사' 공정한 판정을 촉구한다.

최만철(71세)의 경우 2006년 원진재단 부설 녹색병원에서 진폐증과 기관지확장증이란 병명에 〈진폐 병형이 2형에 합당하는 진폐 결절이 관찰된다〉는 의사 소견에도 불구하고 노동부에서 '정상' 판정을 받았다. 또 진폐증은 불치병임에도 수년 전에 5급 판정을 받은 사람이 재심사에서 9급을 받은 경우도 있다. 이런 일이 비일비재하다 보니 진폐 판정에 대한 불신과 불만이 팽배한 실정이다. 엉터리 진폐증 판정기준을 보완할 개선책을 마련하라.

3. 재가 진폐 환자 '유족 보상' 지급 방법 개선하라.

2005년 '진폐 판정 브로커 개입 사건'으로 부검이 중단된 이후 재가 진폐 환자들은 사망하더라도 대부분 유족 보상을 못 받고 있다. 노동부가 약속한 바대로 교통사고와 익사인 경우를 제외한 재가 진폐 환자의 사망시 전원 유족 보상금 지급하라.

4. 3만여 진폐 환자 권익단체의 건전 운영을 적극 지원하라.

정부로부터 사업비 명목으로 운영비를 지원받는 전국 단위 사회단체, 관변단체가 상당한 것으로 알고 있다. 대부분 회원들의 경제 능력이 충분한 단체들이다. 진정 정부 지원이 절실한 곳은 가난하고 소외된 3만여 진폐 환자들의 권익을 대변하는 진폐협회 같은 곳이다. 정부는 양대 진폐협회의 건전 운영을 적극 지원하라.

5. 강원랜드는 진폐 환자 복지사업을 적극 지원하라.
도박을 금지한 나라임에도 정부가 내국인 카지노 사업을 허용하는 특별법을 제정해준 이유가 무엇이었던가? 바로 지난 수십 년간 광부와 진폐 환자들의 엄청난 희생과 수고에 대한 보상차원의 정책적 배려였던 것이다. 그러한 만큼 강원랜드는 폐광 지역 소외 계층을 위한 사회공헌 사업비를 대폭 늘여야 한다. 진폐 환자 복지사업, 교육문제 해결에 매년 50억 원 추가 지원하라.

위의 내용은 2007년 10월 11일 진폐 재해자들이 노동부 장관에게 보낸 요구 사항이다. 이제 정부의 역할은 분명하다. 그동안 정부는 법적, 행정적 장치를 통하여 광부들에게 경제개발에 기여하는 노동을 요구했다. 노동 시간, 노동 강도, 노동 조건, 노동 생산성 등에 영향을 미치는 정책을 펼친 것이다. 그것이 광부들의 진폐 재해며 실업을 유발하는 요인이 되었다고 볼 수 있다. 따라서 정부며 사회는 재해자들의 생계비 지원은 물론이고 다양한 보호정책을 펼쳐야 한다. 최승익 시인이 광부로서 광부들의 힘든 삶을 절실하게 그린 시들에도 귀 기울일 필요가 있다.

제4부

진정 시인의 시들은 박물관이나 전시관같이 특수하거나 폐쇄된 장소에 있는 대상이 아니라 하루하루의 삶이 영위

이 토대를 이루고 있다. 박물관이나 전시관에 옮겨지기 이전 혹은 옮길 만한 가치가 없다고 여겨지는 일상들을 작품의 지배

소(支配素)로 삼고 있는 것이다. 예외적인 것이나 특수한 것이 아니라 지극히 일반적이고 평범한 일상들…… 그 일상들이 시인의 작품에

봉급생활자들의 권법

1

어느덧 회사 밖에서는 쾌활하고 적극적이지만 회사에서는 우울하고 무기력한 모습을 띠는 증상의 신조어인 '회사 우울증'이 지배하는 시대가 되었다. 사회의 언어가 시대인들의 삶을 반영하는 거울이라면, 봉급생활자들이 직장생활을 힘들어함을 알 수 있는 것이다.

현대사회의 봉급생활자들이 '회사 우울증'을 앓고 있는 이유는 개인마다 다르겠지만 직장의 환경에 제대로 적응하지 못하기 때문으로 볼 수 있다. 회사의 환경이란 철저히 성과주의를 목표로 삼고 있으므로 봉급생활자는 한 구성원으로서 기여해야 하는데, 그것이 쉽지 않다. 주어진 목표를 달성했다고 하더라도 한 번의 이벤트로 끝나는 게 아니라 지속적으로 요구되는 것이므로 끝내 이룰 수가 없다. 그렇지만 회사는 그와 같은 구성원의 상황을 참작하거나 배려해서 감싸주지 않는다. 회사는 자기 이익을 우선적으로 내세우는 자본주의의 분신이기 때문에 오직 성과주의를 지향한다. 그러므로 한 개인은 충성심을 가지고 회사의 업무를 수행하지만 힘겨워할 수밖에 없다. 회사를 그만두고 싶어도 실행하기란 쉽지 않다. 경제적인 차원의 이유 때문이기도 하지만 자신의 존재성을 발휘할 수 있는 곳이 많지 않기 때문이다.

　실제로 봉급생활자들의 고용 조건은 심각한 형편이다. 전 세계의 금융 위기며 국내 경기의 침체, 회사의 구조조정 등으로 인해 점점 일자리가 줄어들고 있다. 봉급생활자들이 회사의 업무에 스트레스를 받으면서도 악착같이 자신의 일을 붙잡으려고 하는 이유가 그 때문이다.

이른 아침 6시부터 밤 10시까지 하루도 빠짐없이
그는 의자 고행을 했다고 한다.
제일 먼저 출근하여 제일 늦게 퇴근할 때까지
그는 자기 책상 자기 의자에만 앉아 있었으므로
사람들은 그가 서 있는 모습을 여간해서는 볼 수 없었다고 한다.
점심시간에도 의자에 단단히 붙박여
보리밥과 김치가 든 도시락으로 공양을 마쳤다고 한다.
그가 화장실 가는 것을 처음으로 목격했다는 사람에 의하면
놀랍게도 그의 다리는 의자가 직립한 것처럼 보였다고 한다.
그는 하루종일 손익관리대장경(損益管理臺帳經)과 자금수지심경(資金收支心經) 속의 숫자를 읊으며
철저히 고행업무 속에만 은둔하였다고 한다.
종소리 북소리 목탁소리로 전화벨이 울리면
수화기에다 자금현황 매출원가 영업이익 재고자산 부실채권 등등등을
청아하고 구성지게 염불했다고 한다.
끝없는 수행정진으로 머리는 점점 빠지고 배는 부풀고
커다란 머리와 몸집에 비해 팔다리는 턱없이 가늘어졌으며
오랜 음지의 수행으로 얼굴은 창백해졌지만
그는 매일 상사에게 굽실굽실 108배를 올렸다고 한다.
수행에 너무 지극하게 정진한 나머지
전화를 걸다가 전화기 버튼 대신 계산기를 누르기도 했으며
귀가하다가 지하철 개찰구에 승차권 대신 열쇠를 밀어 넣었다고도 한다.

이미 습관이 모든 행동과 사고를 대신할 만큼
깊은 경지에 들어갔으므로
사람들은 그를 "30년 간의 장좌불립(長座不立)"이라고 불렀다 한다.
그리 부르든 말든 그는 전혀 상관치 않고 묵언으로 일관했으며
다만 혹독하다면 혹독할 이 수행을
외부압력에 의해 끝까지 마치지 못할까 두려워했다고 한다.
그나마 지금껏 매달릴 수 있다는 것을 큰 행운으로 여겼다고 한다.
그의 통장으로는 매달 적은 대로 시주가 들어왔고
시주는 채워지기 무섭게 속가의 살림에 흔적 없이 스며들었으나
혹시 남는지 역시 모자라는지 한번도 거들떠보지 않았다고 한다.
오로지 의자 고행에만 더욱 용맹정진했다고 한다.
그의 책상 아래에는 여전히 다리가 여섯이었고
둘은 그의 다리 넷은 의자다리였지만
어느 둘이 그의 다리였는지는 알 수 없었다고 한다.

— 김기택, 「사무원」 전문

"그"는 봉급생활자로서 "이른 아침 6시부터 밤 10시까지 하루도 빠짐 없이" "의자 고행을" 하고 있다. "제일 먼저 출근하여 제일 늦게 퇴근"하고, "자기 책상 자기 의자에만 앉아 있"을 정도로 업무에 매달린다. 점심도 저녁도 의자를 떠나지 않고 집에서 싸온 도시락을 먹고, 화장실에 갈 때나 자리에서 일어선다. "전화를 걸다가 전화기 대신 계산기를 누르기도" 하고, "귀가하다가 지하철 개찰구에 승차권 대신 열쇠를 밀어 넣"기도 한다. 그러면서도 과중한 업무에 대해 불평이나 불만을 토로하지 않고 "지금껏 매달릴 수 있다는 것을 큰 행운으로 여"기고 있다.

시인이 한 봉급생활자의 직장생활을 위와 같이 아이러니컬하게 묘사하고 있는 이유는 무엇일까? 그것은 일밖에 모르는 그를 공격하기보다는 그를 부리고 조종하는 회사며 그를 둘러싸고 있는 사회를 비판하기 위해서이다. 그리하여 시인은 봉급생활자로서의 그의 상황을 서사적으

로 이야기하면서도 감정에 치우지지 않고 있다. 정서적인 차원보다도 분석적이고 객관적인 태도를 견지하고 있는 것이다.

시인은 강자인 회사보다 약자인 봉급생활자를 보다 소중하게 여기고 있다. 다시 말해 봉급생활자의 인간적 가치가 회사가 추구하는 물질적 가치보다 소중하다고 생각하는 것이다. 그리하여 시인은 약자인 봉급생활자가 강자인 회사를 이기는 전략으로써 독자들과의 연대를 추구하고 있다. 에이런(Eiron)의 열악한 상황을 고발하면서 그를 억압하는 알라존(Alazon)을 공격하고 있는 것이다.

그렇지만 시인은 승리할 수 없다. 시인의 전략보다도 회사의 전략이 단수가 높기 때문이다. 그것을 독자들은 인정하고 있다. 그리하여 시인이나 독자나 봉급생활자는 몸을 낮춘다. 공격을 포기한 것이 아니라, 공격할 수 있는 기회를 엿보며 권법을 연마하는 것이다. "그"가 아침부터 밤늦게까지 '고행권(苦行拳)'을 수행하듯이 다른 봉급생활자들도 각자의 권법을 연마하고 있는 것이다.

2

권법 없이 산다는 건 쉬운 일이 아니다
이곳에는 사람 수만큼의 권법이 있다
익히더라도 강한 것을 익혀야 산다
나는 당랑권을 택했다
매미를 잡아먹는 사마귀의 전술이다

상대와 마주섰을 땐 늘 중심을 뒤에 두고
정면이 드러나지 않도록 하라
그래야 혈을 지킨다
사각(死角)으로 돌다가!
연속적인 단타로 급소를 파고든다

그의 반격을 받아흘리며
쉼없는 상하연타를 구사해
승부를 몰아간다
나는 여기서 당랑권을 익혔다
강하게 파고들었다가
빠르게 빠져나오는
고수들을 보며 익힌 권법이다
그들은 누구에게도 붙잡히지 않고
아무도 사랑하지 않는다
이것이 당랑권이다

— 윤성학, 「당랑권 전성시대」 전문

'당랑권(螳螂拳)'은 "매미를 잡아먹는 사마귀의 전술"이라는 시인의 소개가 있듯이 먹이를 잡는 사마귀(당랑)의 빠른 손동작을 모방한 중국 권법의 한 가지이다. 사마귀는 매우 공격적인 곤충으로 자신보다 작은 상대뿐만 아니라 개구리나 도마뱀같이 자신보다 큰 상대도 잡아먹는다. 사마귀가 큰 상대와의 싸움에서 이길 수 있는 것은 매우 빠르게 공격하기 때문이다. 따라서 당랑권 역시 상대방의 급소를 빠르게 공격하는 특성을 가지고 있다.

"나"는 봉급생활자로서 비장의 무기로 당랑권을 선택했다. 그리고 기회가 되면 쓰려고 부지런히 연마하고 있다. 당랑권을 최적의 방법이자 전술로 선택한 것은 고수라고 여기는 직장의 상사들이 사용하고 있기 때문이다.

당랑권은 우선 "상대와 마주섰을 땐 늘 중심을 뒤에 두고/정면에 드러나지 않도록" 주의하는 자세를 취한다. 한편으로는 상대방의 공격을 경계하면서 다른 한편으로는 자신이 공격할 기회를 엿보는 것이다. 그렇지만 겉으로 드러나지 않게 최대한 감춘다. 자신의 약점은 물론 공격할 의도를 드러나지 않게 숨기는 것이다. 그리하여 "누구에게도 붙잡히

지도 않"는 자세를 갖는다. 상대방의 공격으로부터 방어할 수 있는 적당한 거리를 유지하면서 동시에 공격할 수 있는 거리를 유지하는 것이다. 그러다가 기회를 잡으면 "연속적인 단타로 급소를 파고"든다. 자신의 이익을 챙기기 위해 상대방을 공격하는 것은 물론, 상대방의 공격에 대한 방어 차원에서 당랑권을 쓰는 것이다.

당랑권은 봉급생활자들이 많이 사용하는 권법이다. 실제로 봉급생활자들은 회사로부터 억울한 일을 당하거나 위험을 느껴도 동료들로부터 도움을 구하기가 어렵다. 동료들 또한 자신에게 주어진 성과를 달성하기에 바쁘고, 자신이 회사와의 대결에서 상대가 되지 않는다는 사실을 잘 알고 있기 때문이다. 그리하여 봉급생활자들은 유적 존재로부터도 다른 사람으로부터도 그리고 자기 자신으로부터도 소외당하고 있다. 결국 "아무도 사랑하지 않는" 전략을 취하는 것이다.

회식은 당랑권보다 강한 권법이 될 수 있다. 회식은 사적인 대화가 가능한 자리이기 때문에 의사소통의 기회를 제공하는 측면이 있는 것이다. 그렇지만 그것이 회사의 주도로 이루어지는 경우라면 상황이 다르다. 봉급생활자가 인지하고 있는 문제를 근본적으로 치유하기는커녕 또 다른 문제의 발생으로 인해 새로운 권법을 사용할 수밖에 없는 것이다.

회식은 시작됐다, 삼겹살에 소주 한 잔
지글거리는 불판 위에서 허옇게 뒤집히는 살점들
안주 집을 새도 없이 바삐 돌아가는 술잔

안주가 떨어지자 하나 둘 가면을 벗기 시작한다
꾸벅꾸벅 졸음을 삼키며 묵언수행 중인 정 과장
쉴 새 없이 문자를 날리던 방 주임은 삼십육계 줄행랑
눈치 없는 허 대리만 물 만난 고기처럼 주유천하
술고래 사장은 직원들 낯빛 살피며 독야청청

절반은 남았고 절반은 빈 자리다
이제 영원한 구원투수 김 차장이 나설 때
징징거리는 아내의 목소리 따윈 과감히 꺼버렸다
곧바로 사장 앞에 무릎을 낮춰 파테르 자세 들어간다

빈정거리는 사장의 태클을 요령 있게 차단하는 센스
아랫사람들의 투정을 가볍게 원샷으로 틀어막는 막강 입심
자기 집 전화번호야 잊든 말든 사장을 위해
콜택시 호출번호를 줄줄 꿰고 있는 신통방통 기억력
접대부 뺨치는 저 홍행보증수표를 믿어볼 일이다

— 휘민, 「접대의 기술」 전문

　"영원한 구원투수 김 차장"이야말로 회사를 위해 충성과 열정을 바치는 봉급생활자의 표본이다. 그는 당랑권 같은 날카로운 공격을 할 수 있는 비장의 무기를 가지고 있지 않지만, 대신 온몸을 바쳐서 생존하는 '접대권(接待拳)'이 있다. 대부분의 봉급생활자들이 자신의 삶을 영위하는 최상의 수단으로 삼고 있는 권법을 그 역시 사용하는 것이다.

　"김 차장"은 '접대권'의 고수이다. 술고래인 사장의 어떠한 요구도 거절하지 않고 곧바로 "무릎을 낮춰 파테르 자세"를 취한다. "징징거리는 아내의 목소리 따윈 과감히 꺼버"리고, "아랫사람들의 투정을 가볍게 원샷으로 틀어막"고, 오직 회사의 명령을 수행한다. "빈정거리는 사장의 태클을 요령 있게 차단하"는 것은 물론 "사장을 위해/콜택시 호출번호를 줄줄 꿰고" 있는 것이다.

　"김 차장"이라고 자존심이 없고 체면이 없겠는가? 사장 앞에서 파테르 자세를 취할 때 그는 속으로 이루 말할 수 없는 눈물을 흘렸을 것이다. 자신의 비굴한 행동을 바라보는 동료들이나 가족의 눈빛을 떠올리는 순간 얼굴이 후끈 달아오르고, 회사의 업무 외에 술시중까지 들어야 하므로 피곤도 느꼈을 것이다. 그렇지만 그는 한 가장으로서 자신의 직

장생활은 물론 가정생활을 위해 온몸으로 접대한다.

　그렇다면 "김 차장"과 같은 봉급생활자들이 주체성을 상실하면서까
지 회사에 굽실거려야 하는 근본적인 이유는 무엇일까? 그것은 고용시
장의 수요공급 원칙이 제대로 적용되지 않기 때문이다.

3

더 일하게 해달라는 절규 자체가 비극이다
우리는 강둑을 달리던 웃음도 잃고
흰구름을 보면 맑아지던 영혼도 빼앗기고
그렇지, 가난했던 외등 아래의 설렘도
어쩔 수 없이 그 자리에 놔두고 떠나왔다
돌아갈 길은 아득히 지워졌는데
더 일하면 모든 게 되돌려질 것처럼 내내 믿어왔는데
이제는 밥만 먹게 해달라고* 울어야 한다
초침처럼 빠르게 계산을 하겠다고
화장실 변기를 반짝반짝 닦겠다고
외주 용역은 안된다,
찬 바닥에 드러누워야 한다
내 몸을 구석구석 착취해달라는 절규 자체가
너무 지독한 치욕인데
치욕에 대한 예의도 모르는 자들에게
무엇보다,
우리가 먹는 밥이 뜨거운 까닭이
자신들의 착취 때문임을 죽어도 알 수 없는 자들에게
더 일하게 해달라며 검게 타버린 영혼을
남김없이 보여줘야 하다니!

가지기 싫은 원한을
한 아름씩 나눠가져야 하는 것 자체가

　　너무나 무거운 비극이다

　　　　　　　　　　　　　　　　　　　— 황규관, 「비창(悲愴)」 전문

　　그동안 봉급생활자들은 "더 일하면 모든 게 되돌려질 것처럼 내내 믿"고 회사에 삶을 바쳤다. 그렇지만 그들의 일자리가 사라지는 결과를 가져왔다. 그들은 회사가 시키는 대로 일했을 뿐인데, 회사가 정치자금 의 제공이나 비합리적인 경영으로 인해 그들을 굶게 만든 것이다. 그러 므로 봉급생활자들은 임금을 더 올려달라거나 근무 조건을 개선시켜 달라거나 복지 시설을 마련해 달라는 따위의 요구를 할 수 없다. 그 대 신 "더 일하게 해달라" "이제는 밥만 먹게 해달라"는 '간청권(懇請拳)'을 사용할 수밖에 없는 것이다.

　　이와 같은 모습은 단순한 요구가 아니라 생사를 건 절규이다. 세상의 그 어떤 사회적 존재도 매슬로우(A. Maslow)가 진단한 것처럼 밥의 문제 를 해결하지 않고서는 안전도 소속감과 애정도 존경도 자아실현도 이룰 수 없다. 따라서 봉급생활자들에게 일자리가 사라졌다는 것은 그들이 사형선고를 받은 상황과 다르지 않다. 실제로 우리 사회에 등장한 사오 정(45세 정년), 오륙도(56세까지 일하면 도둑), 육이오(62세까지 일하면 오적), 삼팔선(38세 퇴직), 이태백(20대는 태반이 백수) 등의 신조어는 경기 침체와 실업난으로 봉급생활자들의 터전이 위협받는 상황을 여실 히 나타내고 있다. 일자리가 없는 봉급생활자들은 "내 몸을 구석구석 착 취해달라는 절규 자체가／너무 지독한 치욕"이지만, 몸을 써 달라고 매달릴 수밖에 없는 것이다.

물론 봉급생활자들이 노동을 거부하고 그 대신 '문화사회'를 지향할 수도 있다.[1] '문화사회'에서는 노동이 삶을 지배하지 않는다. 노동을 하지 않아도 굶어죽지 않는다. 오히려 노동으로 인한 인간의 착취가 없기 때문에 자아를 실현할 수 있다. 자본가 계급이 요구하는 노동으로부터 해방되어 봉사, 헌신, 친절, 사랑 같은 사회적 소득을 획득할 수 있는 것이다.

자본주의는 인간에 의한 인간의 착취나 자연 파괴를 예사스런 일로 진행하고 있다. 이와 같은 현상이 지속된다면 인류의 미래는 보장될 수 없다. 따라서 임금노동을 최소화하자는 운동은 필요하다. 과학기술의 발전으로 노동 시간이나 노동의 강도가 줄어들 것이라고 예상했지만, 오히려 일자리가 줄어들고 전문화되어 봉급생활자들의 고통이 늘어났다. 노동 시간의 감소가 봉급생활자의 행복을 가져다주는 자유 시간의 증가를 가져온 것이 아니라 노동 조건의 악화를 가져와 새로운 지배체제가 형성되고 있는 것이다. 따라서 노동 거부 운동은 가치가 있다. 노동 예찬론은 자본가 계급이 노동자 계급을 지배하기 위해 노동을 미화한 측면이 강하다. 노동은 본래 고귀한 것이 아니라 자본가 계급에 의해 이데올로기화된 것이다.

그렇지만 현실적으로 봉급생활자들이 노동을 거부하고 '문화사회'를 지향하기는 어렵다. 당장의 양식이 삶의 절대적인 조건이기 때문이기도 하지만, 노동하는 것이 단순히 노동력을 제공하고 그 대가를 받는 것 이상으로 사회적 존재로서 의미를 갖는 행위이기 때문이다. 인간의 노동

---

1) 『문화과학』(문화과학사, 1999년 겨울호)에 실려 있는 강내희(「노동거부와 문화사회의 건설」), 고병권(「노동거부의 정치학: 새로운 '구성'을 향한 투쟁」), 신경아(「노동시간과 여성 노동의 경험」)의 글들이 주목된다.

은 창조성이나 생산성 같은 특성이 있지만 사회성 또한 제외될 수 없다. 인간이 사회적 존재라는 사실에는 함께 일한다는 전제가 들어 있다. 따라서 일자리를 요구하는 봉급생활자들을 '문화사회'를 지향하지 못하는 인간들이라고 비난할 수는 없다. 자본주의 체제의 지배 논리에 길들여져 있다고 비난할 수도 없다. 봉급생활자들이 일에 힘들어하면서도 그것을 놓치지 않으려고 권법을 사용하는 것은 사회적 존재로서 소외당하지 않으려고 분투하는 모습인 것이다.

봉급생활자들은 경쟁에서 이기는 길만 고민하는 것이 아니라 함께 살아갈 수 있는 길도 고민한다. 인간이 노동하는 존재라는 사실을 인정하고 자기 계발은 물론이고 공존할 수 있는 방안까지 추구하는 것이다. 그와 같은 모습이 취미생활로 나타나기도 하고 봉사활동으로 나타나기도 한다. 또한 노동조합 활동으로 나타나기도 한다. 봉급생활자들 역시 자기 소외를 극복하려고 노력하는 한 인간 존재인 것이다.

일상의 시학

— 김만수의 『산내통신』론

1

　　"삼황(三皇)의 시대에 사용된 언어는 주로 질박한 것들이라서 화려한 수식에 대한 개념조차 없을 정도였다. 오제(五帝)의 시대에 이르러서야 비로소 문채를 갖추게 되었고, 황제(皇帝)에게 말씀을 아뢸 때에는 그 언어를 중시하게 되었다. 하(夏), 상(商), 주(周) 삼대로부터 춘추시대에 이르기까지는, 비록 시대의 추세가 점점 더 화려한 쪽으로 기울긴 했으나, 그 당시 사용된 말들은 마음속에 있는 것만을 나타낼 만큼 적절한 것이었고 자신의 재능 밖에 있는 것을 무리하게 끌어온 것은 아니었다. 전국시대에는 사상이 지엽적인 데로 흐르고 사람들이 교활한 것을 좋아하게 되니, 기이한 말들을 연구하여 그것으로 자신들의 논설을 장식하였다. 한대(漢代)로부터 오늘날에 이르기까지는, 말과 글에 있어 나날이 신기한 것을 힘써 추구하여 그 화려함만을 서로 다투고 문채를 뽐내게 되니, 사상적인 측면은 공허하게 되었다. 그러므로 정성스런 말과 허풍스런 말을 비교해보면 그 화려함과 질박함에는 천년의 차이가 있고, 진솔한 심지(心志)와 공허한 심정(心情)을 비교해보면 그 수고로움과 안일함에는 만 리의 차이가 있다. 이는 옛사람들에게는 여유가 있었던 반면에 후대의 사람들은 쫓기듯이 바쁘게 살아가는 데 그 원인이 있는 것이다."

김만수 시인의 시편들에서 미학을 발견하는 데는 유협(劉勰)이 문학적 재능과 기력의 배양에 관해서 논한 『문심조룡』(최동호 역, 민음사)의 「양기(養氣)」편에서 위와 같이 언어(문채)의 변천을 진단한 것을 참고할 수 있다. 시인의 시들은 진솔하고 구체적인 내용을 갖고 있어 교활하거나 허풍스럽거나 공허하지 않다. 시어나 시 형식에 경도되지 않고 진지한 내용으로써 시의 미학을 획득하고 있는 것이다. 그리하여 시인의 사상과 기억, 가족애, 자화상, 세계인식 등은 적정성을 유지하고 있다. 질박한 언어들을 사용하고 있지만 전달이 불투명하지 않고, 애달픈 분위기를 지니고 있지만 비참하지 않고, 지나간 시간의 발자국이 깊지만 생동감을 상실하지 않고, 가족사를 이야기하고 있지만 개인사의 범주에 국한되지 않는다. 시인은 자신의 일상을 견고하게 꽃 피우고 있는 것이다.

진정 시인의 시들은 박물관이나 전시관같이 특수하거나 폐쇄된 장소에 있는 대상이 아니라 하루하루의 삶이 영위되는 일상이 토대를 이루고 있다. 박물관이나 전시관에 옮겨지기 이전 혹은 옮길 만한 가치가 없다고 여겨지는 일상들을 작품의 지배소(支配素)로 삼고 있는 것이다. 예외적인 것이나 특수한 것이 아니라 지극히 일반적이고 평범한 일상들…….그 일상들이 시인의 작품에서는 따스하고 우직하고 포용력 있고 인간미 넘치고 그리고 풍성하다. 또한 메마르지 않고, 하찮지 않고, 엉성하지 않고, 저속하지 않다. 이중적인 것이 아니라 삶의 실제이고, 단순한 것이 아니라 부분들이 촘촘하게 결합된 유기체이고, 무의미한 것이 아니라 큰 가치를 지니고 있는 것이다.

은빛 수은 찰랑거리는 유리막대로
내 허약한 열정의 깊이와 그 세기를 재고 주사를 놓는다
탈지면이 여는 눈부신 길
창 너머 늦은 가을 숲으로 뻗어 가는 것
환하게 보인다
몸속으로 반짝이며 굴러오는
저 물결
토마토즙 같은 피 한 대롱 뽑고 누워
눈 맞춘다 뿔테안경 속 찌그러지는 공의(公醫)의 눈
나를 굴리고 가던 한 움큼 바퀴들 나사들 서서히 녹슬어
비칠거리는 걸음이 무겁단다
폐경과 중독
부속들의 풍화와 해체의 속도가 빠르고
여러 곳의 부식이 진행 중이어서
간신히 가동되고 있다고 일러준다
유통기간이 다되어가는가 보다
공터 파밭 지나 오줌을 누고 집으로 간다
그녀가 또 묵은 대추를 고고 있는 집으로
철거덕거리며 가야 한다

— 「북구보건소」 전문

시인이 "은빛 수은 찰랑거리는 유리막대로/내 허약한 열정의 깊이와 그 세기를 재고 주사를 놓"고 있는 이유는 무엇일까? 그것은 "그녀가 또 묵은 대추를 고고 있는 집으로/철거덕거리며 가야 한다"라는 토로에서 유추해볼 수 있듯이, 식구들이 기다리고 있는 "집"으로 돌아가기 위해서이다. 소중한 가족들의 품으로 건강하고 안전하게 돌아가기 위해 집 밖의 보건소에서 주사를 맞고 있는 것이다.

이처럼 시인에게 "집"이란 일상이 시작되고 갈무리되는 근거지이

다. 양식을 구하기 위해 외부적 일상의 세계로 나가는 출발지이면서, 그
외부적 일상을 접고 돌아와 쉴 수 있는 도착지인 것이다. "집"에서도 일
상은 지속되고, 그것이 외부적 일상만큼 중요한 것도 사실이지만, 집 밖
의 경우에 비해서는 심리적으로 편안하다. 외부적 일상이 진행되는 세
계에서는 서로의 야망과 갈등이, 희망과 절망이, 성취감과 패배감이 충
돌할 수밖에 없기 때문에 힘들고 지쳐 종내는 자신의 몸에 "주사를 넣"
고 만다. 따라서 "집"으로 귀환하고자 하는 시인의 바람은 절실하기만
하다. "나를 굴리고 가던 한 움큼 바퀴들 나사들 서서히 녹슬어/비칠거
리는 걸음이 무겁"다고 느끼고 있는 데서도, "유통기간이 다되어가는가
보다"라거나 "부속들의 풍화와 해체의 속도가 빠르고/여러 곳의 부식이
진행 중이어서/간신히 가동되고 있다고" 느끼고 있는 데서도 확인된다.

  아무리 가정의 의미가 해체되고 있다고 할지라도 시인에게 "집"은 편
한 곳이다. 혈연으로 맺어진 가족들이 의식주를 함께 해결해가는 곳이
기도 하지만, 자신의 고통과 기쁨과 근심을 함께 나눌 수 있는 동일체
인식의 터전이기도 한 것이다. 그러므로 가족들과 함께하려는 시인의
바람은 진정성이 있고 소중하기만 하다. 외부적 일상에서와 같이 경쟁
과 이익과 그에 따른 배척을 추구하는 행동이 아니라 협력과 양보와 사
랑하는 마음으로 가족들을 품는 행동인 것이다.

  등본 속으로 겹겹이 눈이 치고
  말소와 등재가 거듭되는 동안
  아버지와 나는
  갑종 혹은 1종 등짝을 맞고 삼 년씩
  나라에 나갔다가 등본으로 돌아왔다
  살아서, 다리 잃지 않고
  푸른 스탬프 찍힌 이마로 돌아와
  제자리에 꽂혔다
  가끔 A4용지에 프린트되기도 하는 나의 가계

내 이름자 아래위로 걸쳐져 있는
부양의 몫이 겨울처럼 무겁다
아득한 물가로 다시 눈이 치는데
저 눈을 헤치고 보충대로 아이를 보낸 아침
구룡포 읍사무소 양철 캐비넷 속
세로 먹물로 응고되어 있는
알 수 없는 번호에 물려 다니며
치료되지 않는 희망이 아직은 달라붙어 있는
서랍 속의 가계를 생각한다
질기고도 아프다

거친 눈발 속 또 체부가 오고 있다

—「국도—등본」 전문

　삼대(三代)가 수행하는 국방의 의무를 이야기하고 있는 위의 작품은 한 개인이 "가계"를 잇기가 얼마나 어려운지를 잘 보여주고 있다. 우리는 그만큼 일상을 영위하기가 수월하지 않은 환경과 역사를 가지고 있다. 일제 강점기에 징용으로 끌려가 한쪽 팔을 잃은 아버지(박만도)와 6·25전쟁에 참전했다가 한쪽 다리를 잃은 아들(진수)을 통해 한 가계의 아픔을 그린 하근찬의 소설 「수난이대」에서도 볼 수 있듯이, 한국 현대사는 한 개인의 "가계"를 지켜주지 못했다. 전쟁과 혼란과 탄압 속에서 개인의 일상은 여지없이 파괴되고 짓밟힌 것이다. 따라서 "갑종 혹은 1종 등짝을 맞고 삼 년씩/나라에 나갔다가" "살아서, 다리 잃지 않고/푸른 스탬프 찍힌 이마로 돌아와/제자리에 꽂"힌 일은 실로 행운이다. 하느님이나 부처님의 구원 혹은 조상의 음덕이 있었기 때문에 가능했다고 자인할 정도인 것이다.

　그러므로 "가끔 A4용지에 프린트되기도 하는 나의 가계/내 이름자 아래위로 걸쳐져 있는/부양의 몫이 겨울처럼 무겁다"고 느끼는 것은 당연하다. 소중한 "가계"인 만큼 그것을 유지하고 계승하기 위해서는 마땅히 부담을 가져야 하는 것이다. 그 모습이 "저 눈을 헤치고 보충대로 아이를 보낸 아침"에 품고 있는 시인의 삼대 의식이다.

핵가족이 급속히 확산됨에 따라 가족의식이 변한 것은 사실이지만, 문학작품에서 삼대 의식은 여전히 특별한 의미를 지닌다. 그것은 단순히 가계의 흐름을 잇는다는 차원이 아니라 사회적 흐름을 반영하는 것이기 때문이다. 조의관 · 조상훈 · 조덕기로 이어지는 삼대를 중심으로 일제 강점기의 구조적 모순을 그린 염상섭의 『삼대』나, 윤직원 · 윤창식 · 윤종학으로 이어지는 삼대를 통해 1930년대의 일제가 조장한 상업자본주의에 기생하는 인물을 풍자하고 있는 채만식의 『태평천하』나, 할머니 · 어머니 · 딸로 이어지는 삼대를 통해 불의 변천사를 이야기하고 있는 마해송의 「편편상(片片想)」 등의 작품에서도 볼 수 있듯이, 삼대 의식은 변화하는 사회며 시대를 인식하는 매개체인 것이다.

"가계"의 의미를 삼대의 군 복무를 통해 탐색하고 있는 위의 작품도 그 일환이다. 특히 이기적 개인주의의 횡행으로 인해 가족의식이 무너지고 있는 이 자본주의 시대에 삼대 의식이란 무엇이고, 그것이 왜 중요하고, 또 얼마나 필요한지를 잘 보여주고 있는 것이다. 따라서 시인의 삼대 의식이란 인간의 가치가 훼손되고 타락된 환경에 순응하는 행동이 아니다. 오히려 그와 같은 환경 속에서 인간다운 가치를 지키고 구현하기 위해 지난하게 적응하는 행동이라고 볼 수 있다. 그 과정은 실로 "질기고도 아프다." 그렇지만 시인은 그 아픔에 함몰되지 않고 또다시 당당하게 일상 속으로 들어가고 있다.

3

휘어진 등뼈를 가리기 위해
와이셔츠 등 쪽 선을 세운다
등 바로 세우고 쓸데없는 곳에 관절 꺾지 말라고

나를 눌러 선을 내시던 아버지 아직
눈 내리는 마을에 계신다
구레빠 교복바지 번들거리던 선들이
나를 몰고 다닌 그 겨울은
사람들을 헤치고 눈이 쳤다
칼날로 미동도 않던 관물대 일계장 바지
사령부의 선들이 끌고 다닌 길엔
해국(海菊) 다 지기 전 무릎 높이로
눈이 치곤 했다
코르덴 두 줄 잡힌 선을 출렁이며
오늘 아침 나는 아이들 곁으로 가야 한다
아무 데나 무릎 꿇지 말라고 그들에게
선을 가르치기 위해
뿌옇게 지구대를 뚫고 몰려오는 눈발 헤치며
거기까지 가 닿아야 한다

—「폭설」 전문

　"아무 데나 무릎 꿇지 말라고 그들에게/선을 가르치기 위해/뿌옇게 지구대를 뚫고 몰려오는 눈발 헤치며/거기까지 가 닿아야 한다"라는 시인의 인식은 힘이 있다. 현대인들의 일상은 쫓기듯 바쁘기 때문에 여유가 없고 피곤하고 불안한데, 시인은 주체성을 잃지 않고 그 극복의 가능성을 보여주고 있는 것이다. 누구나 집을 나설 때는 개성적이고 역동적이며 창조적인 일상을 영위하려고 다짐하지만, 경쟁의 과정에 묻힐 수밖에 없기 때문에, 그만 포기하고 좌절하고 만다. 그 결과 일상의 과정으로부터도, 일상의 생산물로부터도, 일상의 존재로부터도 소외되고 마는 것이다. 거대한 자본주의의 요구를 한 개인은 대처할 수도 벗어날 수도 없다. 자본주의가 거울처럼 내보이고 있는 이기주의, 치열한 경쟁, 근시안 등의 속성을 한 개인은 도저히 따를 수도 충족시킬 수도 없는 것이다. 그리하여 "휘어진 등뼈를" 가질 수밖에 없는 것이 엄연한 현실이다.

　그렇지만 시인은 굴복하지 않고 "와이셔츠 등 쪽 선을 세운다." "등 바로 세우고 쓸데없는 곳에 관절 꺾지 말라고/나를 눌러 선을 내시던 아버지"를 가슴에 품고 나아가는 것이다. "눈 내리는 마을에 계신" 아버지를 품고 "아이들 곁으로" 가는 시인의 이 행동이 바로 삼대 의식의 발현이다. 가계 의식을 개인의 차원으로 수정하거나 보충한 것을 넘어 사회적인 영역으로 변화시키고 확대한 것이다. 따라서 "코르덴 두 줄 잡힌 선을 출렁이며" "아이들 곁으로" 가는 시인의 행동은 진정성이 있다. 어렵거나 힘든 일상을 회피하거나 그 속에 함몰되지 않고 주체적으로 적응해가고 있는 것이다. 적응이란 르네 듀보가 『적응하는 인간』에서 표명했듯이, 삶의 근저들이 파괴되는 환경에 순응하는 것이 아니라 적응할 만한 사회적 가치를 이루어가는 행동이다. 주어진 환경에 지배당한 채 수동적으로 따르는 것이 아니라 인간다운 가치를 실현시킬 수 있는 환경을 만들어가는 것이다.

　　돌아누운 그녀
　　늘 절반의 세상과 마주보며 잠듭니다
　　오래되었습니다
　　그녀의 내장이며 자궁이며 골격이
　　한쪽으로 실리고
　　얼굴도 왼쪽으로 조금씩 비틀리기 시작해
　　대칭을 이루던 것들이 한쪽으로 많이
　　기울고 기울었습니다
　　삐딱한 골반으로 토박토박 내려가는
　　한컨 그녀의 세상에는 많은 것들이 바로 서서
　　견디며 기다리며 기어이 꽃 피워 올립니다
　　그녀의 등 뒤에 엎드려 나는
　　불 낮추고 숨죽이며
　　세상의 한쪽을 버리지 않으려

시를 씁니다
낡고 녹슨 땅에 배 대고
이슬을 결박하기도 하면서
공갈 풀밭에 새순들을 새겨 넣기도 하면서
공연히 허대기도 하면서
마려운 오줌 참으며 함께 젖을 것들을
연필로 굴리며
굴리며 갑니다

—「두호동」 전문

　문학작품에서 일상을 담는다는 것은 무슨 의미일까? 그것은 무관심과 상식의 차원으로 인지되고 있는 일상의 가치를 발견해서 재평가하는 일일 것이다. 평범하게 보이는 일상에서 철학적 가치를 발견하고, 평탄하게 보이는 일상에서 결핍을 진단하고, 단순하게 보이는 일상에서 복잡하고 다양한 실제를 확인하고, 그리고 일상이 산출되는 사회 구조와 문화와 관습을 탐색하는 일일 것이다. 따라서 일상의 실제를 당연하다고 여기지 않고 살피는 시인 정신이란 사회적 관심의 표출이라고 말할 수 있다.

　시인이 "두호동"을 그리고 있는 모습이 그 본보기이다. "두호동"은 돌아누워도 "늘 절반의 세상과 마주보며 잠"들어 있다. 그 결과 "그녀의 내장이며 자궁이며 골격이/한쪽으로 실리고/얼굴도 왼쪽으로 조금씩 비틀리기 시작해/대칭을 이루던 것들이 한 으로 많이/기울고 기울었"다. 시인의 이와 같은 발견은 감상적으로 "두호동"의 억울함을 표출하기 위한 것이 아니다. 오히려 "삐딱한 골반으로 토박토박 내려가는/한 켠 그녀의 세상에는 많은 것들이 바로 서서/견디며 기다리며 기어이 꽃 피워 올"리는 면을 나타내고자 한 것이다. 하찮고 열악하고 소외된 대상이지만 사회의 토대가 된다는 사실을 알리고자 한 것이다. 그리하여 시인은 "그녀의 등 뒤에 엎드려" "불 낮추고 숨죽이며/세상의 한쪽을 버리지 않으려/시를" 쓰고 있다. 일상 속에서 사회적 정의를 지향하고 있는 것이다.

"세상의 한쪽을 버리지 않으려/시를" 쓰는 시인의 행동에는 윤리적 가치와 함께 실천적 가치가 내포되어 있다. 상대적으로 낮은 위치에 있는 사람들과 함께하려는 정신이 들어 있는 것이다. 이처럼 시인은 진정한 삶의 가치를 실현시키기 위해 일상을 발견하고 있다. 사회 구조 속에서 경멸과 소외당하는 일상의 가치를 깊게 통찰하고 있는 것이다. 시인의 이와 같은 행동은 곧 휴머니즘을 추구하는 것이라고 볼 수 있다.

4

박바위 위에 엎어져 낮잠 들었던 숙이 이모
입이 대숲 쪽으로 돌아갔다
몸 절반에 딱딱한 돌이 치고 들어
일생 그 무게를 끌고 다닌다
가랑이에 바람 들어 떠나버린 사랑 기다려
빈 사랑채 품고 건너는 반평생
낡은 몸 한쪽 아직도
피가 돌지 않는 이모

깜박이지 못하는 한쪽 눈으로 바라보는
절반의 세상
기울어진 가을 저녁 근처 백화점에서 나는
평평한 바위를 보았다
온몸에 맥반석 기운이 스며들어 피를 돌리고
몸에 안정감과 평화를 주며
잡스러운 기운들 막아준다는
꽃돌 침대를

　　숙이 이모가 버린
　　세상의 한쪽을 뒤집어쓴
　　그 희한한 바위 덩어리를 보았다

— 「꽃돌 침대」 전문

　“숙이 이모”를 일상으로 담고 있는 시인의 마음에는 가계 의식과 함께 사회의식이 들어 있다. 진정 일상은 단순하거나 간단하지 않다. 평평하게 보이지만 굴곡이 있고, 잔잔하게 보이지만 풍파가 있다. “박바위 위에 엎어져 낮잠 들었던 숙이 이모/입이 대숲 쪽으로 돌아”간 경우처럼 일상은 하루하루의 날씨와 같이 다층적인 것이다. 따라서 “깜박이지 못하는 한쪽 눈으로 바라보는/절반의 세상”을 살아가는 사람들의 일상은 어둡다. 힘들고 주체성을 상실하고 모멸과 상처를 받고 있다. 상쾌하고 충만한 것이 아니기에 벗어나고 싶어할 뿐이다. 이런 면에서 “숙이 이모가 버린/세상의 한쪽을 뒤집어쓴/그 희한한 바위 덩어리”인 “꽃돌 침대를” 바라보는 시인의 시선은 의미하는 바가 크다. 인간을 억압하는 대상으로부터 유적(類的) 존재로의 회복을 지향하는 것이기 때문이다.

　시어나 형식만으로는 분리되고 조각난 일상을 제대로 통합할 수 없다. 순수주의의 이데올로기나 세계관으로도 일상의 결핍을 채울 수 없다. 오히려 일상의 계급성에 무관심하고, 일상의 실제를 왜곡시키며, 일상의 가치를 무시한다. 따라서 “온몸에 맥반석 기운이 스며들어 피를 돌리고/몸에 안정감과 평화를 주며/잡스러운 기운들 막아준다는/꽃돌 침대를” 옹호하지 않고, 그것의 그림자 속에서 웅크리고 있는 “숙이 이모”를 품은 세계인식은 의미가 크다.

　“꽃돌 침대”를 만드는 데서 볼 수 있듯이 고도의 테크노크라트가 지배하는 이 후기 자본주의 사회에서 비전문가나 비자본가의 계급은 밀려날 수밖에 없다. 그들의 일상은 억압받고 불안하다. 죽음이나 질병 같은 자연적이고 절대적인 불안이 아니라 상대적인 불안에 놓여 있는 것이다. 그들은 일상으로부터 벗어나고 싶어하면서도 그것을 놓칠까봐 두려워하는데, 일상은 결코 그들을 구원해주지 못한다.

현대시는 이 자본주의 사회에서 삶을 영위하는 다중들의 일상을 조명할 필요가 있다. 물론 일상을 다루었다고 해서 그 자체가 시가 되는 것이 아니다. 일상이 작품의 배경이 되고 제재가 된다고 할지라도 그것에 국한되어서는 안 된다. 또한 일상을 표피적으로 받아들이거나 대상화된 객체로 여겨서도 안 된다. 일상에 대한 안일한 인식을 극복하고, 생산과 분배가 이루어지는 사회 구조 속에서 구체적으로 고찰할 때, 인간다운 삶의 가치를 실현하는 데에 기여하게 된다. 진리를 확보함으로써 시의 미학을 획득할 수 있는 것이다.

> 아이 낳고 집 세우고 꽃을 피워
> 부서진 이 작은 별을 채우고 싶었습니다
>
> ―「꽃」 부분

일상의 시학이란 일상 자체를 단순하게 복사하는 것이 아니다. 일상을 고도로 집중하고 선택하고 해석해 인간다운 세계를 지향하는 것이다. "아이 낳고 집 세우고 꽃을 피워/부서진 이 작은 별을 채우고 싶"어 하는 시인의 구체적 바람이 그와 같은 면이다. 시인의 희망이 허구로 느껴지지 않은 것은 일상의 진정성이 있기 때문이다. 전문화와 자동화로 인해 생산이 무제한으로 이루어져 교환가치의 근본마저 무너지고 있는 이 자본주의 시대에 일상의 진정성은 매우 소중하다.

어떻게 보면 그동안 시인의 언어들이 수사로 장식되느라 일상의 본질을 은폐하고 왜곡시키고 폄하한 측면이 있다. 유협이 『문심조룡』의 「양기」편에서 진단했듯이 일상을 무시하고 지엽적인 데로 흐르고 신기한 것을 추구하느라 화려하고 교활하고 허풍스러운 문채가 횡행한 것이다. "만일, 경수(涇水)와 위수(渭水)의 맑음과 흐림을 그 근원에서 가려 낼 수 있고, 마차를 몰면서 바른 길과 틀린 길을 변별해낼 수 있다면, 능히 문채를 다스릴 수 있"(『문심조룡』, 「정채(情采)」)는 일이다. 시인은 이번 시집에서 일상의 진정성을 상당히 복원시켜 문채의 공허함을 극 복하고 있다.

전태일문학상의 역사와 지향

1

    1988년 1월 18일, 전국 낙농·육우농민 3,000여 명이 국회 앞에서 축산물 수입반대 시위를 펼쳤다. 1월 26일, 서울대 등 10여 개 대학의 학생들과 500여 명의 가톨릭농민회원들이 미국의 수입개방 압력에 대한 규탄대회를 가졌다. 2월 3일, 전국 택시노동조합연맹 중앙위원 60여 명이 택시노련 신고필증 교부를 요구하며 노총회관에서 철야 농성을 벌였다. 3월 6일, '민중의 당' 창당대회를 대학로에서 열고 정태윤 대표위원을 선출했다. 4월 1일, 옥포대우조선 노동자들이 임금인상을 요구하며 전면 파업에 들어갔다. 4월 20일, 삼성중공업 거제조선소 노동자들이 노조 신고필증 교부를 요구하며 거제군청에서 농성을 펼쳤다. 4월 27일, 대우중공업 노조는 임금교섭 결렬로 무기한 총파업에 들어갔다. 5월 26일, 1,000여 명의 농민들이 여의도 광장에 모여 농축산물 수입반대 결의대회 가졌다. 5월 29일, 85개 노조 조합원들이 서울지역 노동조합협의회 창립총회를 가졌다. 7월 19일, 전국 축협 조합원 3,000여 명이 여의도 광장에 모여 미국산 쇠고기 수입반대 대회를 가졌다. 8월 1일, 전국 도시 노점상 연합회 회원과 대학생 1,500여 명이 고려대에서 노점상 탄압 규탄대회를 가졌다. 9월 17일, 전국 도시 노점상 연합회 소속 1,000여 명이 경희대에서 노점상 강제단속 중지와 빈민 생존권 보장을 요구하며 시위했다. 11월 13일, 노동자 및 재야인사 5만 여명이 전태일 열사 18주기를 맞아 노동법 개정 전국 노동자대회를 개최했다……[1]

1987년 6월 항쟁과 7~9월 노동자 대투쟁에 이어 전태일문학상이 제정된 1988년의 상황은 위의 흐름에서 볼 수 있듯이 노동자들이 역사의 전면에 나섰다. 임금노동자 계급이 형성된 이래 최대 규모로 노동운동을 펼친 것이다. 그렇지만 노동해방은 요원한 일이었다. 임금인상, 민주노조의 건설, 작업장 개선, 인간적인 대우 등등의 요구는 사용자 계급의 전략적 차원에서 일부 수용되었을 뿐이었다. 그리하여 노동자들의 단결과 투쟁이 역사적 차원에서 요청되었는데, 전태일문학상이 그 광장을 마련한 것이다.

""내 죽음을 헛되이 하지 말라!"는 피맺힌 절규를 남기고 우리 곁을 떠나갔던 전태일 동지, 오늘 우리는 오랜 억압과 굴종이 낳은 노예적 삶을 깨치고 역사의 주인으로 당당히 나서기 시작한 우리 노동 형제들의 감동적 투쟁을 목도하면서, 전태일 동지의 부활을 가슴 벅차게 확인하고 있다. 전태일 동지가 노동해방의 불길로 산화해간 지 어언 18년, 그는 일천만 노동형제들과 어깨를 걸고 우리 앞에 되살아오고 있는 것이다.

그러나 아직도 인간을 억압하고 착취하는 굴레가 엄존하고 있는 현실

---

1) 『선언으로 본 80년대 민족·민주운동』(신동아 1990년 1월호 별책 부록), 동아일보사, 348~350쪽에서 발췌함.

속에서 우리는 전태일 동지의 정신을 계승하고 이를 투쟁 속에서 발전시켜야 할 책무를 지니고 있다. 우리가 전태일문학상을 제정한 취지도 이와 같은 것이다. 우리는 전태일문학상을 통해, 불의에 맞서 인간답게 살고자 노력하는 모든 사람의 뜨거운 삶과 투쟁의 기록들을 묶어 세우고자 한다. 공장에서, 농촌에서, 철거 현장에서, 학교에서, 그리고 수많은 삶과 일의 현장에서 살아 숨쉬고 있는 우리 민중들의 절절한 사연과 단결된 투쟁의 메아리들을 한데 모음으로써, 우리는 자주·민주·통일을 향한 큰길에 우리 모두가 함께 있음을 확인하게 되는 것이다."[2]

전태일문학상은 노동운동 내지 사회운동의 일환이다. 기존의 사회사상이나 제도로는 노동자들의 노예적 삶을 극복할 수 없기 때문에 새로운 인식과 실천행동의 차원에서 제정된 것이다. 인간을 억압하고 착취하는 세력에 맞서 인간답게 살고자 노력하는 모든 노동자들의 삶과 투쟁의 기록들을 모아 연대의 길을 마련하려는 것이었다.

2

1988년에 제정된 전태일문학상은 2010년 현재 제18회를 맞이하고 있다. 그 상황을 전태일문학상 수상작품집에 수록된 수상자들을 소개하는 방향으로 정리해보고자 한다. 에드워드 할렛 카(Edward Hallett Carr)는 『역사란 무엇인가』에서 "역사란 역사가와 사실 사이의 상호작용의 부단한 과정이며, 현재와 과거와의 사이의 끊임없는 대화이다"라고 진단했는데, 이 글은 자료 정리에 불과하다. 그렇지만 작품론, 작가론, 역사적인 평가 등을 마련하는 데 기초 자료가 될 수 있을 것이다.

---

2) 「제1회 전태일문학상 수상작품집을 내면서」, 『불매가』, 세계, 1988, 2쪽.

〈표1〉 제1회 전태일문학상 상황[3]

[수상일 · 장소] 1989. 1. 20./종로성당 [심사위원] 시―김병걸, 신경림 / 소설―최일남, 박태순 / 보고문학―이오덕, 임헌영 [총 응모 편수] 215명 570편(시: 137명 492편 / 소설: 24명 24편 / 보고문학: 10명 10편 / 기타: 44명 44편)		
시	최우수 우수	정인화 「불매가」 최동민 「보험별곡」
소설	우수	이준옥 「민들레」 임정량 「터」
생활글	우수	황진옥 「내가 살아온 길」
투쟁기	우수	임대영 「노동자의 햇새벽이 솟아오를 때까지」 사당2동세입자 대책위 「사당2동 도시빈민 투쟁기」
수기	우수	오길성 · 김남일 「전진하는 동지여」
수상작품집		제1권 『불매가』, 제2권 『전진하는 동지여』(세계)

제1회 최우수상 수상자는 시 부문에 응모한 정인화였다. 그는 1951년 경북 경주에서 태어나 1976년부터 1983년까지 울산의 현대중공업, 현대중전기 등에서 노동자 생활을 했다. 1985년부터 『마산문화』 『삶의 문학』 『오월의 문학』 등에 작품을 발표했고, 1987년부터 민중 후보 백기완 선거운동 대책위원회, 민중의 당, 진보정치연합, 민중당 등에 관여했다. 최우수작인 「불매가」를 심사한 김병걸은 심사평에서 "서사시적 요소가 깃들여진 총 28편의 연작시로서, 지난 1987년 울산의 현대조선 노동조합을 중심으로 일어난 7 · 8월 노동자 대투쟁'을 묘사한 작품이다. 이 작품에서 돋보이는 것은 1편에서 28편까지의 짜임새 있는 구성이며, (중략) '노동해방을 통한 인간해방'이라는 주제가 노동현장의 구

---

3) 전태일기념사업회(http://www.chuntaeil.org)의 '전태일문학상'에 제17회까지 정리된 것을 참고했는데, 다소 수정하거나 보충했다.

체적 묘사와 함께 잘 조화되어 있다."라고 평가했다.

> 참, 우린 아무것도 몰랐어
> 지금 생각하면
> 우린 너무 세상모르고 살았지
> 저쪽, 전남하고도 광주에서
> 총에 맞아 수많은 사람이 죽고
> 그렇게 살벌할 수가 없었다 해도
> 그땐 왜 그랬는지 우린
> 시키는 일만 꾸벅꾸벅 했었지
> 그저 소문으로만 들리는 이야기
> 그럴 리야, 그럴 리야며
> 고향 다녀온 윤 씨 열 올려도
> 그저 그러려니 지나쳐버렸어
>
> 올해 3월인가
> 고문당해 죽었다는 대학생도
> 하도 신문이다, 방송이다 떠들어대니까
> 그 이름 박종철인 줄이나 알았지
> 그 뭐, 학생 데모하다 잡혀가
> 뭔가 심상찮은 데가 있었길래 그랬겠지
> 설마 죽일라고
> 처음부터 죽일라고
> 물고문, 전기고문 했을라고 생각했었어
> 물고문은 무슨 물고문 했었어

— 정인화, 「불매가」 부분

'불매'는 바람을 일으키는 바람틀의 일종, 다시 말해 울산·울주 지역에서 사용되는 '풀무'의 방언이다. 그러므로 '불매가'란 불매질의 고단함을 이기기 위해 불렸던 노동요이다. 정인화는 울산 현대조선소 노동조합에서 일어난 7~9월 노동자 대투쟁의 모습을 그 불매가의 형식과 정신으로 담은 것이다. 정인화는 문학상을 수상한 후 『노동해방문학』의 편집위원으로 활동한 것은 물론 『우리들의 밥그릇』(동광출판사, 1989), 『깡다구 동지들아 전진이다』(세계, 1989), 『강이 되어 간다』(노동문학사, 1990), 『소금꽃·안개꽃』(일빛, 1991), 『나팔수에게』(노동자의벗, 1992) 등의 시집을 간행했다.

시 부문의 우수작 수상자인 최동민은 1956년 경기도 양평에서 태어나 대한교육보험 양평지부 지부장을 지내다가 실패해 농업에 종사했다. 소설 부문의 우수작 수상자인 이준옥은 1957년 생으로 노동자 부인이었고, 또 다른 우수작 수장자인 임정량은 국민대학교 4학년 학생이었다. 생활글 부문의 우수작 수상자인 황진옥은 구로동의 나우정밀에서 일하는 주부 노동자였다. 투쟁기(보고문학)의 우수작 수상자인 임대영은 현대정공 창원공장에서 근무하는 노동자였다. 또 다른 우수작 수상자는 사당2동 세입자 대책위원회였다. 수기 부문에서는 오길성과 김남일이 공동창작으로 우수작을 수상했다. 오길성은 1954년 전북 고창 출생으로 라이프제화 노조위원장을 역임했고, 제화공노조위원장 및 성남 민주노조협의회 회장을 맡았다. 김남일은 1957년 경기도 수원 출생으로 1983년 『우리세대의 문학』 2집을 통해 작품 활동을 한 작가로 장편소설 『청년일기』(풀빛, 1987)를 간행했다.

제1회 수상자 중에서 추천 작품으로 선정된 두 사람을 소개할 필요가 있다. 우선 소설 부문의 김인숙으로 그는 1963년에 태어나 1983년 조선일보 신춘문예로 등단했다. 장편소설 『79~80 겨울에서 봄 사이』 3권(세계, 1987)를 비롯해 다수의 작품을 발표했다. "전태일문학상의 첫해인 만큼 기량이 월등한 기성작가가 수상의 기회를 선점하는 것은 피하는 것이 좋겠다"는 심사위원들의 의견에서 보듯이 아깝게 되었다. 다음으로 생활글 부문에서의 장남수이다. 그는 노동운동가로 『빼앗긴 일터』의 저자이다. 원풍모방 노동자의 수기집인 이 책은 1984년 창작과비평사에서 출간되었다. 1950년대 빈농의 딸로 태어나 1970년대 산업전선에 뛰어든 여성 노동자의 삶이며 인간다운 삶을 추구하기 위해 투쟁하다가 투옥당한 이야기가 생생하게 담겨 있다.

제2회 전태일문학상은 1989년 시행되었는데, 그 상황은 〈표2〉와 같다.

〈표2〉 제2회 전태일문학상 상황

[수상일·장소] 1989. 11.10. / 영등포 성문밖교회 [심사위원] 시— 신경림, 정인화 / 소설— 임헌영, 박태순 / 보고문학—임헌영 [총 응모 편수] 65명 338편 (시: 44명 316편 / 소설: 5명 6편 / 보고문학: 2명 2편/기타: 14명 14편)		
시	우수	김종석「새날, 새날을 여는구나」 윤중목「그대들아」
소설	최우수 우수	우수작 안재성「파업」(원제「동지의 약속」) 오진수「슬픈 노래」
생활글	우수	이오리「꿈틀거리는 삶」
보고문학	우수	김경만「마창단결 완전쟁취 89임투 승리하자」
수상작품집		제1권『파업』, 제2권『새날, 새날을 여는구나』(세계)

최우수작 수상자인 안재성은 1960년 경기도 용인에서 태어나 1980년 광주민주화운동 관련(계엄포고령 위반)으로 구속되어 강원대학교 3학년 때 제적되었다. 그 후 1983부터 1985년까지 서울 구로공단 및 청계피복노동조합에서, 1986년부터 1989년까지 태백 탄전지대에서 노동운동을 하다가 1993년 국가보안법 위반으로 또다시 구속되었다. 1988년 광산노동 운동사를 정리한『타오르는 광산』(돌베개)을 출간했으며, 1989년 제2회 전태일문학상을 수상했다. 수상 작품인「파업」은 1980년대를 마감하는 노동문학의 소중한 성과로, 최초의 노동장편소설이란 평가를 받으며 파장을 불러일으켰다. 이 작품을 심사한 임헌영은 심사평에서

"80년대 노동운동과 민주화운동이 노학연대의 단계로 접어드는 과정을 극명하게 그린 이 소설은 소모임, 정치학습, 일상투쟁, 해고, 복직투쟁, 노조결성, 구사대와 경찰의 폭력, 분신, 파업농성, 투옥, 노조사수투쟁 등 일련의 노조결성 과정을 실재했던 한 대규모 사업장을 무대로 하여 훌륭하게 정형화시키고 있다. 뿐만 아니라 대중조직과 전위조직의 건설을 둘러싼 여러 정파 간의 이론투쟁과 그들의 사업장에서의 헌신적인 활동 등을 생생하게 그려냄으로써 80년대 후반기 노동운동의 모든 모습을 담아내고 있다."고 평했다. 안재성은 문학상을 수상한 이후 『사랑의 조건』(한길사, 1991), 『침묵의 산』 1, 2권(청년사, 1992) 등을 간행할 정도로 활발한 활동을 펼치고 있다.

시 부문의 우수작 수상자인 김종석은 1949년 마산에서 출생했다. 집짓기, 폐수처리장 일용노동자로 진보정당 결성을 위한 정치연합 마산지부장으로 활동했다. 또 다른 우수작 수상자인 윤중목은 1962년 경기도 전곡에서 출생해 한국 IBM 노동조합 회계감사를 맡았다.

소설 부문에서 우수작을 수상한 오진수는 1964년 경북 월성에서 출생했다. 1980년 서울로 상경한 후 용접공으로 공장생활을 했다. 첫 장편소설인 『검은 하늘 하얀 빛』(지리산, 1992)을 간행했다. 생활글 부문에서 우수작을 수상한 이오리는 1967년 경북 청송에서 출생해 대구 지역에서 일하는 노동자이다. 투쟁기(보고문학) 부문에서 우수작을 수상한 김경만은 대림자동차 노동조합 홍보부장이었다.

제3회 전태일문학은 〈표3〉에서 보듯이 1990년에 시행되었다.

〈표3〉 제3회 전태일문학상 상황

[수상일 · 장소] 1990. 11. 8. / 연세대 장기원 기념관   [심사위원] 시—신경림 김남주 / 소설—윤정모, 박태순 / 보고문학—임헌영   [총 응모 편수] 70명 282편 (시: 56명 261편 / 소설: 5명 6편 / 보고문학: 5명 6편 / 기타: 4명 9편)

시	우수	조호상 「누가 나를 이 길로 가라하지 않았네」 오철수 「노동자와 기계가 만나 눈물 흘릴 때까지」 이행자 「병상에서」
소설	최우수 우수	김하경 「그해 여름」 (원제 「합포만의 8월」) 김재호 「다시 살아오는 날」 김서정 「열풍」
보고문학	우수	이상석 「굴종의 삶을 떨치고」
수상작품집		제1권 『그해 여름』, 제2권 『열풍』(세계)

최우수작 수상자인 김하경은 인천 출생으로 1978년 교육시평집인 『여교사 일기』를 간행했으며, 1988년 『실천문학』으로 등단했다. 수상작인 「그해 여름」(원제 「합포만의 8월」)은 마산과 창원에서 일어난 노동운동을 그린 장편소설이다. 이 작품을 심사한 박태순·윤정모는 "현대정공, 한국중공업, 효성중공업, 세신실업, 대우중공업, 한일합섬, 기아기공, 수출자유지역 입주 공장들에서 일제히 점화되기 시작한 노동의 불꽃들을 실(實)과 명(名) 그대로 밝히면서 통일산업 민주노조 추진위원회를 중심으로 타오르는 파업농성의 전과정을 가열차게 소설문학으로 달구어내고 있다. 그리하여 이 작품 자체가 뜨거워졌고, 그 뜨거움들을 구성하는 여러 이질적 요소들과 다양한 노동자상들의 갈등이 쇳소리(굉음)를 발한다."라고 평했다.

시 부문에서 우수작을 수상한 조호상은 1963년 강원도 원주 출생으로 민족문학작가회의 노동문학위원에서 활동했다. 또 다른 우수작 수상자인 오철수는 1958년 서울에서 출생했다. 1986년 『민의』로 작품 활동을 시작했으며, 민족문학작가회의 노동문학위원회에서 활동했다. 『아버지의 손』(작은책, 1990), 『먼 길 가는 그대 꽃신은 신었는가』(하늘땅, 1991) 등을 간행했다. 또 다른 우수작 수상자인 이행자는 1942년 서울에서 출생했다. 수상 이후 『흐르는 물만 보면 빨래를 하고 싶은 여자』(지성사, 1994), 『시보다 아름다운 사람들』(지성사, 1999) 등을 간행했다.

소설 부문의 우수작 수상자인 김서정은 1966년 강원도 장평 출생으로 민족문학작가회의 노동문학위원회에서 활동했다. 소설집 『어느 이상주의자의 변명』(연구사, 1993)을 간행했다. 또 다른 우수작 수상자인 김재호는 1962년 서울에서 태어나 모토로라코리아 노동조합의 홍보부장을 맡았다. 소설집 『하늘에 쓰다』(제3문학사, 1997), 『나는 아직도 봄을 기다린다』(민맥, 1994)를 간행했다.

보고문학 우수작 수상자인 이상석은 1952년 경남 창녕 출생으로, 1989년 『사상문예운동』 겨울호에 현장보고 「분단시대의 교단일지」를 발표했다. 전교조 부산지부 부지부장을 맡았으며, 『사랑으로 매긴 성적표』1, 2권(친구, 1990) 등을 간행했다.

제4회 전태일문학상은 한 해 건너뛰고 1992년 시행되었다. 정확한 사연을 알 수 없으나, 수상작품집을 간행하는 출판사가 바뀐 것으로 보아 재정적인 면에 영향받은 것으로 보인다. 그리고 제3회까지 시행했던 '최우수상' 대신 부문별로 '당선'과 '가작'을 내는 제도로 바뀐 점이 눈에 띈다.

<표4> 제4회 전태일문학상 상황

[수상일·장소] 1992. 2. 22. / 민예총강당　[심사위원] 시—신경림 김남주 / 소설—윤정모, 박태순 / 보고문학—임헌영　[총 응모 편수] 60명 363편 (시: 49명 352편 / 소설: 10명 10편 / 보고문학: 1명 1편)		
시	당선 가작	정수하 「검은 땀의 잉크 우리들 노래의 피 1」외 정해민 「우리는 가족이다」 김동후 「시련이 오리라」 서정홍 「아들에게」

소설	당선 가작	정혜주 「매혹된 영혼」 박일환 「새벽을 지키며」 동부노동자 문학회 「새벽 안개」
보고문학	당선	정종목 「비싼 여름」
수상작품집		『새벽 안개』(지리산)

시 부문의 당선작 수상자인 정수하는 1957년 정읍 출생으로 사진식자 기사, 마스터공, 설비공, 용사공 등의 노동을 했다. 당선작은 인쇄공의 노동 현장을 제재로 삼고 있는데, 육자배기 가락의 운율을 적절히 사용하고 있다.

절름발이 소녀의
낡고 슬픈 무쇠베틀이었다
달 아래
네 노래의 불씨들을 촘촘히 자나가는 저 흰 손은

남동 뒷골목
주린 등짝 하얗게 야윈 손등에 달이 뜨면
머언 남쪽나라 강뚝 옛 어머니 집에 하얗게 샛바람 뜨면
열두 자 종이 폭에 이글이글 진달래꽃 수를 놓았다

전라도 땅 남동 뒷골목이었다
참새 하나 꿈 젖는 양철지붕 붉은 벽돌담에
꺼멓게 탄 등불 기름베로 더덕더덕 기운 저 그림자들
흙바닥에 끌려 억새처럼 뻗신 머리칼을 쓸어올리며
소녀는 납을 뽑아 판을 짜고
물먹은 잉크덩이 휘휘 저어 롤러를 돌리며
나는 새도록 톱니바퀴 가죽벨트에 달빛을 감아
베틀을 굴렸다
덜커덩 덜컹 실피 뽑아 체인을 타며

삼베 같은 종이 폭 길게 길게 네 시들을 자았다

달 아래
병들고 지쳐도 기계이빨 앙다물고
네가 부르던 옛 싸움의 노래가 줄줄이 공장바닥을 적셨다
검은 잉크 땀이 달을 따라 온밤을 벌겋게 먹칠을 했다

아아 지금은 더욱 멀고 애끓는 남도길
소녀의 고향은
한 애비 달구질에 쑥잎만 타던 강나루터 철로변이었다
여름날 소쩍새가 옛 투사들의 돌무덤을 치솟아 날고
망월동 가는 외딴 길섶 칙칙한 지하벽마다
내 형제들 두 손의 망치질도 끊기고 푸른 만신창이로 뒤척대는
저 고요한 매장 아래 터벅터벅
다시 네가 떡갈나무 숲처럼 은밀하게 뿌리를 밀고 가는 밤마다
남동 뒷골목 절름발이 소녀는
닳아빠진 무쇠베틀 덜커덩 덜컹 세월을 짜고
나는 갱지 위에 네 시를 불꽃처럼 심어나갔다

수십 년 때묵은 쪽발이나라 재산반입품
철사끈으로 조이며 톱니바퀴 밀고 당겨 목줄을 이어나갔다
절름발이 내 소녀는
침침한 종이뭉치 전등불 아래 얼굴마저 녹아내렸고
나는 모든 절망과 사랑의 노래들을 자판으로 찍어눌렀다

남동 뒷골목이었다
철야의 달은 양철지붕 붉은 담벽을 느릿느릿 흐르고
낡고 슬픈 베틀에 앉아
절름발이 소녀는 새도록 진달래꽃 수를 놓았다
가난이 죄일세라 죄일세라 공장바닥 한구석
엄니 잃은 핏덩이 조카놈을 품에 안고 베틀을 타며
얼어붙은 기름밥에 석탄불을 적셔 삼키며 세월을 꿰맸다

창 너머 푸른 샛빛 저 뜬 조각들 하나 둘 종이 폭에 엮어나갔다

보아다오, 내 형제들, 민중의 시인이여
너는 언제나 이렇게 다시 태어나고
달빛 젖은 잉크로 저 베틀에서 조금씩 조금씩 길러졌다
밤마다 두툼한 땀과 눈물의 옛 책갈피마다
따뜻한 별과 우렁찬 힘의 무기들이 다듬어져 새겨지고
네 노래는 젊은 일꾼들 손에서 손으로 이어져 거대한 뿌리가 되어갔다

전라도 땅 남동 뒷골목이었다
낡고 슬픈 베틀에 앉아
절름발이 소녀는 밤마다 박해받는 세상의 자식들을 노래했다
철삿줄로 꿰맨 고물인쇄기계 톱니바퀴 덜커덩 덜컹
머나먼 옛 고향집 어머니 길 따라 네 시들을 종이 폭에 짜고
나는 저 달 아래
검은 기름피를 뚝뚝 바닥에 흘리고 있었다
　　　　　　　　　　　— 정수하, 「검은 땀의 잉크, 우리들 노래의 피 1」 전문

　다음으로 가작을 수상한 정해민은 전남 출생으로 사무직 노동자였다. 또 다른 가작 수상자인 김동후는 1965년 충북 청원 출생으로 유리·화학 노동자로 영등포 노동자문학회 회원이었다. 또 다른 가작 수상자인 서정홍은 1958년 경남 마산 출생으로 1987년 『풀무』에 시를 발표했고, 1990년 제1회 마창노련문학상을 수상했다. 마산창원 노동자문학회 회원이었다. 문학상 수상 이후 『윗몸일으키기』(현암사, 1995), 『58년 개띠』(보리, 1995) 등을 간행했다.

　소설 부문의 가작 수상자인 박일환은 1961년 충북 청주 출생이다. 장훈고등학교 국어 교사로 재직 중 전교조에 가입해 해직되었고, 전교조 서울지부 사립지회에서 활동했다. 1997년 『내일을 여는 작가』에 시를 발표했고, 시집 『푸른 삼각뿔』(내일을여는책, 2001) 등을 간행했다. 또

다른 가작 수상자는 '동부지역 노동자문학회 준비모임'이었다. 김재호, 신순봉, 이정은, 박윤우 등이 공동창작의 구성원이었다.

보고문학의 당선작 수상자인 정종목은 1961년 충남 공주 출생이다. 1991년 시집 『어머니의 달』(실천문학사)을 간행했고, 풀무기획을 운영했다.

제5회 전태일문학상은 1993년 시행되었는데, 그 상황은 〈표5〉와 같다.

〈표5〉 제5회 전태일문학상 상황

[수상일·장소] 1993. 2. 20. / 민예총강 [심사위원] 시: 신경림, 김남주 / 소설: 임헌영, 박태순, 윤정모 [총 응모 편수] 52명 379편 (시: 41명 368편 / 소설: 11명 11편)		
시	당선 가작	맹문재 「미숫가루를 타며」 외 김현아 「소나기」 조미라 「겨울산」
소설	당선 가작	양인호 「터널을 걸어온 사람들」 박윤우 「어사용」
수상작품집		출판 못함

제5회는 안타깝게도 문학상 수상작품집을 출간하지 못했다. 후원사가 이전의 '지리산' 출판사에서 '사회평론'으로 바뀌었는데, 경제적인 면 등 형편이 어려웠기 때문이다. 따라서 수상자들의 면면이 기록으로 남아 있지 않아 소개하기가 어려워 시 당선작만 밝히기로 한다.

하루 세 끼의 밥과 연탄 두 장의 무게에
서리 맞은 배춧잎처럼 움츠려지는 이 겨울날
미숫가루를 탄다
한 그릇의 물을 붓고 숟가락으로 휘휘 저으니
스물아홉 열두 달의 나이테가 어지럽게 돌고
이 소용돌이의 한가운데서 오늘도 살아가야 하는구나
아침밥 대신 미숫가루 한 그릇으로 새우잠의 허리를 펴고

움츠린 발목 양지까지 헤쳐가야 하는구나
큰오빠, 자취 생활에 몸 버리기 쉽지? 엄마가
때 거르지 말고 이거라도 타먹으래
색깔 고운 2300원짜리 소포의 소인 찍힌 우표 너머
콩깍지처럼 배틀어진 막내 동생의 연필 글씨
벽에 걸린 달력의 색연필 표시
할아버지 제삿날이 문득 문풍지를 울린다
조기라도 한 마리 사기 위해 어머니는
콩 말이나 이고 장에 가셨겠지
도회로 나간 자식들 대신 삐걱거리는 지게 지키는
작은할아버지 두 분만 허리 굽혀 오시겠지
덩이가 다 풀려 젓기를 멈춘다
언저리까지 풀려나오는 배추속대 같은 희망
오늘은 편지를 쓰자
이제 열흘만 지나면 정기 적금을 탄다고
어머니의 귀앓이도 동생들의 수업료도
얽히고설킨 우리 집의 농협 빚도 장작 패듯 쪼개보자고
겨울바람의 날갯죽지를 확 확 잡아당기는 이 풀기
스물아홉 열두 달 초이틀 아침 불 불 불붙어
출근복을 입는다

— 맹문재, 「미숫가루를 타며」 전문

맹문재는 1963년 충북 단양 출생으로 1991년 『문학정신』으로 작품 활동을 시작했다. 1995년 윤상원문학상을 수상했고, 시집으로 『먼 길을 움직인다』(실천문학사, 1996) 등을 간행했다.

제6회 전태일문학상은 1994년 시행되었는데, 상황은 〈표6〉과 같다.

〈표6〉 제6회 전태일문학상 상황

[수상일·장소] 1994. 2. / 민예총강당　[심사위원] 최원식 윤구병 박태순 황지우　[총 응모 편수] 215명 570편

시	당선	황규관 「지리산」 외 9편
	가작	이철산 「내 시의 주제는」 외 7편
보고문학	가작	하종강 「너무 늦게 만난 사람들」
수상작품집		『항상 가슴 떨리는 처음입니다』(사회평론)

시 부문 당선작 수상자인 황규관은 1968년 전주에서 태어나 포스데이타 기업통신 지원부에 근무했고, 구로노동자문학회 회원으로 활동했다. 시 당선작은 아래와 같다.

넌 이슬 맞은 새벽 별처럼
눈부시게 살다가
그을음 한점 없는
불꽃으로 갔다
그 눈부신 깃발마저
지금은 잎새로 떨어져
아무도 없는 빈 계곡에 누웠고
계곡물 소리로 들리는
쫓기는 너의 발자국 소리,
가쁘게 몰아쉬는 해방의 숨소리
아직 네 뼈와 살은
썩지 않았단 말이냐
아직도 '이념의 바다' 속을 헤엄치고 싶어
네 피가 살아
나를 적시고 있단 말이냐
너는 갔고
붉은 나뭇잎 물결치는 숲 속에서
내 풀어진 관자놀이를 겨누는
네 총구의 반짝임을
나는 오늘, 본다

— 황규관, 「지리산에서」 전문

기존의 당선작들과는 다른 서정성을 바탕으로 지리산이 품은 민족의 아픔을 노래하고 있다. 황규관은 문학상을 수상한 뒤 『철산동 우체국』(내일을여는책, 1998) 등의 시집을 간행했다. 가작 수장자인 이철산은 1966년 대구 출신으로 서울문화사에서 근무했고, 글패 '부활'에서 활동했다.

보고문학 부문 가작 수장작인 하종강은 1955년 인천에서 태어나 1980년부터 1986년까지 인천기독교 도시산업 선교회에서 실무자 활동을 했다. 한국 기독교 산업개발원 연구원, 이경우 법률사무소의 노동상담 실장, 한울노동문제연구소 소장 등을 맡았다. 『노동자는 못 말려』(민맥, 1995) 등을 간행했다.

제7회 전태일문학상은 2년 동안 시행되지 못하다가 〈표7〉에서 보듯이 1997년 재개되었다. 후원사가 '사회평론'에서 '보리'로 바뀐 점, 기존의 보고문학 대신 글쓰기 분야가 신설된 점, 한동안 시행하지 않았던 '최우수상'을 부활시킨 점 등이 눈에 띈다.

〈표7〉 제7회 전태일문학상 상황

[수상일 · 장소] 1997. 4. 30./ 출판문화회관　[심사위원] 문학: 신경림, 윤정모, 박태순, 김사인 / 글쓰기: 이오덕, 황시백, 이성인, 원종찬　[총 응모 편수] 문학: 시—72명 486편 / 산문—11명 26편 / 소설—10명 13편 / 글쓰기: 29명 63편

시	최우수 우수	오도엽 「굵어야 할 것이 있다」 곽장영 「수돗물로 오는 봄」
소설	우수	김영희 「공단으로 가는 버스」 최경주 「현장이야기」 이평순 「길」
글쓰기	최우수 우수	이재관 「왈왈이의 합창」 박영숙 「운명이 아무리 괴롭힐지라도」 안건모 「살아온 이야기」 이정란 「걸레」

| 수상작품집 | | 제1권『왈왈이들의 합창』, 제2권『굵어야 할 것이 있다』(보리) |

   시 부문의 최우수작을 수상한 오도엽은 1967년 전남 광주에서 태어나 창원공단에서 제관노동자로 일했다. 「굵어야 할 것이 있다」는 "굵어야 할 것이 있다"라는 구절을 반복적으로 사용하면서 노동자다운 결의를 담고 있다. 오도엽은 문학상을 수상한 뒤 시집『그리고 여섯 해 지나 만나다』(실천문학사, 1994) 등을 간행했다. 우수작을 수상한 곽장영은 1959년 경북 달성에서 태어나 한국건설기술연구소 행정원으로 일했고, 공익사회서비스노련 편집위원장으로 활동했다.

   소설 부문의 우수작을 수상한 김영희는 1973년 경남 진주에서 태어나 사회법률신문사에서 일하며 마산창원노동자문학회인 '참글' 회원으로 활동했다. 또 다른 우수작 수상자인 최경주는 1963년 전남 화순에서 태어나 닥트공으로 일하며 서울 지역 건설 일용 노동조합에서 활동했다. 『닥터공 최씨 이야기』(삶이보이는창, 2006)를 간행했다. 또 다른 우수작 수상자인 이평순은 1972년 경남 남해에서 태어났다. 중학교를 마치고 직물공장에 들어가 일하기 시작했다.

   글쓰기 부문에서 최우수작을 수상한 이재관은 1962년 전남 보성에서 태어났다. 1981년부터 현대엔진에서 선반 노동자로 일했고, 노동조합 활동을 했다. 현대중공업과 합병된 다음해인 1990년 골리앗파업으로 구속되었다가 1년 6개월 만에 복직했다. 현대중공업의 현장 이야기를 생생하게 그린『골리앗 공화국』(보리, 1995)을 간행했고, 노보 편집과 노동조합 선전교육을 맡았다. 최우수작으로 선정된『왈왈이들의 합창』은 골리앗파업으로 구속되어 감옥 생활을 하면서 체험한 일들을 담은 수기이다. 심사를 맡았던 이오덕은 수상작품집의 추천사에서 "한 노동자가 일하면서 살아가는 사람으로 마땅히 바라고 요구해야 하는 주장을 세우다가 동료들과 함께 그들을 탄압하는 권력의 손아귀에 잡혀 재판을 받고, 갇혀 있는 동안에 당하고 겪는 온갖 일들을 적어 놓은 이 기록문은, 우선 그 확신과 열정에 넘치는 글이 뿜어내는 힘에 읽는 사람이 끌려갔습니다."라고 평했다.

글쓰기 부문에서 우수작을 수상한 박영숙은 1967년 서울에서 태어났다. 초등학교를 마치고 명동의상실에서 공장생활을 시작했고, 평화시장에서 일하며 청계노조에서 활동했다. 또 다른 우수작 수상자인 안건모는 1958년 서울에서 태어났다. 고등학교 2학년 때 학업을 그만두고 여러 직업을 떠돌다가 1985년부터 시내버스 운전기사로 일했다. 『거꾸로 가는 시내버스』(보리, 2006)를 간행했다. 또 다른 우수작 수상자인 이정란은 1968년 충남 서산에서 태어나 임상병리사로 일했다.

제8회 전태일문학상은 1998년 시행되었는데, 그 상황은 〈표8〉과 같다. 이전까지 시행되지 않던 '입선'을 신설한 것이 눈에 띈다.

<표8> 제8회 전태일문학상 상황

[수상일 · 장소] 1998. 11. 7. / 98 민중대회 전야제　[심사위원] 문학—신경림, 박태순, 김사인 | 글쓰기—이오덕, 황시백, 이성인, 원종찬　[총 응모 편수] 시—100명 778편 / 소설—24명 27편 / 생활글 · 기록문—46명 79편

시	우수	박금란 「늙은노동자의 어렸을 적 저녁노을」 유정탁 「양정동부르스」
	입선	이창수 「고집센 염소」 한민자 「겨울바다」
소설	장편소설 우수	한웅규 「사람 발자국에 머물다」
	단편소설 우수	김해자 「최명아」
	입선	김도영 「국화야 국화야」

생활글 기록문	우수	김윤심 「전일본군위안부 김윤심 할머니 수기」 안윤길 「아내」
	입선	김윤미 「15원 벌기」 이희택 「노동자전」 이 화 「목련꽃이 필 때면」
수상작 품집		제1권 『부끄러운 건 우리가 아니고 너희다』, 제2권 『사람, 발자국에 머물다』(작은책)

시 부문 우수작 수상자인 유정탁은 1968년 경남 거창에서 태어났다. 고등학교 졸업 후 1987년부터 1998년까지 현대자동차에서 일했다. 또 다른 우수작 수상자인 박금란은 1954년 강원도 묵호에서 태어났다. 1994년 삼익악기에서 해고당하고, 황토벗누리회 대표로 활동했다. 입선작 수상자인 한민자는 1968년 충남 서산에서 태어나 임상병리사로 일했고, 서산노동자문학회 회원이다. 또 다른 입선작 수상자인 이창수는 1970년 전남 보성에서 태어나 광주대학교 문예창작과 학생이다.

장편소설 부문에서 우수작을 수상한 한웅규는 1958년 출생으로 검정고시를 거쳐 대학을 졸업하고 주택은행과 평화은행에서 일했다. 수상작 「사람, 발자국에 머물다」는 1961년 5·16군사 쿠데타의 시기부터 1980년 광주민주화 항쟁에 이르는 시기의 밑바닥 통속 이야기이다. 단편소설 부문에서 우수작을 수상한 김해자는 1962년 전남 목포에서 태어났다. 한국샤프를 비롯한 봉제공장 미싱사로 일했고, 인천노동자문학회에서 활동했다. 수상작인 「최명아」는 민주노총 조직1부장으로 일하다가 과로로 쓰러져 타계한 최명아 씨를 그린 실명 소설이다. 입선작 수상자인 김도영은 1966년 경기도 여주에서 태어나 자유기고가로 활동했다.

생활글 · 기록문 부문에서 우수작을 수상한 김윤심은 1930년 전남 해남에서 태어났다. 초등학교를 졸업하고 1943년 하얼빈으로 끌려가 일본군 위안부가 되었다. 이듬해 도망쳐 나왔지만 다시 붙잡혔다. 1945년 4월 탈출, 어느 고깃배에 구조되어 두 달간 뱃사공의 시중을 들었다. 1945년 6월 일본군에 끌려갈 것이 두려워 결혼했으나 실패, 1958년 재혼해 딸을 낳았다. 딸을 데리고 서울로 올라와 바느질, 봉제공장, 아파트 청소 등을 하며 생계를 이어갔다. 1993년 정신대 할머니로 신고한 뒤 한국 정신대 문제 대책협의회에서 활동했다. 일본, 미국, 북아일랜드 등지에서 일본군 위안부에 관한 증언을 했다. 수상작 「부끄러운 건 우리가 아니고 너희다」는 일본군 위안부 생활을 생생하게 담은 수기이다. 이 글을 심사한 이오덕은 심사평에서 "이것은 소설보다 더 엄청난 이야기다. 우리 민족의 피맺힌 수난의 역사를 증언한 놀라운 기록이다."라고 평했다.

또 다른 우수작 수상자인 안윤길은 1953년 경북 김천에서 태어났다. 중학교를 졸업한 뒤부터 한진중공업에서 일하다가 군대를 다녀온 후 대우조선을 거쳐 현대중공업에서 일했다. 현대중공업 노동조합에서 활동했다. 입선작 수상자인 이희택은 1965년 경북에서 태어났다. 1987년 군 제대 후 철공소, 컨테이너 공장, 빵공장, 가구공장, 전구공장, 원심분리기 만드는 공장, 전기 배선 등 온갖 일을 했다. 1990년 현대자동차에 들어가 일했다. 또 다른 입선작 수상자인 김윤미는 노동자로 서산노동자문학회 회원으로 활동했다.

제9회 전태일문학상은 2년 동안 중지되었다가 2001년 시행되었다. 후원사는 변함이 없었고, '최우수상' 제도를 부활시킨 점이 새로운데, 그 상황은 〈표9〉와 같다.

[수상일·장소] 2000. 4. 28 / 종로구민회관 [심사위원] 문학—신경림, 김명환, 박태순, 윤정모, 이인휘 / 생활글·기록문—이오덕, 원종찬, 안건모 [총 응모 편수] 시—55명, 274편 / 소설—20명, 24편 / 생활글—31명, 66편 / 기록문—2명, 2편		
시	최우수 우수	장옥자「내 안에 살아 있는 사랑에 대하여」 조수광「비가 1」 외 조혜영「이팝꽃」 외
소설	우수	김진영「뜀틀 넘는 고양이」 이희택「고향에서」 김영희「선택」
생활글 기록문	최우수 우수 입선	박기범「어머니와 나」 이경남「오월의 회고— 특전병사의 20년만의 고백」 배애순「어미가 감옥에서 데려 나온 딸」 기은미「뒤늦게야」 김유정「이 채소 오늘 온 거 맞아요?」 이호승「전태일과 나의 인생」
수상작품집		제1권『내 안에 살아 있는 사랑에 대하여』, 제2권『어머니와 나』(작은책)

시 부문의 최우수작을 수상한 장옥자는 1964년에 태어났다. 미싱사로 청계피복노동조합에서 활동했고, 서울지역 의류제조업 노동조합 사무국장을 맡았다. 당선작은 다음과 같다.

길 위를 뒹구는 노란 은행잎조차

힘겨운 삶의 일부로 다가오던

스무 살, 나는 사랑을 했습니다.

하루 열다섯 시간의 긴 노동

물먹은 솜처럼 지친 몸으로 돌아온

약수동 꼭대기 자취방에서

그 사람을 소개받던 날,
나는 그만 첫눈에 반하고 말았습니다.

그 사람은 노동자였습니다
스물세 살의 청년노동자
동료들에게 무한한 사랑을 갖고 있었고
그 사랑을 아낌없이 실천하기 위해
자신의 모든 것을 주어버리는
참으로 따뜻한 사람이었습니다

— 장옥자, 「내 안에 살아 있는 사랑에 대하여」 부분

700행에 가까운 장시로 한 여성 노동자가 사랑에 눈뜨면서 노동자다운 자각을 하고 끝내 노동운동에 헌신하는 과정을 생생하고도 힘있게 그려냈다. 우수작을 수상한 조수관은 1977년 전북 진안에서 태어났고 추계예술대학 문예창작학과 학생이다. 또 다른 우수작 수상자인 조혜영은 1965년 충남 서산에서 태어나 신성무역, 아남전기, 대준물산 등에서 일했다. 인천노동자문학회에서 활동했으며, 초등학교 급식실에서 조리사 일을 했다. 시집 『검지에 핀 꽃』(삶이보이는창, 2005)을 간행했다.

소설 부문에서 우수작을 수상한 김진영은 1970년 경북 영양에서 태어나 경기도 부천에 있는 복사골문학회에서 활동했다. 또 다른 우수작 수상자인 이희택은 1965년 출생으로 중소기업에서 일하다가 군대를 다녀온 후 1990년 현대자동차 승용1공장에서 일했다. 1998년 제8회 전태일문학상 생활글·기록문 부분에 입선되기도 했다. 또 다른 우수작 수상자인 김영희는 1970년 경남 진주에서 태어나 창원공단에서 일했다. 마창노동자문학회 '참글' 회원이었다.

생활글·기록문 부문 우수작을 수상한 이경남은 1956년 충남 아산에서 태어난 감리교 목사이다. 입선작 수상자인 배애순은 1928년 경남 김

해에서 태어나 창원에서 활동했다. 또 다른 입선작 수상자인 기은미는 1969년 전남 장성에서 태어나 울산에서 성장했다. 울산 노동자 글쓰기 모임인 '우리글'에서 활동했다. 또 다른 입선작 수상자인 이호승은 1938년 강원도 원주에서 태어나 1968년부터 1980년까지 벽산노동조합 지부장을 맡았다.

제10회 전태일문학상은 2001년 시행되었는데, 그 상황은 〈표10〉과 같다.

〈표10〉 제10회 전태일문학상 상황

[수상일·장소] 2001. 4. 28 / 종로구민회관 [심사위원] 문학: 신경림, 박태순, 이행자, 이인휘 / 생활글·기록문: 황시백, 원종찬, 안건모 [총 응모 편수] 215명 570편 (시: 137명 492편 / 소설: 24명 24편 / 보고문학:10명10편 / 기타: 44명 44편)		
시	최우수 우수	김병섭 「실업일기 13」 외 배재운 「안내」 외 조경선 「좋겠네, 도시 처녀 농촌으로 시집가서」 외
소설	최우수	홍명진 「바퀴의 집」
생활글 기록문	최우수 우수 입선	추송례 「어김없이 봄은 오는가」 이근제 「살아온 이야기」 박광현 「노동자가 되기까지」 박병두 「경비원 김씨」
수상작품집		『실업일기』(작은책)

시 부문 최우수작 수상자인 김병섭은 1962년 충남 태안에서 태어났다. 우수작 수상자인 배재운은 1958년 경남 창녕 출생으로 창원공단에서 일했다. '객토' 동인으로 활동했으며, 시집 『맨얼굴』(갈무리, 2009)을 간행했다. 또 다른 우수작 수상자인 조경선은 1972년 생으로 1995년부터 전국농민회총연맹 실무 간사로 일했다.

소설 부문 최우수작 수상자인 홍명진은 1966년 경북 영덕에서 태어나 인천노동자문학회에서 활동했다. 2001년 전국노동자문학회 기관지인 『삶글』에 중편소설 「움딸」을 발표했고, 소설집 『숨비소리』(삶이보이는 창, 2009)를 간행했다.

생활글 · 기록문 부문 최우수작을 수상한 추송례는 1957년 전남 완도에서 태어나 중학교 졸업 후 인천의 대성목재에서 일했다. 그 후 동일방직에 입사했지만 1978년 해고당했다. 이듬해 섬유노조 위원장 김영태의 통일주체국민회의 대의원 낙선운동과 동일방직 해고자 복직운동을 하다가 1년간 구속되었다. 1980년 부산 삼화고무에 취직해 노동운동을 펼쳤다. 1987년 길을 함께 가던 남편이 타계하자 현장생활을 접고 도시 빈민 자녀들과 장애인들을 돌보기 시작했다. 1994년 시각장애인 남편과 재혼해 물리치료실을 운영하여 장애인을 돕고 있다. 이 글을 심사한 안건모는 심사평에서 "동일방직 얘기는 주워들은 얘기나 책으로 조금 봐왔지만 그때 그 현장에서 있던 노동자가 실제로 이렇게 생생하게 쓴 건 처음인 듯하다. 말로만 듣던 20세 꽃다운 처녀들의 나체시위사건과 똥물사건도 실제로 당한 노동자가 썼기 때문에 이렇게 생생하고 처절하게 나올 수 있지 않았나 싶다."라고 평했다. 우수작 수상자인 이근제는 1956년 충북 음성에서 태어나 초등학교 졸업 후 상경해 노동일을 했다. 고향에 내려가 농사를 짓다가 1985년 인천으로 다시 올라와 대우자동차에 입사했다. 입선작 수상자인 박광현은 1964년 전남 강진에서 태어나 중학교 2학년 때 학업을 그만두고 상경해 노동자가 되었다. 1998년 동해운수에 입사해 버스운전을 했다. 또 다른 입선작 수상자인 박병두는 1964년 전남 해남에서 태어나 경기지방경찰청 수원남부 경찰서에 근무했다.

제11회 전태일문학상은 2002년 시행되었는데, 그 상황은 〈표11〉과 같다. 후원사가 '작은책'에서 제5회 및 제6회에 후원한 적이 있는 '사회평론'으로 바뀐 사항이 크게 달라진 점이다.

[수상일 · 장소] 2002. 11. 9 / 종로구민회관　[심사위원] 시: 신경림 / 소설: 박태순 / 생활글 · 기록문: 안건모　[총 응모 편수] 92명 498편 (시: 450편 58명 / 소설: 15편 11명 / 생활글: 33편 23명		
시	당선 가작	임성용 「저녁무렵」 외 이필 「우리끼리는」 외 임재동 「나는 모래를 꿈꾼다」 외
소설	당선	김성란 「제5병동」
생활글 기록문	가작	노영미 「소외된 비정규직의 517일」 나미리 「임금인상보다 더 기쁜 것」
수상작품집		『제5병동』(사회평론)

시 부문 당선작 수상자인 임성용은 1965년 전남 보성에서 태어났다. 고등학교 졸업 후 상경해 구로, 안산 등지에서 공장 노동자 생활을 했고, 구로노동자문학회 회원이었다. 가난한 동네의 아이들이 당하는 비극적인 상황을 절제된 감정과 거리를 유지해서 그린 작품으로 당선되었다. 시집 『하늘공장』(삶이보이는창, 2007)을 간행했다.

> 가리봉 2동 어린이집
> 골목길, 빵집 앞
> 아이들이 뛰어놀다
> 한 어린애가 넘어졌다
> 화물차 한 대가 무심코
> 넘어진 어린애를 타넘고 지나갔다
> 운전사는 애를 못 보았다고
> 말할 뿐.
> 아무런 비명도 없었다
> 그 애의 부모는 일 나가서
> 아직 돌아오지 않았다고, 했다

사람들을 대신해서 구급차가 울었다

피 냄새가 났다

다시, 빵 굽는 냄새가 났다

며칠 뒤에 비가 오고

아무 일 없이 아이들이 뛰놀았다

그 자리, 그 흔적 위에

다시, 한 아이가 넘어졌다

자동차 경적이 울렸다

이 동네에선 아주 흔한 일이라고

누군가 담배를 피우며 지나갔다

골목길, 와 와,

웃음소리 들리는 저녁 무렵

아이들은 저마다 한두 뼘씩 자라났다

바라기풀 꽃씨가 바람에 날렸다

— 임성용, 「저녁 무렵」 전문

가작으로 선정된 임재동은 1960년 인천에서 태어나 사진작가, 대금 연주가, 시 낭송가로 활동했다. 또 다른 가작 수상자인 이필은 1965년 서울에서 태어나 1980년부터 노동자의 생활을 했다. 1992년 일하는 사람들의 글모음인『오이꽃 편지』를 발간했다.

소설 부문 당선작 수상자인 김성란은 1956년 부산에서 태어났다. 1988년 한미병원에 입사해 노동조합 위원장으로 활동했다. 1989년 인근 병원 해고자 복직투쟁을 지원하다가 업무방해죄로 구속되었다. 1990년 출소한 후 병원노련 부산본부 교선부장, 대형트롤선원노조 교선부장, 전국운송하역노조 교선부장 등을 맡았다.

생활글·기록문 가작 수상자인 노영미는 1973년 태어나 1997년 한국 통신 대방전화국에서 입사했다. 2000년 노동조합 가입으로 해고통지서를 받고 총파업에 동참했다. 또 다른 가작 수상자인 나미리는 1959년 출생해 전북 지역 일반노동조합 위원장을 맡았다.

제12회 전태일문학상은 2003년 시행되었는데, 그 상황은 〈표12〉와 같다.

〈표12〉 제12회 전태일문학상 상황

[수상일·장소] 2003. 11. 7 / 민주노총 서울지역본부 3층 강당 [심사위원] 시— 김진경, 김사인; 맹문재, 문동만(예심) /소설—안재성, 공선옥; 윤동수(예심) / 생활글: 안건모 ; 신정숙, 이한주(예심)		
시	당선 가작	없음 윤석정「자목련」외 임희구「곱창」외
소설	당선 가작	김옥숙「너의 이름은 희망이다」 서창덕「꿈의 전화」 조채운「그 많던 차장은 다 어디로 갔을까?」
생활글	당선 가작	정경식「결코 멈출 수 없다」 김명순「운명의 배반」
수상작품집		『너의 이름은 희망이다』(사회평론)

시 부문에서는 당선작이 없었고, 대신 2명의 가작이 선정되었다. 윤석정은 전북 장수에서 태어났다. 중앙대학교 대학원 문예창작학과의 학생이었다. 또 다른 가작 수상자인 임희구는 1965년 서울에서 태어나 시집『걸레와 찬밥』(시평사, 2004)을 간행했다.

소설 부문 당선작 수상자인 김옥숙은 1968년 경남 합천에서 태어났다. 2003년 매일신문 신춘문예에 시가 당선되기도 했다. 가작 수상자인 서창덕은 1966년 경남 거창에서 태어나 전국금융노조 부산은행지구 위원장을 맡았다. 또 다른 가작 수상자인 조채운은 1979년 경남 창원에서 태어났다. 인천대학교 국어국문학과의 학생이었다.

생활글·기록문 부문 당선작 수상자인 정경식은 1958년 경남 사천에서 태어났다. 농고를 졸업하고 경기도 양주에 있는 풀무원공동체에서 있다가 1984년부터 전북 부안에서 농사를 짓기 시작했다. 유기농업단체인 정농회 부회장과 우리농업살리기 연대 집행위원장을 맡았다. 가작 수상자인 김명순은 1972년 중국 요녕성에서 태어났다.

제13회 전태일문학상은 2004년 시행되었는데, 상황은 〈표13〉과 같다.

〈표13〉 제13회 전태일문학상 상황

[수상일·장소] 2004. 11. 3 / 배재정동빌딩 〈민주화운동기념사업회〉 교육장
[심사위원] 시—맹문재, 나희덕; 이한주, 박일환(예심), / 소설—안재성, 공선옥; 전성태(예심) / 생활글: 김하경, 안건모; 신정숙, 박수정(예심)

구분	구분	작품
시	당선 우수	서상규 「인력시장에서」 외 김아름 「나이테가 새겨진 폐」 외 주영국 「어머니의 단층집」 외
소설	당선 우수	강효정 「기차, 언제나 빛을 향해 경적을 울리다」 유가원 「위대한 결단」 정춘희 「폭염」
생활글	당선 우수	오도엽 「참 고마운 삶」 송영애 「노점상 아줌마의 일기」 우대성 「후회」
특별상		노회찬 「선대본 일기」
수상작품집		『기차, 언제나 빛을 향해 경적을 울리다』, 『힘내라 진달래』(사회평론)

시 부문 당선작 수상자인 서상규는 1955년 서울에서 태어났다. 2003년 동양일보 신춘문예에 당선된 경력을 가지고 있다. 당선작은 인력시장과 소시장을 적절한 유비구조를 통해 비판성과 아울러 노동자 계급의 포용성을 그려냈다.

때 절은 호주머니 속 동전 몇 닢이
방울경쇠로 짤랑거린다
새벽 별이 핏발 선
눈망울을 굴리며 길을 밟는다
동틀 무렵 어둠의 갈피가 푸르러지며
코뚜레를 꿴 달빛이 고삐를 바짝 조인다

날빛에 목이 졸리기 직전의
창백한 수은등 아래
그림자에 묶인 소 떼가
흰 콧김을 내뿜으며 서성거리고 있다
온기 몇 점으로 온정을 나누는 드럼통 속
불길에서 파랗게 돋은 정맥을 끄집어낸다
산맥의 혈이 뻗어 내린
힘줄로 밭을 갈던 한 시절
꿈길을 되짚어 하루 노역을 점친다

거간꾼들이 나타날 때마다
저마다 앙상한 골격을 부풀리고
순한 이빨을 드러낸다
누구도 찌른 적이 없는 야성의 뿔을 들이밀며
복종의 표시로 한껏 머리를 숙이지만
풀빛 지폐 몇 장으로 벌이는
흥정은 튼실한 소에게로 향할 뿐이다
하루치의 건초에 행운을 되새기는
눈길이 발굽에 차인다
가스러진 터럭 사이를 파고드는 바람에
펄럭이는 살가죽을 여민 몸속에서
운명을 삿대질하는
알싸한 공복을 다독거린다

연장가방에 단단히 물린 지퍼처럼
어금니를 질근질근 깨문다

손등을 짓찧는 망치질로 하루의 기둥을 세우고
시큰거리는 근육으로 시간을 톱질할 수 있다면
굳은살이 아픔 없이 뜯겨나가는 나날이다

아침 출근에 바쁜 사람들 틈에서
하루의 시간을 접으며
햇살에 축문 적은 소지를 사른다
생을 긍정하듯 고개를 끄덕끄덕
발뒤축을 좇는 그림자의 고삐를 끌며
햇무리에 방울소리를 감는다

— 서상규, 「인력시장에서」 전문

다음으로 우수작 수상자인 김아름은 1983년 태어나 e—조은뉴스 사회부 기자로 일했다. 또 다른 우수작 수상자인 주영국은 1964년 전남 신안에서 태어나 공군기상대 예보실에서 근무했다.

소설 부문 당선작 수상자인 강효정은 1970년 부산에서 태어나 전쟁과 차별을 반대하는 고양사람들의 모임인 '평화바람'의 상임위원, 민주노동당 일산갑 지부 부원장으로 활동했다. 우수작 수상자인 유가원은 1948년 서울에서 태어나 금호고속에 재직하다가 2000년 명예퇴직했다. 또 다른 우수작 수상자인 정춘희는 1965년 경북 영천에서 태어났다. 경희사이버대 미디어문예창작학과의 학생이었다.

생활글 부문의 당선작 수상자인 오도엽은 1967년 전남 광주 출신이다. 제7회 전태일 문학상 시 부문 수상자이기도 하다. 우수작 수상자인 송영애는 1970년 전남 진도에서 태어났다. 위례상업고등학교의 명예교사이다. 또 다른 우수작 수상자인 우대성은 1966년 강원도 영월에서 태어나 부산곰두리휠체어농구단 선수로 활약했다.

제13회 전태일문학상에서 특기할 사항은 특별상이 수여된 점이다. 그 첫 수상자는 노회찬 의원이었다. 노회찬은 1956년 부산에서 태어나 1973

년 유신독재 반대운동을 시작으로 1987년 인천지역 민주노동자연맹 창립, 매일노동뉴스 발행인, 진보정당추진위원회 및 진보정치연합 대표를 역임했다. 민주노동당 사무총장, 중앙선거대책본부장을 거쳐 2004년 제17대 민주노동당 국회위원이 되었다. 그의 『힘내라 진달래』는 제17대 총선 기간인 2004년 1월 5일부터 3월 31일까지 민주노동당 중앙선거대책본부장을 맡고 운동하면서 기록한 일기이다. 전태일문학상 운영위원회와 심사위원들은 민주노동당의 국회 진출은 한국 노동운동사에서 중요한 사건이고, 기록의 역사성이 충분하다고 평가해 수상을 결정했다.

제14회 전태일문학상은 〈표14〉와 같이 2005년에 시행되었다.

〈표14〉 제14회 전태일문학상 상황

[수상일 · 장소] 2005. 11. 6 / 중구 구민회관　[심사위원] 시—맹문재, 나희덕 / 소설—안재성, 공선옥 / 생활글—김하경, 이인휘		
시	당선 우수	이맹물 「비명(悲鳴)—마이크로칩 공장」 외 박소란 「겨울밤, 아기단풍」 외 오진엽 「철도원 부부」 외 장종의 「학춤」 외
소설	당선 우수	없음 김인철 「깨어 있는 시간」 장용돈 「비둘기들의 서식처」
생활글	당선 우수	석연옥 「장롱」 신영순 「보고싶다, 물봉선화가」 최경호 「희망의 언덕」
특별상		임효림 「피를 먹고 자라는 나무」 외
수상작품집		『비명(悲鳴)—마이크로칩 공장』(사회평론)

시 부문 당선작 수상자인 이맹물은 1977년 경북 영양에서 태어났다. 공장 노동자생활을 하며 생태 및 노동관련 자유기고가로 활동했다. 문

학상을 수상한 후 본명인 이봉형으로 시집『어쩌다가 도둑이 되었나요』
(푸른사상, 2011)를 간행했다. 당선작은 신자유주의 시대에 구속된 노동
자 계급 상황을 체험의 구체성과 아울러 완성도 높은 구성력을 통해 효
과적으로 그려내었다.

(비명을 지르다. 옥타브. 목청. 남자. 가성(假聲)의, 한계)

내가 발목 잡혀 있는 직장은
백 미터의 직선 복도가 있는 윙윙대는
삐삐대는 간혹 클래식 멜로디의 경보음(警報音)이 들리는
첨 단 공 장
똑같은 수백 수천 개의 형광등이 누릿한 빛을 내며
스물네 시간 정렬한 곳

셔틀버스는 일 년 동안 딱 두 번 지각했을 뿐
커다란 덩치를 밀며 사거리 저 모퉁이로
떠오르듯 꺾어 나오지
사람들은 일시에 한 곳으로 쏠려 적당한 양보로
차에 오르고 인사는 늘 생략된다
야간근무를 향하는 사람들은 매일 지정석에 꽂혀
서로 비슷한 표정으로 동시에 말을 잃고
우회전 좌회전 정지 출발을 반복하는 버스의 요동에
엇박자로 흔들려 나간다
줄지어 늘어선 앞사람의 뒤통수 사이로
깨끗하게 정돈된 도시
수백 개의 달처럼 공중에 매달린 가로등
깜빡이는 신호등 깜빡이는 자동차를
흐린 꿈처럼 바라보며 눈을
깜빡인다

공장 내부가 그러하고 단체 작업복이 그러하고
대형식당의 식판이 그러하고

도로가 그러하고
버스의 좌석이 그러하고 사원아파트의 모양이 그러하듯
속도를 신앙하는 나의 도시는
백열등 아래 피똥을 싸는 닭장 속의 닭을
길러낸다, 우리는 같은 색(色)으로
우리를 사육한다. 그리고 우리는
극히 사소한 거부권만을 안다
이를테면 어떤 사람은 도시의 평면도 같은 식판 안에서
딱 한 가지 반찬만을 덜어낸다
그것은 적선(積善)처럼 버려진다,
다른 이의 식판으로

기계들은 충혈된 눈을 자동으로 돌려댄다
신경질적인 알람이 한 줄 비명을 가르면
누구든 서둘러야 한다
직각의 수많은 벽들 나는
우리 공장의 장점을 말하고 싶다
그것이 얼마나 소음을 잘 견디는가를
그것들이 얼마나 소리를 잘 먹어대는가를.
아무리 고함쳐도 사방 울기나 할 뿐 기껏
내 폐부를 흔드는 떨림으로 죽는다
구린 토사물을 남몰래 되삼키고
한낱 복통을
양심으로 나는 적는다. 그러므로 이곳은
무결(無缺)한 질서이다
계획도시와
거리와
복도와, 식판을 쏘옥 빼닮은
마이크로칩을 생산하는 곳
마 이 크 로 칩 공장

— 이맹물, 「비명—마이크로칩 공장」 전문

다음으로 우수작 수상자인 박소란은 1981년 서울에서 태어나 영화 월

간지 COREA에서 활동했다. 또 다른 우수작 수상자인 오진엽은 1969년 전북 전주에서 태어났다. 한국철도공사 1호선 전동차의 차장이었다. 또 다른 우수작 수상자인 장종의는 전남 영광에서 태어났다. 한신대학교 문예창작학과의 학생이었다.

소설 부문에는 당선작이 없었고, 우수작 2편이 대신 선정되었다. 우수작 수상자인 김인철은 1975년 서울 출생으로 2004년『스토리문학』에 작품을 발표했으며 외국어학원 영어강사였다. 또 다른 우수작 수상자인 장용돈은 1969년 전북 고창에서 태어났다. 부산국제영화고등학교 교사로 재직하며 전국교직원노동조합 부산국제영화고등학교 분회장을 맡았다.

생활글 부문 당선작 수상자인 석연옥은 1968년 경북 달성에서 태어났다. 직장생활을 하다가 서울에 올라와 가정을 이루었다. 우수작 수상자인 신영순은 1965년 전남 곡성에서 태어났다. 중학교 졸업 후 효성물산에 입사했으나 노조탄압으로 1984년 퇴사했다. 또 다른 우수작 수상자인 최경호는 경기도 지방공무원으로 안산시 건축과에 재직했다.

제14회 전태일문학상에서도 특별상이 선정되었다. 수상자는 「피를 먹고 자란 나무」 외 3편을 투고한 임효림으로 그의 민주화운동 공로가 인정되었다.

제15회 전태일문학상은 〈표15〉와 같이 2006년 시행되었다.

〈표15〉 제15회 전태일문학상 상황

[수상일 · 장소] 2006. 11. 11 / 민주화운동기념사업회 강당　[심사위원] 시―김해자, 맹문재; 문동만, 조혜영(예심) / 소설―김하경, 안재성; 정해주, 전성태(예심) / 생활글―안건모, 이근재; 이한주, 신정숙(예심)

시	당선 우수	이명윤 「수화기 속의 여자」 외 송기역 「트렉터 순례자들의 노래」 외 유현아 「어머니의 청계천2」 외 김양진 「뒷간 천정에 목을 맨 그는」 외

소설	당선 우수	최용탁 「단풍 열 끗」 허기 「백명암」 김재성 「요리사」
생활글	당선 우수	최영미 「즐거운 곳에서는 날 오라 하여도」 김만년 「연어」 서분숙 「현대차 노동자들 , 참교육의 선봉에 서다」
수상작품집		『단풍 열 끗』(사회평론)

시 부문 당선작 수상자인 이명윤은 경남 통영에서 태어나 시집 『수화기 속의 여자』(삶이보이는창, 2008)를 간행했다. 당선작은 다음과 같은데, 노동자들의 힘듦과 아픔을 감각적인 표현으로 그려내었다.

어디서 잘라야 할지 난감합니다, 두부처럼 쉽게 자를 수 있다면 좋을 텐데요, 어딘지 서툰 당신의 말, 옛 동네 어귀를 거닐던 온순한 초식동물 냄새가 나요 내가 우수고객이라서 당신은 전화를 건다지만 나는 하루에도 몇 번씩 우수고객이었다가 수화기를 놓는 순간 아닌, 우린 서로에게 정말 아무것도 아닌.

"선생님, 듣고 계세요?"
"……네."
"이번 보험 상품으로 말씀 드리면요."

나와 처음 통화 하는 당신은 그날 고개 숙이던 면접생이거나 언젠가 식당에서 혼이 나던 종업원이거나 취업신문을 열심히 뒤적이던 누이. 당신은 열심히 전화를 걸고 나는 열심히 전화를 끊어야겠지요. 우린 각자 열심히 살아가야 하니까요. 어떡하면 가장 안전하게, 서로가 힘 빠지지 않게 전화를 끊을 수 있을까요? 눈만 뜨면 하루에게 쉼 없이 전화를 걸어야 하는 당신. 죄송합니다. 지금 저역시 좀처럼 대답 없는 세상과 통화중입니다. 뚜뚜뚜뚜.

— 이명윤, 「수화기 속의 여자」 전문

다음으로 우수작 수상자인 김양진은 1964년 경북 청송에서 태어나 인쇄회로기판 제조업에 종사했다. 또 다른 우수작 수상자인 송기역은

1972년 전북 고창에서 태어나 『허세욱 평전』(삶이보이는창, 2010)을 간행했다. 또 다른 우수작 수상자인 유현아는 1970년 서울에서 태어나 교보생명에서 일했다.

소설 부문 당선작 수상자인 최용탁은 1965년 충북 중원에서 태어나 충주에서 농사를 짓고 있다. 소설집 『미궁의 눈』(삶이보이는창, 2007)을 간행했다. 우수작 수상자인 허기는 1960년 경북 상주에서 태어났다.

생활글 부문 당선자인 최영미는 1973년 경기도 김포에서 태어나 가정을 이루고 있다. 우수작 수상자인 김만년은 1961년 경북 예천에서 태어나 봉화에서 성장했다. 『월간문학』으로 등단했고, 한국철도공사 홍보실에서 근무했다. 또 다른 우수작 수상자인 서분숙은 1967년 경북 대구에서 태어났다. 1993년부터 울산에서 비정규직 교사로 아이들에게 역사와 지리를 가르치고 있다.

제16회 전태일문학상은 〈표16〉에서 볼 수 있듯이 2007년에 시행되었다.

〈표16〉 제16회 전태일문학상 상황

[수상일·장소] 2007. 11. 10 / 중구구민회관　[심사위원] 시—오철수, 맹문재, 문동만 / 소설—안재성 이인휘 / 생활글·기록문—김순천, 박수정, 안건모, 이한주		
시	당선	송유미 「희망 유리 상회」 외
소설	당선 우수	정윤 「회양나무숲」 박수경 「어깨너머 그 빛」 오민택 「태양은 뜬다」
생활글· 기록문	특별상	최경호 「작은 날갯짓」
수상작품집		『회양나무숲』(사회평론)

시 부문 당선작 수상자인 송유미는 서울에서 태어나 경향신문 신춘문예로 등단했다. 청소용역회사 등에서 일했으며, 오마이뉴스 시민기자로

활동 중이다. 당선작은 다음과 같다.

허름한 희망 유리 상회 창문은
수족관처럼 뭉클뭉클 몰려다니는
양떼구름을 키우고 모래 바람도 키운다.
어느 창틀에든 맞게 잘라 놓은
여러 개의 유리들은
골목길 모롱이에서 튀어나온
똑같은 크기의 승용차와 사람들을
무수히 복제해서 쏟아내기도 한다.
때론 흐릿하거나 밝거나 어두운
희망 유리 상회 창문 안을 기웃대면
심해에 사는 거북이처럼
등이 굽은 주인을 만날 수 있다.
한 장 한 장 저마다 다른
바다를 품은 듯 바람에 잔물결 치는
희망 유리 상회, 문이 열린 날보다
문이 굳게 닫힌 날이 많은 희망 유리 상회
어쩌다 밤늦게 그 앞을 지나노라면
밤바다보다 고요한 침묵에
나는 지느러미 돋는 한 마리 물고기가 된다.

— 송유미, 「희망 유리 상회」 전문

다음으로 소설 부문 당선작 수상자인 정윤은 1965년 경남 삼천포에서 태어났다. 강원도 묵호, 서울 등지에서 살다가 경남 창원에서 거주하고 있다. 마창노동자문학회 '참글'에서 활동했다. 우수작 수상자인 박수경은 1987년 강원도 동해에서 태어났다. 또 다른 우수작 수상자인 오민택은 원양어선의 선원, 기아자동차 광주공장에서 일하며 노동조합 대의원으로 활동했다.

제16회 전태일문학상 기록 부문에서 특별상이 나왔다. 수상자는 최경호로 1980년 경기도 지방공무원에 임용되어, 2003~2004년 전국공무원

노동조합 안산시 지부장을 역임했다. 제14회 전태일문학상 수상자이기도 했다. 투고한 작품은 공무원들이 노조를 만드는 과정을 기록한 것으로 기록적 가치가 인정되었다.

제17회 전태일문학상은 〈표17〉에서 보듯이 2008년 시행되었다.

<표17> 제17회 전태일문학상 상황

[수상일 · 장소] 2008. 11. 8 / 중구구민회관　[심사위원] 시—백무산, 최종천; 맹문재, 이한주(예심) / 소설—오수연, 김영현; 김서정, 전성태(예심) / 생활글—홍세화, 김용심; 안건모(예심)		
시	당선 우수	김후자 「고리」 외 최일걸 「김밥말이 골목」
소설	당선 우수	백정희 「황학동 사람들」 박은창 「깍다」 김학찬 「和睦夜學(화목야학)」
생활글 · 기록문	특별상	수상작 없음
수상작품집		『황학동 사람들』(사회평론)

시 부문 당선작 수상자인 김후자는 1968년 경북에서 태어나 평화문단 동인으로 활동하고 있다. 당선작은 자본주의 상품으로 인해 물신화된 현대인들의 삶을 상징적으로 그려냈다.

남자가 지하철에서 휴대용 접착고리를 판다
쉴 새 없이 상품을 선전하는 남자
스티커에 붙은 도금한 고리가 3kg 철근을 번쩍 들어올린다
그리고 다시 이를 앙다문 고리가 5kg을 들어올린다
제 덩치보다 몇 백 배 많은 쇳덩이를 번쩍번쩍 들어올리며
하루를 지탱하고 있다
남자가 고리에게 눈을 찡끗 감는다
고리는 펑퍼짐한 아줌마 서넛을 들어올린다

졸고 있던 사람들이 화들짝 깨어났다

남자가 신이 났다

고리가 있는 힘을 다해 지하철을 통째로 들어올리려 한다

절대 과부하가 없는 저 고리

남자의 생(生)도 번쩍 들어올릴 것 같은

견고하고 단단한 저 고리

좀처럼 끄떡없을 그 무엇도 번쩍 들어올릴

남자에겐 고리가 있다

남자가 구름 손잡이에 팔을 올린다

고리가 척 걸린다

— 김후자, 「고리」 전문

우수작 수상자인 최일걸은 1967년 전북 진안에서 태어났다. 1997년 한국일보 신춘문예에 동화가, 2006년 조선일보 신춘문예에 희곡이 당선된 경력을 가지고 있다.

소설 부문 당선작 수상자인 백정희는 전남 무안에서 태어나 1998년 농민신문 신춘문예로 등단했다. 소설집 『탁란』(삶이보이는창, 2010)을 간행했다. 우수작 수상자인 박은창은 백제예술대학 영상문예과를 졸업했다. 또 다른 우수작 수상자인 김학찬은 고려대학교 국어교육과의 학생이다.

3

전태일문학상의 지향을 모색하기 위해서는 다른 문학상의 운영 상황과 문제점들을 살펴보는 것이 필요하다.[4] 2010년 현재 시행되고 있는 문학상 수는 200여 개가 넘는다. 문학상이 난립하는 이유는 무엇보다 문학잡지의 증가를 들 수 있다. 문학잡지들이 입지를 구축하기 위해서

---

4) 아래의 내용은 맹문재, 「문학상의 빛과 그림자」(『현대시학』, 2009년 8월호, 207~218 쪽)에서 발췌함.

또는 상업적인 의도로 문학상을 제정해서 시행하고 있는 것이다. 지방 자치 단체들이 문화정책의 일환으로 문학상을 시행하고 있는 것도 증가의 한 요인이다. 지방자치 단체들은 홍보나 관광사업의 차원에서 문학상을 운영하고 있는 것이다. 언론사나 각종 단체들도 홍보 효과나 정체성 제고 차원에서 문학상을 시행하고 있다. 전태일문학상도 이 경우에 해당된다고 볼 수 있다. 전태일 열사의 정신을 계승하고 발전시켜 노동자들의 노예적 삶을 극복하고 역사의 주인이 될 수 있도록 하려는 것이다.

문학상은 작가의 작품에 권위를 부여하는 것으로 독자들과 문학사에 영향을 끼친다. 그런데도 불구하고 많은 문학상들이 독자들로부터 축하를 받지 못할 뿐만 아니라 오히려 각종 추문에 휩싸이고 있다. 무엇보다도 자격을 갖추지 못한 문학상들이 난립하기 때문이다. 따라서 운영 주체는 보다 무거운 책임감을 가지고 취지에 맞는 기준으로 운영 과정의 공정성과 투명함을 담보해야 된다.

심사 과정의 공정성 문제는 문학상이 점점 상업화되고 있기에 특히 중요하다. 문학상이 작품을 상품으로 변질시켜서는 창작의 발전이 이루어질 수 없다. 그런데도 불구하고 오늘날의 문학상 권위는 작품 자체보다도 상금 액수나 홍보력에 의해 만들어지는 추세이다. 결국 문학상의 의의가 점점 왜곡되고 있는 것이다.

문학 정신의 본질에 비추어보면 문학상은 모순점이 있는 제도이다. 문학의 의의란 서열화된 세계의 질서를 타파하는 역할을 하는 데 있다. 그런데도 불구하고 문학상은 서열을 조장하는 일이기에 문학 정신에 위배되는 것이다. 그렇지만 문학상은 인간이 지혜를 발휘해 이룬 제도로 인류 문화에 기여하는 바가 분명 있다. 따라서 문학상 제도 자체를 부정하기보다는 제대로 시행할 필요가 있는데, 18회의 역사를 갖고 있는 전태일문학상이 지향할 점이다.

문학상의 빛과 그림자

1

　문학상의 유형은 크게 문학잡지나 신문 또는 문학 관련 단체 등에서 공모해 표창하는 것과 그와 같은 매체에 발표된 작품을 평가해서 표창하는 것으로 나눌 수 있다. 문학상은 또한 시문학상, 소설문학상, 비평문학상, 아동문학상 등 장르별로도 구분 지을 수 있는데, 두 부문 이상을 운영하는 종합문학상도 상당하므로 구체적으로 분류하기가 쉽지 않다. 따라서 이 글에서는 기성 문인들을 대상으로 하는 시문학상을 염두에 두면서 문학상의 전반을 다루고자 한다. 문제점의 차원에서 보면 신인문학상의 경우에도 만만하지 않겠지만 기성 문인들을 대상으로 하는 문학상의 문제가 보다 심각하다고 생각하기 때문이다. 그리고 시문학상만을 살펴보는 것보다 문학상의 전반을 함께 다루는 것이 문제점을 좀 더 파악하고, 그에 따른 개선안도 제시할 수 있다고 생각하는 것이다.

　2008년 현재 시행되고 있는 문학상 수는 200여 개에 이른다. 한국문화예술위원회가 2005년부터 2008년까지 발간한 각 『문예연감』에 따르면 문학상 수는 2004년 167개, 2005년 146개, 2006년 166개, 2007년 190개 등이다. 집필자에 따라 수집 방식에 차이가 있어 정확하다고는 볼 수 없지만, 문학상이 증가하고 있는 것은 사실이다. 그 중에서도 시문학상이 2004년 65개(종합문학상 15개, 시조문학상 10개 제외), 2005년 52개(종합문학상 28개, 시조문학상 7개 제외), 2006년 37개(종합문학상 63개, 시조문학상 11개 제외), 2007년 41개(종합문학상 70개, 시조문학상 11개 제외) 등으로 가장 큰 비율을 차지하고 있다.

문학상이 난립하는 이유로는 우선 문학잡지가 증가함에 따라 문학상도 비례해서 늘어난 것으로 볼 수 있다. 위와 마찬가지로 각『문예연감』에 따르면 문학잡지는 2004년 204종(시 43종, 종합 116종), 2005년 228종(시 50종, 종합 135종), 2007년 271종(2006년은 집계가 없음) 등에서 볼 수 있듯이 계속해서 증가하고 있다. 새로운 문학잡지들은 자신들의 약한 입지를 구축하기 위한 전략으로, 그리고 상징적 권력을 상업적으로 이용하려는 의도로 문학상을 제정해오고 있는 것이다. 지방자치 단체들이 문화정책의 일환으로 문학상을 제정한 면도 한 원인으로 들 수 있다. 지방자치 단체들은 자신들의 지역을 전국적으로 홍보하는 것은 물론 향후 관광 수입을 올리려는 목적으로 지역 출신 문인을 기리는 문학상을 제정하고 나서는 것이다. 이외에 언론사들이나 각종 단체들이 상업적인 이익이나 홍보 효과 등을 위해 문학상을 제정한 면도 들 수 있다.

문학상은 작가의 작품에 권위를 부여하는 것 이상으로 창작자에게는 물론이고 독자들에게 그리고 문학사에 영향을 주는 제도이다. 그런데도 불구하고 많은 문학잡지나 신문사 또는 각종 단체에서 문학상을 시행하고 있지만 문인들이나 독자들이 큰 관심을 보이지 않고 있다. 오히려 안타깝게도 각종 추문에 종종 휩싸이고 있는 형편이다.

그렇다면 문학상들이 왜 이와 같은 상황에 처해 있는 것일까? 무엇보다도 자격을 갖추지 못한 문학상들이 너무 많기 때문이다. 그리하여 문단의 상황을 조금이라도 알고 있는 문인들은 각종 문학상이 발표되어도 박수를 치지 않는다. 오히려 문학상 운영 측이 자신들과 관계된 문인들을 밀어주거나 나눠먹기 식으로 결정되었다고 냉소를 보인다. 전통이 있는 문학상들도 심사 과정에 대한 공정성을 인정받지 못하고 있는 형편이다. 실제로 주요 문학상을 수상하는 문인들은 제한되어 있고 심사위원들 역시 중복되어 공정성을 담보했다고 보기 어렵다. 그와 같은 면은 163명의 비평가를 상대로 국내 문학상의 심사 기준에 대한 질문에서 '공정하다'고 대답한 경우는 2명(1.4%)에 불과하고, '계열별, 유파별로 상을 준다'(106명, 73.1%)거나 '상업적 의도가 강하다'(30명, 20.7%)고 대답한 경우가 압도적인 데서 여실히 확인된다.[1] 문학상이 공정하게 선정된다기보다 문단의 친밀관계나 작가의 위치나 출판사의 상업적 목적 등에 의해 다분히 만들어진다는 사실을 알 수 있는 것이다.

2

그동안 문학상에 대한 진단 혹은 비판은 문제의식을 가진 몇몇 비평가들에 의해 간간이 시도되었을 뿐 본격적이지 않았다. 그것은 현재에도 마찬가지인데, 그만큼 문인들에게 문학상은 비판하기 어려운 대상이다. 다시 말해 문학상을 비판하는 것은 곧 자기 스스로 상을 받지 않겠다고 선언하는 것과 같을 정도로 문인들은 문학상의 눈치를 보는 것이다. 그리하여 문학상에 대한 비판이 제대로 이루어지지 않고, 세상의 일이 다 그렇지 않느냐는 식의 패배주의가 만연한다. 또 문학상이 다소 문제점이 있다고 할지라도 긍정적인 면이 많은데 굳이 비판할 필요가 있겠느냐는 타협주의도 팽배하다. 이러한 상황에서 2004년 상반기에 창간

---

1) 「설문 : 평론가 163명에게 듣는다」, 『한국문학평론』 창간호, 1997년 봄, 범우사, 88쪽.

된 '작가와 비평'에서 이루어진 비판들은 환기력을 준다.[2] 주요 문학상에 대한 구체적이면서도 집중적인 공격이기에 주목할 면이 있는 것이다.

먼저 최강민은 가장 오래된 전통을 자랑하는 현대문학상을 비판했다. 현대문학상은 1955년 현대문학사에 의해 제정되어 종합문학상의 역사를 본격적으로 열었다고 볼 수 있다. 한 해도 거르지 않고 시행되어 2008년 현재 53회나 되는 실로 놀라운 기록을 보유하고 있다. 1980년부터는 그동안 신인들을 대상으로 하던 현대문학신인상 제도를 등단한 지 10년 이상 된 문인을 대상으로 하는 현대문학상으로 바꾸었다. 1990년부터는 문학상 수상 작품집을 발간하기 시작했는데, 문학사상사에서 운영하는 이상문학상이 대중적으로 성공을 거두자 영향을 받은 것으로 보인다. 최강민은 오랜 역사를 가진 현대문학상에 대해서 공정하지 못한 심사 과정은 물론이고 변화보다 안정에 포박되어 수구적 기득권의 유지 및 확장으로 귀착되었다고 진단했다. 문학상의 기치로 내세운 순수성과 보수성이 혁신적인 실험이나 시대의 변혁을 요구하는 민중들의 목소리를 외면했다고 비판한 것이다.

하상일은 조선일보가 시행하는 동인문학상을 비판했다. 동인문학상은 1955년 사상계에서 제정한 것으로 현대문학상과 더불어 문학상의 역사를 본격적으로 열었다. 그렇지만 1967년 중단되었고, 1979년부터 동서문화사가 운영하다가 1986년 다시 중단되어, 1987년부터 조선일보사가 주관해오고 있다. 2000년부터는 4명의 소설가와 3명의 평론가를 종신

---

2) 다음과 같이 6편이 실려 있다. ① 최강민, 「노년의 '현대문학상', 사망과 회춘의 기로에서」, 『문학상 제도의 빛과 그늘』, 화남, 2004, 17~43쪽. ② 하상일, 「문언유착과 문학권력의 제도화─조선일보와 〈동인문학상〉을 중심으로」, 위의 책, 44~63쪽. ③ 고봉준, 「시장과 우상─〈이상문학상〉을 비판한다」, 위의 책, 64~89쪽. ④ 정혜경, 「오늘을 묻다─'오늘의 작가상'을 중심으로」, 위의 책, 90~112쪽. ⑤ 이경수, 「시 문학상이라는 제도의 안과 밖─'김수영문학상'과 '소월시문학상'을 중심으로」, 위의 책, 113~136쪽. ⑥ 고명철, 「추문과 풍문으로 얼룩진 비평상」, 위의 책, 37~154쪽. 본문에서 내용을 소개하는데, 편의상 각주 처리는 생략한다.

심사위원을 위촉하고 상금도 5천만원으로 인상했다. 하상일은 조선일보사의 그와 같은 의도가 안티조선 운동의 확산을 막기 위한 전략이라고 보았다. 문단의 권위가 있는 심사위원을 조선일보의 원군으로 내세움으로써 안티조선 운동에 방어막을 형성하려는 전략이라고 본 것이다. 그리하여 친일문학상이라는 본질적인 문제점뿐만 아니라 거대한 자본과 대중에 대한 영향력을 무기로 문인들을 줄 세운다고 비판했다.

친일문학상에 대해서는 오창은이 비교적 설득력 있게 비판했다.[3] 친일문학상은 1955년에 제정된 동인문학상, 1982년에 제정된 조연현문학상, 1985년에 제정된 육당시조문학상, 1989년에 제정된 소천비평문학상, 1990년에 제정된 팔봉비평문학상, 2000년에 제정된 이무영문학상, 2001년에 제정된 미당문학상, 2006년에 주요한의 호를 따서 제정된 송아문학상, 2002년 채만식의 호를 따서 제정된 백릉문학상 등으로 정리할 수 있다. 오창은은 친일 청산이 우리 사회에서 끊임없이 제기되고 있지만 문학 분야에서 그 당위성을 인정받지 못하는 이유는 직접적으로 일상생활에 영향을 미치는 분야가 아니라 비가시적인 이데올로기의 영역이기 때문이라고 보았다. 또한 문단 내부의 인적 관계가 영향을 미친다고 보았다. 가령 동인문학상의 제1회 심사위원은 9명이었는데, 그 중에서 김팔봉, 백철, 최정희, 이무영, 정비석, 이헌구 등 6명이 친일작가로 구성된 사실에서 볼 수 있듯이 서로 공모관계를 형성해 반성 없이 시행되고 있다고 비판한 것이다.

고봉준은 이상문학상을 비판했는데, 심사 과정에 문제 제기를 한 것이 눈에 띈다. 평론가 3인과 작가 2인으로 구성되는 심사위원 중에서 평론가가 대부분 특정 대학 국문과 출신이어서 심사 과정에 공정성을 갖기가 힘들다고 비판한 것이다. 이상문학상은 그동안 문학상에 대한 비

---

3) 오창은, 「문학사의 뒤안길에 드리워진 어두운 그늘, '친일문인 문학상'」, 『비평의 모험』, 실천문학사, 2005, 261~278쪽.

판들 중 주로 타깃이 되어 왔다.[4] 이상문학상이 대중성을 가장 크게 획득하고 있기 때문에 그에 상응하는 논란과 비판도 지속되어온 것이다. 가령 전정구는 "이상문학상은, 요즈음 작품/상품을 공급/생산하여 소비/수요를 부채질하는 상업주의의 理想文學喪의 징후를 드러내고 있다. 이 상은 본격문학의 발전이나 공헌이라는 본래의 목적보다는, 구매력을 창출하는 유명메이커의 상표에 불과한 異常文學賞으로 전락했다. (중략) 이 잡지사는 어느 작가의 작품이 우수한가보다는, 어느 작가의 작품이 출판시장에서 구매력이 있는가를 수상 기준으로 삼지 않나 하는 의구심이 든다."(253쪽)라고 비판하고 나섰다. 박기수도 "1회부터 24회에 이르기까지 지속적으로 작품집을 발간하고, 수상작가의 대표작 모음집도 출간하고 있는 문학사상사의 기획 의도는 명백하다. 문학상 수상작품집 발간을 통한 수익 증대가 그것이다."(193쪽)라고 상업주의를 비판했다. 이상이 남긴 문학적 업적을 기리기 위해 매년 가장 탁월한 작품을 발표한 작가를 표창해 한국 문학의 발전에 기여하겠다는 문학상의 취지를 전면적으로 부정한 것이다. 이상문학상에 대한 또 다른 비판은 선정 과정의 불공정성 문제인데, 이명원은 『파문』에서 2000년 제24회 수상작인 이인화의 「시인의 별」을 예로 들면서 문학상의 운영이나 심사 과정이 공정하지 못하다고 비판했다.

한편 정혜경은 오늘의작가상을 진단했다. 1976년 민음사가 『세계의 문학』을 창간하면서 역량 있는 신인을 발굴하기 위해 제정했는데, 성찰의 깊이를 가지지 못한 것은 물론 감각적인 문체로 지탱되는 서사의 통

---

4) 다음을 들 수 있다. ① 전정구, 「異常文學賞인가, 理想文學喪인가」, 『약속 없는 시대의 글쓰기』, 시와시학사, 1995, 247~263쪽. ② 박기수, 「자기만의 탐식에서 상생의 축제로」, 『비평과 전망』 2호, 2000, 188~206쪽. ③ 강준만, 「제도적 사기 혹은 권위 훔치기의 합법화―문학상제도를 비판한다」, 『문학권력』, 개마고원, 2001, 73~95쪽. ④ 이명원, 「'등단제도'와 '문학상' 논쟁」, 『파문』, 새움, 2003, 199~208쪽. ⑤ 이명원, 「이상문학상, 우상화한 권위에 정을 박아라」, 『해독』, 새움, 2001, 156~161쪽. 본문에서 내용을 소개하는데, 편의상 각주 처리는 생략한다.

속성을 가진 작품들을 선정한다고 비판했다. 이와 같은 진단은 전정구가 이전에 한 것과 상통한다. 전정구는 "아직 그 성가가 밝혀지지 않은 신인의 작품을 가지고 이 출판사는 장사에 놀랄 만한 흥행을 거두고 있다. 오늘날의 소비자/독자가 제품/작품의 질보다는 작품/상품의 상표를 선호한다는 현실을 출판사는 날카롭게 이용하고 있다."(251쪽)고 비판한 것이다. 이성욱도 '이벤트 마인드'라는 표현으로써 오늘의작가상이 상업성을 추구한다고 비판했다.[5]

고명철은 비평문학상을 살폈다. 1990년부터 한국일보사가 주관하고 있는 팔봉비평문학상과 1989년부터 이헌구의 호를 따서 시행되고 있는 소천비평문학상은 친일문학상이라는 점에서, 김환태평론문학상은 문학사상사가 공들이는 이상문학상을 빛내기 위해 동원되고 있다는 점에서, 한국문학평론가협회가 주관하고 있는 젊은평론가상은 정체성이 뚜렷하지 않다는 점에서 각각 비판한 것이다.

한편 이경수는 김수영문학상과 소월시문학상을 살폈다. 김수영문학상은 1981년 민음사가 제정해 시행해오고 있는데 문학상의 기준이나 원칙이 분명하지 않은 점과 수상 시집이 문학과지성사나 민음사에서 출간한 것에 한정하는 폐쇄성을 갖고 있다고 비판했다. 소월시문학상도 정체성이 분명하지 않아 작품보다는 공로를 감안한 시인 위주로 선정되고 있고, 수상자도 사회 참여의식이 약한 서정시 계열의 시인들이라고 비판했다.

3

문학상은 작가의 업적을 단순히 인정하는 차원을 넘어 권위를 낳는

---

5) 이성욱, 「대중사회의 전개와 자본의 문화 사업, 예술의 테러리스트가 되고 있다」, 『문예중앙』, 중앙M&B, 1997년 겨울, 344~369쪽.

제도이기에 중요하다. 운영 주체나 심사위원이나 수상자만을 위한 축제가 되어서는 안 되는 것이다. 따라서 문학상이 제대로 시행되기 위해서는 문학상 자체가 우선 정체성을 가져야 한다. 그저 막연한 기준으로 좋은 작품을 선정하는 것이 아니라 각 문학상의 취지에 맞는 기준과 색깔을 가져야 하는 것이다. 그렇지 않으면 문학상의 차별성이나 다양성 그리고 공정성을 담보하기 어렵다. 문학상이 정체성을 가져야 하는 또 다른 이유는 수상자뿐만 아니라 문학상을 수여하는 작고 문인에 대해서도 적극적으로 문학사의 평가를 부여하기 때문이다. 이와 같은 점에서 친일 문인을 기리는 문학상은 재고되어야 한다. 친일 문인에 대한 역사적 평가가 이루어지지 않은 상태에서 문학상을 제정하고 시행하는 것은 일종의 반역사적인 행위이다. 철저하게 경계하지 않으면 누구든지 심사위원으로 또는 수상자로 또는 독자로 친일 문인의 행적을 지우는 데 일조하는 우를 범하게 된다. 한번 제정된 문학상은 제도나 전통으로 고착되어 문인들에게 직접적으로 혹은 간접적으로 영향을 미치게 되므로 경계해야 되는 것이다.

두 번째는 심사 과정을 포함해 문학상의 운영이 투명해야 된다. 그동안 심사위원들의 심사 과정은 지극히 형식적이어서 문학상의 정체성에 부합하는 기준을 내세워 주장하거나 대립하는 경우는 드물었다. 문학상을 운영하는 측이 심사위원을 위촉할 때 무난하게 심사가 이루어질 수 있는 인맥으로 구성하기 때문이고, 심사위원들도 자신의 문단 지위를 유지하기 위해 적당하게 타협하기 때문이다. 대부분의 심사평을 보면 심사위원들이 만장일치로 수상작을 결정했다고 하는데, 이는 심사 과정이 엄격하지 않음을 오히려 보여주는 면이라고 볼 수 있다.

심사 과정의 공정성 문제는 자본의 논리가 침투되고 있기에 특히 중요하다. 문학상이 상업화되면서 문학 자체의 발전에 기여하는 것이 아니라 상품으로 변질되고 만 상황을 부인하기 어렵다. 실제로 오늘날의 문학상 권위는 작품 자체나 전통에 의해서가 아니라 상금 액수나 홍보력에 의해 세워지고 있다. 문학상의 상업화는 유명 작가에 의존하는 또다른 문제를 가져오고 있다. 하나의 문학상을 수상한 작가가 다른 문학상을 수상하는 경우가 비일비재한 것이 그 여실한 증거이다. 이는 유명 작가를 이용해 문학상의 권위와 상업성을 동시에 획득하려는 운영 주체의 불순한 전략이다. 그에 따라 문학상 본연의 의의가 왜곡되고 마는 것이다. 독자들이 문학상에 기대감을 갖는 이유는 운영 주체나 심사위원들이 인기 있는 작가의 작품을 골라주는 것이 아니라 읽을 만한 가치를 지닌 작품을 발굴해줄 것을 믿고 있기 때문이다. 이와 같은 차원에서 일본의 H氏賞은 좋은 본보기가 된다.

> 문학상의 심사는 먼저 일본현대시인회의 회원들이 하는데, 전년도에 출판된 시집들을 대상으로 투표해 상위 8위까지를 후보 시집으로 정한다. 심사위원으로 위임된 7인은 회원들의 투표 결과에 포함되지 않은 시집을 한 권씩 더 추천할 수 있다. 그렇지만 심사위원들이 모두 추천하는 경우는 없으므로 대개 12권 전후가 심사 대상이 된다. 심사위원들은 후보 시집을 한 달 정도 검토한 뒤 심사위원회를 열어 각자의 의견을 타진하면서 투표를 거듭한다. 수상작을 결정하기까지 총 4회에 걸쳐 투표를 한다. 심사에서 떨어진 시집을 제외시켜 나가는 방식으로 진행되는데, 최종 2권을 남겨놓는다. 두 시집에 대해 다시 심층적인 의견을 나누면서 협의를 한 뒤 투표로써 결정한다. 심사위원은 일본현대시인회의 이사회에서 회의를 거쳐 위촉하는데 H氏賞을 수상한 경력이 있거나 그에 상응하는 수준의 시인이어야 한다. 심사위원은 연임이 허용되지 않고 매년 바뀐다.[6]

요약된 위의 글에서 볼 수 있듯이 1951년부터 시행되고 있는 H氏賞은 엄격한 심사 과정을 거치고 있다. 그 결과 소설 부문의 아쿠다가와상

---

6) 한성, 「일본의 'H氏賞'이란?」, 『시평』 제3호, 시평사, 2001년 봄, 86~89쪽.

에 비견할 정도로 권위를 인정받고 있다. H氏賞이란 명칭 자체가 그와 같은 정신을 담고 있다. H氏賞을 처음 기획하고 기금을 출연한 히라자와 테이지로(平澤 貞二郎)는 자신의 이름을 밝히기를 거부했다. 그리하여 일본현대시인회가 그의 이름 첫 글자를 따서 지은 것이다. 히라자와 자신도 시인이었지만 개인의 명예보다 일본 시문학의 명예를 우선 생각한 것이다.

한국의 문학상도 H氏賞과 같은 심사 과정이 필요하다. 두세 명의 예심위원들이 대상을 검토한 뒤 후보 작품들을 본심에 올리면 심사위원들이 정한 날짜에 모여 한두 시간 논의한 후 수상작을 결정하는 것이 일반적인 심사 방식이다. 그렇지만 심사 시간이 짧기도 하지만 연장자를 우대하는 관습이 강한 사회에서 마주보고 심사를 하면서 엄정성과 공정성을 담보하기란 쉽지 않다. 따라서 문학상에 대한 역사성을 인식하고 보다 공정성을 갖도록 노력해야 된다. 그러기 위해서는 1년 내내 문학상을 심사하는 방식이 필요하다. 수상작을 결정하기까지 여러 단계로 후보작을 검증해 나가면서 공정성을 담보할 필요가 있는 것이다. 그러한 과정으로 심사가 진행될 때 동료 문인들은 물론 독자들도 지속적으로 관심을 가질 것이다.

셋째는 문인들이 지식인다운 신념을 가져야 한다. 문학상의 가장 큰 수혜자는 아무래도 수상자일 것이다. 따라서 수상자는 작가적 혹은 문학적 신념을 지켜야 한다. 그렇지 않고 자격을 갖추지 못하거나 자신의 문학세계에 부합하지 않는 문학상을 수상하는 문인들을 볼 때마다 씁쓸하다. 이문구는 타계하면서 자신의 이름을 건 문학상을 절대로 만들지 말라는 유언을 남겼는데, 동인문학상을 받은 것에 대한 일종의 반성이 아니었을까?

자신의 문학관에 부합하지 않는 문학상을 거부하는 것이 작가다운 행동이다. 양심과 용기로써 문학상이란 허명에 흔들리지 않는 것이다. 따라서 문학상을 미끼로 불순한 대가를 요구하거나, 짜고 치는 화투판처럼 정실에 얽힌 문학상 들은 마땅히 거부해야 한다. 문학상의 운영 주체도 수상작을 낼만한 작품이 없다면 타협하거나 왜곡시키지 말고 사실대로 발표해야 된다. 그와 같은 풍토가 마련될 때 각성과 격려와 박수가 넘치는 문학상이 제도로서 정착될 것이다. 이런 점에서 보면 팔봉비평문학상의 수상을 거부한 백락청이나 최원식, 동인문학상의 후보를 거절한 공선옥 등이 돋보인다. 권정생의 사례도 귀감이 된다.

가만히 생각해보니
벌써 10년도 더 지난 일이다
반달의 윤석중 옹이 여든의 노구를 이끌고
새싹문학상을 주시겠다고
안동 조탑리 권정생 선생 댁을 방문했다
수녀님 몇 분과 함께,
두 평 좁은 방안에서 상패와 상금을 권 선생께 전달하셨다
상패를 한동안 물끄러니 바라보시던

권 선생님 왈

"아이고 선생님요, 뭐 하려고 이 먼 데까지 오셨니껴?

우리 어른들이 어린이들을 위해 한 게
뭐 있다고 이런 상을 만들어
어른들끼리 주고 받니껴?

내사 이 상 안 받을라니더……"

윤석중 선생과 수녀님들은
한동안 아무 말 없이 앉아 있다가 서울로 되돌아갔다

다음날 이른 오전
안동시 일직면 우체국 소인이 찍힌 소포로
상패와 상금을 원래 주인에게 부쳤다

그 사실을 늦게 알게 된
봉화서 농사짓는 정호경 신부님
"영감쟁이, 성질도 빌나다 상패는 돌려주더라도
상금은 우리끼리 나눠 쓰면 될 텐데……"
— 김용락, 「조탑동에서 주워들은 시 같지 않은 시·6」 전문

위의 작품에서 보듯이 1995년 권정생은 장편동화 『하느님이 우리 옆집에 살고 있네요』로 제22회 새싹문학상 수상자로 결정되었는데, "우리 어른들이 어린이들을 위해 한 게/뭐 있다고 이런 상을 만들어/어른들끼리 주고 받니껴?"라며 거절했다. 작가가 문학상에 대해 어떠한 자세를 가져야 하는지 몸소 보여준 것이다.

권정생은 1973년 「무명저고리와 엄마」로 등단한 뒤 1975년 한국아동문학가협회에서 제정한 제1회 한국아동문학상을 수상했지만, 그 이후 모든 문학상의 수상을 거부했다. 한국아동문학상을 수상한 것도 등단 무렵이어서 아직 작가의 세계관이 확립되지 않았기 때문이라고 여겨진다. 권정생은 시상식에서 가난한 아이들을 소감으로 이야기하다가 울었을 뿐만 아니라, 며칠 묵으며 서울 구경을 하고 가라는 지인의 말도 1에서부터 10까지의 숫자 쓰기와 이름 쓰기를 가르치고 있는 정신박약아인 칠복이가 기다린다며 물리쳤을 정도로 순박했다. 또한 1980년, 한국아동문학가협회 월보가 부끄러운 휴지조각이라며 무사안일하고 비겁한 문인들에게 분노하는 편지를 이오덕에게 보냈을 정도로 강직했다. 그와 같은 양심과 신념을 가지고 있었기에 2005년 "내가 쓴 모든 책은 주로 어린이들이 사서 읽는 것이니 여기서 나오는 인세는 어린이에게 돌려주는 것이 마땅하다."고 미리 쓴 유고에서 밝혔다. 그리고 2007년 3월 31

일 "제 예금통장 다 정리되면 나머지는 북측 굶주리는 아이들에게 보내
주세요."라는 편지를 정호경 신부에게 마지막으로 보낸 뒤 5월 17일 향
년 70세의 나이로 타계했다.[7]

　　문학의 본질에 비추어보면 문학상은 무의미하거나 모순적인 제도일
수 있다. 등수를 매기는 것 자체가 서열화를 조장하는 일로 문학 정신에
위배되는 것이다. 문학이란 고정화되거나 서열화된 질서를 반성시키는
역할을 하는 데 의의가 있다. 따라서 문학 작품을 임의적인 기준으로 등
수를 매긴다는 것 자체가 모순이다. 그렇지만 문학상은 작가의 업적에
대해 격려하고 보상하는 제도로서 사회적으로 필요하다. 인간들이 지혜
를 발휘해 만들어낸 문화유산의 한 가지라고 볼 수 있는 것이다. 따라서
문학상 자체를 거부하기보다는 제대로 시행해 작가에게도 독자에게도
그리고 인류문화사에도 기여할 수 있어야 할 것이다.

7) 원종찬 엮음, 『권정생의 삶과 문학』, 창비, 2008, 374~401쪽.

❖ 발표지 목록

제1부

1. '포즈'의 심화(원제는 '포즈'의 심화와 확대 – 2000년대 서정시의 민중성을 위한 시론) : 2007년 만해축전(『현대시학』, 2007년 8월호).
2. 시와 현실 : 오세영 외, 『현대시론』, 서정시학, 2010.
3. 임화의 대중화(원제는 다시 생각하는 임화의 대중화) : 『시를 사랑하는 사람들』, 2008년 11–12월호.
4. 박인환의 대중화(원제는 박인환은 시를 쓸 줄 알았다) : 『현대시, 2008년 10월호.
5. 다문화가정의 주체성(원제는 다문화가정의 시학) : 『창작21』, 2010년 여름호.

제2부

1. 몽양(夢陽)의 거울 – 이기형의 『절정의 노래』론(원제는 거울의 시학) : 『창작21』, 2009년 봄호.
2. 기억의 현재화 – 이시영의 『긴 노래 짧은 시』론 : 『시와시』, 2010년 봄호.
3. 휴머니즘의 시학 – 정인화의 『서럽게도 그리운 세상 하나』론 : 정인화 시집, 『서럽게도 그리운 세상 하나』, 신생, 2009.
4. 분단 극복의 자성(自性) – 박철의 『불을 지펴야겠다』론(원제는 자성의 시학) : 『불교문예』, 2009년 여름호.
5. 어머니의 사회성 – 김용락의 『조탑동에서 주워들은 시 같지 않은 시』론(원제는 어머니의 시학) : 『사람의 문학』, 2008년 가을호.
6. 대추리의 만인보(萬人譜) – 서수찬의 『시금치 학교』론(원제는 만인보 시학) : 서수찬 시집, 『시금치 학교』, 삶이 보이는 창, 2007.

제3부

1. 노동시의 전진(원제는 노동시의 역사와 나아갈 방향) :『시와 사람』, 2009년 겨
   울호.
2. 노동시의 동기(動機)-정원도의『귀뚜라미 생포작전』론(원제는 동기의 시학) :
   정원도 시집,『귀뚜라미 생포 작전』, 푸른사상, 2011.
3. 블루오션 공장-임성용의「하늘공장」론 :『현대시학』, 2007년 11월호.
4. 광산 노동시의 의의(원제는 문학과 노동의 관계와 의의-광산 노동시를 중심
   으로) :『문학마당』, 2007년 가을호.
5. 진폐 광부들의 신문고(원제는 신문고를 넘어서) :『푸로메테우스의 후예들』, 화
   남, 2008.
6. 절실한 광부-최승익의『휘파람 소리』론(원제는 진정한 주체, 절실한 주제) :
   최승익 시집,『휘파람 소리』, 시와에세이, 2007.

제4부

1. 봉급생활자들의 권법(원제는 권법을 쓰는 봉급생활자들) :『통』, 2009년 창간
   호.
2. 일상의 시학—김만수의『산내통신』론(원제는 일상을 꽃 피운 시) : 김만수 시
   집,『산내통신』, 고요아침, 2007.
3. 전태일문학상의 역사와 지향 : 이선옥 외,『그대, 혼자가 아니랍니다』, 사회평
   론, 2010.
4. 문학상의 빛과 그림자 : 2009년 만해축전(『현대시학』, 2009년 8월호).